内通者

新装版

堂 場 瞬 一

朝日文庫

本書は『内通者』二〇一四年二月刊行の四六判、
二〇一七年二月刊行の朝日文庫の新装版です。

目次

内通者

新装版

第1章　内偵捜査

1

　結城《ゆうき》孝道《たかみち》は、車のウィンドウを細く開けた。途端に、夕方から降り続いている雨が車内に吹きこんでくる。少し風が出てきたようで、細かい雨粒が乱暴に舞ってガラスを濡《ぬ》らした。フロントガラスの曇りが取れるまで、しばし寒さを我慢する。張り込み中でエンジンをかけられないので、デフロスターも使えず、たまにこうやって窓を開けてやらねばならない。

「冷えますね」

　助手席に座る部下の足利《あしかが》が、大袈裟《おおげさ》に両手を擦《こす》り合わせる。そこまで寒くはないのだが……今夜は念のために、二人ともダウンジャケットを着こんでいる。車の運転には邪魔なのだが、今夜の目的は車を使った追跡ではない。ここでひたすら待ち、その後は徒歩での尾行だ。何故《なぜ》か、尾行対象者は絶対にタクシーを使わない。監視を始めて二週間が過ぎ、その間には一度雪の夜もあったのだが、「お車代」というありがちな名目での金銭の授受さえ一度もなかった――少なくとも、結城たちが見ている前では。

千葉市内、栄町《さかえちょう》。昔からの歓楽街だが、今は寂れた姿を晒《さら》している。風俗店が軒を連ねているが、全体にくたびれ、人通りも少ない。やけに駐車場が目立つのは、老人の歯が抜けるように店が撤退していった証《あか》しだ。

その寂しい繁華街で、唯一賑《にぎ》わっている店、クラブ「杏《あん》」。この店が、結城たち捜査二課が追っている汚職事件の舞台である。

マナーモードにしてあった結城の携帯が振動し、メールの着信を告げた。

『会計中。こちらは遅れて出ます』

店内に張りこませた部下からの報告だ。ここからは歩いての尾行になる。車は足利に任せ、結城は自分の足を使うつもりだった。尾行など部下に任せておけばいいのだが、結城は自分で動き回るのが好きだ。四十代の後半に入ってからは、特に意識して歩くようにしている。自分はまだ若いと実感するためには、外仕事をするに限るのだ。

「もうすぐ出て来る。後は頼むぞ」結城は足利に声をかけ、ドアに手を伸ばした。店内で待機している部下二人のうち一人と協力しての尾行。尾行に加わらない残る一人はバックアップだ。

本当は、尾行対象者は二人いる。二人を同時に追うには、もっと大人数が必要なのだが、まだ手を広げたくなかった。まずは一人。次の機会には、もう一人の方を尾行する。そもそも、二人が一緒にいるところを確認するのが主眼の張り込みだから、尾行にはそれほど気を遣わなくていいのだ。これまでの監視で、二人がこの店以外の場所で会ったことがないのは確認できている。今日も、店の前で二人が別れ、家まで帰るのを見届けて仕事が終わる予定だ。地味な動向確認作業だが、怠るわけにはいかない。汚職の捜査は、捜査対象の行動を完全に把握することから始まる。いつどこで、誰と会っていたかが重要なのだ。

「来た」結城は、低い声を絞り出した。足利に告げるのではなく、自分に気合を入れるために。

「杏」は、全て飲食店で埋まったビルの地下一階にあり、暗い階段で表とつながっている。捜査対象である二人の男のうちの一人――千葉市に本社を置く「房総建設」の役員である藤本《ふじもと》が先。常に先に出るので、今回もそうだろうと思っていたところ、予想が当たったので思わずほくそ笑む。それだけこちらは、二人の動向をきちんと把握しているわけだ。

藤本はでっぷりした男だ。トレンチコートのサイズを腹回りに合わせているせいで、丈も袖も長過ぎ、子どもが大人の服を着ているようにも見える。だが本人は、十分格好いいと思っているようだ。弱々しい街灯の灯《あか》りの下で一瞬立ち止まり、困ったような表情を浮かべて天を仰ぐ。顔を濡らす雨の存在に初めて気づいたとでもいうように、ゆっくりと首を振ってからコートの襟を立てた。傘は持っていない。雨など気にもならないというポーズを気取っている様子だった。

それがまったく似合っていない。

格好つけやがって……結城は、この男がどうにも気に食わなかった。藤本は、渉外担当役員である。要は、相手を丸めこむのが仕事だ。それは同業他社相手の場合もあるし、役人相手の時もある。金をばらまいて仕事を取る——役人相手なら明白な買収行為であり、贈収賄が成り立つ。それ自体、許せないことではあったが、そもそも結城は、藤本を一目見た時から嫌いになった。上から押し潰されたように背が低く、でっぷりとした体形。分厚い唇に平たい顎、やけに大きな目と、顔それぞれのパーツが大きく、全体のバランスが悪い。もちろん、そういう人はたくさんいて、むしろ「派手な顔」「目立つ顔」とプラスの評価を受けることもあるのだが、藤本の場合は違った。いわゆる「悪相」というやつだ。金のためなら何でもやるという本音が、下品な顔に染み出ているようである。しかも店では横柄に振る舞い、店員や他の客に迷惑をかけている。金さえ払えば何をしてもいいと思っている——飲食店で一番嫌われるタイプだ。

今年、五十五歳。バブルの時代以前からずっと建設業界にいるわけで、景気のいい時代、どん底の時代のどちらも経験している。しかし本人の精神構造は、金を湯水のように使えたバブルの時代のままではないか、と結城は疑っていた。二昔も前に流行《はや》ったダブルの背広を常に愛用しているのも、その証拠である。時計は金無垢《きんむく》のロレックス。だがそれは、藤本の会社が現在も儲《もう》けまくっている証拠ではない。どんなにいい時計でも、長年使っているうちには傷つき、くすんでくるものだ。近くで観察した部下の証言によると、「かなり古びている」。実際には偽物ではないか、と結城は想像していた。香港《ホンコン》辺りで摑《つか》まされた偽物を、後生大事に使っている馬鹿な男。本物を見抜く力がなく、ただ見栄を張っているだけかと思うと、かすかに同情も覚える。所詮、千葉の田舎の建設業者ということか。

今夜の尾行のターゲットは、この男ではなく、収賄側——県の土木局の部長である会《あい》田《だ》である。まったくの偶然だが、藤本とは中学校の同級生だった。最初はそれが、事件を立件する障害になるのでは、と思われた。五十代も半ばになった中学の同級生が一緒に酒を吞《の》んでいても、「二人きりの同窓会だ」と言い訳されたらどうしようもない。だが、常に藤本が金を払い、金ではないが賄賂の事実があったのも分かっているのだから、そういう主張は通らないだろう。この二人は、かつての交友関係からつながり、今は公共事業を私物化しているのだ。

藤本が去って一分ほどしてから、会田が姿を現した。こちらは藤本と対照的に、長身瘦軀《そうく》の男である。長身の男にありがちだが、背中は常に丸まっていた。今日はかなり冷えこむのに、薄手のコート一枚だけ。それを濡らすのが死ぬほど嫌なのか、階段を上がり切らないうちからビニール傘を広げる。

捜査二課の部下が一人、店から出て来て、ゆっくり歩き出した会田の後を追い始めた。結城は、二人の姿が、寂れた繁華街の中に消えるのを待ってから尾行を開始した。行く先は分かっている。家だ。この男は、藤本と酒を吞んだ後は、いつも真っ直《ま》ぐ《す》帰宅する。

会田はタウンライナー——モノレールの栄町駅の方へ早足で歩いて行く。早く歩けば雨をよけられる、とでもいうような勢いだった。傘を少し前に倒してさすのが癖のようで、ズボンの後ろ側が濡れ始めている。しかしそれを気にする様子もなく、同じペースで歩き続けた。そのまま栄町駅を通り過ぎ、モノレールの西側の一角に出る。飲食店や風俗店はすぐに姿を消し、代わって予備校や銀行の建物が見えてきた。この近くにはホテルや家電量販店、デパートや会社などが集まり、昼間は駅前らしい賑やかさを見せる。だがこの時間になると人通りもほとんどなく、寂しい空気が流れるだけだった。ましてや今夜は雨。会田は、孤独な夜の散歩を楽しんでいるようにも見えた。普段と違う行動パターンに、結城は少しだけ緊張したが、たぶん酔い醒《ざ》ましだろう、と判断する。

結城は前を行く部下の一人、井上《いのうえ》にすぐに追いついた。会田との距離は二十メートルほど。普通の声で話していても聞こえる心配はないのだが、念のために低い声で話しかける。

「中ではどんな様子だった」

「今日は七曲でした」

「よく喉が持つな」

歩きながら、井上が首を振る。馬鹿馬鹿しい、と思っているのは明らかだった。会田は極端に大酒を呑むタイプではなく、スナックなどに入るとすぐにカラオケを始める。曲は、八〇年代の歌謡曲一辺倒。自分の青春時代の歌、ということだろう。特に好みはないようで、男性歌手の歌だけでなく、松田聖子までレパートリーに入っている。結城は直接聴いたことはないが、井上たちによると「中の上」ぐらいの歌唱力だそうだ。

「今夜は絶好調でしたね」井上が皮肉っぽく言った。三十歳になったばかりのこの男は、ほとんど呑みに行くこともない。カラオケなど、頭から馬鹿にしている節があった。井上に限らず、最近の若い連中は、呑みに誘っても断ることが多い。夜は自分の時間ということか……と白けた気分になることも多い。井上の場合、仕事はきちんとやるから、何も問題ないのだが。ここのところ続いている夜の動向監視にも、一切文句は言わない。

「普段は五曲しか歌わないのにな」

「ノリノリでしたよ」井上の唇が歪《ゆが》む。狭い店で、「中の上」レベルの歌を大音量で聴かされるのは、たまったものではないだろう。

「何かいいことでもあったのかね」

「それは分かりませんけど……今日は特に、何かをやり取りしている気配はありませんでした」

「金の動きを摑みたいな」

この捜査における最大のポイントはそこだ。金銭の授受。銀行などを使えば証拠が残ってしまうから、現金での受け渡しであることは容易に想像できる。だが、その決定的な瞬間を、警察側はまだ摑んでいなかった。二度ほど、小さな箱が藤本から会田に渡ったことがあるのだが、大きさから見て、現金が入っているとは思えなかった。もちろん、小さく折り畳めば入らないこともないが……後に、贈り物は腕時計、グランドセイコーだと判明した。市内の時計店の紙袋が確認できたので追跡すると、その日の午後、藤本がそこで時計を購入していたことが分かった。会田がその時計を実際にはめているのも確認されている。グランドセイコーは最低でも二十万円近くはするから、十分賄賂になるのだが、材料としては弱い。どうしても、現金授受の現場を押さえたかった。

しかし今のところ、二人が生々しく金のやり取りをする現場は押さえられていない。休日も含めて動向監視は続いているのだが、この二人はウィークデー以外に会うことはなかった。

「今日は、どうして栄町駅に行かないんですかね」井上が疑問を口にした。

「酔い醒ましだろう」

「酔ってないと思いますよ。吞んだのは水割り二杯だけですから」

「奴はそれほど酒が強くないぞ」

「今までの感じだと、水割り二杯では酔わないですね」

「そうか」

会田は一定のペースで歩き続けている。栄町駅から千葉駅までは、わずか三百メートルほど。千葉駅前のロータリーまで出ると、地下歩道に入る。左右を柔らかい照明が照らし出す地下歩道を歩き、地下から駅の構内に入って行った。

ＪＲ、京成線、タウンライナーが乗り入れる千葉駅は複雑な構造で、タウンライナーのホームは地上四階の高さにある。

そのままモノレールに乗りこむかと思ったら、会田は三階のコンコース階で足を止めた。しばし立ち止まって思案した後、改札の前にあるドーナツショップに入って行く。離れて様子を見ていると、コーヒーか何かを頼んでいるようだ。アルコール臭さを消すつもりだろう。疲れた様子で窓辺の椅子に座り、背中を丸めて飲み物を啜《すす》る。ドーナツショップは全面がガラス張りなので、二人は自分の姿を隠すのに難儀しながら監視を続けた。

「今日はこのまま、家でしょうね」井上がぼそりとつぶやく。

「そうだな」口に出すと、急に疲れを感じた。反射的に腕を突き出し、時計を見る。午後九時……疲れるような時間ではないが、これが毎日続いているのできつい。ローテーションで監視を続けているのだが、三日前から部下の二人が別の事件の応援に取られ、残った人間にかかる負荷は大きくなっていた。会田の自宅は、モノレールのスポーツセンター駅近くの住宅地である。駅からは歩いて十分ほどの道程、雨の中を歩くのは鬱陶しいが、家のドアを開けるところまで見届けなければならない。

二十分ほど時間を潰した会田が、ようやく腰を上げた。この時間でもタウンライナーは混み合っており、適当な距離を置いて監視するのはかなり大変だった。結城は会田の世話を井上に任せ、外の光景を眺めた。千葉駅付近では、タウンライナーはビル街の間を縫うように進むので、独特の迫力を楽しめる。これといった特徴のない千葉市だが、モノレールがあることで、一種未来的な雰囲気が生まれている。

それは悪くないのだが、こういう監視と尾行はいつまで続くのか……決まっている。決定的な場面を目撃できるまでだ。あるいは、何か別の証拠を摑むまで。捜査二課の仕事はよく分かっているつもりだったが、疲れることこの上ない。だが、その先の成果を考えると、気持ちは簡単には萎えないのだった。

2

翌朝、デスクにつくと同時に、結城は朝の監視班から電話で報告を受けた。会田はいつも通りに出勤。県警本部と県庁は目と鼻の先にあるが、勤務時間帯には監視はストップする。基本的にデスクワークばかりの会田の仕事を、昼間もチェックするのは不可能なのだ。それに会田も、馬鹿ではあるまい。勤務時間中に、藤本と接触するとは思えなかった。

会田が県庁に入るのを見送った部下が戻って来ると、結城は会議を招集した。トップは、捜査二課係長の結城。それより上の人間は交えず、実動部隊のメンバーだけでの捜査会議だった。こういう会議を週に二回は開き、情報を共有するよう努めている。

捜査二課の近くにある小さな会議室に集まったのは、結城を入れて七人。下調べの段階なのでこの程度の規模だが、捜査が一気に走り出すタイミングになると、もう少し人が増える。肉体的には疲労が溜《た》まっていても、まだ全員気力は充実しているようだった。

今日は、本来八人いるメンバーのうち一人が欠けている。この事件の端緒を摑んだベテラン——結城より年次は上だ——の巡査部長、花岡《はなおか》は、ネタ元に会いに行っていた。

結城は、会田の動向監視について報告を求めた。それが終わると立ち上がる。いつもの癖で、きちんと背広のボタンを留めた。

「問題は一つ、二人の間の金の受け渡しだ。今のところ、時計が渡ったのは間違いないが、それだけでは弱い」

「しかし、藤本が店で奢《おご》った金額も、数十万円に達していますが」足利が遠慮がちに手を挙げた。

結城はうなずき、「それも重要な要件だが、あくまで補足材料だ」と言った。やはり現金受け渡しの事実は欲しい。

「ここから一歩、踏みこむか」結城は立ったまま、刑事たちの顔を見回した。「会田の銀行口座を調べてくれ。不審な金の出入りがあったかどうか、確認したい」

「銀行は使っていないと思いますよ。すぐにばれるじゃないですか」

足利の反論に、結城は逆に嬉《うれ》しくなった。足利は最年少メンバーの一人だが、いつも会議では積極的に発言する。的が外れていることもあったが、黙って上の命令に従っているだけよりはましだ。この男はいつも、自分の頭で考えている。足りないのは経験だけだ。

「仮に現金を手渡しで受け取ったとして、会田はどうするだろう。家に置いておく？　あるいは役所のデスクに保管しておく？　そんな危ないことはしないだろうな。銀行に入れている可能性が高い。本人名義で不審な入金がないかどうか、確認するんだ。それは足利、お前がやってくれ」

「分かりました」足利がうなずく。

「給与口座以外にも、別口座を持っているかもしれない。まずはメーンの給与口座を調べて、その後で他の金融機関に別の口座を作っていないか、確認するんだ。本人だけじゃないぞ。家族の名義になっている可能性もあるからな」

「その家族のことなんですが」

井上が発言を求める。結城がうなずきかけると、デスクの上できっちり手帳を広げた。この男は基本的に几帳面《きちょうめん》で、帳簿の読みも得意である。外で張り込みや尾行をするより、データの分析で力を発揮するタイプだ。

「奥さんが、最近金遣いが荒いようですね」

「ほう」

「ランチにやたら金をかけているようです」

「ランチ？　それじゃ、たかが知れているだろう」

「三千五百円でもですか？」

微妙な金額だ。会田は県の部長職であり、それなりに給与も貰《もら》っている。二人の子どもは既に大学を出て就職しているから、家計には余裕があるはずだ。妻が三千五百円のランチを楽しんだからといって、家計が破綻するわけではないだろう。

「しかも、週に二回。近所の奥さんたちと一緒なんですが、奢ることもあるようです」

「そのグループは、何人ぐらいいるんだ」

「奥さんを含めて五人、ですね」

全員に奢ると一万七千五百円……仮に月二回、そういう昼の宴席が行われると、三万五千円が吹っ飛ぶ。それ以外に週に二回も通っているのだとすれば、へそくりで遊ぶには、少し多い金額だ。

「ランチで三千五百円も取るのは、どういう店なんだ」

「フレンチなんですが……近所では有名な店のようですね。店名は『プティ・クレール』。シェフは元々、東京の一流店で働いていたそうですが、出身地の千葉県産の食材にこだわって、地元で店を開いたそうです」

「お前、そのままグルメ雑誌に記事を書けるぞ」

結城の冗談に、低い笑い声が広がった。よし、チームのこういう雰囲気は悪くない。ちょっとしたジョークでリラックスしながら仕事を進められるのは、捜査が上手《うま》く転がっている証拠だ。

「いや、それはともかく……」井上が含み笑いを漏らす。「奥さんは、そこのシェフにずいぶん入れこんでいるんですね」

「どういう意味だ？」

「客としてではなく、女性として、ということですよ。向こうもまんざらじゃない様子です。店が休みの日に、シェフの車に同乗して出かける奥さんの姿を、近所の人たちが目撃しています」

「浮気か」会田の妻は何歳だっただろう……頭の中でデータをひっくり返すと、五十三歳、という数字が出てくる。いい年をして、と呆《あき》れたが、こういうケースは珍しくもない。

「まだ確証はありませんが、そういうことではないかと。となると、相当金を注《つ》ぎこんでいるのも想像できます」

「その金がどこから出たかが問題だな」

「ええ」

結城は、苦い思いを味わっていた。夫は建設業者と癒着し、入札情報を渡す見返りに金を受け取る。妻は、夫が受け取った賄賂を使って、自分より若い有名シェフと浮気をする。夫婦は、互いにやっていることを知っているのだろうか。知らないままだとすると……それはそれで哀れだ。

「しかしお前、よくこんな話を引っかけてきたな。怪しまれなかったか」

「いや、そこは……浜田《はまだ》の手柄なんです」

井上が、隣に座る浜田亜紀《あき》に目をやった。三十五歳、家族は夫と小学生の娘が一人。

普通なら、子持ちの女性を刑事部、それも捜査の最前線には置かないものだが、結城が無理に引っ張ってきたのだ。本人は優秀でやる気もあるし、両親と同居しているので、子どもの世話にも追われていない。条件が整えば、女性もどんどん捜査の現場に出るべきだ、というのが結城の基本方針だった。世の中の半分は女性なのだし、がさつな男よりも、女性刑事の方がずっと上手くやれることは多い。亜紀の場合、詮索好きの主婦、という体を装うことも多かった。近所の井戸端会議にも、自然に溶けこめるタイプなのだ。

「ゴシップ好きが功を奏したわけか」

亜紀の耳が赤くなった。愛嬌《あいきょう》のある丸っこい体形。童顔で、二十代の独身の頃は、周りに相当言い寄られたと聞いている。ちなみに結婚した相手は、警察とはまったく関係ない地元の銀行員だ。

「……とにかく、そういうことでした。急に金遣いが荒くなったのは、ここ三か月ほどのことだそうです」

「そのシェフに入れこんで、か」

「そう思います」亜紀がうなずく。「シェフにも張りつきますか？」

「残念だが、そこまでの人手はないな」結城は顎を撫《な》で、ふと思いついた。「今日、そこへ昼飯を食いに行ってみるか。敵情視察だ。もしかしたら、奥さんにも会えるかもしれない」

「経費で落とせるんですか？」

井上が合いの手を入れ、また低い笑い声が広がった。

「微妙な線だな。自腹でいいという人間の中から選抜しよう」自分が行けるかどうかは分からないが。娘は大学生で、まだまだ金がかかるし、自分の小遣いも潤沢ではないのだ。「その件は、また後ほど。今朝はこれで解散する。今夜の動向監視は継続だ」

刑事たちが一斉に立ち上がり、ぞろぞろと部屋を出て行く。結城の他に、もう一人の刑事だけが残った。同期の長須《ながす》。試験が苦手で、未《いま》だに巡査部長だが、捜査能力には確かなものがある。今は結城の部下、という形になっていた。普段は敬語で話すが、二人きりになると普通の口調になる。結城としても、それがありがたかった。年齢も性別もばらばらなこの捜査班で、気心の知れた同期がいると、何かと安心できるのだ。この捜査が始まってからも、二人きりになると度々雑談のような形で相談し、方針を決めてきた。

「そろそろまとめられそうだな」長須が切り出し、グレーのネクタイを締め直した。背広は濃紺。だいたいいつも、こんな地味な格好をしている。街に溶けこむための手段だと、結城には分かっていた。

「ああ」

「どのタイミングで着手するつもりだ」

「入札だな」

「それがベストだろうな」笑みを浮かべ、長須がうなずいた。

千葉県では今、大地震、津波に備えて、これまでにない規模の対策工事を進めている。その一つ、千葉市内の護岸補強工事の入札が間近に迫っていた。大きな仕事であり、これが取れれば、数年間にわたって会社には金が落ちることになる。藤本にすれば、どうしても欲しい仕事だろう。

「藤本の会社が落札すれば、今まで奴が使っていた金は賄賂ということになる」

「工作員の方はどうだ？」

長須が「うまくキープしている」と言ってうなずいた。二人がよく行く店の店員には、全て声をかけてある。本当は、店に盗聴器をしかけられれば一番いいのだが、そういう捜査は認められていない。日本において、盗聴による捜査ができるのは、薬物や銃器関連などの犯罪に関してだけだ。本当は、密室の犯罪である贈収賄でこそ、盗聴は力を発揮するのだが。

それができない以上、協力者を育てるしかない。店員たちには、二人の会話を密かに聞いてもらい、情報として上げてもらうつもりだった。ただし結城は、このやり方にはそれほど期待していない。藤本側からすれば、用件は簡単なのだ。「うちに仕事を回してくれ」と言うだけなら、五秒もかからない。常に聞き耳を立てているのでない限り、聞きつけるのは不可能だろう。そもそもそういう話は、結城たちが内偵を始める前に終わってしまっているかもしれない。藤本はかつての同級生という立場を利用して、長い時間をかけて会田を籠絡《ろうらく》してきたのではないだろうか。

「どうしても金銭授受の事実を摑みたいな」

「さっきの話じゃないけど、この件では奥さんが鍵になるかもしれないぞ」長須が言った。「旦那のやってることを、知っているんじゃないかな」

「ああ。奥さんの金遣いが急に荒くなった背景には、そういう事情があるかもしれない。何も聞かずに金を受け取るとは考えられないからな」

「となると、この奥さんも相当図々しい人間だぞ」

「もしかしたら、奥さんの方が尻を蹴飛ばして、賄賂を受け取らせているのかもしれない」

「……あり得ない話じゃないな」長須が渋い表情でうなずいた。「公務員の給料は、ささやかなものだからな」

「ああ」

「賄賂を受け取る会田の気持ちは分からないでもないぜ……俺たちも、懐具合は寂しい限りだ」長須が背広の胸を平手で叩《たた》いた。実際長須には、三人の子どもがいて、一番上が高校生、下の二人がまだ中学生である。受験で金のかかる季節が何度も巡ってくる。

「ま、この件は何とか上手くまとめたいな。県警にとっては久しぶりの贈収賄事件だ。こいつを仕上げれば、お前はまた出世できるよ」

「もう、そういうことには興味はないな」結城は四十代の前半で警部補になったが、ここからさらに上にいこうという気持ちはない。だいたい、もう五十なのだ。警察官人生は残り十年。新しい仕事――特に管理者として仕事をするのではなく、捜査の一線にいたまま、現役時代を終えたかった。もちろんこの事件を上手く仕上げれば、自分にとって大きな勲章になるのは間違いないのだが。

「お互い様だな……ところで、若葉《わかば》ちゃんは元気か？」

「まあな」生意気な一人娘。結城は、表情がわずかに強張《こわば》るのを意識した。

「教育費が必要なのも、もう少しだな。若葉ちゃんは優秀だから、将来が楽しみだろう」

「何とも言えないね。俺とはまったく違う道に行くとは思うが」それを考えると、何とも複雑な気分になるのだった。

3

内偵捜査に中断はないとはいえ、監視はローテーションで行っているので、毎日のように帰宅が遅くなるわけではない。この日、結城は夕方で仕事を切り上げることにした。ネタ元に接触してきた花岡が、「まだ何か隠している」と言い出したのだが、詰め切れなかったようだ。何か新しい情報があれば、その確認のために動こうと思っていたのだが……。

「相当びびっている」というのが、花岡の感触だった。それはそうだろう。この事件の端緒は内部告発なのだ。建設業界ではあまりないことであり、もしもばれたら、情報提供者は不利な立場に追いこまれる可能性が高い。ばれなくても、受けるプレッシャーは大変なものになるだろう。

無理はしない。あるタイミングがきたら、多少強引に攻めていくことも必要だが、今はまだその時期ではなかった。

定時に県警本部を出るのは久しぶりだった。冬の夕方、街はすっかり暗くなっている。ガラス張りの県警本部の庁舎には灯《と》りが灯《も》り、暗い街の中にぼうっと浮かび上がっていた。モノレールの終点、県庁前駅の前にある特徴的な円形の歩道橋を渡り、そのまま外房線の本千葉駅まで歩いて行く。結城の自宅は、外房線でここから二駅離れた鎌取《かまとり》駅の近くにある。下りの本数が少ない——夕方のラッシュ時にも一時間に五本ほどだ——のが難点だが、何しろ近いのがメリットだ。ドアからドアまで、通勤時間は三十分弱。

何となく疲れた……外房線に乗ってシートに腰かけると、さすがに疲労を意識する。若いつもりでいても、五十になるといつ体調が崩れてもおかしくない。

駅で買った夕刊を広げた。自宅では夕刊を取っていないので、早い時間に帰宅する時は夕刊を買って帰るのが常なのだが、実はもったいないことだ。夕刊込みで契約した方がずっと安い。しかし妻の美貴《みき》は、自宅に古新聞が増えるのを嫌がる。朝刊でさえ、職場に持って行って欲しい、と言っているぐらいだ。外房線に揺られている時間は、わずか十分ほど。基本的に住宅街の中を走っていくだけなので、窓の外を見ることはない。

いつも、記事に没頭している間に到着してしまうのだった。

鎌取駅の周辺は、典型的なニュータウンとして整備されている。駅前を彩る、高層の集合住宅とショッピングセンター……結城は駅舎を出ると、ロータリーの上を走るデッキを歩き、ショッピングセンターの脇を通って行くのが常だ。この空中回廊は、時間に余裕がある時には絶好の散歩道になる。いつものように、緑区役所の手前で地上に降り立つ。駅前からこの付近までは車が入れず、歩行者専用の道路になっている。結城の自宅までは、駅から徒歩十分ほど。緑消防署の脇を通り過ぎると、一戸建てが建ち並ぶ住宅街になる。結城の自宅も、そういう建売住宅の一つだった。実家は銚子《ちょうし》だが、ここに家を構えてもう二十年になる。その間、駅前の表情は大きく変わった。

ちょうど、この家と娘の若葉は同い年だ。

その娘が家を出てから、間もなく二年。東京の大学へ入学する時に、自宅から通うように言ったのだが、若葉はあっさり拒否し、妻も娘に同調した。確かに、片道二時間以上もかかるようでは、通学だけでエネルギーを使い果たしてしまうが……何となく、母娘が結託しているようで気に食わなかった。

ドアに手をかけた瞬間、帰宅するのが早過ぎた、と気づいた。小学校の教員をしている美貴は、週に何度か、帰宅が午後七時を過ぎる。今はまだ六時過ぎ……「今日も帰りは分からない」と言って出て来てしまったので、夕食の準備はできていないだろう。帰る、帰らないを一々電話やメールで知らせるのが面倒で、ついサボってしまうのだが、こういう時に困る。

家の中は冷え切っていた。コートを着たままリビングルームのエアコンを入れ、キッチンに入って冷蔵庫を漁《あさ》る。今夜は何を作るつもりだったのか……材料はいろいろ揃《そろ》っているが、そこからメニューは推測できない。炊飯器のタイマーは、十九時半にセットされていた。

味噌汁《みそしる》でも作っておくか……結城は普段料理をするわけではなかったが、自分の方が先に帰った時には、味噌汁だけは作っている。ただし、昆布や鰹節《かつおぶし》、イリコを使って出汁《だし》をとるのは面倒なので、顆粒《かりゅう》のインスタント出汁で済ませてしまう。それで美貴が文句を言うわけではなかったが、若葉はいつも気づいて、「インスタントね」と一言指摘するのだった。嫌なら自分で作ればいいじゃないか、と言っても、高校時代までは一向に料理をしようとしなかった。今はどうしているのだろう。娘の住むマンションを訪ねたことはないが、きちんと自炊しているのだろうか。アルバイトに追われるようなことがないよう、きちんと仕送りはしているから、自炊する時間ぐらいはあるはずだが。

もう一度冷蔵庫の中を確認する。豆腐と葱《ねぎ》の味噌汁にしよう。

できあがってから、急にコーヒーが欲しくなった。食事の前に濃いエスプレッソを飲むのもどうかと思ったが、エスプレッソメーカーにカートリッジと水を入れるだけだから、面倒ではない。

エスプレッソは、激しい機械音とともにあっという間にできあがった。普通のマグカップの底にほんの少しだけ。一口で飲み干せるような量だが、せめて座ろう……ダイニングテーブルにつき、カップを両手で包んで温める。ほぼ黒に近いエスプレッソからは、濃厚な香りが漂い出していた。一口飲むと、一気に口の中が苦味に支配される。

そういえば、若葉はカフェラテが好きだった。そもそもこのエスプレッソメーカーも、若葉家でカフェラテを作るために買ったものである。結城はミルクが好きでないので、若葉が家を出てからは、エスプレッソを作るだけになってしまったが。美貴は紅茶党で、コーヒーはほとんど飲まない。

もう一口。どこか、今の自分は中途半端だな、と思う。そう考える一番大きな原因は、若葉の不在だ。あの年齢の娘と父の典型的な関係で、あまり口を利くこともないのだが、美貴とのお喋《しゃべ》りを聞いているだけで、何となく気持ちが和《なご》んだものである。

それにしてもあいつも、どうしてわざわざ東京の大学を選んだのだろう。以前から法学部志望ではあったが、地元の千葉大にも法経学部があるのだ。東京への憧れか……千葉市と東京の関係は微妙である。ＪＲ千葉駅から東京駅までは、総武線快速で四十分弱。東京駅よりも東側にある大学なら、十分通学できたはずである。しかし若葉の大学は、東京駅からさらに中央線、私鉄を乗り継いで、この家から片道二時間以上もかかる。

家を出たいがために、そんな遠くの大学を選んだのかもしれない、と考えると胸が痛んだ。そんなにここが嫌いなのか……年頃の娘なら、一度は一人暮らしをしてみたいと考えるのが自然かもしれないが、それで親が心配するのは気にならないのだろうか。

まあ、いい。実際に家を出てしまったものは仕方がないのだ。そうやって自分を安心させようとしたが、これから先のことを考えると、また気持ちがざわつく。今、若葉は二十歳で二年生。来年にはもう、就職活動が始まるだろう。そんな先の話ではないのだが、未だにどうするか、はっきりさせようとしない。大学生になってから二年で、将来の方向性を決めなければならないのは大変だが……実際には、若葉は既に目標を決めていて、それを結城には言っていないだけのような気がする。そして美貴は、それを聞いているのではないか。口止めされているのかもしれないが、夫婦の間で隠し事はよくない。

そんなことを考えているうちに、エスプレッソは冷えてしまった。最後の一口を飲み干し、丁寧にカップを洗っていると、美貴が帰って来た。

「お味噌汁、どうもね」いつもの快活な口調。

「ああ」

「すぐ用意するから」

着替えて戻って来た美貴が、てきぱきと夕飯の準備を始めた。海老《えび》とアスパラガスの炒《いた》め物に、茹《ゆ》でたほうれん草とツナ、コーンのサラダ、その他色々。全体に薄味なのは、この年になるとありがたいことだ。未だに、健康診断では何一つ異常がない。

食べながらも、美貴のお喋りは止まらない。結城はいつものように受け流して聞いていたが、ふと、自分が少年事件の担当者だったら、今頃もっと出世していただろう、などと思った。美貴の雑談は、小学生の実態を知る助けになる。

「若葉の奴、何か言ってないか」食事を終えて、お茶を用意しながら結城は訊《たず》ねた。

「何かって？」

「仕事のことだよ」

「やだ、気が早いわよ」美貴が声を上げて笑った。「まだ二年生なんだから」

「来年になると、すぐに就職活動が始まるじゃないか」

「そんなこと、親が心配しても仕方ないじゃない」

「そうかもしれないけど、何か聞いてないのか」俺の尋問術も、美貴には通用しないようだ、と結城は苦笑した。立ったまま茶を飲みながら、美貴がどんな話を始めるか、待った。

「何か資格でも取るんじゃないかしら」

「教員とか？」それなら大歓迎だ。学校に勤めることになれば、千葉に戻って来る可能性が高くなる。東京でよりも、出身地で教師になる方がずっと簡単なのだ。何だったら口利きをしてもいい、とさえ考える。具体的な伝《つて》があるわけではないし、捜査二課の係長という立場上、そんなことをするわけにはいかないが。少しでも後ろめたい真似《まね》は避けなければならない。

「うーん、教員じゃないと思うけど」

「何だ、知ってるんじゃないか」

「知らないわよ」慌てて美貴が否定した。「だいたい、まだそんな話はしてないし」

少し話に矛盾がある……仕事柄、すぐに突っこみたくなったが、敢《あ》えて質問を呑みこんだ。娘のことでむきになっても、美貴に笑われるだけだ。自分はやはり過保護なのだろうか。しかし、成人したとはいえ、娘は娘である。心配して何が悪い。

「あまり煩《うるさ》く言わない方がいいわよ。あの子だって、ちゃんと考えてるんだし」

「それを俺が知らないのが気に食わないな」

「私だって知らないわよ」

「本当に？」

「嘘《うそ》ついてもしょうがないじゃない」

「まあ、な」美貴は基本的に嘘はつかないが、若葉のことになると、その原則はあやふやになる。どうも母娘が結託して、自分を無視しているようだ。まあ、母娘とはそういうものかもしれないが。過去のことを考えれば……いや、そんなことはどうでもいい。

言い合いをしても埒《らち》が明かないことは分かっているから、結城は自分から引くことにした。美貴にお茶を淹《い》れてやり、自分はリビングルームのソファに落ち着く。食事中はつけていなかったテレビのリモコンを手にした瞬間、携帯電話が鳴りだす。動向監視の報告だろうと分かってはいたが、一瞬どきりとした。足利。昨夜に引き続き、夜の出番である。今夜も会田を担当していた。

「今、家に戻りました」

最初の一言を受けて、壁の時計を見る。午後八時。

「誰かと会ったか？」

「いえ、今日は残業で、ずっと庁舎にいました」

「分かった。今夜は引き上げてくれ」これまでの監視結果から、会田は家へ帰った後に外へ出ることがないのは分かっている。藤本と会うのは、いつも県庁を出てすぐだった。

「了解です」

ほっとした口調で足利が言った。ローテーションの関係で、このところ三日続けて夜の担当だったのだ。そのうち二日は、実質的に空振り。会田が藤本と一緒にいるところを見られれば、「仕事をした」という気分にもなるだろうが、会田が県庁から家へ帰るのを見届けるだけだと、うんざりするだろう。明日はできるだけ早く帰そう、と結城は決めた。メリハリをつけて仕事をしないと、いざ本番という時にだれてしまう。

電話を切ると、食事を終えた美貴が隣に座った。湯飲みを両手で持ち、ゆっくりと茶を啜る。一息ついてから、突然訊ねた。

「最近忙しいみたいだけど、大丈夫？」

「本当に忙しくなるのはこれからだ」

「無理しないでね」

「心配されるような年じゃないよ」そうであって欲しい、と心から願った。

4

結城は四十歳を過ぎてから、急に視力が悪化した。老眼ではなく近眼。長年、調書の細かい字を読み続けてきたせいだと思ったが、運転する時に標識が見えにくくなってきたので、眼鏡を作った。ただし、普段はほとんどかけない。それこそハンドルを握る時だけだ。かけっ放しだと、さらに目が悪くなるような気がする。

今夜は堂々とかけていた。薄暗い店内では、裸眼だと物が見えにくいこともあるし、眼鏡が軽い変装になる、という計算もある。相手に自分を認識させないのが、この段階では大事だった。

藤本は、午後五時から動き始めていた。会社でする仕事など、ほとんどないのかもしれない。多くは接待。それこそ、午後になって悠々と出社してくることも珍しくない。酒好きにはたまらない仕事だろうな、と思いながら、結城は藤本の体が心配になった。これだけ毎日呑み歩いていたら、さすがに体調がおかしくなってくるのではないだろうか。入院でもされて、逮捕できなかったら、悔やんでも悔やみきれない。

もっとも、千葉市の課長と一緒に呑んでいる藤本は、非常に健康そうに見えた。顔は赤いが、酒で赤らんでいるわけではなく、単に血色がいいのだ。それとゴルフ焼け。今時ゴルフ接待もないだろうが、藤本は日曜日は大抵、ゴルフ場に出かける。同業他社の人間が一緒、というパターンがほとんどだった。つき合いついでに情報収集だろう、と結城は想像していた。完全な休みは、土曜日しかないらしい。自分より年上の人間にしてはえらくタフだ、と感心することもあった。酒もゴルフも遊びのようなものだが、相手によってはひどく気を遣うだろう。気持ちが休まる暇がないのでは、と思った。しかし同情はできない。本人は「仕事」のつもりでやっているのかもしれないが、犯罪行為なのだから。

今夜の相手についてはどう考えるべきか……千葉市土木部の課長。接待する相手としてはいかにも怪しい。しかし二人が最初に入った焼き肉屋では、課長が勘定を持った。後で店の方に確認した限り、二人で一万円弱。それほど高くも安くもない店だが、二軒目で入った「真理華《まりか》」は、「杏」と同レベルの高級店である。しかも市内では老舗《しにせ》のクラブだ。最近はともかく、バブルの頃は座っただけで一万円、という価格だったらしい。ここの勘定はどっちが持つのか……こういう関係は微妙だと思う。それほど高くない食事は役人側が持ち、金が飛んでいく呑み屋では業者側が財布を取り出す。プラスマイナスすれば、役人側が「奢ってもらっている」感じになるのだが、裁判ではそこまで細かいデータは俎上《そじょう》にのらない。「奢られたので奢り返した」となり、しかもその回数がそれほど多くなければ、贈収賄として立件するのは困難である。

藤本とこの課長が会うのは初めてだった——少なくとも結城たちが知っている限りでは。

二人はボックス席に座り、ホステスが二人ついている。この店にも、会田対策でスパイを置いており、その一人が今、二人に挟まれる格好で座っている。四十歳なのだが、暗い灯りの下では、二十代に見えないこともない。

「今日は盛り上がってませんね」井上が低い声で言った。指先では、煙草《たばこ》の煙が細く立ち上っている。

「お互いに腹を探り合ってるんじゃないかな」答えて、結城はウーロン茶を一口飲んだ。

「そうかもしれません」

「お前、ちょっとトイレに行ってこないか」

「ちょうど行きたかったところですよ」

角度を変えて顔を拝んでこい。——すぐに結城の真意を読んだようで、井上が立ち上がる。煙草を持ったままだと気づき、腰を折り曲げるようにして、灰皿に押しつけた。

一人になり、結城は眼鏡をかけ直して二人の様子をちらちらと観察した。こういう時、煙草を吸えないのは痛い。煙草を吸いながらだと、ぼうっとどこかを見ていても、案外怪しまれないものだ。それこそ、煙が煙幕になる。

「お代わりはいかがですか」

店の女の子が、すっとボックス席に滑りこんだ。「真理華」は基本的に、女の子の肌の露出は多くない。この女性も、ノースリーブの白いブラウスに黒のベストという地味な格好だった。色気がないといえばない。もっとも、昔から色気を売りにする店ではないから、これが普通なのだろう。ここは、ある意味千葉の夜の社交場である。市会議員から代議士まで、何故か政治家の利用者が多い。そういう店で過剰なサービスをすると、いろいろ問題になりかねないのだろう。

「ああ、まだ大丈夫」結城はグラスを掌《てのひら》で塞いだ。ちらりと横顔を見ると、ずいぶん若い。未成年ということはないだろうが……化粧の具合もあるかもしれないが、幼いと言ってもいい顔立ちだった。そういえば娘の若葉も、とても二十歳には見えない時がある。あいつ、こんな店でバイトしてないだろうな、と急に心配になった。鬱陶しがられるのを覚悟で、たまには電話でもしてみるか。

会話の材料もなく、困り始めたところで、井上が戻って来た。結城に向かってうなずきかける。「特に異常なし」のサインと受け取った。女性の扱いについては井上の方が上手いので、その場を任せ、結城はまた藤本たちの観察に戻った。

ごく普通の様子……女性二人を交えて、静かに話している。時々笑い声が上がったが、下品な感じはしなかった。積極的に話しているのは、課長の方である。しかも藤本ではなく、自分の左側に座った女性——結城たちのスパイだ——にしきりに語りかけている。女性の方は、特に緊張する様子もなく、笑顔で会話を続けていた。こういう時、女性の方が男よりはるかに大胆になれるのだろう、と結城は苦笑した。

ほぼ無意識のうちに、結城は背広のポケットから携帯電話を取り出した。最近は、事あるごとに——何もなくても携帯電話を見るのが普通だから、たまには見ないとかえって不自然になる。

画面を見た途端、結城の胸はざわついた。着信が何件も……十件もある。そのうち早い時間にかけてきたのは、全て同じ固定電話の番号だったが、見覚えがない。残り五件は同じ携帯電話からで、こちらの番号も記憶になかった。留守電も入っている。尾行と動向監視を始めてから、電話をサイレントモードにしていたので、気づかなかったのだ。

結城が顔をしかめているのに、井上が目ざとく気づいた。

「どうかしましたか？」

「いや、何でもない」そう言って電話をポケットに戻したものの、どうも落ち着かない。間違い電話だったら、これほど何回もかかってはこないだろう。

気持ちが電話の方に引っ張られ、二人の監視がおろそかになる。藤本が、女の子の頭越しに、課長と何事か話し合っている……それに気づいた瞬間、二人の顔が離れた。真剣な話ではなかったようだが、表情ぐらいは見ておきたかった。

これでは駄目だ。

「ちょっと、電話してくる」井上に言い残し、席を立った。藤本たちの方は見ないようにしながら、出入り口へ急ぐ。

外へ出ると、寒さに襲われ、思わず身震いした。どちらの番号へかけるか……おそらく相手は、最初職場かどこかの固定電話からかけてきて、その後外へ出たために自分の携帯を使った、と推測する。それにしても、しつこい電話ではないか。最初に、留守番電話を確認する。

『華園《はなぞの》小の教頭の石田《いしだ》です。至急、お電話いただけませんでしょうか』

美貴の学校の教頭か……会ったことはないが、名前は知っている。留守電が入ったのは、一時間ほど前。ちょうど、焼き肉屋から「真理華」へ移動している途中である。しかし、用件ぐらい話してくれればいいのに。少し愚痴っぽく考えたが、次の瞬間には胸がざわつき始める。学校の関係者から電話がかかってきたということは、美貴に何かあったとしか考えられない。事故？　それなら、これほどしつこく、何回も電話をかけてくるのは理解できる。

結城は一つ、深呼吸をした。店先で携帯電話を握り締めている姿が珍しいのか、酔っぱらいがしきりに視線を送ってくる。見るな。こっちは人生の一大事かもしれないのだ。電話をかけようとしたが、手が震えてしまってキーが押せない。冗談じゃない。慌てても、事態は少しもよくならないんだぞ。自分に言い聞かせたが、震える指はキーの上を彷徨《さまよ》うだけだった。

ようやく電話が通じた。相手は待ち構えていたように応じる。

「すみません、お電話をいただきまして……結城です」

「ああ……」石田が太い声で溜息《ためいき》をついた。「ちょっとお待ちいただけますか？　このまま、少しだけ」

電話を擦るような音がして、しばらく音が途絶えた。相手が戻ってくるのを待つ間、結城は苛立《いらだ》ちを抑えるために、ひたすら電話をきつく握り締め続けた。こんなことしかできない自分が情けなくなる。

「申し訳ありません。教頭の石田です」

「家内に何かあったんですか」

「それが、申し上げにくいんですが……」

さっさと喋れ、と怒鳴りつけたくなった。しかし、教頭に怒っても何にもならないのだと思い直し、声を潜めてもう一度訊ねる。

「何かあったんですか」

「実は奥さんが学校で倒れられて……今、病院なんです」

全身から力が抜ける。倒れた？ 何度も電話をかけて、俺に連絡を取ろうとした？ それだけで、最悪の事態は想像できた。

「それで……どんな具合なんですか」声がかすれる。手がまた震え出し、携帯電話が耳に触れたり離れたりした。相手の声が聞き取りにくくなる。しっかりしろ、と自分を叱《しっ》咤《た》し、右手を添えて電話を無理矢理耳に押し当てる。

「——脳幹出血です」

「意識は？」

「……いえ」

口調から、大変な重症だと分かった。美貴が死ぬ？ あり得ない。だいたい、何であいつが脳幹出血なんか起こすんだ。酒も煙草もやらないのに……多少高血圧気味だったが、それも医者に注意されるほどではなかった。

無数の「何故」が頭の中でリピートされる。誰に怒りをぶつけていいのか分からなかったが、次第にそれは、自分に向かってきた。何か、事前に異変はなかったか……それに気づかなかった自分が悪いのではないか。

それでも、辛うじて残った冷静さで、石田が告げた病院の名前を手帳に書き留めた。自分の字とは思えないほどの悪筆だった。

店内に戻ったが、雲の上を歩いているような気分だった。もちろんそんな経験はないが、足元はふわふわと頼りなく、ともすれば床を突き抜けて虚空に落ちてしまいそうだった。席に戻ると、すぐに井上が異変に気づいてさっと立ち上がり、「どうしたんですか」と低い声で訊ねる。

結城は首を横に振り、「座れ」と命じた。ここで目立ったことをすると、張りこんでいるのに気づかれる。今はまだ仕事中なのだ。

「しかし……」

「いいから、座れ」

結城も腰を下ろしたが、何も言えなかった。先ほどまでいた女の子は姿を消しており、今いるのは二人だけ。井上が、「何があったんですか」と再度訊ねる。自分は傍《はた》から見て分かるほどショックを受けているのだろうか、と結城は訝《いぶか》った。気づくと、いつの間にか井上の煙草を一本引き抜き、口にくわえている。無意識のうちにライターも手に取り、火を点《つ》けていた。苦い煙が喉に入りこみ、思わず咳《せ》きこんでしまう。煙草が精神安定剤などと言うのは誰だ。ざわつく胸のうちは、まったく静まらない。

「係長、本当にどうしたんですか。おかしいですよ」

「女房が倒れた」

「え」井上が間の抜けた声を上げる。

「助からないかもしれない」結城は、煙草を灰皿に押しつけた。消え残ったところに、ウーロン茶を注ぐ。灰皿はあっという間にウーロン茶で満たされ、その中で何本もの吸い殻が泳ぎ始める。

「早く行かないと」井上の顔は真っ青になっていた。

「いや、仕事中だから……」

「そんなこと言ってる場合じゃないでしょう」井上が厳しい口調で言った。

もしも死に目に会えなくても、それは罰なのだ、と結城は自分に思いこませようとした。仕事とはいえ、ずっと電話をサイレントモードにして、鳴らないようにしていたのだから。別に、そこまで気を遣う必要もなかったのだ。この店では、携帯電話で話していても誰かに文句を言われることもない。少しだけ神経質になったことが、連絡の遅れにつながり……こんな自分には、妻を看取《みと》る権利がない。

「とにかく行きましょう」井上が結城の腕を摑んだ。

「仕事中だ」

「そんなこと言ってる場合じゃないですよ！」

井上がついに、声を張り上げた。視線が集まってくるのを感じたが、どうしようもない。井上に腕を引かれるまま、結城は立ち上がって店の外へ出た。

井上はてきぱきと行動した。タクシーを呼び止め、結城を押しこめると、自分も隣に乗りこむ。結城の上司である管理官に報告して電話を畳むと、「娘さんに連絡したんですか？」と訊ねた。

結城は首を振った。こんな時に、そんな辛《つら》いことをしなければならないのか？

第2章　母の死

1

こんなこと、あるんだ。

まだ帰宅ラッシュの名残が残る総武線の中で、若葉は冷たい手すりをずっと握り締めたまま、唇を噛《か》み続けた。

親がいきなり死ぬ——死ぬかもしれない。

もちろん、自分より年上の人間が先に逝くのは世の道理だが、母親は健康だったではないか。健康診断でもまったく異常はなかった。まだ五十歳にもなっていないのに……。

「たぶん、意識は戻らない」父親の言葉が、何度も繰り返して脳内で再生される。そうか、助からないのか。もう、母親と話すことはできないのか。そう考えると涙が滲《にじ》んでくる。電車の中で泣くわけにはいかないから、その都度うつむき、歯を食いしばった。

自分がここで泣いてしまったら、会えないまま、母親は逝ってしまいそうな気がする。

電車で来てよかったのだろうか、と悩む。男友達に送ってもらう手もあったのだ。彼の車なら……しかし、東京から千葉方面の道路はしばしば渋滞する。電車が正解、そう自分に言い聞かせても、どうにも気持ちが落ち着かなかった。

腕時計を見る。既に午後十時。母が倒れてから四時間も経《た》っている。怖くもあったが、道中、どうしても「脳幹出血」について調べずにはいられなかった。検索してみると、脳出血の中でも非常に重篤な症状で、致死率は極めて高いという。

見なければよかった。

本当に死ぬの？　スマートフォンの画面が歪《ゆが》む。涙のせいか、手に力が入って筐体《きょうたい》が歪んでしまったのか、分からなかった。これ以上は読めない……ブラウザを閉じて、そのままバッグに落としこんだ。どうしようもない、自分では何もできないと分かっていても、この移動の時間が無駄としか思えない。実家に住んでいたら、と後悔した。確かに、自宅から大学へ通うのは大変なのだが、私が家にいれば、もっと早く母と会えたのは間違いないのだから。

後悔しても何にもならない。それでも、悔やむ気持ちは後から後から湧き上がってきた。

ＪＲ千葉駅で降りると、迷わずタクシーを使った。財布は少し寂しいが、この際、そんなことは言っていられない。母が運びこまれた病院は、若葉も知っていた。高校の時、交通事故で入院した友人を見舞ったことがある。早く……しかし、夜も遅くなっているのに、佐倉街道はひどく渋滞している。急いで。思わず口に出しそうになった瞬間、タクシーが動き出した。どうやら道路工事だったらしい。

シートに背中を預け、目を閉じる。ふいに涙が零《こぼ》れそうになり、慌てて目を開いた。泣いたら、全てが流れ出してしまいそうな気がする。

スマートフォンを取り出し、父の電話番号を呼び出した。電話がかからない。病院だから電源を切っているかもしれないと思っても、納得できない。こんな大事な時に、どうして電話に出ないの……他に誰か、母の容態を確認できる人はいないだろうか。勤務先の電話番号は電話帳に入っているが、こんな時間に電話をかけても、誰かが出るとは思えない。そうだ、母の携帯はどうだろう。誰か、同僚の先生でも持っていてくれれば……かけてみたが、電源が入っていないようだった。

もうどうしようもない。話す相手もいない。スマートフォンをバッグに入れ、もう一度目を閉じた。瞼《まぶた》の裏で星が瞬く。それを見ているのが辛くなって、またすぐに目を開いた。ちらりと横を見ると、車のウィンドウに、疲れた顔が映りこむ。ひどい顔……このところアルバイトが忙しくて疲れているところに、今夜のショックが追い打ちをかけた。

千葉駅から病院までは、車で十分ほどのはずだ。多少渋滞したが、十五分で着くだろう、と予想する。しかし今は、その十五分が惜しかった。もしかしたら、走った方が早かった？　あり得ない。普段は、こんな馬鹿なことは絶対に考えないのに。

四街道入口の交差点で左折すると、すぐに千葉刑務所の前に出る。高いコンクリート壁が張り巡らされ、周囲に異様な雰囲気を放っている。佐倉街道を挟んで向かい側には市営住宅があるのだが、こういう場所に住むのはどんな気持ちなのだろう。

この刑務所の正門は、確か百年以上も前の物がそのまま現存している。建築史的には価値があるものだろう。レンガ造りで左右に二つの小さな塔を配したデザインは、いかめしい雰囲気をわずかに和らげている。

私がこういうことを知っていると分かったら、父はどんな反応を示すだろう。

そんなことはどうでもいい。自分の将来の夢とは関係ない。

タクシーは、高品坂下で右折する。高架橋で総武本線を越えると、一戸建ての家が並ぶ住宅地になる。ここまで来たらもう少し……若葉は思わず身を乗り出し、助手席のシートを摑んだ。運転手がちらりとこちらを見て、非難するように眉を吊《つ》り上げたが、無視する。早く。一秒でもいいから早く着いて。

あまりにも思いが強過ぎて、タクシーが病院に着いたのに気づかなかった。「着きましたよ」と告げられ、慌てて財布を取り出す。千四百三十円……千五百円を取り出して運転手に渡し、釣りも受け取らずに車を飛び出した。窓が開いて「お釣り」と呼び止められたが、無視する。そんな場合じゃない。

病院の正面入口は閉まっていた。それはそうだ。もう夜も遅い。救急搬送口に回らないと……だけど、どっち？　建物の右へ回ればいいのか、左なのか。

入口の脇で、煙草を吸っている男性の姿に気づいた。慌てて駆け寄り、「救急搬送口はどっちですか」と訊ねる。顔を上げた男が目を細め、次の瞬間には煙草を取り落とした。

「若葉さん?」

「はい?」声をかけられ、混乱する。誰? どこかで会った? 一瞬で記憶がつながる。名前は覚えていないが、確か父の部下の人。受験が終わってのんびりしていた昨年の春、家に遊びに来たことがあったはずだ。

「井上です。お父さんのところで……」

「はい、あの、分かってます。すみません」そんなことをするのももどかしかったが、反射的に頭を下げた。こんな時でもそれなりに礼儀正しくしてしまう自分に腹が立つ。

「こっちです」落とした煙草を拾い上げて携帯灰皿に押しこみ、すぐに走り出す。まったく遠慮のないスピードで、若葉はついていくのが精一杯だった。途中、パンプスが脱げそうになり、ますます離されてしまう。

救急搬送口の上では「救急」の赤い看板が光を発している。不吉な血の色に、鼓動が跳ね上がる。井上がスピードを落とし、振り向いた。うなずきかけると、ドアを開いて、若葉を先に中へ通す。冷たく淀《よど》んだ空気に消毒薬の臭いが混じり、若葉はかすかな吐き気を覚えた。唾を呑《の》んで何とかこらえ、自分を追い抜いた井上の背中を追いかける。我慢しきれず、後ろから声をかけた。

「あの、容態は……」

井上が一瞬立ち止まり、振り返った。唇を固く引き結び、目には迷いが見える。結局「こっちです」と言っただけだったが、それによって若葉は、容態が絶望的なことを悟った。また涙が滲み出てくるが、こんなところで泣いてはいられない。奥歯を嚙み締め、井上を追い越す勢いでまた歩き始めた。

井上が案内してくれたのは、ＩＣＵだった。一見すると広い病室のようにしか見えない。ベッドが四つ並んでおり、一番右端――出入口に近いところに、父の背中を見つけた。

しかし、足が動かない。すくんでしまう。固まっている場合ではないと頭では分かっていたが、どうしようもない。そのうち、情けないことに、歯ががたがた言い出した。握り締めた拳の中で、爪が掌《てのひら》に食いこむ。

父がゆっくりと振り向いた。目が空《うつ》ろで、焦点が合っていない。あのベッドにお母さんが寝ている？　まさか。確かめなくてはいけないのに、どうしても足が動かない。父も同じようで、その場で固まっている。医師が一人、それに看護師が二人いるのだが、特に何かしている様子はなかった。電子音が、単調なリズムを刻んでいる。

ふと、背中を押された。軽い力だったが、よろけるように前に出てしまう。ぼんやりと後ろを振り向くと、井上が悲しげな顔つきで立っていた。気楽に背中なんか押さないで……と思ったが、声には出せない。向こうは心配してくれているのだから。

若葉は、のろのろと歩き出した。ドアからベッドまでは、わずか五メートルほど。しかし今は、その距離が異常に長く感じられた。

お父さん、どうして突っ立ったままなの？　こんな時ぐらい、声をかけてよ。

泣いている。

父が泣いているのを見るのは初めてだった。いつも厳しく仕事をして、その気配を家まで持ち帰ってくる父。話しかけにくく、堅物のイメージが強い。だけど今日は、それじゃ駄目でしょう。どうして何も言ってくれないの？　私、やっと来たんだよ。

ようやくベッドに辿《たど》り着いた若葉は、転落防止用の手すりに手をついた。母は、眠っているようにしか見えない。目を閉じて……しかし胸が上下していない。ベッドの脇にあるモニター上の緑の線は、完全にフラットだった。

まるで腕に錘《おもり》でもついているかのように、父がのろのろと左腕を上げた。ぼんやりと手首を見下ろし、「五分前だった」と告げる。

「どうして？」

誰も何も答えてくれない。母とは昨日の夜も電話で話したばかりなのに。そう、午後十時……帰宅していれば、父は必ず風呂に入っている時間なのだ。将来の夢を話し、来年から始まる就職活動について相談し、最後は「お父さんには内緒にしておいて」で締めくくる、いつもの会話。家を出てからの方が、母とはよく話すようになったと思う。気づくと、五日連続で電話したこともあった。一人暮らししているのに、これじゃ実家にいるのと変わらないわね、と母は笑ったものだ。

それはそうだけど、二十歳になればいろいろ考える。友だちやボーイフレンドには相談できないことだってあるのだ。やっぱり、お母さんじゃないと……最後に話してから、二十四時間しか経っていないのに。

何で？

「お父さん、どうして……」

「そうだな……」若葉が知る父の声ではなかった。

「何でこんなことになったの？」

「急だったんだ」

「それは分かるけど、何で脳幹出血なんか……お母さん、どこも悪くなかったじゃない」言いながら、次第に声が震えてくる。自分の声の調子が、悲しみに拍車をかけた。「何で気がつかなかったの？　一緒に住んでて、調子が悪かったら気づくでしょう、普通」

「何でもなかったんだ。いつも通りだよ。今朝も普通にご飯を食べて……」

「何で気づかなかったの！」

沈黙。冷たい空気が、細かく震えるようだった。こんなことを言っても何にもならない。父親を責めるのは筋違いだ。分かってはいたが、若葉の怒りは収まらなかった。

恐る恐る、母の顔を見る。血の気はなかったが、まるで生きているようだ。静かな表情……目を開けて、「おはよう」と言い出すのではないか、と若葉は思った。そんなことはないと理屈では分かっているが、そうあって欲しいと信じたかった。

「脳幹出血には、様々な原因があります」

それまで黙っていた医師が、急に口を開いた。年の頃、六十歳ぐらい。深みのある低い声で、それを聞いただけで若葉は少しだけ落ち着きを取り戻した。

「生活習慣による場合がほとんどですが、そういうことがなくても、突然発症することはあるんです」

「知ってます」そんなことは、ここへ来る電車の中で調べてきた。にわか仕込みだとは分かっているが、ただ反発したいがためだけに、強い口調で言ってしまう。

医師がうなずき、続ける。

「お母さんの場合は、特に生活習慣病と言えるような症状はなかったようですね。血圧が少々高めだったようですが、数字を見た限り、治療を受けるほどのものではありません。だから、気づかなくても仕方ないんですよ」

「そんなの、言い訳です。一緒に住んでいて何も気づかないなんて、おかしいです」

「そういうこともあるんです……ご愁傷様でした」医師が深々と頭を下げる。看護師二人もそれに倣い、医師を先頭にICUを出て行った。

「こんなの、ありなの?」

若葉はベッドの上に身を乗り出し、胸のところで組み合わされた母の手を摩《さす》った。温かい……この手が作った料理を、何千回食べてきたのだろう。今度は私が作ってあげたかったのに。最近は、ちょっと料理の腕が上がったんだよ。煮物なんか、結構自信があるんだから。

「お母さん」呼びかければ、返事をしてくれそうだった。「お母さん……何で？　返事してよ」

声が大きく震え出す。零れ落ちた涙が、母の手に落ちた。肌を滑り落ち、袖の中に消えていく。

「俺がちゃんと気づいておくべきだった」

「そうだよ」母の手を放し、背筋を伸ばす。目の前にいる父に、激しく言葉を叩《たた》きつけた。「いつもちゃんと見てないから、分からなかったんでしょう？　夫婦なんだから、ちゃんとしないと駄目じゃない」

「そうだな」父の声には張りがなく、まるで別人だった。家ではそれほど口数が多いタイプではないが、言葉には重みがあるのに。

「何か言ってよ。どうしてこんなことになったの？」これでは駄々っ子だ、と自分でも分かっている。でも、誰かに乱暴な言葉をぶつけないと、とても正気ではいられそうにない。

父は黙っている。手すりを握り締めたまま、母の顔をじっと見下ろしている。この顔を見ていられるのもあと少しなのだ、と悟った。

私も目に焼きつけないと。

2

通夜と葬儀はあっという間に終わった。母の遺体に対面した後、若葉はほとんど寝た記憶がない。葬儀が終わり、灰になった母は、もう家にはいない。父の両親が眠る銚子の墓に入っている。すべての儀式を終えて家へ戻ると、もう夕方。何か食べたんだっけ……思い出してみると、昼に軽く寿司《すし》を摘《つま》んだだけだった。それでも、空腹はほとんど感じない。食べることを考えるだけでも面倒だった。

自室のベッドに横になり、目を閉じる。大きなショックは去っていたが、全身が痺《しび》れたような感じは消えない。自分の生活が、今すぐ大きく変わることはないだろう。しかし、将来は分からない……そう考えると、不安の波に襲われる。

ゆっくり体を起こし、本棚からアルバムを抜き出す。一枚一枚の写真が、即座に想《おも》い出《で》につながった。赤ん坊の頃の自分。抱いているのは、今の若葉より少し年上だった母親だ。九〇年代前半……母親の服装は、どこか大仰だ。肩にたっぷりパッドの入ったジャケットを見ると、アメフトの選手を思い出す。こういうのが流行《はや》っていた時代だから……それから二十年。歳月の流れを写真で追いながら、若葉はまた涙が滲んでくるのを意識した。

泣いたって何にもならない。自分に言い聞かせ、思い切りよくベッドから立ち上がる。

洟《はな》をかみ、丸めたティッシュをゴミ箱に向かって投げる。ストライク。ほら、悪いことばかりじゃないんだから、もっとしっかりしないと。

スマートフォンが振動する音がして、びくりと体が震える。電話なんか出たくない……でも、習慣でやっぱり手に取ってしまった。地元の友人だった。葬儀にも来てくれていたから、無視はできない。取り敢《あ》えず礼を言い、当たり障りのない会話に終始するが、そのうち就職の話になってしまい、別の意味で気持ちが塞ぎ始めた。

普通に就職活動をするかどうかは、まだ決めていない。たぶん、そうならないだろう。母にはもう相談して、背中を押してもらってもいた。だが、その母がいなくなった今、一度決めかけたことは白紙に戻すべきではないかと思っている。母の意思で進路を決めるわけではないが、その存在はあまりにも大きかった。何だかんだ言って、自分が母親に依存していたのは間違いないのだから。精神的な支柱。頼りになるし、アドバイスもいつも的確だった。三十年近く学校の先生を務めていると、あんな風になるのだろう。様々な人生——小学生の人生だが——を見てきたが故に。

とても買い物へ行く気にはなれなかった。かといって外へ食べに行ったり、出前を取るのも気が進まない。父がそう言えば従ったかもしれないが、何か言い出す気配はなかった。六時になると、黙って米を研ぎ始める。自分でご飯は炊けるんだ、と少しだけほっとした。一人暮らしでも大丈夫かもしれない。

だが父は、それ以上何もしようとしなかった。仕方なしに、冷蔵庫を漁《あさ》る。母が亡くなったのは水曜日……週末にまとめて買い物をするのが常だったせいか、冷蔵庫の中にはあまり食料品がない。仕方なしに、使えそうな材料を見繕って料理を始めた。

ジャガイモを茹《ゆ》でて、指を火傷《やけど》しそうになりながら皮を剝《む》き、マッシャーで潰す。少し茹で時間が足りなかったのか、硬い部分が残ってしまった。それを必死で潰すことに集中していると、少しだけ気分が紛れてくる。キュウリを半分と、タマネギを少し。彩りはあまり綺麗《きれい》ではないが、他に入れるものがないから仕方がない。野菜を混ぜこみ、塩胡椒《こしょう》とマヨネーズで味を調えた。味見してみたが、何だか薄い。母はいつも、もっと調味料を入れていたのだろうか。でも、あまり味を濃くすると、ちょっとね……母には持病はなかったというが、どうしても神経質になってしまう。塩分控えめでいかないと。

よし、ポテトサラダは何とか完成。でも、これだけというわけにはいかないか。他に使える食材は……冷凍庫に豚のバラ肉。タマネギもジャガイモも残っているし、肉じゃがでも作ろうか。ジャガイモが被《かぶ》るけど、これはしょうがない。父には、それぐらいは我慢してもらわないと。

今度は最初からジャガイモの皮を剝き、適当に切って水から茹で始める。あれ？　肉はどこで入れるんだっけ？　最初に炒《いた》めるのか、それとも沸騰してから入れればいいのか……今さら炒めるには遅い。大丈夫、ちゃんと味つけすれば、そんなに変わるわけがないし、と自分に言い聞かせる。タマネギは、煮過ぎると溶けるから、最後。本当は糸こんにゃくが欲しいところだけど、ない物は仕方がない。煮物は得意な方なのに、今はどうにも上手《うま》くいかない。

鍋が沸騰し始めたのに合わせ、豚肉を入れる。途端に灰汁が湧き出てきた。慌てて灰汁取りを探し出し、丁寧に取り除く。いつまで経っても灰汁《あく》が出続けるのは、脂身の多いバラ肉だからだろうか。こういうの、本当は体によくないんだろうけど……と考えると気持ちが沈む。野菜ばかり食べていれば、脳出血なんかにならない、というわけでもないだろうが。

気づくと、父が横に立っていた。

「何」つい、素っ気なく言ってしまう。

「味噌汁でも作ろう」

「材料、ないわよ」

「麩《ふ》がある」

麩か……何だか、病院食みたいだ。それでも、ないよりはあった方がいい。鍋の様子を見ながら父の方を見ると、冷蔵庫を開けて袋を取り出した。麩ではなく、最中のような丸い物が入っている。

「それ、何？」

「吸い物だ。母さんが、金沢に旅行に行った時に買ってきた。お湯を注ぐだけでいいんだ」

「だったら、最後にして」若葉はポットに顔を向けた。「食べる直前でいいでしょう」

「そうだな」

ぼんやりした口調で言い、父が汁椀《しるわん》を取り出した。麩を中に入れて、ダイニングテーブルまで持って行く。それだけで疲れ果てたのか、ソファに腰を下ろしてしまった。

やっぱり、いつもと様子が違う。もう五十歳なんだから、溌剌《はつらつ》としているわけではないが、今まで家では疲れた顔を見せたことはなかった。そんなにショックを……当然よね、と思う。二十年以上一緒に暮らしてきた人が、急にいなくなったんだから。

それでも意外ではあった。父はもっと、強い人間だと思っていたから。

鍋が噴きこぼれそうになって、慌てて火を弱める。竹串をジャガイモに突き立ててみたが、まだ硬い。そういえば、味つけはどのタイミングでやればいいんだっけ。まだジャガイモが硬い段階で調味料を入れて味を染みこませるのか、材料に完全に火が通ってからにするのか。今は、ゼロと一の中間地点というところ……分からないなら、思いついたこのタイミングで入れてみよう。酒と醬油《しょうゆ》、味醂《みりん》。たぶん、塩はいらないはずだ。

料理とは、何と面倒臭いことか。今は自分一人のためにしか作らないから、適当に手抜きをしてもそこそこ食べられるものができるが、きちんと人に食べさせるには、手順が大事なんだ。お母さんは、仕事しながらそれをずっとやってたわけよね……それだけで尊敬に値する。

やっと肉じゃがが完成した。何だか全体的に色も味も薄い。醬油が足りなかったのか、入れるタイミングが違っていたのか。もう少し足そうかと思ったが、そんなことを続けていると、今度は真っ黒になって食べられなくなるだろう。肉じゃがはこれでいいか……ポテトサラダは上手くできたから、それで勘弁してもらおう。

ご飯が炊きあがるまで、手持ち無沙汰になった。お茶を淹《い》れ、少し躊躇《ためら》った後に父の分も用意する。父は、ボリュームを絞ったテレビをぼんやり見ていたが、テーブルに湯飲みを置いた時に、「ありがとう」と言うぐらいには感覚は生きていた。

若葉は、父の斜め横にある、一人がけのソファに腰を下ろした。父は足を組み、視線をテレビに向けている。目を細めているのは、眠いのか、画面がよく見えないのか……分からなかった。とにかく、父のことはよく分からない。中学生になった頃から何となく避け始め、そのまま二十歳になってしまった。別に嫌いなわけじゃないけど、話すこともない。

しかし今は、ちょっと悪かったかな、と思っている。予想もしていない出来事で、父娘二人だけになってしまったのだ。

「これからどうするの」

「どうするって」父の返事には、やはり覇気が感じられない。

「だから、一人で……」

「別に、何ということもない。一人暮らしも長かったからな」

「仕事しながら、大丈夫なの？」

「そういう風にしている連中は、たくさんいる。どっちにしても、夫婦もいつかは一人になるんだし」

「そういうこと、言わないで」若葉は、自分の声が尖《とが》るのを意識した。今は「死」を感じさせる言葉を聞きたくない。

「ああ……ああ、そうだな」父の曖昧な台詞《せりふ》は、実質的には謝罪だった。

「本当に、一人で大丈夫？」

「やってみないと分からないが、今は昔よりずっと、一人暮らしは楽なんだ」

「同じじゃない」

「俺が若い頃は、コンビニなんて、それほどなかった。外食できる場所も、限られていたしな」

「毎日コンビニで弁当とか、勘弁してね」自分もそんな風に夕飯を済ませることはあるが、それは学習塾のバイトで夜遅くなる時だけだ。

「そんなつもりはない。できるだけ、自炊するよ」

「そんな暇、ないでしょう」

「何とかする」

　具体的な方策があるわけではないのだ、と分かった。中間管理職の父は、今でも忙しく仕事をしているはずだ。部下の面倒を見ると同時に、自分でも現場に出なければならない。母の助けがあったからこそ、ここまでやってこられたはずである。

「何とかって」厳しく突っこんでも何にもならないのだと思いながら、若葉は言った。「お手伝いさんを雇うとか、いろいろ手はある」

「今時、お手伝いさんなんているの？　いても高いでしょう。そんな余裕、うちにはないわよね」

今までは、実家は少しだけ裕福だったと思う。両親は二人とも公務員。大金を稼ぐわけではないが、収入は安定していた。「家のローンももうすぐ返し終わるから」と一年ほど前に母が言っていたのを思い出す。もうすぐって、どれぐらいだったのだろう？もう返済は終わったのだろうか。自分には直接関係ないことだが……ここで父に聞くのも、嫌らしい感じがした。

炊飯器が甲高い電子音を立てる。ご飯が炊きあがったのだと気づき、ほっとして若葉は立ち上がった。本当は「私が家にいようか」と言うつもりだったのに、言葉が出てこなかった。父は、人に面倒を見てもらうようなタイプではないが、一人暮らしになるといろいろ面倒なこともあるだろう。母親孝行ができなかった分、父親には……と考える自分は、殊勝だとは思う。何ができるかは分からなかったが。ただ、母が守ってきたこの家を、今まで通り住み心地よく保っていくのは、意味のあることだと思う。

でも、言い出せない。

黙って食事の用意を始める。料理を皿に盛り、麩の吸い物を作り、ご飯を茶碗《ちゃわん》によそう。二人きりで食卓についたことがあっただろうか、と若葉は記憶をひっくり返した。

食事の時は常に、母がいた……いつもの習慣で、父がテレビを消す。途端に静かになり、若葉は居心地が悪くなった。父と二人きりの食事。何とも食べにくい。

父は無言で箸を使っていた。母が亡くなった直後にしては、食欲に変化はないらしい。黙々と肉じゃがを頬張り、ご飯を口に詰めこむ。吸い物も普通に食べていた。若葉はしばらく無言で、父の食事の様子を見守った。不満がある感じではないが、満足しているようにも見えない。しかし「おいしい？」という質問は口にできなかった。何となく、媚《こび》を売っているような感じがする。

とはいえ、気になる。

「肉じゃがの味、薄くない？」

「大丈夫だ」

大丈夫、か。思わず苦笑しそうになった。何とか食べられる、ということか。自分でも箸を伸ばす。ジャガイモと肉を一緒に食べると……確かに何とか食べられる濃さだ。まあ、いいか。ポテトサラダは、予想よりも美味《おい》しかった。今度は芥子《からし》をもっと入れてみよう。母の味は、マヨネーズの甘みが薄く、もう少しシャープだった気がする。

「お母さんの味とは違うね」

「当たり前だ。料理する人によって、味は変わるんだから」

「お父さん、味噌汁以外に料理なんか作れるの？」

「料理ぐらい、誰でも作れる」

「そう」

「お前、二十歳になったんだよな」

「はい？」突然話題が変わり、若葉は頭が混乱するのを感じた。二十歳になったって……誕生日は一か月も前だ。「当たり前じゃない。娘の誕生日、忘れたの」

「そういうわけじゃない」

「お母さんからは、プレゼントを貰《もら》ったけど」

「あれは、俺も金を出した」

「でも、お父さんの名前がなかったわよ」

「俺はいいんだ」

この人でも照れることがあるんだ。若葉は少しだけ頬が緩むのを感じたが、質問の真意が分からないので、まだ警戒心は解かない。

「それで、私が二十歳になったから、何なの」

「二十歳といえば、もう大人だ」

「そうだけど……」大丈夫だろうか、と心配になった。何でいきなり、こんなことを言い出すのだろう。自分のことは自分でしろ、とでも言いたいのだろうか。そんな心配、してもらわなくてもいいのに。むしろ心配なのは、父の方だ。

「自分のことは自分でやれるな」

「今もやってるわよ」ふいに、ある可能性に思い至った。「ねえ、もしかしたら、大学の学費が苦しいとか？　私、今のバイトのコマをもう少し増やせば、もっとお金になるけど。学習塾って、他に比べてバイト代がいいから」

「金のことは心配いらない。仕送りも今まで通りにする」

「じゃあ、何が心配なの？」

「心配はしてない」

「分からないな」若葉は箸を置いた。食欲は失《う》せてしまった。「言いたいことがあるなら、はっきり言えば？　私も子どもじゃないんだから、話はちゃんと聞くわよ」

「いや……いいんだ」

「何か、嫌な感じ」

「悪かった」

父が素直に謝ったので、若葉は動転した。「悪かった」。こんな言葉を父から聞いたことがあっただろうか。

「お父さん、どうかした？　まだショックが抜け切らないの？」

「それはそうだが……関係ない。今のは忘れてくれ」

それは無理だ。大したことではないが、心に残るだろう——若葉には分かっていた。

何と中途半端なことをしてしまったのか。ああいうのは、取り調べでは絶対に御法度だ。言葉はしっかり語られるべきであり、曖昧な言い方で相手に不安を与えてはいけない。

布団に入り、眠れぬ夜を過ごしているうちに、結城の思いは一点に収束していった。二十歳。立派な大人であり、多くのことを冷静に受け止められるだろう。母親の急死にも取り乱さず、何とか葬儀まで乗り切ったのは、娘が見た目よりも精神的に大人になっている証拠だ。

しかしこの件は事情が違う。本当はもっと早く、それこそ子どものうちに話しておくべきだった。しかし夫婦どちらも決心がつかぬまま、娘は二十歳。今さらながら、妻の存在の大きさを思う。きっと上手く話してくれたはずだ。あるいは自分が知らないだけで、とうに話してしまっていたとか……それはあり得ない。それほどべったりした夫婦関係とは言えなかったが、二人の間に秘密は何もなかったはずだから。

話すべきか、隠しておくべきか。考えても結論は出ない。妻の不在、その不自由さを強く感じるだけだった。

3

一週間休むつもりだったのに、月曜日、若葉は大学にいた。父が「月曜日から普通に出勤する」と言い出したので、自分もそれに合わせたのだ。本当は、実家で一人でいるのが嫌なだけだったのだが。父の面倒は見なければいけないと思っていたが、向こうが

「必要ない」と意地を張っているのだから、お節介もできない。

午前中の講義はなかったので、学食で時間を潰す。ぼんやりとコーヒーを飲んでいると、横に誰かが座る気配がした。宏太《こうた》。

「何でここにいるんだ?」驚いたように声をかけてきた。

「ちょっとね」若葉は肩をすくめた。

「しばらく休むかと思ってたんだけど」

「家にいても、やることがないし」

「オヤジさん、放っておいていいのか?」

「オヤジって、やめてくれない?」若葉は苦笑した。「気楽に言わないで」

「ああ……ごめん」宏太がすぐに謝る。気が弱いというか、素直というか。「でも、大丈夫なのか」

「あんまり大丈夫じゃない。ショックはショックだけど……今は平気だけど、そのうちまた落ちこむかもしれない」

「そうか」

何とも頼りない。普段は一緒にいて気が楽な相手なのだが、本当に自分がひどい状態にある時はどうなのか。まだそれほど深いつき合いをしていないので、想像もつかない。あの日——母が倒れた日には、勇気づけてもらって助かったけど。そういえばまだ、お礼も言っていない。

「あの日……ありがとう」

「何が」前を向いたまま、宏太が訊《たず》ねる。

「いろいろアドバイスしてくれて」

「ああ、電車の件？　あっちの方が早かっただろう」

「京葉道路で事故があったみたいね」

「俺も後で聞いた。車で行ってたら、何時間かかったか分からないな」

「それに、あんな所へいきなりあなたが現れたら、うちの父はパニックになったかもしれない」

「そういう人なのか？」

「警察官だから。厳しいわよ」

「最悪のタイミングになっただろうな」

もちろん、まだ親に会わせるような時期ではなかったが。もしも、今後宏太との交際が進んだら、厄介なことになるのは目に見えている。母がいれば、クッション役になってくれただろう。でも、父にいきなり紹介したら……若葉は首を振った。そんなことになるかどうかも分からないのに、今から心配しても仕方がない。

コーヒーを一口飲む。学食のコーヒーは八十円で、安いのはありがたいが、味は最悪だ。何故か、紙コップの臭いが移ってしまう感じがする。それでも紅茶よりはましなので、若葉は学食に来るといつもコーヒーだった。

学食は全面がガラス張りで、若葉が座っている位置からは、図書館と本部棟が見える。本部棟の前の、ちょっとした芝生広場も。芝生は立ち入り禁止なので、その前のベンチで学生たちがたむろしている。今日も寒いのに、そんなことは気にもならない様子だった。自分は母の危篤を聞いて以来、体の中に冷たさを抱えこんだようなのに。思わず、両腕で体を抱きしめた。

「大丈夫か?」宏太が心配そうに訊ねた。

「……大丈夫」脱いで、隣の椅子に置いておいたコートを膝に載せる。その暖かさが、気持ちを落ち着かせた。

「これからどうするんだ?」

「今まで通り」若葉は肩をすくめた。「父が心配だったんだけど、一人でやるって言うから」

「じゃあ、大学もバイトも今まで通りなんだね」

「取り敢えず、ね」

ちらりと横を見ると、宏太は露骨にほっとした表情を浮かべていた。そんなに安心されてもね……好きなら好きって言えばいいのに、と思ったが、自分から言い出す気にもなれない。

「今夜、飯でも行く?」

「そうねえ……」悪くない誘いだった。一人になるのは何となく怖い。母が亡くなってからは、父がずっと近くにいたし。マンションへ帰れば、当然一人になってしまうのだが、その時間をできるだけ先延ばしにしたかった。

「どうする？　他の連中も誘うけど」

「分かった、行く」

「オーケー」

　嬉しそうに言って、宏太が携帯電話を取り出した。早速メールを送り始める。それをぼんやりと見ながら、若葉は父のことを考えた。お父さん、今日の夕飯はどうするんだろう。まさか今夜は残業しないだろうから、家へ帰って食べるつもりだろうか。米を研いで、炊飯器ぐらいセットしておけばよかった。夜になったら電話してみようか……そんなことをしたら、鬱陶しがられるかもしれないが、煩《うるさ》く言うことで、きちんと家事をする気になるかもしれない。そういうことなら、自分が悪者になってもいい、と思った。

「店、『ネロ』でいいかな」

「どこでもいいよ」

「ネロ」は大学の近くにあるイタリア料理店だ。安いので、仲間内でよく利用している。

「じゃあ、後で……六時集合でいいかな」

「分かった」

　宏太は、それ以上何も言わずに去って行った。そういうさらりとしたところがいいのか悪いのか……一人になって、若葉はバッグの中から『刑法総論』を取り出した。これは失敗だった。こんな分厚い本を持ち歩いていたから、今日は肩が凝ったのだ。ぱらぱらとめくっていく……本気で読むなら、学食ではなく図書館に行くべきよね。ここは常に人がいて、ざわついている。

読めるかな……読もう、と決めた。午後の講義が始まるまでは、まだ時間がある。それまで、学食で一人ぽつんと時間を潰しているのは馬鹿馬鹿しい。立ち上がり、コートをきちんと着こみ、『刑法総論』もバッグに入れた。いろいろなことをちゃんとやるのが、今は大事だ。いい加減にやっていたら、自分の人生が愚図愚図になってしまいそうだから。

そう、ちゃんとやらないと。本を読む。講義を真面目に聞く。友だちと食事をして、バイトに行く。部屋も綺麗に掃除する。

そうしないと、お母さんに申し訳ない。

呑み会の面子《メンツ》は、馴染《なじ》みの法学部の仲間。宏太の他に、野本春奈《のもとはるな》と水島誠司《みずしませいじ》の四人だった。気心が知れた仲間なので、少しだけ気が弛《ゆる》み、久しぶりにリラックスできたと意識する。そのせいで、少し呑み過ぎたかもしれない。普段はワインなどほとんど呑まないのに、今夜は酒に強い春奈に引っ張られるように呑んでしまった。呑んでいる時は美味しいと思っていたけど、店を出て電車に乗ったら……何だか気持ちが悪い。吐くほどじゃないけど、胃の中で何かが暴れている感じ。普通は、時間が経つと酔いが醒めてくるのに、今夜は少し様子がおかしい。

　宏太が送ってくれた。家も近いのだが、今はいてくれるだけでありがたい。ちょっと足元が頼りなく、歩いているうちに、自然に宏太のピーコートの袖を摑《つか》んでしまった。腕を組んだり、手をつないだりという気分ではなく……それでも、宏太が緊張しているのは分かった。これぐらい、何でもないでしょう。しっかりしてよ。かすかな怒りを感じると、急に酔いは引いていった。

「どこかでコーヒーでも飲んでいく？」宏太が提案した。駅から若葉の家までの間には、何軒かのチェーンのコーヒー店がある。

「うーん」まだ足元が少し危ないが、コーヒーを飲みたい気分ではなかった。胃の中には、「ネロ」で最後に飲んだエスプレッソが残っている。「やめておく」

　緑茶が飲みたいな、とふと思った。家に戻れば、淹《い》れられる。送ってもらってるんだし、お茶ぐらい出そうか……今夜はまだ、一人でいたくない。だけど、今まで宏太を家に上げたことはない。今誘ったら、心臓麻痺《まひ》を起こすかもしれない。

　少しだけ笑うと、宏太がびっくりして立ち止まった。

「どうかした？」

「……うちでお茶でも飲んでいく？」

　言ってしまった。予想通り宏太は固まった。立ち止まって返事を待っていると、いきなりスマートフォンが鳴り出す。もう、こんな時に……お父さんだったら怒るからね。

「はい」

「あんたは結城の娘じゃない」

「え？」

電話は切れてしまった。

第3章　再開

1

捜査二課の部屋へ入る前、結城は立ち止まって深呼吸した。今顔を出せば、驚かれるのは分かっている。だがそれを乗り越えて、すぐに平常運転に戻らなければならない――自分を取り戻すために。

気持ちがまだ落ち着いていないのは、自分でもよく分かっていた。妻の死で心に空いた大穴は、まったく埋まっていない。常に冷たい風が吹き抜けているようだった。たった一週間で癒せるはずもない。だったら、思い切って今までと同じ生活に戻した方がいいのだ。

ドアを開けようとした瞬間に、内側から開いた。驚いて後ろへ下がると、同期の長須の啞然《あぜん》とした顔が目に入る。

「何やってるんだ、お前」周囲をさっと見回して、長須が言った。すぐに結城の胸を乱暴に押して、ドアから遠ざける。本気で怒っているようだった。「まだ忌引きも終わってないじゃないか」

「家にいられなかったんだよ」長須の前だと、やはり正直に話してしまう。

「若葉ちゃんは」

「大学へ戻った」

「しょうがねえ親子だな」長須が舌打ちした。「こんな時ぐらい、大人しくしてろよ」

「家にいると落ち着かないんだ」結城は少しだけ声に力をこめた。この男なら分かってくれるはずだ。

「そうか……」長須が、髭《ひげ》の浮いた顎を撫《な》でる。「だけど、皆驚くぞ」

「分かってる」

「まあ……お前らしいわな」長須が結城の肩をぽん、と叩《たた》いた。「普通に仕事してる方が、奥さんも喜ぶだろう」

「だから、ねじを巻いていこうと思う」

「それは怖いね」皮肉っぽく笑って、長須が肩をすくめる。「どうする？　またチームを集めるか」

「そうだな」今日は、本来なら捜査班の定例会議の日だ。とにかく全員に会って、まずは礼を言おう。部下たちは、通夜と葬式の手伝いをしてくれたのだ。一段落したら、全員に酒を奢《おご》らないといけないな、と思う。

それは、一人で夕食を摂《と》らないための一番簡単な方法だ。

「じゃあ、声をかけておくから」

「全員集合してるのか」

「うちはいつでも、出足が早いからな」

うなずき、長須が一足先に部屋へ戻って行った。確かに出足は早い。まだ八時になったばかりなのだ。

もう一度深呼吸して、長須に少し遅れて部屋に入る。途端に、それまでざわついていた気持ちが静まった。家は自分の居場所だが、刑事部屋でより多くの時間を過ごしてきたのは間違いない。まるで故郷に帰ったような気分になった。

静かに「おはよう」と言いながら、自席に向かう。捜査班のメンバーが、号令がかかったように立ち上がり、全員が深く一礼した。結城は自席に荷物を置くと、すぐに「会議を始める」と告げた。

いつも打ち合わせに使っている小さな会議室に入る。遅れて入って来た亜紀が、気を利かせて全員にコーヒーを配った。一口啜《すす》ると、さらに気持ちが落ち着く。家のエスプレッソメーカーで淹《い》れるのとは比べ物にならないインスタントだが、これはこれで飲み慣れた味である。

咳払《せきばら》いをして、結城は立ち上がった。

「今回は、私事で皆に迷惑をかけて申し訳ない」深く一礼する。「一段落したので、現場に復帰することにした。しばらくは迷惑をかけることもあると思うが、捜査の方は軌道を外さずやっていきたい」

一気に喋《しゃべ》って、一息つく。メンバーの顔を見渡すと、全員が真剣な表情を浮かべていた。冗談でも飛ばして硬い空気をほぐすべきかもしれないと思ったが、何となく頭の働きが鈍い。もう一度咳払いして、腰を下ろす。

「特に動きはなかったと思うが、取り敢《あ》えず何か情報があるなら、ここで報告してもらいたい」

一瞬、嫌な沈黙が流れた。自分がばたばたしている間に何かあったのか？　それなら報告してもらわないと……と思ったが、通夜や葬儀で忙《せわ》しなくしている時に、そんなことをされてもどうしようもない。まったく、間が悪い話だったと思って反省する。

——冗談じゃない。女房が急死したのを「間が悪い話」などと言ってはいけない。

花岡がのろのろと手を挙げた。五十代後半という年齢のせいもあって、それほど切れのある動きを見せるわけではないが、今日は特に元気がない様子だった。挙げた右手の肘が元気なく曲がっている。

「どうかしましたか、花岡さん」

「いや、説明しにくいんだが……」花岡が、下ろした右手と左手を組み合わせ、テーブルに置いた。引き結んだ口に力を入れると、唇が一本の線になる。「椎名《しいな》のことなんですが」

「椎名がどうかしましたか」

今回の捜査の肝になる、情報提供者である。贈賄側とみなされている房総建設の社員。この男の情報がなければ、今回の捜査は走り出さなかった。

「ちょっと様子がおかしいようなんだ」いつも歯に衣着《きぬ》せぬ物言いをする花岡にしては珍しく、表現が曖昧だった。

「おかしいというのは？」花岡がいつもの調子でないことに懸念を覚えながら、結城は先を促した。よほど大変なこと——捜査の行方に影響を与えるようなことが起きたのか？

「避けられてる」

「会わない、ということですか」

「そうじゃない……会うのは会うんだが、本来の話しぶりじゃないんですよ」

このメンバーの中で、椎名と直接話したことがあるのは、花岡だけである。情報提供者は用心深いものだ。それ故結城は、椎名との接触を花岡一人に任せている。このチームの最年長者で、人の扱いに長《た》けているからだ。会社の命運を左右するような情報を受ける時には、頼りがいのありそうな男を充てた方がいい。結城の部下は、全員が人に信頼されやすい実直なタイプだが、こういう状況ではやはり、積み重ねたキャリアが物を言う。

「この前会ったのは、先週の水曜日でしたか」

「火曜の昼。その時も、ちょっと様子がおかしいと言ったのを、係長も覚えているかと思いますがね」

結城はうなずいた。「何か隠している」「相当びびっている」。その話を聞いた時は、当然だろうと思った。内部告発しようと決めても、一気に全部ぶちまける人間などいない。対応してくれる刑事と駆け引きしながら、小出しにしていくのが普通だ。手持ちの材料を失ってしまうと、取り引きできなくなる、という事情もある。最初は正義感から、自分の所属する組織を訴えようと決めても、保身も気にするのが人間というものだ。だから重要な情報を「隠している」のも当然だろうし、近い将来のことを心配して「びびっている」のも自然だと思っていた。

「ちょっと気になったんで、昨夜も会ってみたんですよ」

「それで？」

「ほとんど何も話さなかった」

「会うことは会ったんですよね」

「そう」渋い表情で花岡がうなずいた。

「嫌々、という感じだったんですか」

「そわそわして、とにかく話をしたくない様子だった」花岡が組み合わせていた手を解き、腕を組んだ。

「今までそういうことは？」

「一度もない」

花岡が何かヘマでもしたのだろうか、と訝《いぶか》った。もちろん彼はベテランらしい慎重さを持った刑事であり、相手の顔色を読む能力が高い。だからといって、常に完璧にできるとは限らないのだ。人と人との組み合わせだから、ちょっとしたことで関係が崩れることはあり得る。特に今回、向こうは神経質になっているわけだし……。

「何か心配している様子ですかね」

「気がかりなことがある、という感じかな」

「気がかり、ねえ」結城は顎を撫でた。髭の剃《そ》り跡がひりひりする。今日は、言ってみれば新しい自分が生まれた日であり、それ故時間をかけて丁寧に髭を剃ったのだ。「花岡さんが感じる気がかりっていうのは、どういうことですか？　もしかしたら、社内にばれたとか？」

「それはないと思うがね……少なくとも、こっちの捜査状況が、向こうに漏れてるってことはないだろう」

結城は無言でうなずいた。監視には、いつも以上に気を遣っている。人を代え、時間をずらし、車を使ったり使わなかったり……対象の二人には絶対に気づかれていない、という自信はあった。

「椎名が監視されている、ということはないですか」

「会社から？」花岡が鼻に皺《しわ》を寄せた。

「房総建設側が捜査の動きを探りたいと思っても、警察に接触しようとは思わないでしょうね。椎名を狙うんじゃないかな」

「まさか……狙うもクソもない。少しでも疑われたら、椎名はアウトだろう」花岡が吐き捨てた。「会社は、椎名を飼い殺しにするぞ」

そう、馘《くび》にはしないだろう。馘にすれば、椎名は全てを失って自棄《やけ》になり、警察との積極的な接触を躊躇《ためら》わなくなるだろう。会社としても、当然そんなことは分かっているわけで、何とか懐柔しながら、警察との関係を絶とうとするはずだ。そうなったら、接触は難しくなる。もちろん、それまでに傍証を固めてしまえばいいのだが、捜査はまだそこまでの段階には進んでいない。

「花岡さんの感触としては……」

「少し間を置いた方がいいかもしれない」花岡が顔を擦《さす》った。「取り敢えず捜査は順調に進んでいるんだし、変に刺激しない方がいいんじゃないですか」

結城はうなずいたが、ふと自分も椎名と話してみたいと思った。これまで、接触は花岡一人に任せてきたのだが、会う人間が代われば相手の態度が変わる可能性もある。花岡を信じていないわけではなかったが、多少の変化は必要かもしれない。問題は、花岡を怒らせずにどうやってそこへ持っていくかだ。刑事は、基本的にプライドの高い生き物である。自分の仕事を横取りされた、とは考えて欲しくない。今のところ花岡との関係は上手《うま》くいっているが、「年上の部下」という、何かと扱いにくい相手なのは間違いない。ここは一つ、誠意を持って対応し、その上で納得させなければ。

「係長、会ってみますか」

花岡が突然言い出した。願ってもないことだったが、結城は少しだけ用心した。花岡は、少しひねくれたところのある男で、今も何を考えているか、本音は読めない。

「花岡さんに任せておいた方がいいと思いますけどね」結城は一歩引いた。

「いや、ちょっと環境を変えてみるのも手だ」

「そうですか？」

「係長の環境もね」

結城は顎にぐっと力を入れた。花岡はそこまで考えているのか……仕事には復帰したが、結城の本来の業務は、部下に指示を下し、捜査の方針を決めることである。基本的にはデスクに座っていなければならない時間が多い。じっとしていると、余計なことを考えがちで……外回りが一番いいのだ。

「じゃあ、ちょっとやってみますか」

「できれば今夜にでも」花岡がコーヒーを一口飲んだ。「会うだけなら大丈夫だと思いますがね」

「いいですよ」家に戻らずに済むならその方がいい、とも思う。あの家には、まだ美貴の気配が濃厚に残っており、一人でいると息が詰まるかもしれない。家を見捨てるつもりはないが、今は自分の精神状態を以前のようにするのが先だ、とも思う。

「じゃあ、ちょっと連絡を取ってみるので」花岡がうなずき、これで話は終わりとばかりに、コーヒーカップを持って立ち上がる。

まだ会議は終わっていないのだが、と苦笑しながら、結城は「他には？」と訊《たず》ねた。刑事たちが顔を見合わせ、互いに探りを入れる。無言。これ以上の情報はないと判断し、結城は会議を打ち切った。

大部屋へ戻る途中、長須が小声で話しかけてきた。

「花岡さん、いいところあるじゃないか」

「気を遣ってもらってどうするんだ、と思うけどな」

「お前にだって、こういう時はあるだろう」

「まあな」

「あまり入れこみ過ぎるのもどうかと思うけど」

「取り敢えず、やってみるよ。椎名には、俺も会ってみたかったんだ」

「あまり絞り上げるなよ」

「分かってる」

「ああ、それと……」長須が尻ポケットから財布を引き抜き、折り畳んだ紙片を取り出した。どことなく照れた表情を浮かべ、結城に差し出す。

「何だ？」細かい文字が、A４判の紙にびっしり書きこんである。

「お前、ちゃんと生活できるのか」

「いや、どうかな」

「女房が、あれこれ書いたんだ。変な話だが、台所やトイレ、風呂場の掃除のタイミングとか、日常品を買い物する場所とか……割高だから、絶対にコンビニでは買うなってさ」

「ああ……」

こんなことまで指導を受けないといけないのか、と苦笑してしまう。スーパーや薬局の名前も書いてあったが、結城には馴染《なじ》みの店ばかりだった。長須の妻は、わざわざ結城の家に近い店を選んで書いてくれたのだろう。

「悪いな」

「いや……何か不便なことがあったら言ってくれ」

うなずき、歩き出しながらコーヒーを一口飲んだ。いつものように、ブラック。インスタントなので多少刺激は足りないが、それでも目を覚まさせ、体を活性化させてくれるような感じがする。今は、花岡に感謝しないと……多少強引なやり方かもしれないが、現場に出るのは格好のリハビリになる。

自席につき、結城はパソコンを立ち上げた。花岡がまとめてくれた椎名のデータを開き、じっくりと目を通していく。調査は詳細を極め、椎名のデータは、個人的な部分にまで踏みこんで作成されている。

読んでいるうちに、椎名が自分の勤める会社を内部告発したくなるのも当然だ、と改めて思った。

2

椎名孝三郎《こうざぶろう》は、今年三十歳。房総建設に入社して、既に十年以上になる。工事の現場に四年ほどいてから本社勤務になり、人事、総務畑を歩いてきた。独身で、千葉市内で一人暮らしをしている。実家——両親や家族に関する情報はなかった——特に必要ないことだから、花岡も調べはしなかったのだろう。

本社勤務になったのは、先代社長の引きがあったからのようだ。房総建設を一代で築き上げたオーナー社長が、どういうわけか椎名を気に入り、現場から引き上げたらしい。椎名にすれば、汗水垂らすこともなく、本社の主流部門で働けるようになったので、満足な会社員人生だったはずである。

しかし一年前に先代社長が急死し、長男が跡を継ぐと、椎名は突然冷遇されるようになった。まず、総務部係長を解任され、「プロジェクト部係長」の肩書きを与えられた。それは、実質的な左遷であった。「プロジェクト部」そのものが、椎名を総務部から外すために作られた幽霊部署で、部下は一人もいない。要するに、一人部屋に押しこめられた窓際状態である。そのうち「係長」の肩書きも外れ、給料が激減した。生活に困るようなことはなかったとはいえ、この処置は椎名に精神的なダメージを与えたようである。勤め人にとって、肩書きと給与は何よりも大事なものだ。社会的評価を実感できる基準。

下ろされた原因は、明らかに新社長との確執である。過去に失敗が――一般的には失敗とは言えないが――あったことは、椎名も認めている。人事部時代、既に役員就任を前提として入社してきた新社長の研修を担当したことがあったのだが、椎名いわく、「基本的に二世の馬鹿息子」である新社長は、研修で何度も居眠りを繰り返した。「確かに研修はだるい物だが」と椎名は証言している。「他の人間に示しがつかないので厳しく注意した」

それももう、数年前のことである。だが新社長は、その時の恨みを未《い》だ《ま》に忘れていないようだった。ことあるごとに椎名に突っかかり、皮肉を言い、本人の耳に入るように悪口をまき散らした。当然椎名は、精神的に追いこまれたが、「オヤジ」と慕う先代社長が庇《かば》ってくれたので、何とかやっていくことができた、という。先代社長にしても、息子は困った存在ではあったようだ。オーナー企業だから、会社の経営権を親族に渡すのは既定路線になっていたが、とにかく出来が悪い。しかも若い頃から金遣いが荒い、ドラ息子だったのである。入社してからも、仕事のことなど何も分からないのに現場に口を突っこみまくり、周囲に鬱陶しがられていた。勘違いした馬鹿者なのは間違いないようだった。

父親の急死で、まだ三十歳の新社長が誕生したのだが、この息子は社長になっても相変わらず馬鹿だった。経験が少ないまま最高位に就いたために、人として大事なことを学ぶ暇がなかったのかもしれない。

社長になって最初にやったのが椎名の降格だったというのだから、深い恨みを抱いていたのは間違いない。建設不況が続き、同業他社の倒産も相次ぐ中、他にやるべきことがいくらでもあるはずなのに。

椎名は既に悟りきっていたようで、「馬鹿のやることはどうしようもない」と言っていたというが、実際には新社長に対する恨みを募らせていた。徹底して嫌がらせを受けた上に、降格処分。そして「今退職すれば、退職金を上乗せしてやる」と直接言われ、とうとう切れた。

静かに。

建設会社は何かと血の気の多い社員が多いが、椎名は直接暴力を振るうようなことはなかった。ただし、復讐《ふくしゅう》してやる、という気持ちは膨れ上がる一方だった。

その時点で、椎名は花岡に接触してきたのである。しかもいきなり電話をかけてくるという大胆な方法で。警察の中に知り合いがいなかったというから、仕方ないかもしれないが、突然会社を告発する電話をかけてくるのは、よほどの度胸と覚悟がなければできない。

花岡は、焦らずにアプローチした。社長に対する恨みから、「会社を潰してやろう」などと考える人間は、どこか思考が歪《ゆが》んでいる。会社イコール社長、というわけではないのに、椎名は社長に復讐するためには会社を潰さなければならない、と思いこんでしまったのである。

花岡は、若い椎名を巧みに誘導した。気持ちが萎えないように、あるいは激昂《げきこう》しないように、ゆっくりと情報を引き出したのである。その辺のやり方は、さすがベテランと言えた。この事件が上手く仕上がったら、ＭＶＰは間違いなく花岡だろう。

実は警察には、頻繁にタレこみ情報が寄せられる。ただしその多くは、酔っ払いが警察をからかってやろうと電話してきたり、単純な思い違いだったりすることがほとんどだ。特に、凶悪事件を扱う捜査一課などには、事件が起きると電話が殺到する。きちんと情報を受け、選《よ》り分けるためだけに、専属の担当者を何人か置かなければならないこともあるほどだ。面倒になって、適当にタレこみをあしらってしまう刑事も少なくない。二課の場合には、ためにする情報――誰かを貶《おとし》めるための悪意ある情報――も多く寄せられるので、どうやって判断するかは難しいところである。

本当は椎名も、社長個人の情報を提供したかっただろう。社長の犯罪、というのも珍しいものではない。会社の金を個人的に流用すれば、それだけで業務上横領だ。実際、オーナー企業では、会社を個人の所有物だと取り違えている経営者も珍しくない。だが房総建設の「馬鹿息子」は、その辺に関しては妙に用心深かった。会社の金でゴルフに行くことさえしない。

「馬鹿だが、完全な馬鹿じゃない、ということか」結城は一人、つぶやいた。

「何ですか？」

独り言を聞きつけた亜紀が訊ねる。

「いや、何でもないんだが……花岡さんの調べは、よく勉強しておいた方がいいぞ」

「そうですよね」

亜紀が勢いよくうなずく。ベテランの技は、どんどん吸収すべきである。もっとも花岡は、若い刑事に対して無愛想で、つき合いにくい雰囲気を演出しているのだが……それがポーズだということは、結城には分かっていた。要するに、自分は人に教えるような立場ではない、と照れているだけである。しかし花岡の人心掌握術は、刑事なら誰でも身につけておきたいものだ。今後、この事件で逮捕者が出た時には、花岡の取り調べに亜紀をつけよう。間近で取り調べを見るのが、一番勉強になる。

「結城係長、ちょっと」

声をかけられ、振り向く。捜査二課長の飯島《いいじま》がいつの間にか近くに来ていた。県警の叩き上げではなく、キャリア組。二十代半ばの若手が初めて地方に出る時に、二課長に任命されることが多いが、さすがに首都圏の警察である千葉県警の場合は三十代半ばである。他の県警では、若手のキャリア組を「お客さん」と揶揄《やゆ》することもあるが、この年齢だとそういう感じはしない。事実飯島も、過去に長野県警の捜査二課長などを経てここへ赴任している。

「ちょっと話、できますか」

「大丈夫です」結城は慌てて立ち上がった。

「じゃあ、こっちの部屋で」

飯島が先に立って課長室に向かう。何かヘマでもしただろうか、と心配になったが、このタイミングだ。妻のことだろうと思い直す。

二課長室は、二課の部屋の隅にあり、ガラス張りになっている。飯島は大抵そこにいて、出て来るのは会議がある時だけだ。用事があれば、課員を呼びつける。

ドアを閉めると、大部屋のざわついた雰囲気は遮断された。少し緊張しているのを感じながら、結城は勧められるまま、ソファに腰を下ろした。向かいに座った飯島が、すぐに頭を下げる。

「この度は、ご愁傷様でした」

「いえ……葬儀ではわざわざありがとうございました」結城も慌てて頭を下げる。課長以下、二課の人間はほとんどが美貴の葬儀に参列してくれたのだ。

「ずいぶん早く出てきたんですね」

「何となく、落ち着かないんです」

「そうですか」

「家には、面倒を見なくちゃいけない人間もいませんので」

「娘さんは？」

「もう、東京へ戻りました」

「大丈夫なんですね？」

飯島が念押しする。少ししつこいなと思ったが、結城は素直に「はい」と答えた。ソファも座り心地が悪いせいで、どうにも落ち着かない。

「それなら結構です。いや、忌引きの期間も終わっていないのに出て来たというから、何かあったかと思いましてね」

「いや……」結城は苦笑した。単に心配していただけか。キャリアの課長殿が、こんなことまで気を遣うというのは、やり過ぎだ。「仕事も立てこんでいましたので……深い意味はありません。家にいても、やることがないですからね」

「それならいいんですが、無理はしないで下さいよ」

「お気遣いいただいて……」これで話は終わりだろう、と腰を浮かしかけたが、飯島はまだ、向かいのソファにどっかりと腰を下ろしたままである。まだ何かあるのだと思い、座り直した。

「捜査の方はどうですか」

「順調です」

いきなり仕事の話を持ち出されて、少しだけ心がざわつく。二課の仕事は、基本的に内偵捜査だ。途中では、上司にも言えないことも多い。どこから秘密が漏れるか分からないからだ。

「大変な時でしょうが、何とか立件できるように頑張って下さい」

「はあ」わざわざ部屋へ呼びつけて言うほどのこととは思えない。言われなくても、今が頑張り時だとは分かっている。

「二課としては、久しぶりの大仕事なんですよ」

「重々承知しています」

「ですから、ね」飯島がぐっと身を乗り出した。言葉遣いは柔らかい男だが、要求は厳しい。こういう上司は一番怖いタイプだ。「汚職は、他の事件とは意味合いが違う。二課が、一番力を入れて取り組まなければならない案件です」

ちんけな汚職だがな、と結城は苦笑した。東京地検特捜部が、政治家をターゲットにするのとは訳が違う。狙いは県の幹部ではあるが、しょせんは「入札に便宜を図った」という程度である。もちろん、叩けば他にも容疑が出てくるだろうが、典型的な地方の事件に過ぎない。

それでも、千葉県警にとって大事な事件であることに変わりはないのだ。贈収賄の立件は、あらゆる捜査の中で最も難しい。まさに密室の犯罪であり、かかわっているのは当事者しかいないのだ。だが自分たちは、いい線を行っていると思う。二人の動向を完全に把握し、後は裏づけをしていくだけなのだから。俺が一時的にレールを離れたことも、マイナスにはなっていない。

「何とか、仕上げたいと思います」

「よろしくお願いしますよ。私も……あれなので」飯島が、両手を揉《も》み合わせた。

そういうことか、と結城は合点がいった。飯島は、千葉県警に来てから間もなく二年。

異動の時期が近づいている。今度は警察庁に戻ることになるだろう。異動の手土産に、大きな事件が欲しい……と考えるのは当然の発想だ。

最近、二課の仕事で重視されているのは、経済事件だ。金は、往々にして事件を巻き起こす。それが顕在化したのは、八〇年代後半以降のことだ。バブル経済の時代……一般の人々が金に目覚めたことで、そういう人たちを手玉に取ろうとする悪い奴が増えてきた。素人は素人。少し金のことに詳しくなった頃に、騙《だま》されやすくなる。

「全力で取り組ませていただいていますので」

「よろしくお願いしますよ」飯島が満足そうな表情でうなずく。「私からは、それだけです」

これで解放か……結城はうつむいて苦笑を押し隠したまま、立ち上がった。何もわざわざ発破をかけなくても、仕事はきちんとやるのに。今、捜査班は非常に上手く動いている。誰かに気合を入れてもらう必要など、まったくない。

課長室を出ると、花岡がすっと近づいて来た。

「何か言われたか？」

「大丈夫ですよ。捜査の進捗状況を聞かれただけですから」

「細かい男だな、うちの二課長は……お客さんは、どんと構えて、報告を待っていればいいのに」

「まあ、あれですよ……そろそろ異動なんじゃないですか」

「そういうことか」花岡がにやりと笑う。「じゃあ、ここは一発、いい餞別《せんべつ》を持たせてやろうじゃないか」

「課長のためじゃないですよ」結城は声を潜めた。「この事件は、俺たち自身のためにやるんです」

「ああ、そうだな」花岡が大きな笑みを浮かべた。「上に気を遣ってたら、仕事はできない……それより今夜、空いてるか？」

「大丈夫ですよ」

「椎名と会えることになった」花岡がぐっと表情を引き締めた。「八時に、青葉の森公園だ」

「分かりました」結城も真顔でうなずく。これで本格的に、俺は捜査に復帰する。つまり、日常が戻ってくるのだ。

3

青葉の森公園は、千葉市の中心部に緑を提供する場所だ。京成千原線と東金街道、京葉道路が形作る四角形のほぼ中心にあり、面積は五十ヘクタールを超える。中には野球場、陸上競技場などのスポーツ施設の他に、県立の中央博物館、芸術文化ホールなどの文化施設、家族連れが遊べるレクリエーションゾーンなどの施設が揃《そろ》っている。日曜日にのんびりと過ごすには最適の場所だ。結城も、若葉が小さかった頃は、ここへよく遊びに来た。

約束の時間の十分前、結城と花岡は、大網街道に面した公園南側の駐車場に車を乗り入れた。この時間になると、さすがに車もほとんどない。

結城はまず車を降りて、最初に周囲を観察した。自分たちが車——椎名に用心されないように、覆面パトカーではなく花岡のマイカーだ——を停《と》めた場所の周りには、他に一台も車がない。駐車場のすぐ東側が野球場、北側がレクリエーションゾーンだ。駐車場の料金は確か、四時間まで三百円と、格安である。

今日は寒さが厳しく、コートを貫くようにして寒気が肌に染みこむ。そういえば、帰ったら洗濯をしなければならないのだ、と思いついた。喪服もクリーニングに出す必要があるが、平日はクリーニング屋に寄っている暇はないだろう。今週末まで吊《つ》るしたままにしておくか……ひどく面倒だった。

早く日常を取り戻さないといけないと思って、無理に出勤したのだが、仕事だけが日常ではないのだ、と思い知る。炊事、洗濯、掃除、その他細々とした雑事。近所とのつき合いもあるだろう。今まで、そういうことをどれだけ美貴に押しつけてきたかが、今になってよく分かる。味噌汁を作るぐらいでは、家事とは言えないのだ。

隣に花岡がやって来た。

「椎名と会うのは、初めてだったね」

「今までは花岡さんに任せきりだったから……どんな男なんですか」

「常識人、かな。若いのにしっかりしてる」

「ほう」

花岡が煙草を引き抜き、口にくわえた。素早く周囲を見回したが、結局パッケージに戻してしまう。駐車場で煙草を吸って、係員に見咎《みとが》められでもしたら、後々面倒なことになる。今は、透明人間でいるべきなのだ。

「まあ、建設業界には荒っぽい人間も多いけど、きちんとした男ですよ」

「前の社長のお気に入り」

「オーナー企業だからねえ」溜息《ためいき》をついて、花岡がコートのボタンを留めた。「個人的な感情で人事が決まるのはどうかと思うけど、それでも何とか上手くいくのが、会社ってもんだから」

「今は上手くいってないんじゃないですか」

「そんなこともない」花岡が首を振った。「業績自体は悪くないんだ。このご時世に、営業がよく頑張ってるんだろうな」

「それも全部、賄賂つきじゃないかと思えてきますけどね」結城は両手を擦り合わせた。急に寒さが厳しくなってきたようで、むき出しの手が凍える。

「そうじゃないとは言わないけど、一々追い切れないぞ」

「まあ、そうですね……車に戻りませんか」

「そうだな。今夜はちょっと冷える」

花岡の車は、中古のアメ車、マスタングだった。左ハンドル、V8エンジン。定年間近の刑事が乗る車とは思えないが、それほど高くもない。外車に乗っていると聞いて驚いたのだが、中古で三百万円を切っていた、という説明だった。どうしてわざわざこんな車に、と訊ねると、花岡は照れ、ぶっきら棒な口調で「ブリットだよ、ブリット」と答えた。どうやら、スティーブ・マックイーンの映画に影響を受けたらしい。

結城は腕時計を見た。既に八時を回っている。椎名は、約束の時間に遅れるようなタイプなのだろうか。花岡のレポートを読んだ限り、生真面目そうな印象が強いのだが。

「少し遅れてますね」

「ああ、確かに」花岡も自分の腕時計を見た。「おかしいな。だいたいいつも、約束の時間前に来るんだが」

「何かあったんですかね」

「会社の方で？　それはないだろう。いや……どうかな」花岡の言葉も揺れ動いた。苛《いら》立《だ》ちを押し潰すように、ハンドルをきつく握り締める。

「様子がおかしいのも、会社とトラブルがあったからじゃないですか」

「昼間電話で話した限りでは、そんな感じはしなかった。いつも通りだった」

寝返った？　そう考えると、結城は頭から血の気が引くのを感じた。実はこれは、警察を引っかけるための罠《わな》なのかもしれない。もっと大きな犯行を隠蔽《いんぺい》するために、結城たちの目を別の方向に向けさせた……いや、人はそんな難しいことはしないものだ。余計な隠蔽工作などを計画すると、かえってぼろを出す。ひたすらばれないように頭を低くしているのが、一番無難な方法である。

「あれ、かな」花岡がほっとしたような表情を浮かべる。彼の顔が、駐車場に入ってきた車のヘッドライトに照らし出された。

すぐにスモールライトになり、その車は結城たちが駐車している位置の斜め前に停まった。バックで駐車し終えると、二度、ヘッドライトをハイビームにした。花岡も同じようにして応える。

「今のが合図ですか」

「用心深い男なんでね」

「どうやら、裏切ってはいないようですね」

「まだ用心した方がいいよ。覚悟はしていると思うけど、正直言って俺にはまだ、本音が読めない」花岡がドアに手をかけた。

「向こうの車ですか？」

「こっちに三人乗るのは面倒だ」

確かに。結城も彼に倣い、外に出た。椎名の車は、スモールライトを点けたまま、停車している。エンジンは切っていないようだ。暖房のためなのか、何かあったらすぐに逃げ出せるようにしているのか。

椎名の車は、ホンダのアコードだった。最近は街中ではめっきり見かけなくなったが、直線基調の、ロボットをイメージさせるフロントグリルでそれと分かる。昔はスマートなファミリーカーという印象だったが、現行モデルはかなり押し出しが強い。ガンメタリックの塗装が、弱々しい街灯の光を受けて、鈍く光っていた。しかし、三十歳、独身の男が乗る車には思えない。

花岡が近づいて行くと、運転席に座った椎名が軽く頭を下げる。結城の存在には気づいているはずだが、特に注意を向けようとはしていない。向こうも用心するはずだ。何しろ、これまでは花岡を唯一のチャンネルとして、警察に接触してきた男である。急に相手が二人になって、緊張しないわけがない。

花岡がうなずきかけたので、結城は途中で立ち止まった。小走りに車に駆け寄り、運転席の横で身を屈《かが》める。ウィンドウがゆっくりと下りたところへ、顔を突っこんだ。しばらく、体を折り曲げた姿勢のまま椎名と話し合っていたが、ほどなく顔を上げて、結城を手招きする。交渉完了、ということか。もっとも花岡は、昼間電話した時に結城のことを告げていたはずなので、自分が同席することに納得していなかったら、そもそも椎名はここへ来ることはない。

結城は一呼吸置いてから、アコードに歩み寄った。すっと近づいてきた花岡が「後ろでお願いします」と囁《ささや》くように告げて、助手席に乗りこむ。結城は彼がドアを閉めるのを見届けてから、助手席後方のドアを開けて、体を滑りこませた。

ここはあまり良い席ではない、とすぐに分かった。バックミラーの角度の関係から、椎名の顔は映らないのだ。しかもシートがたっぷりしているせいで、椎名の体は完全に隠れている。

「こちら、うちの結城係長」

「いつもどうも」結城はさらりと挨拶をした。余計なことを言わず、質問もせず、花岡と椎名のやり取りを聞くだけにするつもりだった。

「で、今日は?」椎名の声は落ち着いていた。

「いやいや、ちょっとうちの係長をご紹介しようと思っただけでね」

「それは、どういう意味なんですか」

「事件が広がり始めてるからね。これから忙しくなると思うし、俺もいつでも必ず連絡が取れるわけじゃない」

「ああ……」

結城には、椎名の心配が手に取るように分かった。どんな動機であっても、自分の会社を警察に「売る」のは大変なことなのだ。

「何か、元気がないみたいだから、心配になってね」花岡がさっそく切り出した。

「そんなこともないけど」

「会社の方で何かあった?」

「いや」

「俺と接触していることがばれた、ということはない？」

「それはないです」椎名が軽く笑った。自虐的な臭いが感じられる。「俺は一人で、窓もない部屋に閉じこめられてるんですよ。勤務時間中に何をやってても、誰にも気づかれない」

「携帯は通じないけど」

「要するに、倉庫だから」

そういう場所に、わざわざ椎名の席を作ったわけか……会社というのは、ひどく無駄なことをするものだ——思い切って馘にすればいいのに。だが、馘にするには相応の理由がいる。徹底的に追い詰め、椎名の方から「辞める」と言い出すのを待っているのだろう。そんなことをしたら、精神的に追い詰められた椎名が爆発しそうなことぐらい、分かりそうなものだが。

「困ってることがあるなら、相談に乗るけど、どうなんだい」

「別に心配してもらうようなことはないから」

そう言ったものの、強がりにしか聞こえない。椎名の声は少し甲高いのだが、元々そういう声というわけではなく、緊張のせいであるように聞こえる。

「だったら、こっちは今まで通りに進めるけど、問題ない？」

「警察のやり方にどうこう言えるほど偉くないですよ、こっちは」

「いやいや、あんたは貴重なアドバイザーだからね」

アドバイザーか。上手いことを言うものだ、と結城は感心した。「ネタ元」や「情報提供者」は生々し過ぎる。

「もう、あまり言うべきこともないけど」

「藤本は、最近どうなのよ」

「相変わらず、で」椎名がかすかに笑ったようだった。

「重役出勤で」

「あの手の男を飼っておくのはどうかと思うよ。ああいうやり方は、今時流行《はや》らない」

「先代社長の肝いりじゃないのかね」

椎名が一瞬黙りこんだ。今の一言は、結構厳しく彼の心を切り裂いたのではないか、と結城は懸念した。先代社長に対しては、椎名は今でも、自分を取り立ててくれた人として恩義を感じているはずである。花岡の指摘は、その先代社長が、賄賂を使った営業を積極的に推し進めてきた、というようにも聞こえる。

「先代は、賄賂を使うようなことは指示しなかった」椎名が硬い口調で言った。

「だろうね」花岡がさらりと認める。「で、どうなの。今のやり方は、現社長の指示があってのことじゃないのかね」

「そこがはっきりしないんだ」椎名の口調もあやふやだった。「俺は、社長と藤本のやり取りを直接聞いたわけじゃない。あくまで、噂《うわさ》として流れてくるだけだからね。あんな部屋に押しこめられてたら、自分で直接見聞きできない」

「後のことも考えておいた方がいいんじゃないか」

「後のことって」どこか白けた口調で椎名が訊ねた。

「この事件が立件されれば、会社は大揺れになるよ。社長の責任問題にもなるだろうね。そうなった時、あんたはまだ会社にしがみつく必要があるのか？」

「そんな先のことは分からない」椎名が力なく言った。

確かに少し元気がないようだ。そしてこれが、捜査にどんな影響を与えるか、結城には想像もつかない。

4

九時半過ぎ、結城は家に戻った。ほとんど口を開かず、人の話に耳を傾けるのは疲れた。そして、冷え切った家に戻っても、気持ちはまったく穏やかにならない。暗い家……そこに美貴はいない。

結城は、コートを脱いでソファの上に放り投げた。食事もしていないので腹は減っているが、今から何か作る気にはなれない。近くのコンビニで何か買ってきて……いや、それではあまりにも惨めだ。コンビニを馬鹿にするわけではないが、一人きりで温めた弁当を食べると、心が冷え切ってしまう気がする。長須の妻も、コンビニはやめた方がいいと忠告していたたし。

暖房をつけ、背広からジャージに着替えてリビングルームに戻る。まだ部屋は暖まっていない。もう一人いるだけでずいぶん違うのだ、と思い知った。

テレビをつけてみたが、NHKのニュースも後半のスポーツコーナーに入っており、観《み》るべき内容はなさそうだった。

テレビの音を絞って、台所に立つ。冷蔵庫の中は……ほとんど何もない。若葉が東京へ戻る前、買い出しに行くと言ったのだが、「必要ない」と断ったのだ。こんなことなら、変な意地を張らずに、一緒に買い出しに行っておけばよかった。だいたい、どうして必要ない、などと思ってしまったのだろう。何もないのに。

仕方ない……ガス台の下の引き出しを開け、食べられそうなものを探った。食べ物は……ある。カップ麺、インスタントラーメン。普段はどちらも食べないのだが、美貴が「非常食だから」と言って時々補充していた。カップ麺はちょっと、な……インスタントラーメンにするか。これなら少しは、料理をした気になるだろう。というより、丼に入った物を食べれば、多少は気分が上向くかもしれない。

他に何か……奥まで手を突っこむと、餅が出てきた。ああ、正月の残りか。まだ賞味期限は切れていない。ラーメンに餅を入れたら合うだろうか？　少なくとも腹は膨れるはずだし、チャレンジしない手はない。料理は創意工夫だ。

何が創意工夫か。

鍋に湯を沸かし、インスタントラーメンを作り始める。独身時代にはよく食べていた……麺を茹《ゆ》で、粉末スープを鍋にぶちまければ済む。料理のうちにも入らない。

それにしても、近いうちに買い出しに行かないと。明日というわけにはいかないが、週末にでも……それまで、夕飯はひどいことになりそうだが、我慢するしかない。

ビールを啜りながらラーメンを作った。餅も溶けるまではいかず、卵も上手い具合に固まった。まずまずだな、と満足して丼に移し、ダイニングテーブルに運ぶ。さっそく一口啜り、「美味《うま》いじゃないか」と言った途端に空《むな》しくなる。

麺が少し硬過ぎたし、卵は見た目よりも柔らかかった。箸で突《つつ》いた瞬間に黄身が流れ出し、スープが濁ってしまう。餅は丼の底で固まりかけており、どこか汚い。味云々《うんぬん》言う前に、見た目で食欲が失《う》せてしまう。仕方なく、ビールで何とか流しこんだ。腹は膨れたが、気持ちはひどく落ちこむ。

今度は風呂か……洗濯も、だ。帰って来てから、溜息ばかりついているような気がする。取り敢えず、風呂はシャワーで済ませようか。体が温まらないが、これは仕方がない。何だったら、明日の朝に風呂に入り直してもいいのだし。いや、待てよ。うちの風呂にはタイマー機能がある。今日出かける前に準備しておけば、何も問題はなかったのだ。

思わず溜息をついてしまう。今まで、どれだけ美貴に頼り切っていたかを、改めて実感した。

しかし、溜息をついていても時間が過ぎるばかりだ。毎日は続く。今日が終われば明日。日々きちんとしなければ、仕事にも影響が出てくるだろう。そんなことになったら、俺の人生はどんどん崩れて愚図愚図になってしまう。そんなところを美貴に見られたら、死んでも死に切れない。

別に、シャワーを浴びるぐらいのことは何でもないのだ。当たり前のことを、ようやく実感する。少しは体も温まり、もう一本ビールを呑《の》もうという気にもなってきた。冷蔵庫の中の残りは、あと二本。補充しておかなければならないが、なければないで別に構わない。毎日、どうしても酒を呑まないとやっていけないわけではないのだ。実際、呑む時は家ではなく外、というパターンが多い。

今日の動向監視は、早い時間帯に終わっていた。会田は定時に県庁を出て帰宅。藤本も珍しく、今夜は夜のつき合いがないようだった。故に、これから部下から電話が入ることはない。あとは、寝るまでの時間をどう過ごすかだ。まあ、無理に起きていることもない。どうせなら、少し早寝早起きにするか。起床時間を三十分早めて、ジョギングでも始めるのがいいかもしれない。生活は変わるはずだが、どうせなら良い方向に変えたかった。

ダイニングテーブルに置いた携帯電話が鳴り出す。この時間に誰だ、と訝りながら出ると、若葉だった。おいおい、何かあったんじゃないだろうな、と心配になる。娘から電話がかかってくることなど、滅多にないのだ。

「お父さん?」

「どうした」

「うん、別に……」

心配してかけてきたのだろうか、と思った。若葉は若葉で、親に気を遣っているということか。しかし、声に元気がないのが気になる。

「こんな時間に珍しいじゃないか」

「そうね」

「大学はどうだった?」

「普通に。今日は、友だちとご飯食べてきた」

「そうか」

何だか、会話が上手く転がらない。娘と父親というのはこういうものだろうかと思いながら、少しだけ寂しくなる。娘のいる同僚の話を聞いていると、だいたいどこの家でも同じようなのだが。

「あの」急に若葉の声が大きくなる。

「どうした」結城は驚いた。普段の若葉はあまり感情の起伏がなく、それが表に出るようなことはまずないのだ。

「うん……何でもないけど」

「何か用事があるんじゃないか」

「そういうわけじゃないけど」

こんな歯切れの悪さも、いつもの若葉では考えられない。

「はっきりしないな」

「別に何でもないから」若葉の声に強さが戻った。「それよりお父さん、大丈夫なの？」

「何か問題でもあると思うか？」

「ご飯、ちゃんと食べた？」

「ああ、今日は……外で」さすがに正直に言う気にはなれない。「仕事が遅くなったんだ」

「変な時間に食べると、体に悪いわよ」

「大丈夫。七時ぐらいに食べた」

「外食ばかりしないようにしてね」

「分かってる」そういうお前も外食だっただろう、と考えたが口には出せなかった。何も、わざわざ喧嘩《けんか》を売るようなことを言わなくてもいい。「食事ぐらい、ちゃんとするから」

「それならいいけど」

若葉が言葉を切り、嫌な沈黙が耳に満ちていく。言いたいことはあるはずなのに、切り出せない。そんなに言いにくいことがあるのだろうか、と結城は訝った。

「何か話があるんじゃないのか」精神的に参っているのだろうか、と思った。美貴が亡くなってから、それほど日数が経っていない。立ち直るにはまだ日が浅いし、それどころか、まだ母親の死を実感できていない可能性もある。いろいろ考えるうちに、自分でも何がどうなっているか、分からなくなってしまっているのではないか。実際、自分がそうだし。仕事をしている時はそうでもなかったが、家で一人になると、いつの間にか美貴のことを考えている。

「うん……でも、今日はいいや」

「話ぐらい聞けるぞ」

「でも、もう遅いから」

言われるまま、壁の時計を見る。十一時前。遅いとは言えない時間だ。

「何だ、はっきりしないな」

「そういう時もあるわよ」

「そうか?」

「また、話すから」

このまま電話を切ってしまっていいのか? 一瞬躊躇った後、結城は気になっていたことを切り出した。美貴が亡くなる前に交わした会話。

「お前、就職のことは何か考えているのか」

「何よ、いきなり」心底びっくりしたように若葉が言った。

「母さんが、亡くなる前にそんな話をしてたんだ」

「そう?」

「母さんには話してたんだろう?」

「別に……雑談よ」

「俺には話せないことか」

「そういうわけじゃないけど、今言わなくてもいいと思う」若葉の声が強張《こわば》った。

「つまり、言うことはあるんだ」

「何でそんなに突っこむのかな。取り調べみたいじゃない」

「取り調べは、こんなものじゃないぞ」何を言ってるんだ、俺は。どうも調子が戻らない。

「そうかもしれないけど、あまり気分よくないよ」

「……そうか」すまない、の一言が出てこない。娘に対して意地を張っても仕方ないのだが、どうしても素直になれなかった。

「今は別に、話すことはないから」

「何か考えてるんだろう？」

「考えてるよ。大事なことだから」

考えているなら、どうして話せない？　父親は、自分の将来には関係ないとでも思っているのか？　ここで怒鳴りつけるのも違うし、どうしたらいいのだろう。このままコミュニケーションが取れないと、これからの様々な局面も、いきなり知らされることになりかねない。就職、結婚……娘の言動で心をかき乱されるのはたまらない。

しかし、こういうことは性急に考えても駄目なのだ。ゆっくりと、娘との信頼関係を築かないと。これからはせいぜい、こちらからも頻繁に電話するようにしよう。話さないことには何も始まらないのだから。

「今度は父さんから電話するよ」

「別に、話すことはないけど」

電話してきたのはそっちではないか、と言おうとした瞬間に、電話は切れていた。そういう態度はないだろう――無言になった電話に向かって毒づいてみたが、それでどうなるわけでもない。

手の中で、また携帯が鳴った。びくりとしたが、若葉が言い過ぎたと反省してかけ直してきたのかもしれない。相手を確認もせずに通話ボタンを押し、「はい」と乱暴な声で答えてしまった。

「ああ、結城係長」びっくりしたような声で花岡が言った。「何か、まずいことでも?」

「いや」結城は苦笑した。「ちょっと娘と口喧嘩してましてね」

「ああ、よくあることだ」花岡も笑い出した。「いや、こっちも大した用件じゃないんだが」

「椎名のことですか」

「うん……何とかご機嫌を直しましたよ」

「そうですか」

「いろいろ、精神的に不安なんだろう」自分に言い聞かせるように花岡が言った。「実際、奴から引き出せる情報は、もうあまりないと思う。もしも、会社の中の金の流れでも摑んでくれれば、かなり役にたつけど、今のポジションにいる限り、それは無理でしょう」

「他に内部の情報提供者を増やすという手は？」

「それはやめた方がいい。確かに、社長が替わってから、社内にはだいぶ不満が渦巻いているようだけど、社長個人に対する批判と、会社に対する批判は別物だから」

「会社を潰すことにもなりかねない」

「椎名には、その覚悟はありますよ。だけど、他の社員はねえ……情報を持っている人間は当然いるだろうけど、自分の生活を考えると、そう簡単には情報提供者として使えない」

「警察としては、徹底して援護しますけどね」

「それもなかなか、難しい」花岡が溜息をついた。「正義感と忠誠心、自分のこれからの生活……そういうものを天秤《てんびん》にかけたら、人はいろいろ考えるものだからね」

「まあ、そうなんでしょうね」そう、人は誰でも生活していかなければならない。その基盤になる仕事がなくなるかもしれないと思ったら、口をつぐんでしまうものだ。

「それより係長、椎名とは知り合いじゃないんですか」

「いや、初対面だけど」

「そうですか？　……『鎌取駅の近くに家がありますよね』って聞いてたけど」

「覚えがないですね」

不気味だった。知らぬ間に知られていたのでは……椎名とは、いったいどういう男なのだろう。

第4章　拒絶

1

汚職の捜査は、じりじりとしか進まない。

忌引きから復帰して最初の週末を前に、結城は難しい判断を迫られていた。スタッフの疲れがひどい。土日は完全休養にして、英気を養うことにするか……結城自身、家事が溜《た》まって家の中が乱れ始めていた。葬儀の日以降、洗濯も掃除もしていない。いくら何でも、このままにしておけないだろう。

金曜日の午後、スタッフを招集した。土日は完全休養にしたいのだが、と提案すると、最年少メンバーの足利がいきなり手を挙げた。

「藤本の監視なら、自分がやっておきますけど」

「一人でか？　坊やには無理だぞ」花岡が指摘すると、苦笑が広がる。

「大丈夫です」足利がむきになって言った。「いつものパターンだと、土日は動きがないじゃないですか。日曜もきっと、ゴルフもないですよ」

「何で分かる」花岡が突っかかる。

「降水確率、九〇パーセントです。雪になるかもしれません。大雪の中、ゴルフをするとは考えられないんですけど」

「奴は、ゴルフ大好きだぞ」花岡が、クラブを握る真似《まね》をした。

「とにかく、一人で大丈夫です。何かあったら連絡しますし……係長、その代わり、週明けに休みを貰《もら》えますか？」

「それはいいけど、何かあるのか」結城は目を細めて足利を見た。

「いや、ちょっと」

足利が言い淀《よど》む。まあ、彼女のことか何かだろう。結城はうなずき、彼の提案を受け入れた。確かに、この週末に重大な動きがあるとも思えなかったし、何かあればすぐに集まればいいのだ。どうせスタッフは、全員千葉市内に住んでいる。集合するにも、一時間もかからないだろう。

「分かった。それでは、土日の監視は足利に任せる。他は全員、待機」

弛緩《しかん》した空気が流れる。やはり全員が疲れているのだ、と結城は痛感した。どこかで一休みするのは、絶対に効果的である。いざ強制捜査に着手すれば、休めない日々が続くのだから。それまでに疲れてしまったら、意味がない。

解散すると、長須がすっと近づいて来て、隣の椅子に腰を下ろした。他のメンバーが姿を消すまで黙っていたが、ドアが閉まった瞬間に口を開く。

「余計なことだと思ったが、足利には休日出勤してもらうことにしたんだ」

「お前の入れ知恵か」結城は苦笑した。

「いや、命令だよ」長須が煙草《たばこ》を取り出し、爪の上にフィルターを叩《たた》きつけた。室内は当然禁煙だが、そうすることで気分が落ち着くのだろう。

「何も、土日に無理矢理出勤させなくてもいいじゃないか。あいつは最年少だけど、面倒なことは全員で割り振って担当しないと」

「奴は本当に、週明けに用事があるんだ」長須が小指を立ててみせた。「月曜日に、彼女のご両親に挨拶だとさ。それを仕事で潰されたんじゃ、堪《たま》らないだろう」

「言えば、休みぐらいやるのに」

「後ろめたい思いをしたくないのさ。なかなか根性のある青年じゃないか」長須が煙草をパッケージに戻した。「まず仕事をきっちりやる。それで正当に代休を貰うんだから、いいことじゃないか」

「そうだな」

「お前もこの週末で、少しリフレッシュしろ。疲れてるんだろう？」

結城は無言で頭を下げた。同期に気を遣わせてしまっているのが申し訳ない。疲れてなどいない、と自分を納得させようとしたが、無理だった。妻の死、葬儀、それに伴うあれこれ細かい雑務、さらに慣れない家事……普段、仕事だけをしている時の倍以上も疲れている感じがする。

少しぐらい自分を甘やかしてもいいだろう。今のところ捜査に関しては、完全にコントロールできている。不測の事態——週末に二人が突然会うとか——がない限り、このまま仕事を来週に持ち越しても問題ないのだ。

「そうさせてもらおうか」

「ちゃんと洗濯ぐらいできるようにしておけ」にやにやしながら長須が言った。「これから先、苦労するぞ。今から新しい嫁さんを貰えるなんて、考えるなよ」

「いや……そんなこと、考えてもいない」それは事実である。まだ気持ちが落ち着かない段階で、再婚など……落ち着いても、考えられないかもしれないが。

大したことはないな、と結城は額の汗を拭った。土曜日、午後二時。思い切って家の中のことを全部やってしまおうと、休みの日にしては早く、朝七時に起き出して、洗濯と掃除を済ませた。汚れ物は洗濯機に放りこんでおけばいいのだし——前夜マニュアルを読んで、洗濯したあと直接乾燥できると分かった——適当に掃除機を動かしておけば、部屋は綺麗《きれい》になる。週に一回ぐらいなら、家事も苦にならないだろう。ゴミは毎日まとめておいて、ゴミの日に出すだけだし。

雨が降っている中、遅めの昼食は外へ出た。以前から目をつけていた近くのラーメン屋に行ってみると、昼食の時間帯はとうに過ぎているのに長蛇の列である。自宅近くに、こんな人気ラーメン屋があるのかと驚いたが、これだけの人が待っているのだから美味《うま》いのだろうと、思い切って並んでみた。

豚骨と魚介の出汁《だし》を使ったスープは、結城の好みからすると少しばかり濃過ぎたが、美味いことは美味い。最近のラーメン屋はこういう感じなのか、と新しい発見になった。美貴が生きていた頃は、基本必ず家で食べており、外食することがほとんどなかったので、新鮮な驚きだった。外食ばかりはよくないだろうが、たまには外で食べるのもいい。小綺麗な格好をしていれば、寂しい独身の外食とは見られないだろうし。

三時過ぎ、洗濯物は完全に乾いた。できるだけ丁寧に畳み、チェストにしまう。ワイシャツは元々クリーニングに出していたから、これから持って行くとして……そうだ、喪服も忘れないようにしないと。昼食から帰ったばかりで面倒ではあったが、結城はクリーニングに出す洗濯物をまとめ始めた。ついでに駅前のショッピングセンターへ行って、夕食の買い物も済ませよう。今までは一人でスーパーへ行くことなどほとんどなかったが、堂々としていればいいのだ、と思う。食材を吟味するベテラン調理師の振りをして、何を買えばいいのかじっくり検討しよう。取り敢えず、買い物のメモでも作るか。冷蔵庫を覗《のぞ》いて、残り物を確認して……。

急に馬鹿馬鹿しくなった。家事ができるのは分かったのだから、ちまちまと買い物などしなくてもいいではないか。まあ、クリーニングは行かなくてはならないが……汚れ物をビニール袋に突っこんでいる時、ふいにこれ以上家事をやりたくなくなった理由に思い至った。

若葉に会わなくては。

月曜の夜以来、娘から電話はない。仕事にかまけてこちらからも連絡しなかったのだが、若葉の言葉が気になってはいた。「今日はいいや」。用事はあるが急がない、という意味に受け取った。とはいえ、肝心の用事が消えてしまうこともないだろう。電話しようとして携帯電話を取り上げたが、何故かボタンに手が伸びない。

電話するよりも、いっそ、会いに行ったらどうだろう。

若葉は嫌がるだろうか？　たぶん、嫌がる。しかし、「夕食を一緒に」と言ったらどうか。向こうにすれば一食浮くわけだし、何より、母親が亡くなった後で寂しがっているのではないか。中学生になった頃から、結城との関係はどこかぎくしゃくしたままだが、修復するいい機会かもしれない。離れ離れに暮らすのは仕方がないかもしれないが、家族は父娘二人だけなのだ。たまには一緒に食事するのもいいではないか。

そう思うと、いても立ってもいられなくなった。もしかしたら、家でボーイフレンドと鉢合わせするかもしれない。そんな状況になったらどうしたらいいのか分からなかったが、その時はその時だ。何だったら三人一緒に食事をしてもいい。太っ腹な父親の姿を見せてやろう。

しかし、電車に揺られている間に、妙に心配になってきた。大学へ入った後の若葉の生活について、結城はほとんど何も知らない。学習塾でバイトをしているぐらいは分かっているが、ほかは全て謎だ。家に行ったこともない。美貴は何度か、泊まりに行ったことがあるのだが。

　それにしても、遠い……電車を乗り継いで最寄駅に辿《たど》りついた時には、既に街はすっかり暗くなっていた。マンションまでは、結城の足で駅からゆっくり歩いて十分かかった。玄関はオートロック。防犯カメラもある。完全に安全なわけではないが、不審者にとってはまず、最初の関門にはなる。防犯的には問題の少ないマンションだと言っていいだろう。だが父親としては、少し苛《いら》つく。部屋番号を押して、カメラのレンズの前に自分の顔を晒《さら》すというのが……家族は、何かもっと簡単に部屋に入る方法があってもいいのではないだろうか。

　澄んだ呼び出し音に続いて、すぐに若葉の声が聞こえてきた。

『お父さん？』

「ああ」

『どうしたの、いきなり』

「いや」急に言葉を失う。何となく、では娘は納得しないような気がした。親子なのだから、何となく会いに来るのもありだと思うのだが。

『何かあったの？』疑《うたぐ》り深そうに若葉が訊《たず》ねる。

「そういうわけじゃないんだ」娘の顔が見えないのが辛《つら》い。一方的に、自分の戸惑った顔を見られているかと思うと、何だか情けない気分になる。

『ちょっと……部屋へ上がるの？』若葉の声はいかにも不満そうだった。

「上がるとまずいのか」男か、と考え、思わずむっとした声を上げてしまった。

『あのね、バイトから帰って来たばかりなの。部屋が散らかってるから』

「そうか」

『今、降りていくから。待ってて』

受話器を置く音が乱暴に響いた。ひどく慌てている。やはり、部屋に男がいるのではないか、と結城は訝《いぶか》った。だが、間違ってもそのことは確かめないようにしよう、と自分に言い聞かせた。それが事実であってもそうでなくても、若葉を怒らせてしまうのは間違いない。何も娘の機嫌を取ることはないが、わざわざここまで来て喧嘩《けんか》するのも馬鹿馬鹿しい。

手持ち無沙汰のまま待っていると、五分ほどしてようやく、若葉がエレベーターから姿を現した。慌てて自動ドアの前に立ち「入って」と言った。それで初めて結城は、体が凍りつくほど寒かったのだ、と気づいた。オートロックだけでも開けてくれれば、ホールで待っていたのに、と恨めしく思う。

若葉はさっさと、ホールに置いてあるソファに座った。結城は少し離れた場所に腰を下ろし、咳払《せきばら》いをした。マンションのこういうホールでは、コートを脱ぐべきかどうか、いつも迷う。体が冷えていたので、結局着たままでいることにした。

「それで？　どうしたの」

「別に用事があったわけじゃないんだ」

「でも、二時間もかかるんだよ？　わざわざこっちまで来るのは、用事があったからじゃないの？」

結城は少しだけ、気持ちがささくれ立つのを感じた。若葉は子どもの頃から、妙に理屈っぽいところがある。

「用事がないと来ちゃいけないのか」

「そんなことないけど、仕事はいいの？」

「今日は土曜日だ」結城は深呼吸した。「俺だって、毎日仕事ばかりしてるわけじゃない」

「そう？　昔から、週末も家にいなかったじゃない」

「いろいろ変わるんだよ……それより、飯でも食わないか？」言ってしまってから、失敗だと思った。まだ午後六時。昼飯が遅かったので、ほとんど腹が減っていない。

「いいけど、本当にどうしたの？」若葉が目を細める。裏に本音があるのでは、と疑っている様子だった。

「娘と飯を食うのに、理由がなくちゃいけないのか」

「別に、いいけど……」

「一食、浮くぞ」

「そうか」若葉がぽつんと言った。それほど嬉しそうな口調ではなかったが、腰を上げる。「じゃあ、つき合うわ。一食浮くなら」

2

娘と二人きりの食事が、これほど気まずいものになるとは思わなかった。知らない街なので「どこでもいい」と娘に任せたのが失敗だったかもしれない。連れて行かれたのは、量を売り物にする、ハンバーグがメーンのレストランチェーン。メニューの写真を見ているだけで、うんざりしてきた。

「お酒もあるわよ」

「ああ」若葉が勧めてくれたので確認する。ビールか……しかし、まだ腹が膨れた状態でビールはきつい。コーヒーだけを先に頼んだ。

「調子でも悪いの？」若葉が眉をひそめる。

「どうして」

「だって、夕飯の時はだいたい呑《の》むじゃない」

「今日は昼飯が遅かったんだよ」変に言い訳しても仕方ないと思い、正直に打ち明けた。

「じゃあ、夕飯なんか……」

「昼飯を食ってから思いついたんだ」

「お父さんらしくないわね」若葉が肩をすくめる。

「らしくないって、何が？」

「計画的じゃないことが」

「俺だって、いつも計画的に動くわけじゃないんだ」

「そうかな」

若葉が髪をかき上げ、耳を露《あらわ》にした。この仕種《しぐさ》……美貴にそっくりだ、と改めて気づく。若葉はつまらなそうにメニューを眺めていたが、結局普通のハンバーグとライスが一皿に盛りつけられた一品を頼んだ。ハンバーグは百五十グラム。

「三百グラムの方じゃなくていいのか」三百円ほど余計に金を払えば、肉の量は倍になる。

「そんなに食べられないわよ」

「そうか？」高校生の頃までは、結構食べていた記憶がある。食べ盛りだったということか……今は当時よりほっそりしているが、食事制限でもしているんじゃないだろうな、と心配になった。ダイエットには気を遣う年齢だろうが、体を壊したら何にもならない。

「でも、後でデザート食べていい？」

「ああ」

少しだけ緩んだ娘の表情にほっとしながら、結城は自分も同じ物を頼むことにした。娘に奢《おご》るにしてはずいぶん安い食事になってしまったが……まあ、いいだろう。

若葉は、少しだけ元気を取り戻しているようだった。結城と話そうと努力さえしている。その気になれば、いくらでも話すことがあるようだった。若葉の大学生活については知らないことばかりだったので、結城としても一々感心してしまう。

「何だか疲れるね」一区切りついて、若葉がふっと溜息《ためいき》を漏らす。

「そうか」

「やること、多いし。大学の勉強は、二年でけりをつけないといけないから」

「まだ二年もあるじゃないか」結城は顔をしかめた。「就職が、そんなに大変なのか」

「それはそうよ」若葉が真顔で断じた。「三年生になると、皆その話ばかりしてるのよ」

「で、お前はどうしたいんだ」

若葉の顔に「しまった」という表情が浮かぶのを、結城は素早く見て取った。本当は話題にしたくなかったのだろう。流れでつい、こっちに方向が向いてしまい……後悔しているのは明らかだった。美貴が亡くなる前は、少しばかり気にしていたのだが、今は娘を追いこむ必要はない、と思っている。わずかな間で、自分はずいぶん丸くなった。これから娘と二人で生きていかなければならないのだから、喧嘩をしてもしょうがない、という気持ちもある。

「まあ、ゆっくり考えることだな。時間はある」

「ないわよ」

「ないと思ってもあるのが時間なんだ。それに、就職のことで悩めるのは、贅沢《ぜいたく》かもしれない」

「何、それ」

「実際に仕事を始めてみると、もっと大変なことばかりだからだ。人の命にかかわることもたくさんある」

「それは、お父さんの仕事だからでしょう」

「俺の仕事は、命のやり取りに関係することは少ないがな」

自分の仕事について、娘はどこまで知っているのだろう、と思う。小学生の頃――それこそ若葉が仕事について理解できない頃には、よく話していた記憶がある。だが、最近はまったく話題にならない。母親は話していたかもしれないが、そもそも興味を持っているかどうかも分からなかった。警察の仕事を嫌う家族もいるわけで、結城としては余計なことを言って、上手《うま》く転がっている会話を壊したくはなかった。

そのため、少しだけ譲歩する。

「地元で就職する必要もないからな。好きにすればいい」

「はい？」若葉が目を細める。こちらの発言を疑っているのは明らかだった。

「千葉の方が、就職は大変だ。東京なら、働く場所はいくらでもあるだろう」

「まあ、そうでしょうね」どこか納得できない様子で、若葉がうなずく。

「母さんが生きていれば話は別だが、今はどうでもいい」

「別に、お父さんのことは――」

「ああ、やめよう」自分で言い出したことながら、結城は首を振って会話を打ち切った。この件を真面目に話していれば、シリアスな方向に向かうのは目に見えている。「今からこんなことを話していても、仕方がない。就職っていうのは、短い時間で一気に決断することになるからな」

「お父さんも？」

「俺はちょっと違ったかな。公務員試験を受けようとする人間は、他に就職活動はしないことが多いから」

「そうか」

料理が運ばれて来て、会話はそこでストップした。ハンバーグは、百五十グラムとはいえかなり大きく、見ただけでうんざりする。もう少し若ければ喜んで食べたかもしれないが、今は肉にはあまり食指が動かない。それでも、何とか食べ進めた。若葉は旺盛な食欲を発揮しており、それを見て少しほっとする。むしろ痩せ過ぎなのだから、もっと食べた方がいいのだ。

黙々と食べているのが照れ臭くなり、話を蒸し返す。

「まあ、東京に就職しても、そんなに千葉から遠いわけじゃない。たまにはこうやって飯ぐらい食えるだろう」

「お父さんが忙しいんじゃないの？」

「どうかな」ふと、定年まで十年なのだ、と強く意識した。今のようなペースで、いつまで仕事ができるだろう。今のところは体調も万全だし気力もみなぎっているが、これがいつまでも続くとは思えない。十年後、自分がどのポジションで仕事をしているか、考えもつかなかった。もしかしたら、定年を前にして閑職に回され、途方に暮れている可能性もある。

「私は……どうなるか分からないな」

「そうか」

「もしも、もっと遠いところに行ったらどうするの？」

「そんなこと、考えてるのか？」

「可能性としてよ、可能性として」

若葉が慌てて首を横に振る。激しい否定に、結城はかすかな違和感を覚えた。何もこんなにむきになることもないだろうに。

「それは、その時になってみないと分からないな」

「自分のこと、きちんとできるの？」

「娘の世話になるようになったら、親はおしまいだよ」少しむっとしながら結城は答えた。「今日もずっと、洗濯と掃除をしてたんだ。家のことならちゃんとできる」

「そう」

「むしろお前の方が心配だな。今は学生だから時間もあるだろうけど、就職するとそうもいかないぞ」

「分かってる」

急に食欲を失ったようで、若葉がナイフとフォークを皿に置いた。料理はまだ半分ほど残っている。しばらくナイフでハンバーグを突《つっ》いていたが、やがて完全に食べるのをやめて、ソファに背中を預けた。何かまずいことを言っただろうか、と急に不安になる。若葉はしばらくうつむいていたが、やがて勢いよく顔を上げた。

「まだ先の話だから」

「そうだな」少しほっとして、結城は料理に戻った。「何も今、真剣に考える必要はない」

「真剣になる時はくると思うけど」

「そのうちに、な」

娘は結構真面目に悩んでいるようだ。本気で親の側《そば》にいて面倒を見ようなどとは考えていないはずだが、気にはなる、ということだろう。何か目標があるのは間違いないようだったが、実家の千葉から遠く離れるかもしれない仕事に関して、躊躇《ちゅうちょ》している様子だ。しかしそんな遠くで就職するとなると、何があるのだろう。結城はすぐには思いつかなかった。

それよりも、聞きたいことがあったのだ、と思い出す。

「この前、な」

「何?」デザートを探してメニューを見ていた若葉が、顔も上げずに訊ねる。

「この前電話してきた時、何が言いたかったんだ?」

「何の話?」

「だから……お前が東京に帰った日だよ。電話してきただろう」

「そうだっけ」

恍《とぼ》けているのか？　視線がメニューに落ちたままなので、判断しにくい。

「忘れたのか」

「うーん」若葉が顔を上げたが、目を合わせようとはしなかった。「何となく覚えてる……かもしれない」

「おいおい、そんなに昔の話じゃないぞ。しっかりしろよ」

「月曜日でしょう？　ごめん、ちょっと酔ってたし」

二十歳になったばかりの娘の口から「酔って」などという言葉は聞きたくなかった。法的には問題ないにせよ、何となくだらしがない。

「酔っぱらって電話してきたのか？」

「友だちが気を遣って、誘ってくれたのよ」

「友だちって？」

「友だちは友だち」若葉の口調が急に頑《かたく》なになった。「そんな、深い意味はないから」

馬鹿な父親になりかけている、と結城は口を引き締めた。娘の言う通りだ。友だちは友だち……それが男だろうが女だろうが関係ない。大学生ともなれば、いろいろつき合いがあって当然だろう。

「あまり呑み過ぎるなよ」

「分かってる」若葉が不機嫌に言った。

失敗だった、と悟る。尋問だったらここで打ち切りになるところだ。もちろん、娘を厳しく尋問したいわけではないが、話も聞き出せないのは、父親として情けない限りである。

それからの会話はぎこちなくなってしまった。父親といる時間を短縮したいのか、若葉は「デザートはいらない」と言い出し、しきりに時計を気にし始めた。あまりしつこくしても頑なにさせるだけだと思い、結城も追及を諦めた。

結局、店にいたのは三十分ほどだった。片道二時間かけてここまで来て、娘との会話は三十分ほどか……情けない気分になったが、今は気持ちに任せて適当に進むわけにはいかない。緩衝材になっていた妻はもういないのだから、これからは娘との関係を上手く考えていかなければならないのだ。付かず離れずの関係が理想なのだが、そうもいくまい。

結局娘は、自然に離れて行くことになるのではないか。

そう考えると、ひどく侘《わび》しかった。唯一の身内とも言える娘と、腹を割って話すこともできないとは。

若葉は、駅まで送ろうともせず、店の前であっさり「じゃあ」と言って歩き出した。自宅は駅と反対方向。何も送って欲しいわけではなかったが、さすがにこれはひどい。しかし結城は、非難の言葉を思いつかなかった。余計なことを言えば、自分が惨めになるだけのような気がする。

一人駅へ向かって歩き出しながら、結城はコートの襟を立てた。とにかく娘とは、無理をしないでつき合うことだ。特に今問題があるわけではないのだから、わざわざしつこく突っこんで機嫌を悪化させるのは、得策ではない。何だか顔色をうかがっているようで不快だったが、これは仕方ないことだ。娘に気を遣わせるようになったらおしまいではないか、と自分を納得させる。

ただし、娘が何か問題を抱えているのではないか、という疑念は消えなかった。先ほど、一瞬で態度が変わったのが気になる。単に酔っぱらって、意味の分からない電話をかけてきたわけではない、という確信があった。問題は、若葉が何を気にしているか、ということである。当然、どんなことでもあり得る。男の問題かもしれないし、就職でもう悩んでいるのかもしれないし、あるいは借金でもして……いやいや、若葉に限ってそれはないか。そんなつまらない問題に引っかかるとは思えない。もしも急に金が必要になったら、絶対に母親に相談していたはずだ。

その母親は、今はいないが。

もしかしたら、美貴が亡くなってからの短い間に、何かあったのかもしれない。それこそ、葬儀の準備で千葉にいる間に……しかしそれも考えにくかった。だとしたら、月曜日に東京へ戻って電話をかけてくるまでの短い間に、何かが起きた？　結城は、人間が短い間にいきなり転落してしまうケースを、何回となく見てきた。犯罪にかかわりのなかった人生が、まったく突然に……。

そんなはずはない、と自分を納得させようとした。それほど大変なことなら、すぐに自分に言っているはずである。それは、若葉にすれば気に食わない父親かもしれないが、どうしようもなくなったら相談してくるだろう。そこまで深刻な問題ではないのだ。

メールの着信に気づき、携帯を引っ張り出す。歩きながら確認すると、足利からだった。

「午後六時現在、異常なし」

ほっとすべきところだったが、気持ちは落ち着かない。乱暴に携帯を畳んで、駅への道を急ぐしかなかった。

3

週末は、嫌な感じに疲れて終わった。

土曜日、結城は娘とぎくしゃくしたまま別れ、家に戻ると自棄《やけ》になって、普段よりも多くビールを呑んでしまった。結果、日曜の朝は寝坊。ようやく二日酔いが抜けたのは夕方近くになってからであり、それから何かしようという気持ちにはなれなかった。張り込みをしている足利に合流しようかとも考えたが、そんなことをしても意味はない。足利にすれば、信用されていないように思うだろうし、妻を亡くして休日に何もすることがない男の典型的な行動パターンになってしまう。

寝過ぎたせいか、日曜の夜はなかなか寝つかれず、結果、月曜の朝には寝不足のまま遅刻しかけた。まったくだらしない……通勤の電車の中で、自分に腹が立って仕方なかった。こんな調子が続いたら、自堕落な生活に陥るのは目に見えている。

気合を入れ直し、結城は月曜朝恒例の会議を招集した。とはいっても、今日はすぐに終わるだろう。週末、藤本が何の動きも見せなかったのは、足利からの報告で既に分かっていたのだ。実際昨日は雨が降り続き、藤本はゴルフ場にも出かけず、一日家に籠っていた。その雨の中、ずっと張り込みしていた足利には申し訳ないことをしたが……いつも彼が座る場所が空いているのを見ながら、結城は昨夜遅くに受けた情報を全員に伝えていた。

「少し停滞気味だな」結城は思わず漏らしてしまった。内偵捜査にこういう時期があるのはよく分かっているのに、口に出してしまった自分が許せない。これでは、部下の士気が下がるばかりだ。

「まあ、こういうこともあるでしょう」最年長の花岡が、わざとらしく軽い調子で言う。それで場の空気が少しだけ穏やかになった。「それより今週は、椎名を少し攻めてみる予定です」

「大丈夫ですか？　無理はしない方がいいと思うが」結城は思わず釘《くぎ》を刺した。

「そこは、信じてもらうしかないな」花岡が、大きな目でぎろりと結城を睨《にら》んだ。「とにかく、話を聞いてみますよ」

「お願いします。あとは、今週後半の動きが気になる」

「入札の件ですな」長須が合いの手を入れた。

「そう。県庁内での作業が大詰めのはずだ。実際の予算が決まるから、それで入札額もほぼ決まってくる。あとは、来週金曜日の入札を待つだけだ」

「そこで何が起きるか」長須が腕組みをしながら言った。「入札に参加する見込みなのは、房総建設の他に五社……大手ゼネコンが二社に、地元が三社だ」

「普通に考えれば、ゼネコンが有利だ」結城も応じる。

「そこで房総建設が落とせば……」長須が両手の人差し指を組み合わせてバツ印を作る。

「疑い濃厚、ということですな」

「今週後半からは、二人へのマークを厳しくする……もちろん、二人の間でのやり取りは終わっていると考えるべきだが、一番大事な情報——具体的な入札額については、まだ伝わっていないはずだ」

「そう考えるのが妥当でしょうな」長須がうなずく。

「入札本番に向けて、さらなる情報収集を急ぎたい。情報源が一本だけというのもまずいから、同業他社への接触を図ってくれ」

情報が流れてくるのは、やはり他の業者からというケースが多い。噂だけでも摑《つか》めれば、補強材料になる。そろそろ俺も、独自の路線で動くタイミングだ、と結城は決意を固めていた。刑事なら誰でも、人に明かしたくないネタ元を持っている。

二課の仕事は、基本的にいかにいい「筋」を摑むかで決まる。いい筋を摑む能力に長《た》けている人間だけが、捜査二課では優秀な刑事と呼ばれる。端緒が摑めなければ、二課の捜査は始まらないからだ。

そして、筋を摑むための唯一の方法は、上手く人脈を広げることだと言っていい。社会の裏側に通じている人物をいかに籠絡し、正直に情報提供させるかが重要だ。そのために、二課の刑事は金と時間を使う。

結城にとって、安代《あじろ》は微妙なネタ元だった。かつて安代の方から、事件になるネタを投げてきたことは一度もない。だが結城が訊ねると、必ず事件の裏側にある謎を解きほぐしてくれるのだ。裏社会の事情にどれだけ通じているかは、想像もつかない。

ただし本人は、裏社会とはまったく関係のない男である。千葉県議を既に七期務めている超ベテランで、議長も経験していた。地方議員としては頂点に上り詰めたと言っていい。七十二歳、次の選挙での引退が取り沙汰されているが、元気な様子を見ると、あと一期ぐらいは楽に務められそうだった。

安代と会うのは、決まって車の中だった。どこかの店に一緒に入ったことは一度もないし、結城は安代の事務所を訪ねたことさえなかった。

元々、先輩刑事からの「引き継ぎ」で、つき合いは二十年近くになる。ちなみに結城は、仲間内では一番早く、九〇年代半ばには携帯電話を手に入れたのだが、それは安代に勧められてだった。「これがあれば、いつでも連絡が取れる」。確かにその通りで、連絡を取るのに気を遣う手間はなくなった。

昔は本当に、連絡を取り合うのは面倒だった。例えば結城から安代の自宅へ、決まった時間に電話をかける。必ず二度だけ鳴らして切るのが約束だった。それで安代は、結城が連絡を欲しがっているのが分かる。ただし直接電話してくることはなく、当時はポケベルが活躍していた。予《あらかじ》め会う場所を何か所か決めておき、それを示す番号と日時を、メッセージで打ちこむ。確実でばれにくい方法ではあったが、緊急時には不便だった。安代は必ずしも家にいるわけではなく、向こうからの連絡が半日遅れになるのもしばしばだった。

「ずいぶん久しぶりじゃないか」喫煙者に特有のガラガラ声で安代が言った。彼が車の助手席に座るだけで、車内が煙草臭くなるような感じがする。

「ええ。ご無沙汰してます」

「そうそう、まずはお悔やみを言わないとな。奥さんのこと、大変だった」

「痛み入ります……よくご存じで」

「それぐらいは耳に入ってくるよ」安代がさらりと言った。

場所は、千葉市郊外の公園の駐車場。まだ午後三時で、外は明るい。しかし今回、この時刻を指定してきたのは安代だった。結城は心配して「誰かに見られますよ」と言ったのだが、何故か安代は気にしていない様子だった。今まで、午後九時以前に会ったことはなかったのだが……何かが変わったのだろうか、と結城は心配になった。そのことを切り出すと、安代が笑って煙草に火を点《つ》ける。たちまち車内が白く染まったが、結城は何とか煙たいのを我慢した。安代は寒さに弱く、車の窓を開けたら間違いなく不機嫌になる。

「奥さんは、いきなりだったそうだな」

「ええ。特に悪いところもなかったんですが」

「いくら気をつけていても、人間の体は完全にはコントロールできないからな」

安代が寂しそうに言った。彼自身は完全な健康体なのだが、有力な後継者と見られていた長男を、四年前に心筋梗塞で亡くしている。確かに、いかにも心臓に負担がかかっていそうな肥満体だったが、死ぬには早い年齢だった。実際、結城よりも年下だったのだ。

「お互いに気をつけようや」

「そうですね……でも、安代さんは元気じゃないですか」

「幸い、な」

安代が、コートの上から腹を撫《な》でた。完全に平ら。今でも毎日朝食前に百回の腹筋運動をこなすのだと聞いた時は、驚くよりも呆《あき》れたものだ。

言葉が途切れた。安代は静かに煙草を吹かしている。外国の煙草のようで、少し癖のある香りが結城にかすかな頭痛を与えた。だが我慢だ……これはあくまで捜査なのだから。

「で、今日は何だい」煙草を一本灰にしてから、やっと安代が切り出した。この男は、結城がどんなに急いでいるか分かっても、煙草を一本吸い終えるまでは本題に入ろうとしない。それだけ大事な儀式だと考えているようだ。

「房総建設のことなんですけどね」

「営業攻勢をかけてるようだな」

やはり何か知っている、と結城は一人うなずいた。実は安代自身、元々地元の建設業界出身の人間である。房総建設のライバル会社である、安房《あわ》組の創業者一族。安房組そのものは、江戸時代にまで歴史を遡れる老舗で、現在は安代の兄の長男が社長を務めている。父親が早くに亡くなった後、長兄が会社を継ぎ、安代は政界に転じたのだ。当然、会社の利益も考えてのことである。安代は、長らく与党の座にあった民自党で地区の重鎮の立場にあり、安房組は集票マシンとして活躍した。何ということはない、安代自身、業界と政治の癒着の結節点にいたわけだ。

「ちょっと度を超している、という話があります」

「ああ、藤本だろう?」安代が蔑むように鼻を鳴らした。「あいつは、古いタイプの土建屋だから。金をばらまいて仕事を取ってくるのが自分の役目だと思っている」

「今は、そういうのは流行《はや》りませんよね」

「まったくだ。安房組だったら、そんな経費は絶対に認めない」安代は、公式には安房組で何の役職にもついていない。しかし会社の経営状況は、当然詳しく知っているはずである。何といっても、同族会社なのだ。

「でしょうね……でも、房総建設の場合は、違うようです」

「ずいぶん金を叩きこんでいる相手がいるそうだな」安代が右手を拳に握り、二度、三度と打ち下ろす真似をした。「一番要に居る人間」

「そのようです」

「県も間抜けなんだ」安代が吐き捨てた。「扇の要になるようなポジションには、できるだけ堅物を置いておくべきなんだよ。変に私情に流されないような男を——女でもいいけどな。ところがあの男は、軽過ぎる」

「藤本との個人的な関係もあるようですが」

「ああ、同級生なんだろう？　そんなのは、単なるきっかけに過ぎないよ。どうせ金で転んだんだろうが」

安代は気楽に喋《しゃべ》っているが、会話は際どい領域に入っている。安代が、警察も摑んでいない藤本の秘密を知っているのは間違いなさそうだった。こういうのは、業界の間の方が、噂が流れやすい。ゴルフの時、呑んでいる時に、油断して話してしまうことも少なくないのだ。こちらはなるべく喋らず、安代から情報を引き出すことに徹しよう、と結城は決めた。

「とにかく、あの二人は何かやろうとしてるって、評判だね」

「部長を個人的に知ってますか？」

「議会で答弁を聞くこともあるから、どんな人間かは分かってるよ」

「どんな人間ですか」

「駄目な役人の典型だね」安代の顔が歪《ゆが》んだ。「下には強く、上には弱い。ちょっと持ち上げられると、途端に調子に乗る。あまり褒められずに育った人間は、そんな風になりがちだな」

「分かります」

「で、来週の入札なんだが……何の入札かは、言わないでも分かるな」

緊張して、結城はハンドルを握る手に力を入れた。ここは何と返すべきか。安代は、こちらが当然何の入札だか知っている前提で話している。だったら無理に、話を合わせることはあるまい。だいたい安代は、放っておいても話し続ける男なのだ。

「堤防の補強工事。大事な話だよな。今や、津波をどう防ぐかは、この国の災害対策で一番重要だ」

「そうですね」

「うちは……安房組は参加はするけど、オリンピック状態かな」

「と言うと？」

「参加することに意義がある」しわがれた笑い声を上げ、安代がまた煙草に火を点けた。先ほどの煙がまだ車内に残っており、視界が白く曇るようだった。

「入札できない、ということですか」

「まあ、もう条件を知ってる会社があるからね……だろう?」

同意を求められても、認めるわけにはいかない。こちらの手の内は見せられないのだ。

「ああ、失礼。もちろん、あんたがそんなことを言えるわけがないな」安代がまた笑った。明らかに、このやり取りを楽しんでいる様子である。「談合は、よくないわな。よくないけど、物事をスムーズに進めるためには必要なこともある」

「俺は、イエスとは言えませんね」

「そりゃそうだ。俺が言ってるのは、企業同士の談合のことだがね……これが企業と役所の談合になったらどうなるか。反則だよ。それは許しちゃいけない」

一方的な言い分だと思ったが、結城は一切批判しなかった。安代は今、堤防補強工事の入札情報が既にどこかに渡っている、と認めたも同然である。

どこか——房総建設。

これが、入札を逃しそうな企業関係者の私怨から出た情報だとしても、構わない。情報の背景に色はないのだから。警察として欲しいのは、事実だけなのだ。

4

その日の夜、結城はまたも、花岡のマスタングの助手席に座っていた。場所も先日と同じ公園。椎名が「会う」と了承したので、もう一度顔を拝んでおくつもりだった。以前花岡は、椎名と自分は顔見知りではないかと言っていたのだが、まったく思い当たる節がない。今日は、もう一度顔をしっかり見て、記憶を確かにするつもりだった。

ただし、花岡はこの会合に乗り気でなかった――というより、結城が同席するのを望まなかった。はっきり言ったわけではないが、気配で心の中は読める。相手を不機嫌にさせて、大事なネタ元をなくすのでは、と恐れているのだ。

その一方で、結城が拾って来た安代の情報については、食いついてきた。

「つまり、もう入札情報は漏れている、ということか。その情報は確かなのかね」

「間違いないでしょう。今まで、外れた情報をくれたことのない人ですし」

「よほどいいネタ元を摑んでるんだな……かなり上の立場の人間だろう？」

結城は無言を貫いた。花岡は、県庁の幹部を想定しているのではないかと思ったが、何も言うつもりはない。内輪でも隠しておかねばならない情報源はあるのだ。結城にとって安代は、明らかにそういうタイプのネタ元である。

「まあ、言えないわな」花岡が苦笑した。言えないことを分かっていてうだうだ言っているのは、単に暇潰しのためだ。張り込みをしている時にはよくあることである。

「ネタ元として、椎名はどうなんですか」結城は逆に訊ねた。「ああいう若いネタ元は、あまりいないでしょう」

「俺は初めてだね」花岡が両手で顔を擦《さす》った。「だいたい、警察にネタを提供しようなんていうのは、ひねたオッサンが多いんだがね」

この言い分に、結城も苦笑するとともに納得してしまった。長く生きていればいるだけ、不満も増す。それを何らかの形で解決してすっきりしたいと願う気持ちも、膨れ上がるばかりだろう。もっとも、六十を過ぎると、そういう気持ちもすっかり萎えてしまう、とも聞くが。

「珍しいタイプですよね。社長に恨みを持つのは分かるけど、あれだけ若くて、というのは聞いたことがない」

「それだけ、前の社長時代とのギャップに苦しんでいるんじゃないのかな。あれだけ引き立ててもらって、社長にも尽くしていたのに、三十歳にして突然窓際だ。そりゃ、堪らんだろうよ」花岡が、人差し指を曲げてハンドルを叩いた。「かといって、社内の人間に泣きつくわけにもいかない。となると、警察へ話を持っていって、会社をぶっ潰してやろうと考えるのも自然じゃないか？　大分大胆な行動ではあるが」

「そうなったら、椎名自身も失業じゃないですか」

「今も、実質失業してるようなものだよ」花岡が肩をすくめる。「仕事はない、それを理由に給料もカットされている。さっさと辞めるように圧力をかけられてるんだから、失う物は何もない、ということだろうな。どっちにしろ、奴は新しい仕事を探さなくちゃいけない」

それがどれだけ辛い生活かは、結城にも容易に想像がついた。会社へは来い、しかし仕事をするな——ある意味地獄だろう。デスクはあるが電話が鳴るわけでもなく、新聞を読むことすら許されない。テレビもなく、携帯電話の電波もシャットアウトされていれば、八時間が倍にも感じられるはずだ。昼飯時に外へ出ても、他の社員に避けられる……まともな人間なら、すぐに逃げ出すだろう。しかし椎名は、地獄に居座って、復讐の炎を燃やし続けている。

「若いのは知ってるけど、どんな奴なんですか」

「実は、よく知らないんだ」急に元気をなくした様子で、花岡が打ち明ける。「本人に聞いても、自分のことを話すのは嫌がってね」

「雑談レベルでも？」

「今、自分が会社の中でどんな立場に置かれているかについては、よく話すよ。途中で止めたくなるぐらいだ。だけど、会社へ入る前のことや、私生活については全然話さないんだな。水を向けても黙っちまう。よほど嫌なことがあったんだろうな」

警察のお世話になったとか。その可能性を振ってみたが、花岡は静かに首を振って否定した。

「調べてみたよ。会社へ入ったのが十八歳の時だということは分かってるんだが、それ以前のことはな……少年事件でも起こしてるんじゃないかと思ったんだが、記録はない」

「事件にはならなくても、警察に面倒をかけた可能性はありますけどね」

「それも少年課に確認済みさ。前科は真っ白だな。補導されたこともない」

　何となく、ちぐはぐな感じがした。過去を語りたがらない人間は、何か問題を起こしたことがある、という場合が多い。そういう人間は、得てして警察を避けたがるものだ。しかし椎名は、自分から警察に情報提供してきたのだし……どうもよく分からなかった。三十歳ぐらいの人間の考えていることは、結城にとっては謎である。自分の部下の足利たちのことはよく分かるのだが、それはあいつらが素直だからだろう。警察官として真っ直ぐ育っているから、本音が簡単に読めるし、仲間には決して嘘《うそ》をつかない。

「ちょっと複雑な人間のようですね」それにしても、花岡が椎名についてあまり突っこんで調べていないのが不思議だった。この男は、人のことを調べるのが趣味と言ってもよく、いつの間にか相手を丸裸にしてしまう。刑事の習性が高じて、知らずにはいられない、という感じなのだ。「花岡さんらしくないですね」

「うん？」花岡が三本目の煙草に火を点ける。「ああ、どうして椎名のことを調べないか？大事な相手だからだよ。奴の言うことは、今のところ全部当たってる。このまま事件をまとめることができれば、椎名が最大の功労者ってことになるだろう？　そんな人間のことを、あれこれ嗅ぎ回りたくないんでね。気づかれて、臍《へそ》を曲げられたら困る」

「それはそうですね」

「とにかく、余計な詮索はしないことだ……おい、来たぞ」

　花岡がヘッドライトを二回灯した。目を凝らすと、この前と同じように、公園の駐車場に椎名のアコードが入ってくるところだった。緊張することはないのだ、と思いながら妙に緊張する。椎名は俺を知っている……こちらはまったく、思い当たる節がないのに。何となく気味が悪いし、自分の存在がこの捜査に暗雲をもたらす可能性がある——

椎名は何となく自分を避けているようだ——ことを考えると、どうにも落ち着かない。

「係長は、話さない方がいいんじゃないかな」花岡が遠慮がちに切り出した。

「そうしましょうか」邪魔者扱いか……しかし、椎名の機嫌を損ねないためには仕方がない。本当は、ここへ来るべきではなかったのだ。椎名の真意を見極めるために、無理に花岡についてきてしまったのだが、今さらながら、まずかったかもしれないと悔いる。余計なことをせず、花岡に全てを委ねるべきではなかったか。

しかし、来てしまったものは仕方がない。椎名が嫌がればこの場を去る、それだけだ。

椎名のアコードが、少し離れた場所に停まる。結城と花岡は同時にマスタングのドアを開け、アスファルトの上に降り立った。椎名は車から出て来る気配はない。この前と同じように、向こうの車に乗って話をする、ということだろう。

結城は花岡の少し後について、アコードに向かった。花岡は軽い足取りで、特に緊張する様子もなく車に近づいて行く。気楽な調子で右手を上げて合図すると、助手席のドアを引き開けた。結城は一瞬躊躇《ためら》った後、後部座席のドアを開く。拒絶されるかと思ったが、椎名は何も言わなかった。それで少しだけほっとして、シートに浅く腰かける。

バックミラーに、椎名の目だけが映っている。細い目だが、警戒しているわけではなく、元々こういう感じなのだろう。短く刈り揃《そろ》えた髪は、堅実な商売についている人間に特有の物に思われた。

花岡は、結城の存在を無視して、この前と同じように軽いやり取りから始めた。

「悪いね、忙しいところ」

「全然。忙しかった頃のことなんか、忘れましたよ」

皮肉な物言いは本音だろう、と結城は思った。この件は、彼の中では冗談になっていないはずだ。

「で、どうやって暇潰ししてるのよ」

「しょうがないから、最近は本を持ちこんでますよ。どうせ誰も来ない部屋だから、本を読んでてもばれないし」

「あんた、本なんか読んだっけ？」

「読まないですけど、八時間も一人で部屋に閉じこめられてたら、まともな精神状態ではいられないから」椎名が一瞬目を伏せる。顔を上げた時には、目の端がかすかに引き攣《つ》っていた。

「何読んでるの？　何だったら差し入れしようか」

「海外のミステリーばかりです。これがとにかく、分厚い本が多くてね。二冊に分けるようなのを無理に一冊にしてるから、持って歩くのも大変なんですよ」

「そりゃ、体を鍛えるにはいいんじゃないか」

椎名が乾いた笑い声を上げる。つき合いで笑わなければならないのが辛い、という感じだった。

「いよいよ入札が近づいてきたな」花岡が、いきなり本題に入った。

「そうですね」

「他の会社は、参加することに意義がある、なんてオリンピックみたいなことを言ってるようだけど」

「そんなもんだと思いますよ」

「もう、入札情報は入ってるのかね」

「花岡さん」椎名が声のトーンを低くした。「俺も、何でもかんでも分かるわけじゃないんで……特に今は、窓もない部屋に押しこめられてるんですよ。社内で話を聞ける人間も限られてるし、情報収集もままならないんだ。今現在の動きは分かりにくい」

「それは分かるけどさ、これは最重要なビジネスじゃないのかね。社内でも重大な仕事になるんだろう」

「取れればね」

「こういう仕事を取れるか取れないか、ぎりぎりの段階だと、いろいろ動きも出てくるもんだろう」

「それは、外から見ている人の想像です。中にいると、案外分からないですよ」

結城は、前へ進まない会話に次第に苛つき始めた。椎名はのらりくらりと話を誤魔化している感じがするし、花岡も気を遣って厳しく突っこめない。こんな会話を続けているなら時間の無駄だ、とも思う。しかし、苛立ちをそのまま表に出すわけにはいかなかった。少しうつむき、自分の顔がバックミラーに映らないように気をつける。

「そうかねえ。あんたはずいぶん耳を澄ませているようだけど？　これまでの話を聞いた限りではね」

「いや、限界はありますよ」椎名が首を横に振った。

重苦しい沈黙が車内に満ちる。普段の花岡ならもっと厳しく突っこむのだが、今は明らかに遠慮の方が勝っていた。

「ところであんた、うちの係長を知ってるんだろう？」

椎名が、ちらりとバックミラーに視線を投げた。一瞬だけ目が合う。特に感情を感じさせる目つきではなかったが、腹の底に何か呑みこんでいる感じはある。

「いや」

「また」花岡が笑うように言った。「この前、知ってるって言ってたじゃない」

「そんなこと、言いましたっけ？」

「あれ？　俺の勘違いかな？」無理に追及せず、花岡が恍《とぼ》けた口調で言った。

「そうですよ。俺は、自分で言ったことは覚えてるから」

「そうか。俺もボケがきたかな」花岡が、平手で頭を叩く。二人が声を揃えて笑ったが、椎名の笑い声は空疎だった。

それからも、花岡はあちこちに話題を飛ばしながら探りを入れ続けた。結城も耳に全神経を集中させながら聞いていたが、結局実のある話は一つもなかった。三十分が過ぎると、椎名が明らかに苛立ち始める。切り上げ時だ、と思った瞬間、花岡が「いや、今日はありがとう」と話をまとめにかかった。

「いえ」椎名は短くしか返事をしない。一刻も早く、車から出て行って欲しそうだった。

事実、結城がドアハンドルに手をかけた瞬間にエンジンをスタートさせる。あまりにも焦り過ぎていると思ったが、主導権はあくまで椎名にあるのだ、と結城は自分を納得させようとした。しかし、釈然としない気持ちが消えないまま、アスファルトの上に取り残されてしまう。椎名はタイヤを鳴らさんばかりの勢いで車を発進させ、あっという間に駐車場から消えていった。

「あれは、嘘をついてるな」花岡がぽつりと言った。

「そうですね。花岡さんが勘違いするはずがない」

「本当に、覚えがないのか?」

「ないですね」結城は両手を揉み合わせた。釈然としないがどうしようもない。実際、見覚えはないのだし。

「ちょっと刺激し過ぎたかもしれないな」

「ええ」

「しばらく放っておこう。実際、今後はあいつに頼らなくてもやっていけると思う」

「確かに、ぎりぎりのところまできてますからね。じゃあ、今後は無理しないでいきましょう」

一応結論を出したものの、やはり釈然としない。椎名から、柔らかく拒絶されたような感じがしてならなかった。

第5章　隠された真相

1

若葉の心に引っかかった謎は、ゆっくりと奥へ入りこんでいくようだった。

「あんたは結城の娘じゃない」。そんなことをいきなり言われて、笑い飛ばせる人間はいない。だからこそ、父に聞いてみようと思って電話をかけたのだ。

聞けなかった。

真相を知るのが怖いから？　いや、そもそもこんなことを真面目に考える必要があるのかどうか。電話をかけたのも失敗だったと思う。そのせいで、父が心配してここまで来てしまったのだから。

一人、部屋の床に直《じか》に座りこみ、若葉はノートを広げていた。垂れ落ちる髪が、ノートに影を作って鬱陶しい。しかし何故か、机につく気にはなれないのだった。あそこは勉強するための場所。それ以外は……ノートは白紙のままだった。取り敢えず気づいたことを書き留めようと考えたのだが、男の言葉を思い出すと、思考が止まってしまう。

男……そう、男だ。まずそこからいこう。

電話がかかってきたのは、母の葬儀の三日後、月曜日だった。時刻は午後十時頃、宏太と一緒にいた時。家の近くまで送ってもらって……あの後、宏太にどんな挨拶をして別れたのか、覚えていない。送ってもらったのだからお茶ぐらい出そうと思っていたのだが、そうしなかった。できる精神状態ではなくなっていた。

電話をかけてきたのは、どんな男だったか。それほど若くはない感じ。十代、あるいは二十代とは思えなかった。ただし、あまり歳を取ってもいないだろう。四十代……あるいはもっと若い人が、無理に貫禄《かんろく》のある声を出した？　ボイスチェンジャーを使ったのでは、という疑いが脳裏を過《よぎ》った。以前、酔っぱらった春奈が、あれを使って悪戯《いたずら》電話をかけてきたことがある。春奈だと気づくまで、一分かかった。

ボイスチェンジャーなら自由に声を加工できるのだろうが、あの声はもっと自然な感じだった。

立ち上がり、机に置いたスマートフォンを取り上げる。着信履歴をずっと遡っていくと、まさにあの日あの時間にかかってきた電話の記録がある。ただし、電話番号の表示はない。非通知になるのはどんな場合だろう。

若葉は椅子に腰かけ、スマートフォンを弄《いじ》り始めた。もしかしたら自分が反応しなかっただけで、同じような電話が他にもかかってきていなかっただろうか。

ない。

溜息《ためいき》をついて、電話を放り出す。頭の後ろで両手を組んで、椅子に体重を預けた。中学生の頃から使っているこの椅子はかなりへたっていて、時折ぎしぎしと嫌な音をたてる。その他に聞こえるのは、エアコンが暖気を吐き出す音だけ。狭い部屋の中で一人きり……最初は、誰にも邪魔されない一人暮らしが心地好《よ》かった。だが、母が亡くなって以来、何となく弱気になっている。一人でいるのが怖いわけではなかったが、夜ベッドに入った後、心臓が縮み上がるような不快感を覚える時があった。

弱虫になってるのかな……当然、母が急死したショックからは抜け出していない。自分は強い、と嘘《うそ》をつく勇気も必要もなかった。春奈たちが自然に寄り添ってくれなかったら、もっとダメージを受けていただろう。昼間はいい。ちゃんと大学に通って、できるだけ仲間と一緒にいるようにする。バイトも再開して、それなりに時間に追われているのが逆にありがたかった。素直な子どもたちと一緒にいると、気が紛れるし。

でも、夜は怖い。

あの電話の件は、昼間はほとんど頭にない。しかし夜になると、いつの間にか蘇《よみがえ》ってくるのだ。考えろ、お前には何か秘密があるのだ、と誰かが囁《ささや》く。

普通に考えれば……何だろう。状況が上手《うま》く思い浮かばない。例えば、複雑な親子関係？　実は父と母は再婚同士で、どちらかの連れ子だったとか。いや、それはあり得ない。それにそうであっても、「結城の娘」に違いはない。だいたい、両親が再婚同士などという話は聞いたことがなかった。仮にそうだったとしても、隠す理由などないだろう。アメリカほどではないが、日本でも家庭の構成は複雑になり、かつそれが当たり前になる一方だし。

だったら、養子？　若葉は、机にのっている民法の辞典を取り上げ、養子について調べた。何となく、鼓動が速くなる。

特別養子縁組――これだろうか。普通の養子の場合、戸籍を調べれば本当の親が誰か、分かる。しかし特別養子縁組の場合、そういう記載はないはずだ。そもそも若葉は、自分の戸籍を見たことがない。今までは必要がなかったからだ。だが仮に見ていても、おかしなところには気づかなかったかもしれない。

だいたい、あの電話の内容をそのまま信じていいものなのか。誰かの嫌がらせ、という可能性もある。しかし少し考えて、自分は人から嫌がらせを受けるような人生を送っていない、という結論が出た。もちろん、二十年も生きてくれば多少のトラブルはあったが、若葉の中では全て解決済みだった。もしかしたら一方的に恨まれている可能性もあるが、それはあくまで可能性だけの話である。

しかしあれは、間違い電話ではなかった。向こうは「結城」と名指ししてきたのだから。

もやもやと渦巻く考えは、米の炊きあがりを告げる炊飯器の電子音に邪魔され、消散した。とにかく、ちゃんと食べておかないと。母が亡くなって以来、食生活が乱れているのは意識していた。食欲がなく、自炊する気にもなれない。必然的に、食べる時は外で、となってしまうのだが、一口二口食べると満腹になってしまい、結果的に周りの人間を心配させていた。

炊きあがりを外で待っていたかのように、インタフォンが鳴った。ああ、そうだ……春奈が来る約束になっていた。そんなことも忘れていたとは。若葉は、ぐちゃぐちゃと書きつけたノートを机の引き出しにしまい、春奈を迎え入れた。両手にビニール袋を持っていたので、片方を引き受ける。

「何買ってきたの、こんなに」重みに驚きながら訊《たず》ねる。

「あなた、ちゃんと食べてないでしょう。今日、食い溜《だ》めしようね」

「そういうことすると、太るよ」

「あなたはそんな心配、いらないでしょう」

お互いに。春奈も細い。特に腕など、こんなに大きなビニール袋が持てそうにないほど頼りないのだ。

「あんまり食欲ないんだけど」

「食べなきゃ駄目よ……ご飯は炊けたみたいね」春奈が鼻をひくつかせる。

「ご指示通りに」

「結構、結構」

笑いながら言って、春奈がパンプスを蹴り脱ぐ。まったくこの娘は……若葉は苦笑した。札幌の大きな旅館の跡取り娘だというのに、お行儀が悪い。親の方針に反発しているだけかもしれないが。

　春奈は、ローテーブルにさっさと料理を並べ始めた。すべて春奈の自作だ。「治部煮《じぶに》、作ってみたよ。まだ温かいから、このまま食べよう」春奈のマンションは、ここから歩いて十分ほどのところにある。友だち同士で「スープの冷めない距離」もどうかと思うが。

「治部煮って、どんなのだっけ？」

「金沢名物よ。鴨《かも》の肉と野菜を煮込んで、とろみをつけて。美味《おい》しいわよ」

「鴨肉なんて、よく手に入ったわね」

だいたい、普通のスーパーで売っているのだろうか。

「金沢の叔母が送ってきたの。私の料理の先生。私はあまり好きじゃないけど、腐らせるのももったいないから」

「私をゴミ捨て場にしないでくれる？」

「はいはい」春奈が、若葉の文句を軽くあしらった。「鴨肉は、腐りかけが美味しいのよね。今日はよくできたと思うけど」

「あなた、旅館の女将《おかみ》じゃなくて、料理人にでもなるつもり？」

「それも面白いけど、将来の旦那に任せることになるかな」春奈が狭いキッチンに立ち、お湯を沸かし始めた。「お椀《わん》、出してくれる？」

言われるままに、若葉は食器の準備を始めた。二人で、この家で何度も食事をしているが、いつも何となくぎこちなさを感じる。

「お麩《ふ》持ってきたから、準備して」

春奈の荷物を探り、麩の汁を用意した。麩の中に汁の具材が入っていて、お湯を注げばそのまま食べられる――この前、父が出してくれたのと同じだ。

二人きりの食事は、いつも春奈の一方的なお喋《しゃべ》りで進む。鬱陶しいこともあるのだが、今は絶え間なく聞こえる彼女の声がありがたかった。一人でいるといろいろ考えてしまうし、春奈の声は、聞いていて耳に優しい、という美点もある。そのせいか、今夜はよく食べられた。ご飯も、茶碗《ちゃわん》に半分ほどだがお代わりしたぐらいである。

「ちゃんと食べられるじゃない」いつものように旺盛な食欲を見せる春奈が、満足そうに言った。

「ありがとう」若葉は素直に頭を下げた。こういうかしこまった言い方が春奈を困惑させることは分かっていたが、今日は静かに礼を言っておきたかった。

「まあまあ」春奈が照れ臭そうに言った。「ま、お互い様ってことで、ね?」

黙ってうなずき、茶碗をテーブルに置く。狭いテーブルは春奈が用意してくれた料理で埋まり、箸を置くスペースがない。仕方なく、茶碗の上に置いた。何となく、行儀が悪い感じはするが。

春奈は、デザートまで用意していた。家の近くにある、そこそこ高級な洋菓子店のケーキ。食べても太らない春奈だが、実は菓子類はほとんど口にしない。それが彼女流のダイエットかもしれない。その禁を破らせてしまったのだとしたら、申し訳なかった。もうちょっと、しっかりしないと。いつまでも、周りの人間から危なっかしく見られているわけにはいかない。

「お茶は、用意してよね」

「何にする？」

「エスプレッソ」

若葉は立ち上がった。バイト代で買ったエスプレッソマシーンの電源を入れる。自分はカフェラテにして飲むのが好きなのだが、今夜はそれも面倒だったので、春奈につき合ってエスプレッソにする。あの強烈な苦みは少し苦手なのだが、ケーキの甘みで相殺されるだろう。

食器を片づけ、デザートの時間になった。春奈が嬉《うれ》しそうにケーキを食べているのを見て、若葉もぐっと気が楽になる。気を遣わないで済む——向こうは遣っているのだが——友人がいるのは、本当にありがたい。

しかし、彼女が来る前に散々考えていた悩みが頭の中で回っていた。それが顔に出てしまったのだろうか。春奈が勘よく気づいて訊ねた。

「何か、心配なことでもあるの？」

「聞いて欲しいことがあるんだ……養子の話かもしれないんだけど」

2

若葉が話し終えると、春奈が一瞬固まった。彼女はよく、こんな風に黙りこむことがある……文句を言いたい時だ。気にし過ぎ、ナーバスになっているだけじゃない？　とでも言いたいのではないか。

若葉はすぐに、自分がそう言って欲しいと望んでいることに気づいた。安心したいがために。

「ちょっとそれは……どうかな」春奈が膝を抱えこみ、そこに顎をのせた。脚が長いから、そういう仕草が絵になる。

「どうって、何が」春奈の曖昧な言い方は、若葉を不安にさせた。春奈は、いつもはっきり物を言う。こんな風に曖昧になるのは、彼女自身、不安に感じているからに他ならない。

「あの、誰かに相談した？」春奈は、ひどく聞きにくそうだった。

「春奈が初めて」

「お父さんには？」

「話そうと思ったんだけど……言えなかった」

「そうか」春奈が唇を指で擦った。

「ねえ、本気で心配してる？」

「携帯の番号って、簡単には漏れないわよね」

「たぶん」若葉にも、彼女が何を心配しているのか分かってきた。

「電話してきた人、どうやってあなたの携帯の番号を知ったんだろう」

「分からない」指摘されると、にわかに不安になってきた。若葉は、自分でも用心深い方だと思っている。知らない相手に電話番号を教えることなど絶対にないし、情報管理は徹底している。これまで、携帯電話はおろか、物をなくした記憶がまったくないのだ。でもたぶん、絶対に漏れない、ということはない。誰かが教えたかもしれないし。

「それだけでも、十分怪しいと思う。それに、内容も変じゃない」

「確かにね。悪戯電話にしてはおかしいと思う」

「普通、変態さんはもっと嫌らしいことを言うよね」春奈が顔をしかめる。彼女自身、数か月前に猥褻《わいせつ》電話に悩まされた、と憤っていた。自宅の電話にかかってきたのだが、何度目かに怒鳴り散らしたら——何を言ったかは絶対に教えてくれない——かかってこなくなった、と言っていた。

「そういう感じじゃない。落ち着いてたし」

「あの、まさかと思うけど、思い当たる節、ないよね」春奈が探るように訊ねた。

「ないよ」むっとして若葉は否定した。

「困ったな……何なんだろう」春奈が、長い髪をかき上げた。形のいい額が露《あらわ》になる。

「全然分からない」

「でも、若葉は『養子』っていう言葉を思い浮かべたんでしょう」

「まあね」

「誠司に聞いてみる?」春奈がスマートフォンを取り出した。「あいつ、民法が専門だから、詳しいんじゃない?」

「やめてよ」若葉は真顔で言って手を伸ばし、春奈のスマートフォンを押さえた。「話が広がっちゃうじゃない」

「そうか……分かった」

春奈が立ち上がり、若葉のデスクについた。辞典を広げ、同時にパソコンを勝手に立ち上げて調べ始める。こうなると春奈は、こちらの言うことなど聞かない。集中して、自分の世界に入りこんでしまうのだ。

若葉は、新しくコーヒーを淹《い》れた。エスプレッソ二杯はきついので、カフェラテにする。牛乳は……二人分ぐらいはありそうだ。

あれこれ考えてしまいそうなので、カフェラテを用意することだけに集中する。時々ちらりと春奈を見ると、必死でノートを取っていた。ペン先が動くスピードが異常に速いことを、若葉はよく知っている。それなのに字は綺麗《きれい》だ。講義のノートを貸し出せばお金が取れる、とからかうと、彼女は真顔で「冗談じゃないわ」と反発したものである。自分のことは自分でやるというのが、春奈のモットーだ。その割に、こういう風に人の世話を焼くことも多いのだが。

カフェラテが完成するのと、春奈がメモを取り終えるのと、ほぼ同時だった。短い時間だが、徹底して集中したのだろう、振り向いた春奈の顔にはわずかな疲れが見える。

しかし、カフェラテのカップを見ると、すぐに相好を崩した。

「ありがと」

「で、どういう状況？」

「民法八百十七条ね」メモを見もせずに春奈が答える。書いているうちに、頭に叩《たた》きこんでしまったのだろう。「簡単にまとめると、実親との関係が完全に切れる養子縁組のこと。普通の養子縁組の場合、戸籍上も実親との関係が残って、養親も含めて二重の親子関係になる。特別養子縁組の場合は、養親が実の親として養子を養育することになるわけよ。戸籍上は、普通に『長男』や『長女』と書かれるから、見ただけでは養子だということが分からない」

「何で普通の養子縁組と違うのかな」

「例えば、実親が養育困難な場合を想定してるみたい。ひどい育児放棄とか、親が犯罪者だったとか。状況によっては、実親の同意がなくても、家庭裁判所で養子縁組が認められる。かなり特殊なものね」

「そうか……」

「もう一回聞くけど、何か思い当たる節は？」

「全然」両手にカップを持ったまま、若葉は首を振った。あり得ない。自分はあの二人のたった一人の子どもだし、それを疑う理由は何もなかった。

「そうか」春奈が薄い唇をきゅっと結んだ。「じゃあ、どうする?」

「どうするって、何が?」若葉はようやく、カップをテーブルに置いた。

「問題点は二つあると思うんだ」春奈がVサインを作った。「一つは、どうしてあなたに電話がかかってきたか。もう一つは……」

「この話は本当かどうか」

重い沈黙が満ちる。いつも歯切れよく話す春奈を黙らせるほどの重たい可能性だった。

「やっぱり、思い当たる節でもあるの?」春奈が遠慮がちに訊ねる。

「ないけど……」会話は早くも、螺旋《らせん》状になってきた。何の情報もない状態であれこれ話し合っていても、前へは進めない。前へ進むことが大事かどうかも分からなかったが。

「ここでやめておいてもいいけどね」春奈がパソコンを閉じ、床に座りこむ。カフェラテのカップを両手で包みこみ、ゆっくりと飲んだ。面倒臭い、という本音が透けて見える。

そうだよね……今時、友だちだって、深いつき合いはしない。春奈とは、今の悩み、将来への不安など、頻繁に話し合っているが、それはあくまで表面的なものだったのではないだろうか。

二人はしばらく、無言でカフェラテを飲んだ。普段は気持ちを落ち着かせてくれる穏やかな味も、今夜に限っては効果がない。特別養子縁組……その言葉が頭の中でぐるぐると回り、若葉を苦しめた。もしも本当に養子だったら？　基本的には何も変わらないだろう。親子関係が急に変化するとは考えられない。そもそも本当だったら、父は話してくれたのではないかと思う。母が亡くなるという、大きなタイミングもあったのだし。ずっと隠しておくつもりであっても、あれだけ大きな出来事があったら、話す気になっていてもおかしくはない。

「ちゃんと戸籍を見てみる気、ある？」

じっと見詰められ、若葉はまた黙りこんでしまった。改めて見て何が分かる？　そして、仮に何か分かった時、自分はどうしたらいいのだろう。父に確認すべきかどうか、分からない。

「簡単に忘れないと思うんだよね」春奈が言った。「あなた、持ち越す人だから。いつもそう。細かいことが気になって、いつまでも忘れられない」

「そうかな」

「自分のことは、自分では分からないからね」春奈が肩をすくめた。「でも、私から見れば、一目瞭然……そういうの、嫌だな」

「嫌って……」若葉は苦笑した。「そんなこと言われても」

「あのね、つき合わされるこっちは、結構しんどいんだよ」春奈が真剣な表情で言った。

「私もお人好《よ》しだから、無視できないしさ。いつもあなたの愚痴につき合ってる」

「そうか……」軽い相槌《あいづち》を打ってから、ひどい罪悪感に襲われた。「ごめん。そうだったんだ」

「別に、気にしてないけどね。お人好しの人生って、こんなものだから」

「それを迷惑かけてるよね」

「迷惑って思わないのが、お人好しのお人好したる所以《ゆえん》なんだよ」春奈が、乾いた笑い声を上げた。

こういう友だちは、希少な存在だと思う。自分が春奈に対して感じている距離は、彼女から見ればずっと近いのだろう。自分も、もう少し距離を縮める努力をすべきだろうか。本当は、友だちづき合いというのは、こんな風に計算しながらするものではないのだろうが。

「電話がかかってきたこと、お父さんに相談してみたら?」

「駄目だよ」慌てて否定した。

「どうして」

「忙しいし、心配かけたくないから」そう言えば父は、どうしてここまで訪ねてきたのだろう。何か話すこと——それこそ、自分たちの本当の関係とか——があって、ここまで来たのではないか。しかし結局何も言えずに帰っていったとか。

「へえ。結構気にしてるんだ」いかにも面白そうに春奈が言った。

「そうじゃないけど」若葉はカップに視線を落とした。薄茶色の液体が、少しだけ気持ちを落ち着かせてくれる。

「でも、気にもしていなかったら、すぐに泣きついていたんじゃない？」

「私が、自分の弱さを意識したくなかったからかも」

「……そうか」余計な説明をしなくても、春奈は分かってくれたようだ。

「何かさ、誰かに相談したら気持ちが折れるような気がしたから」

「私には話してるじゃない」

「まあ……父親と友だちは違うわよ」

「そうか」春奈がまた声を上げて笑ったが、すぐに真顔になった。「何か、他に変なことはない？」

「変なことって？」若葉はまた不安になった。

「ストーカーとか。誰かに尾行されたりとか、家の前で張り込みされてたりとか、そういうことはない？」

「ないわよ。あれば気づくと思う。私、それほど鈍くないから」

「そうか……ということは、相手は今のところ、この話をエスカレートさせるつもりはないみたいね」

「何、それ」

「悪戯から本格的な犯行へ、というケースはよくあるのよ」

「やめてよ」若葉は思わず顔をしかめた。

「まあ、いいけど……よし、決めた」

「え？」

「私、午前の講義をサボる。それで、朝イチで一緒に千葉へ行こう」

「どうして」どうして、じゃない。春奈が誘ってくれる理由は分かっている。自分につき添って、役所まで行くつもりなのだ。

「朝一番……役所って、何時に開くんだっけ」

「八時半ぐらいだと思うけど」

「じゃあ、六時起き？　二時間ぐらいかかるわよね？」

「まあね」千葉との距離感を思い出し、思わず顔をしかめた。

「じゃあ、覚悟を決めて早起きするか」春奈が伸びをした。まったく屈託がない様子。「あなたも覚悟してね」

「行かなきゃ駄目かな」

「まず、事実関係を調べること。それをはっきりさせないと、いつまでも悩むことになるわよ。もちろん、何か分かっても私に知らせる必要はないけど」

「じゃあ、どうして一緒に来るわけ？」

「監視、かな。あなたがちゃんと戸籍を確認するかどうか、この目で確かめるの」春奈が、両手で自分の目を指差した。「逃げないようにね」

「逃げないわよ」若葉は、少しむきになって言い募った。「それほど弱くないから」

「それならいいけど」春奈がにっこりと笑った。普段クールな印象が強い分――愛想のいい旅館の若女将という感じではない――笑うと不思議な感じがする。

逃げない――戸籍は見てもいい。そこに何が記されていても、逃げない覚悟はあった。でも、その先はどうしよう。自分が養子だったら……その事実を、父に確認すべきかどうか。

考えても結論は出そうになかった。

3

少しテンションがおかしくなっていたのだ、と若葉は思う。一晩経つと、急に怖くなっていた。何かあったら……しかし、わざわざ泊まってくれた春奈は有無を言わさなかった。目覚ましが鳴る六時より前に起き出し、さっさと準備を終えてしまう。

若葉も着替えを終えたのだが、動きたくなかった。

「どうした？　行こうよ。せっかく早起きしたんだから」

「うん、でも……」

「行きたくない？」春奈が、若葉の前に座りこんだ。

「分からない」

「何よ、子どもじゃないんだから」

「分かってるけど……」

怖い。自分が知らない真実が明らかになったらどうしよう。知りたいと思う反面、知ってしまったらどうなるか分からないのが不安だった。

「難しいか」春奈がふっと笑みを漏らす。

「うん……ごめん」

「しょうがないな。あなたが行きたくないなら、無理できないわね」

「ごめん」繰り返すしかない。

「せっかく早起きしたのにね」春奈が伸びをして、欠伸《あくび》を嚙《か》み殺した。「二度寝する？ 二度寝は天国よね……」

若葉は、親友ののんびりした言葉を聞いて少しだけ笑った。何とありがたい存在なのか。それだけに、自分の弱気で計画を崩してしまったことを申し訳なく思う。

春奈は、千葉へ行きそびれたことに対して何も言わなかったが、若葉の鬱屈はひどくなる一方だった。一度相談してしまった春奈には、もう話はできない。かといって、他に相談できる相手もいなかった。

若葉は久しぶりに、宏太と二人きりで会った。何となく一人でいたくなくて、バイトが入っていない日の夜、自分から誘って夕飯を共にしたのだ。とはいっても、学生の身分だから大した物は食べられない。大学の近くにある、小綺麗で洒落《しゃれ》てはいるが、値段は学生向けという洋食屋に落ち着く。二人ともハンバーグを頼んだ。ちらちらと宏太の顔を見ながら、彼に相談するのはどうだろう、と思った。すぐに、「無理だ」と結論を出す。つき合っているようないないような微妙な関係で、二人の間の距離感は、春奈と比べればずっと遠い。今夜は馬鹿話をして、少しだけ嫌な記憶を遠ざけよう、と決めた。そういうことに利用するのは、恋人でもない相手に対して失礼かもしれないが。

「——で、次のライブが決まったんだ」

「あ、そうなんだ」

外見からはそんな風に見えないが、宏太はジャズのバンドでギターを弾いている。一度ライブを見に行ったことがあるが、素人の若葉から見ても、なかなかの腕前なのは分かった。それでご飯が食べられるんじゃないの、と言ったら、宏太は苦笑するばかりだったが。

「いつ？」若葉は手帳を広げた。

「二週間後。土曜日なんだけど、来られる？」

「たぶん、大丈夫」週末の夜ぐらいは家にいようと、土日のバイトは日中だけにしている。塾のバイトが終わって駆けつけることになるけど、楽勝で間に合うだろう。

「終わってから打ち上げがあるんだけど、今度は来られるかな」遠慮がちに宏太が切り出した。

「そうねえ……」ライブは七時から二時間ほどのはずだ。前回若葉は、宏太から誘われた打ち上げをやんわりと断っていた。何だか、自分の世界ではないような気がしたから。宏太が参加しているバンドの他のメンバーは全員三十代だし、ライブハウスのあの雰囲気にも馴染《なじ》めなかった。霧のように漂う煙草の煙。ざわざわとした熱気。もちろん、そこで打ち上げをやるわけではなかったが、ライブハウスの雰囲気の延長線上だろう、と想像して遠慮したのだ。

「ああいう雰囲気、合わないかな?」再び遠慮がちに宏太が訊ねた。

「うーん……ちょっと大人の世界って感じ?」そこに童顔の宏太が加わっているのも、不思議な光景だけど。

「そうか」宏太が苦笑した。「でも、ライブは来てくれる?」

「大丈夫だと思う」

宏太がほっとした表情を浮かべたところで、料理がやってきた。鉄板の上で、ハンバーグが音を立てて焼けている。この店のハンバーグは、基本的に一種類しかない。違いは量だけ。それに様々なトッピングを足したり、ソースを変えたりするやり方だった。若葉はトッピングを目玉焼きだけにしたが、宏太はオニオンリングに加えてマッシュポテトをトッピングした。元々のつけ合わせのフレンチフライと被《かぶ》るのに……しかし、こういう組み合わせは腹に溜まる。まだ育ち盛りだからね、と考えると、若葉の顔から自然に笑みが零《こぼ》れた。宏太が、素早くそれに気づく。

「どうかした？」

「何でもない」若葉は首を振った。「よく食べるね」

「今夜、遅くなるから。急遽《きゆうきよ》ライブの練習をやることになって」

「あ、そうなんだ」若葉は腕時計を見た。午後七時。「時間、大丈夫なの？」

「十時からだから。夜中の二時ぐらいまではやってるんだよね」

「そんなに？」

「何ていうか、興が乗ると……そんなものだよ」

興が乗る、というのは若葉には理解できない世界だった。そういえばこの前のライブでも、一曲一曲がひどく長かった気がする。互いに目配せしあい、演奏を続ける——あれがアドリブというやつなのだろう。

とにかく今日は、九時過ぎぐらいまでしか一緒にいられないだろう。何となく、家に帰る気にもなれないけど……仕方がない。ここで食事をして、お茶を飲んで、それで別れるしかないようだ。一瞬、一人で映画のレイトショーにでも行こうかと考える。しかし今は、観たい映画もない。

「何だか元気ないけど」旺盛な食欲を見せていた宏太が、ナイフとフォークを置いた。若葉のハンバーグはほんの少ししか減っていないのに、もう半分ほど食べ進んでしまっている。

「そうかな」

「そう見える。何かあった?」

「ないわけでもないけど」宏太にも話してしまいたい、という欲求に襲われる。春奈に比べればずっと子どもで頼りないが、女と男では、また感じ方が違うかもしれない。話せば何かいいアドバイスを貰える可能性もある、と思った。

……やっぱり駄目か。宏太は基本的に頼りないからね。それに、訳の分からない話で重荷を背負わせるのも気が進まない。春奈にはもう十分迷惑をかけたし――本人は気にしていない様子だが――さらに宏太まで巻きこむのは申し訳なかった。

「いろいろあるのよ」若葉は首を振った。「親が亡くなると……」

「そうなんだ」

「離れて暮らしていても、同じね」急に食欲がなくなってきた。この店の、少し酸味のあるドミグラスソースは好みなのに。

「慣れるまで、大変だよな……就職とか、どうするんだ？」

「まだ決められないんだよね。そろそろ決めなきゃいけないんだけど」本当はもう、今頃から準備を始めていなければいけない。他の人間はそうしているだろう。「試しに」やってみて成功するような仕事ではないのだ。そこに至るまでには、入念な準備が必要だろう。自分には、ある程度の資格――というより、そこに挑んでも何とかなるぐらいの基礎学力があるとは思っていたが、だからといって準備を怠るわけにはいかない。専門の予備校にも行かなくてはならないだろうし。本気でスタートを切るつもりなら、もう時間はない。

「気が早くない？」

「そろそろ決めなくちゃいけないよ」若葉はハンバーグを小さく切り取って口に押しこんだ。無理にでも食べておかなければならない、と自分に強いる。母の葬儀以来、体重が二キロ減っていた。意識してダイエットしたならともかく、勝手に減ってしまったのは体によくない。

「まあ、ゆっくり考えればいいんじゃない？　時間がないわけじゃないし」

宏太が呑気《のんき》な口調で言った。それが、若葉には少しだけ気に障った。こっちには、いろいろ考えることがあるんだから。あんたみたいに、いつも呑気にしているわけにはいかないのよ。

そんなことを考えてしまう自分に嫌気が差す。せっかく食事につき合ってもらっているのに。

もっとも、宏太は鈍いところがあるから、若葉が内心かりかりしているのには気づかないようだった。何とか若葉をジャズ好きにしようと考えているようで、彼お勧めの「名曲」について盛んに解説する。若葉は、半ば聞き流していた。知らないジャンル、知らない曲……いくら説明されても、まったく頭に入ってこない。絵のことを知らない人間に、名画について説明するよりも難しいことだろう。音楽は、経験でしか身につかない。

その後のお茶の時間も、同じだった。近くのチェーン店に行ったのだが、八時を過ぎても賑《にぎ》わっているせいで、静かに話ができないのも痛い。結局、周りの話し声に身を委ね、時間が過ぎるのを待つしかなかった。九時が近づくと、自分が苛立っているのに気づく。

「本当は、何かあったんだろう」宏太が指摘する。

「何もないわよ」

「そう？　春奈に言われたんだけど」

「春奈？　何て言ってた？」黙っていて欲しいと頼んだのに……勝手にぺらぺら喋る人間ではないので、若葉は少し不思議な気分になった。

「いや、ちょっと若葉の様子に気をつけていてくれって」

宏太が慌てて言い訳する。その慌て振りから見て、嘘はついていないだろう、と判断する。元々宏太は、素直な人間なのだ。春奈の言い分も理解できる。一応、自分のすぐ近くにいる宏太に、監視とケアを頼んだのだろう。それが必要なほど、自分は傍《はた》から見ても様子がおかしいのだろうか、と心配になった。

「何でもないから、大丈夫よ。春奈は心配性だから。それより、そろそろ行かなくていいの？　もうすぐ九時だよ」

「そうだな。ぼちぼち……」宏太が、背の高い椅子から苦労して降りた。若葉にすれば、梯子《はしご》を降りる感じの椅子である。床に足が着いた瞬間、スマートフォンが鳴り出した。取り出してみると――相手の番号がない。途端に、嫌な感触が全身を走った。番号表示のない電話――あの時と同じだ。そう、あの時も宏太が一緒だった。まさか、彼が何か関係しているとは……あり得ない。

「ちょっと、電話」

告げると、うなずいた宏太が金を払って先に店を出る。彼の背中を目で追いながら、若葉は通話アイコンをスライドした。無視してもよかったが、もしかしたら重要な連絡かもしれない。

しかし、若葉の耳に飛びこんできたのは、あの声だった。低く落ち着いた、男の声。それを聞いた瞬間、全ての記憶が蘇る。あの時も宏太と一緒にいて、少し酔っていて……初めて彼を家に上げようかと思っていた。

「もしもし？」

胸がむかむかしてくる。飲んだばかりのカフェラテが、食道を逆流してくる感じだった。切らなくちゃ……頭はそう告げているのだが、手が動かない。

背中に誰かがぶつかった。そう、今、店の出入り口に立っているから……外に出なければいけないと思ったが、足が動かなかった。先に店を出ていた宏太が異変に気づき、戻って来る。不審そうに目を細め、口の動きだけで「何？」と言った。何かって……こっちだって、何が何だか分からない。しかし宏太は、若葉が店の邪魔になっているのが気になったようで、強引に腕を摑んで外へ引っ張り出した。

急に、冷たい風が襲いかかってくる。コートを突き抜け、体を芯から冷やすような冷たさだった。冗談じゃないわ。こんな電話、早く切ってしまわないと……しかし頭で考えるのと裏腹に、若葉は電話を手で押さえ、宏太に「ちょっと待って」と言って背を向けた。繁華街の真ん中にいるのに、急に暗闇の中に取り残されてしまったような気がする。

「分かったか」

男の声は低く、じわじわと胸に染みこむようだった。声その物に悪意が感じられ、また吐き気がこみ上げてくる。

「あなた、誰なの」

「お前は結城の娘じゃない」

「だったら何？」若葉は精一杯絞り出すような声で、反論した。「そうだったら、何か問題があるの？　それともあなたは嘘をついているの？」

「知らないのか？　確かめなかったのか？」

相手が、驚いたような声を出した。まるで、自分が戸籍を確認しなかったのが、信じられないというように。そこまで考えていたのだろうか、と若葉は嫌な気分になった。自分の行動パターンが読まれているとしたら……この男の思惑は成功したと言っていいだろう。だが、動機が分からない。何故自分を揺さぶるような真似《まね》をするのか。

「知る必要もないから。私は何も変わらない」

「いや、変わる」

「何が」急に不安になる。

「お前の人生は、変わる。これからは……」

「これからは?」

「自由には生きられない」

いきなり電話が切れた。若葉は、呆然《ぼうぜん》としてスマートフォンを見詰める。液晶画面に答えが浮かんでくるのではないか、と思った。まさか……。

「どうした」心配そうに宏太が訊ねる。

「うん……」話すべきだろうか? いや、宏太を不安にさせても何にもならないだろう。そこまで甘えるつもりはなかったし、何かしてもらえるとも思えない。それで不機嫌になって、宏太を不安にさせるのも本意ではなかった。

「ちょっと、さ」宏太が腕時計を覗《のぞ》きこんだ。「練習に遅れるって連絡しようか? こっちは大丈夫だけど」

「それは……いいから」若葉は唾を呑んだ。急に喉が細くなったように、苦しい。宏太の申し出はありがたかったが、三十分や一時間長く一緒にいても、不安が薄れるとは思えなかった。「今日、私も練習を見てていいかな?」

第6章　秘密の証言

1

　デスクに置いた携帯電話が鳴った。ちらりと見ると、見知らぬ電話番号が浮かんでいる。結城は周囲を見回してから電話を手に取り、通話ボタンを押した。

「結城です」

「椎名です」

　結城は一瞬、耳から電話を離した。どうしてこの男が直接電話してくる？　携帯電話の番号を書いた名刺は渡しているが、自分に電話してくるとは思ってもいなかった。むしろ避けられている、と感じていた。

　結城は立ち上がり、もう一度周囲を見回した。パソコンに向かっていた亜紀が、怪訝《けげん》そうな表情で結城を見る。この場にいて欲しい花岡はいない。結城は亜紀に向かって首を横に振ってから、窓の方を向いた。

「結城です」繰り返す。「何か、ご用ですか？」

「花岡さんに電話したんですけど、つながらなくて」

「何か話があるんですね」椎名に対する違和感とは別に、腹の底が熱くなってきたような気がした。重要な情報がありそうな感じがする。

「ええ……ちょっと会って話せませんか」

「今すぐ？」結城は腕時計を見た。午後五時過ぎ。ほとんど幽閉されているような椎名の「勤務時間」も終わったのだろう。その部屋を出ないと電話もできないはずだ。

「できれば、なるべく早く」

配下の刑事たちは、情報を求めて街に散っている。椎名と一人で会うのはまずい。亜紀を連れて行こうか、と一瞬考えたが、椎名は用心しているだろう。顔を知らない人間がいれば、頑《かたく》なになってしまうかもしれない。

「分りました。場所はどうしますか？　都合のいいところへ行きますよ」

「そちらの近くに、『銀の鐘』という喫茶店があるの、知ってますか」

「ああ」昔ながらの喫茶店だ。記憶が定かではないが、一回か二回、コーヒーを飲みに行ったことがあるかもしれない。

「そこで、十分後にどうでしょう」

「分かりました」

電話を切り、花岡を呼び出そうか、と迷った。遠出しているから、わざわざ連絡すれば、余計な心配をさせてしまうかもしれない。後で話すことにして、コートを羽織った。

「お出かけですか？」どこか心配そうな口調で亜紀が訊《たず》ねる。

「ああ。ちょっと近くに……『銀の鐘』っていう喫茶店、知ってるか？」

「ええ。県立中央図書館の近くですよね」

「行ったこと、あるか？」

「何回かありますけど、あそこがどうかしたんですか？」

「うちの連中が、よく使うような店だろうか」警察の近くには必ず、刑事たちの溜《た》まり場になっている店があるものだ。安い居酒屋、長居しても文句を言われない喫茶店。そういう場所が、外での打ち合わせ場所として使われることは珍しくない。結城は、椎名と二人きりのところを、誰かに見られたくはなかった。ネタ元は、できる限り庇《かば》わなければならない。同僚にもネタ元は教えない、というのは原則である。椎名もそんなことは分かっているはずだが……どうして、人に見られるような危険を冒す気になったのだろう。

よほど慌てているからだ。

「あっちの方へは行かないと思いますよ」

亜紀に指摘され、はっと意識を現実に戻す。うなずきかけ、彼女の説明を待った。

「喫茶店に行くなら、県庁前駅か、本千葉駅の方へ行きますよ」

「そうだな。わざわざ裏の方へ行く必要もないな」県立中央図書館は、公園の中にある。その付近にある喫茶店というと……公園で遊んだり図書館で調べ物をしたりした人が、帰途、喉を潤すために立ち寄るのだろう。「一時間ぐらいで戻ると思う」

「今夜の張り込みと尾行はどうしますか？」

「続行だ」もちろん、今夜何かが起きる保証はない。藤本と会田の間で金品のやり取りがあるにしても、それはとうに行われてしまったか、あるいは成功報酬である可能性もある。無事に入札が済んだらその時点で支払う、というのも、あり得ない話ではない。ただ、既に何か渡っているだろう、と結城は思っている。実際、時計は贈られているわけだし。

わざわざ呼び出して——しかも花岡を飛び越して、だ——まで話したいこととは何だろう。これが重要な局面につながるかもしれないと思うと、結城はにわかに緊張を覚えた。

県警本部付近は官庁街で、県庁の他に市の消防局、検察庁、裁判所などが固まっている。しかし県警本部の裏手は、マンションや戸建ての住宅が集まった住宅地だ。住むには県内で最も安全な場所だな、と結城は思う。ただし結城本人は、県警本部の近くに住む気にはなれなかった。職住近接は悪くないが、限界もある。何かことあるごとに、真っ先に呼び出されるだろう。

住宅街の中を歩いて、喫茶店「銀の鐘」の前に出る。記憶にある通り、民家の一階部分を店として使っている、かなり年季の入った店だった。看板はホームベース形で、白地に濃紺の文字で店名が入っていた。下には「コーヒー喫茶」。意味がダブっているのでは、と結城は首を傾《かし》げた。

ドアを開けると、涼しげに鈴が鳴る。これも、昔の喫茶店にはよくあったな……結城は店内に一歩だけ足を踏み入れ、中を見回した。椎名はまだ来ていない。他に客もいなかった。午後五時台というのは、喫茶店にとっては中途半端な時間なのだろう。主婦は買い物に行っているだろうし、サラリーマンの午後の打ち合わせ時間からもずれている。結城が若い頃、学校帰りに喫茶店で暇潰しをするのは普通だったが、今は高校生も、こういう古臭い店には入らないようだ。

店内には、煙草《たばこ》とコーヒーの臭いがしっかりと染みついている。結城は一番奥、トイレの前の席に陣取った。あまりいい場所ではないが、ここからなら店内を一望できるし、誰かが入ってくればすぐに分かる。コーヒーを注文し終えたところで、腕時計を見た。椎名から電話がかかってきてから、十分しか経《た》っていない。「十分後」と言い出したのは向こうなのだが……しかし、彼は慎重になっているかもしれない。今は、会社を出ても安心できないのではないだろうか。誰かに尾行されていないかどうか、ここへ来る途中も、わざと遠回りしているかもしれない。焦らず、ゆっくり待つか。すぐに出てきたコーヒーを一口飲み、携帯電話を取り出してメールをチェックすると、それでやることはなくなってしまったが、新聞や週刊誌を眺める気にはなれない。

無意識のうちに窓の外を見ると、雨が降り出したのに気づいた。大した勢いではないが、街灯がすぐ近くにあるので、弱い光の中、細かい雨粒が舞っているのが見える。参ったな……今日は傘を持ってこなかった。まあ、走れば本部までは三分しかかからない、と考えていると、急に雨脚が強くなる。

道路が黒くなり始めるのに気を取られていて、椎名が店に近づいて来ているのに気づかなかった。ドアが開いて鈴が鳴り、それで初めて、彼が店に入って来たのを知る。雨に降られて椎名の髪は濡《ぬ》れ、ベージュ色のコートは、早くも肩の辺りが黒くなり始めていた。椎名が「参ったな」とでも言いたげな表情を浮かべ、ハンカチを取り出して頭を拭きながら、こちらに向かって来る。

「いきなり雨ですね」愚痴を言いながら、ソファに腰を下ろす。

「車じゃないんですか」

「ちょっと離れた場所に停《と》めました。その……」

「誰かに見つからないように、ですね」結城は小声で言った。やはり、この男は徹底して用心している。

「大丈夫だと思いますけど、最近、社内でもちょっと……」

「目をつけられている？」

「気のせいかもしれませんけど、神経質にもなりますよ。最近、ジョギングを始めたって、社内で宣伝してます」

「ジョギング？」

「さっさと帰るのは、ジョギングをするためだって。会う人ごとに言ってます」

結城はもう一度うなずいた。少しばかり神経質になり過ぎだ、と思うが、彼が極度の被害者意識を持つに至った経緯は理解できる。

「今日は、ジョギングは無理でしょうね」

「いや、嘘《うそ》ですよ」椎名が苦笑した。「怪しまれないための方便で。走るのは大嫌いです」

「そうですか」結城は、ふと違和感を覚えていた。椎名はこれまで、自分に対して壁があるような態度を取っていた。しかし今日は、饒舌《じょうぜつ》過ぎる。もしかしたら、二対一で喋《しゃべ》っていると、緊張してしまうタイプかもしれない……会社を売ろうとしているのだから、緊張しない方がおかしいが。

椎名もコーヒーを頼んだ。しばらく、天気の話で時間を稼ぐ。話の途中で、店員がコーヒーを持ってくるような状況は避けたかった。コーヒーが運ばれてくると、椎名はミルクだけを加えて、カップにスプーンを差し入れた。かき回さず、そのまま口に運ぶ。結城が怪訝そうな表情を浮かべているのに気づいたのか、苦笑しながら説明した。

「ああ、変ですよね」

「まあ、普通はかき回すだろうね」

「ミルクの味がちょっとはっきりしているのが好きなんです。説明しにくいですけど」

「混じる前に、ミルクを味わうわけだ」

「そんな感じです」慎重に、カップをソーサーに置いた。すっと身を乗り出し、「今夜、でかい金が動きます」

「というと？」内心緊張しながら、結城は平静を装った。

「藤本から会田に。今夜、二人は会うはずです」

「間違いない情報なんですか」

「経理の奴から聞きました。社内でも、頑張って情報収集しているんですよ」

「額は」

「二百万」

結城はゆっくりとうなずいた。額としては、十分だ。地方の、入札に絡んだ汚職で行き来する金額として考えれば、巨額と言ってもいいだろう。

「会社の金を引き出した、ということですか」

「そうなります。藤本のポケットマネーではなくて、会社の金ですよ」椎名の表情がにわかに真剣になった。「つまりこれは、間違いなく会社ぐるみなんです」

「今夜、会田に会う件に関しては？　確証はあるんですか」

「スケジュールぐらい、押さえてますよ」椎名の頬が歪《ゆが》んだ。「これは……言っていいのかどうか分からないけど」

不法行為に手を染めているな、と分かった。法律的には問題ないかもしれないが、社内では「不法」と取られる行為もある。

「都合が悪いと思うなら、私には言う必要はないですよ」

「ええ……」椎名が拳を顎に当てる。「まあ、いいか。実は、社内のネットワークがあるんですが、本来は私が入ってはいけない領域に、ちょっと入って……藤本のスケジュールが確認できるんです」

「ハッキングとか？」

「違います。そこまで大袈裟《おおげさ》じゃありません」苦笑しながら、椎名が首を横に振った。「パスワードを聞き出しただけです。システム担当者の中にも、私に同情的な人間はいますから」

「そうですか」

それにしても、ばれたら会社の中では問題になる。この件は聞かなかったことにしよう、と結城は思った。情報の出所に関しては、こちらが違法行為を犯していない限り、問題視されることはないのだ。椎名のやったことも、褒められたものではないが、違法行為とは言えないはずだし。

「とにかく、藤本が社の車をどう使うか、分かるんです。夜、わざわざ稲毛の公園に行くのはおかしいですよね」

「営業ではないでしょうね」海浜公園か……夜に人と落ち合うには、いい場所かもしれない。いつもの繁華街は避けた、ということか。それにしても、藤本も変に律儀だ。会社のルールかもしれないが、社用車の行く先を、わざわざ馬鹿丁寧に記録する必要などないのに。ある種、特命を受けて動いているのだから、嘘をついても許されるはずだ。

「とにかく、そういうことです」椎名が慌ただしくコーヒーを飲んだ。「明日が入札で、今夜、担当部長と会う……最終的に、金と情報を交換するつもりじゃないでしょうか」

「可能性はありますね」

「とにかく、これをお知らせしたかったんです」

結城はうなずいた。二人の尾行は今晩も行うから、会えば分かるだろう。だがそこで、現金の授受が行われる可能性が高いという情報は、貴重だった。逮捕した後は、二人を攻める材料にも使える。

「助かりました」

「いえ」

「身辺には、気をつけて下さい」

「ありがとうございます」

「あなたが先に出た方がいいですね」

「そうします」

コーヒーの最後の一口を飲み、椎名がさっさと店を出て行く。その背中を目で追いながら、結城は一抹の違和感を拭い去れなかった。

足利は、いつもよりもずっと緊張していた。今夜が決定的な場面になると思えば、確かに普段通りというわけにはいかないだろう。

「落ち着け」

「すみません、分かってるんですけど、何だか……」

足利の貧乏揺すりは止まらない。車の助手席は狭いのに器用な奴だ、と結城は笑いそうになった。気の緩みを引き締めるように、携帯電話が鳴る。

「浜田です」亜紀の口調はきびきびしていた。

「ああ」

「藤本が動きました。今、会社を出たところです」

さすがに夜早い時刻に会うわけにはいかないのか、藤本はなかなか会社を出なかった。既に午後八時。房総建設の本社からここまでは、車で三十分ほどかかる。足利が電話の内容を察知したのか、貧乏揺すりはさらに激しくなった。三十分後には足を痙攣《けいれん》させているかもしれない。

「了解。尾行を頼む」

「分かりました」

2

電話を切るとすぐに、長須からも連絡が入った。こちらは緊張した様子もなく、いつものマイペースである。

「会田が出たぜ」

「ああ」

「タクシーを拾ったよ」

「マイカー通勤じゃないから、しょうがないだろうな。役所で今まで何をやってたかは分かるか？」

「さすがにそこまでは、な。とにかく、追いかける。そっちで合流したら、どうする？」

「目立たないように、状況監視だな。俺たちが張っているところへ来るとは限らないから、逐一連絡を取ってくれ」

「じゃあ、後で」

「ああ」

同期の気楽な喋り方で、気が楽になる。結城は左手を伸ばし、足利の膝をぴしゃりと叩《たた》いた。

「落ち着け。二人とも、ここへ来るまでにあと三十分はかかる」

「だけど、今夜が山場じゃないですか」足利が唇を尖《とが》らせる。

「山場かどうかは、後で分かるものだ。今はとにかく、落ち着いて仕事をしろ。カメラとビデオの準備、ちゃんとしておけよ」

「それは大丈夫です」

足利の腿《もも》の上には、一眼レフのデジカメとビデオカメラがのっている。ここで撮影した画像や動画が裁判で使えるかどうかは分からないが、少なくとも参考にはなる。

果たして二人は、公園に入るのか……入られたら厄介だ。稲毛海浜公園は細長く、広大である。確か、総面積は八十ヘクタールを超える。この中に入りこまれたら、追跡していくのも面倒だ。しかし、公園の駐車場はとうに閉まっている。となると、中には入らず、この近辺で車を停めて素早く現金の受け渡しをするのではないだろうか。それもまた、こちらにとっては厄介な事態ではある。この公園は、端から端まで三キロほどあるのだ。どこで待機していればいいのか分からないわけで、最後は二人を尾行してくる刑事たちに頼るしかない。

静かだった。この辺りは、京葉線稲毛海岸駅の南西側に広がる住宅地である。戸建ての住宅や団地が建ち並び、周囲にはやたらと学校が多い。狭い範囲の中に、幼稚園から大学まで十数校があるはずだ。全域が埋立地なので、道路は碁盤の目状、市街地も綺麗《きれい》に整備されているが、あまりにも整然とし過ぎているため、車で走っていると、自分がどこにいるのか分からなくなってしまう。

結城たちが待機しているのは、公園プール入口の交差点付近だった。道路は片側二車線で、中央に緑地帯を兼ねた中央分離帯があるので、実際よりも広く見える。公園沿いにほぼ真っ直《ます》ぐなので、昼間ならかなり先まで見通せる。しかし今は、まだ八時なのに通り過ぎる車も少なく静かだった。

結城は一度、車の外に出た。ここで待機しているのはまだ一時間ほどなのに、やけに肩が凝っている。何度となく修羅場をくぐってきた自分にして、やはり緊張しているのだ、と意識した。今夜、二人の間で現金の授受があったからといって、現行犯で逮捕するのは難しい。しかし今夜が、捜査の一つの山になる可能性は高かった。

深呼吸し、冷たい空気を肺に取り入れる。最近、上からのプレッシャーを強く感じるようになった。県警にとっては、久しぶりの汚職事件なのだ。何とか上手《うま》く仕上げたいと願うのは、自分たちも上層部も同じである。しかし、しばらく前までは、妻の死に対して「無理するな」と言っていた連中が、今は発破をかけてくる……思わず苦笑した。警察という組織は、冠婚葬祭の手際に異常にこだわるのだが、それも終わってしまえば、あっという間に日常が戻ってくる、ということだろう。

煙草が吸えたらどうだろう、とふと思った。はっきりとストレスを感じている。酒は少しは神経を弛緩《しかん》させてくれるが、呑《の》むわけにはいかない。煙草が、一番手軽なストレス解消法だと喫煙者は強調するのだが……。

コートを着ていなかったので震えがくる。慌てて車に戻り、エアコンの温度設定を二度上げた。車内でもコートを着こんでいる足利が、少しだけ迷惑そうな表情を浮かべる。

じりじりと時間が過ぎる。普段は、張り込みでも緊張と弛緩を上手くコントロールできるのだが、今日は気持ちは張りつめたままだった。

「遅いですね」足利が腕時計に視線を落として言った。「本当にここへ来るんでしょうか」

「他の場所へ向かえば、必ず連絡が入るはずだ」

そういえばここへ来る途中、県道が工事中だった、と思い出した。あそこがボトルネックになって、渋滞に捕まっているのではないだろうか。だいたい、三十分というのはこちらの勝手な見込みに過ぎないのだ。

と思った瞬間、電話が震え出す。亜紀。結城は慌てて通話ボタンを押した。

「結城だ」

「間もなく公園に着きます。逆方向なんですが」亜紀の声には戸惑いが感じられた。

結城たちは、南東方向に向けて車を停めている。藤本は、反対車線を走って来ている、ということだ。広い中央分離帯があるから、Uターンして追いかけるのは難しい。ここでの張り込みが無駄になってしまう。そうなったら、追跡してきた亜紀たちに任せるしかないのだが……自分でも決定的な場面を見たい、と結城は焦った。部下の観察能力や、電子機器を信用していないわけではないが、何よりも自分の目で決定的な瞬間を目撃することが大事だ。

電話を切り、足利に状況を告げる。彼は露骨に残念そうに、溜息を漏らした。

「すれ違いになりそうですね」

「とにかく、状況を見守ろう」

そうは言ってみたものの、結城本人の気持ちも落ち着かない。また電話が鳴り出した。

「長須だけど、会田のタクシーはもうすぐそっちへ着く」

「逆方向か？」

「ああ」

「こっちが対応できなかったら、後は上手く頼む」

「分かってる」

電話を切った瞬間にまた鳴った。再び亜紀。少し興奮した口調でまくしたててきた。

「公園入り口の少し手前で停めました。そちらからの距離は二百メートルほどかと思います」

「よし」結城は反射的に、右手を拳に握った。少し動けば、相手の正面に陣取れる。「予定通り行ってくれ」

「追い越して停車します」

十分な距離を取れ、と結城はつけ加えた。藤本の社用車と会田のタクシーがどれぐらい接近して停まるかは分からないが、この二人に気づかれてはならない。

結城は覆面パトカーのエンジンをかけ、ゆっくりと走り出した。交差点の手前で停め、足利に「出よう」と言おうとした瞬間、また電話が鳴る。長須だった。

「会田がタクシーを降りた。公園前交差点のかなり手前だ。奴は歩くつもりらしい」

それも当然だ、と思った。まさか、房総建設の社用車が停まっている場所に、タクシーを乗りつけるわけにはいかない。会田も慎重を期すだろう。

「予定通りにやってくれ」

「了解」

長須は後方で待機。これで一応、挟み撃ちの格好になる。ただし亜紀も長須も、待機する位置の関係から、決定的な場面は撮影できない可能性が高い。重大な役目は、結城たちに託された。

無言でドアを開け、結城は外へ飛び出した。夜気がいきなり肌に染みこみ、震えがくる。両手に一眼レフとビデオカメラを持った足利が走りにくそうにしていたので、一眼レフを引き受けてやった。

二人は走って道路を渡り、中央分離帯に達した。暗いので、藤本たちの目には入らないだろうが、念には念を入れ、二人とも黒っぽいコートを着こんでいる。中央分離帯に入ると、芝の感触が靴底を通して足裏に感じられた。身を屈《かが》め、目立たない姿勢を取ったまま、房総建設の車を探す。

いた。

三十メートルほど先に、ハザードランプをつけたレクサスが停まっている。車外に人はいない。すぐに、一台のタクシーがレクサスを追い抜いていった。会田を乗せて来たタクシーだろう。ここまで歩いて来て、レクサスに乗りこむつもりかもしれない。

中央分離帯には、ところどころに植えこみがある。人の腰の高さほどある植えこみは、身を隠すのにちょうどいい。足利が、レクサスのほぼ正面の位置にあたる植えこみの陰

asahi bunko

朝日文庫

asahi

bunko

ポケット文化の最前線

朝日文庫

に、飛びこむようにして姿を隠した。結城もすぐ後に続く。細く硬い木の枝に顔を打たれ、一瞬鋭い痛みが走った。頬に触れてみたが、出血した形跡はない。よし、後は会田を待つだけだ。

足利は、思い切った腹這《はらば》いの姿勢を取った。ビデオカメラを小型の三脚にセットし、撮影の準備を整える。結城も三脚をセットして一眼レフをのせ、腹這いになった。中央分離帯は幅広いので、無理せず足が伸ばせる。コートが汚れるな、と思ったが、そんな気持ちはすぐに意識から消えた。

「来ますよ」足利が囁《ささや》くように言った。

結城は無理にカメラを動かさず、レンズの向きを社用車に固定したまま、ピントを合わせた。会田が近づいて来れば、いずれ視界に入ってくるはずである。薄暗がりの中、レクサスの運転席がかすかに見えた。街灯の灯りを浴びて浮かび上がるのは、藤本の顔。運転手も使わず、自分でここまで運転してきたわけか。社内でも、限られた人間しか知る事がないよう、極秘でやっているわけだな、と結城は納得した。となると、「会社ぐるみ」の犯行を証明するのは難しくなる。車が動いた記録が残っていても、行き先は何とでも誤魔化せるはずだ。

レンズを動かさないよう、結城は息を止めた。付近は静かで、自分の鼓動が聞こえてくるようだった。慎重に、さらにズームしてみた。運転席の窓が開き、藤本が煙草を吸っているのが分かる。煙が細く、白く立ち上っていた。

ほどなく、ドアが開いた。結城はシャッターに指をのせ、少しだけレンズを広角にした。これで車全体が写る。藤本は車から降り立ち、ドアに背中を預ける格好で足を組んだ。ちらりと腕時計を見て、視線を上げると、右側を向く。かすかに肩が落ちたような気がした。

「会田、来ました」足利の緊張した声が、すぐ側《そば》で聞こえる。

「失敗するなよ」

「了解です」

余計なことを言った、と後悔する。これでは、足利が撮影ミスをする前提で気合を入れているようなものだ。

「間もなく……接触です」

足利の実況中継を聞きながら、ファインダーに意識を集中させた。ＩＳＯ感度は最高にセットしてあるし、レクサスがちょうど街灯の下に停まっているため、ファインダーの中は比較的明るい。後は、目の前の車線を車が通らないように祈るだけだ。肝心な瞬間に視界を塞がれたら——懸念が現実になった。まさに会田がレクサスのバンパー辺りに達した時、車が近づく音が聞こえてきた。結城は「クソ！」と小声で文句を言いながら、なおもファインダーに意識を集中させた。通り過ぎるなら、さっさと通り過ぎろ。今日だけは、スピード違反も見逃してやる。

白いワゴン車が、目の前を通り過ぎた。その直後に慌ててシャッターを押す。二人はまだ接触していなかった。会田が慎重に周りを見回しながら、藤本に近づいて行く。間に合った……ゆっくりと安堵《あんど》の息を吐きながら、結城は二人の動きを見守った。

会田が軽く会釈する。藤本はさらに深く頭を下げた。口元が動き、二人が何か会話を交わしているのは間違いないが、さすがに内容までは分からない。結城は二人の手の動きに注目した。どこに隠していたのか、藤本が小さな紙袋を差し出す。会田が左手で受け取り、右手を背広の内ポケットに入れて、何か取り出した。遠過ぎ、小さ過ぎて見えない……紙片？　メモか？　疑念を持ちながら、結城は立て続けにシャッターを押した。

「今、会田は何を渡した？」

「メモだと思います」ずっと腹這いのままだったので、足利の声は苦しそうだったが、口調には確信が感じられた。

「そうか」

会田が何事か囁く。紙片に視線を落としたまま、藤本が何度かうなずいた。やがて顔を上げ、会田に向かって何事か話しかける。今度は会田が何度もうなずき返した。二人ともさほど緊張した様子ではない。藤本が携帯電話を取り出し、それを示して、会田に何か説明した。会田は一度だけうなずき、レクサスから離れて行った。

ほどなく一台のタクシーが走って来て、会田を拾った。タクシーが走り去るのを待って、藤本がライターを取り出し、先ほど受け取った紙片に火を点《つ》ける。炎は、ファインダーの中でひどく明るく見えた。やがて手で持っていられなくなったのか、道路に放り捨てる。藤本はしばらく小さな炎を眺めていたが、やがてレクサスに乗ってその場を立ち去った。

3

クソ、これでは何も分からないか……結城は唇を嚙《か》んだ。藤本と会田が去ってから、慌てて道路を渡り、藤本が焼き捨てた紙片——というか灰——は確保したものの、何が書かれていたかは読み取れない。半分ほどが焼け残っていて、文字らしき物が書きつけてあったのは見えるのだが……。

足利が地面に這いつくばるようにして、紙片の焼け残りをビニール袋に入れる。ここから何が分かるか……科捜研の頑張り次第だが、結城は過大な期待を持たぬよう、自分を戒めた。

「駄目かもしれないですねえ」立ち上がった足利が、街灯の灯りに向かってビニール袋を翳《かざ》した。中では紙が頼りなく揺れている。

「とにかく調べてもらおう。他には何かないか？」

「今のところは……もう少し探してみます」

結城は、足利からビニール袋を受け取った。手が空いた足利は、四つん這いになって、アスファルトの上を舐《な》めるように調べている。時折車が通り過ぎるので、その都度脇にどかなければならず、ひどく非効率的だった。

覆面パトカーが一台、走ってきて停まった。長須が車から飛び出して来る。

「どうだった？　撮影できたか？」

「ああ。間違いなく、何かを受け渡ししていた。藤本からは紙袋、会田からはこいつだ」

結城は、ビニール袋を長須の顔の高さに翳してみせる。

「何だい、これ」長須が顔をしかめた。

「メモか何かだな」

「ああ」真剣な表情で長須がうなずく。「たぶん、入札金額を書いたメモだろう」

「俺もそう思う」

「そいつを覚えて帰れ、証拠は残すなってことか。スパイ映画の見過ぎじゃないのかね」

長須が皮肉を吐いたが、結城は藤本たちの用心深さを理解していた。警察は細かい。結城は、隠した物を見つける能力において、自分たちは「探し物」の専門家である国税の査察官と同等だと自負している。連中もそれは分かっていて、証拠を残さないように警戒しているのだろう。

「とにかく、調べてみよう」気を取り直して結城は言った。

「上映会はどうする？　俺はさっさと見たいな。明日が本番なんだし」

「そうするか」結城は反射的に腕時計を見てしまって、苦笑した。別に「帰りが遅くなる」と知らせる相手もいないのに……それに今夜は、ここへ来る前に足利と一緒に食事を済ませているから、空腹を心配する必要もない。

「明日でもいいぜ」長須が囁いた。「強がるなよ。うちだって、嫁のことをクソババアとは思うけど、いなくなりゃ寂しいんだろうから」

「俺は、うちのやつのことを、クソババアと思ったことはないがね」

「失礼」長須が拳の中に咳払《せきばら》いをした。

「夫婦仲が悪いのは、どっちか一方だけに責任があるんじゃないぞ」

「分かってるよ……おい、浜田が来たぞ」

いつの間にここへ来ていたのか、亜紀が背後から駆け寄って来た。息を弾ませながら、

「上手くいきましたか?」と訊ねる。

「何とかな」結城は答えた。「これから、撮影したビデオを見る。まだ大丈夫か?」

「今日は遅くなると言ってありますから」

「よし」長須が面白そうに両手を叩き合わせた。「今夜は徹底して楽しもうじゃないか。何が映ってるのか、じっくり鑑賞しよう……おい、足利、他には何かないのか?」

「ないですね」

足利が立ち上がり、両手と膝を叩いて埃《ほこり》を落とした。それを見て、結城は「撤収だ」と告げる。

ビデオと一眼レフ、それに灰が入ったビニール袋を抱えたまま、結城は道路を横断した。途中で追いついた足利が、嬉しそうに言った。

「今夜のこれ、上手く証拠として使えればいいですね」

「上手く撮れたか？」

「自分の目で見た限りでは。何とかなってると思います」足利の声はわずかに弾んでいた。

「よし、じっくり分析しよう。今夜は遅くなるぞ」

　実際、遅くなった。今回の尾行に参加せず、他の仕事をしていた刑事たちが戻って来るのを待っていたので、ビデオを見始めたのが午後十時過ぎになってしまったのである。そしてこの時間になっても、花岡はまだ戻っていなかった。以前、房総建設に勤めていた男に話を聴くため、夕方からずっと、茨城県まで出かけているのだ。その男は役員まで勤め上げて退職した後、体を壊し、今は、結婚して取手市に住んでいる娘の家に世話になっているという。前社長とつながりが強かった人間で、跡を継いだ現社長には批判的だ。組織の中を知りたければ、不満を持っている人間を探せ、というのが単純な原則である。事情聴取が長引いているのか……連絡が取りにくい状況なので、花岡の戻りを待たないことにした。

　結城は、捜査二課の隣にある小さな会議室を使った。足利がビデオをセットし、準備を整える。いるべき人間が全員いるのを確かめて、結城は切り出した。

「ビデオの撮影時間は五分ほどだ。そのうち、最初の三分は藤本の車が映っているだけだから飛ばす。残りの二分、集中して見てくれ」

先ほど、結城たちの眼前で繰り広げられた光景が、画面に再現される。レクサスから降りて来る藤本、ビデオの前を過《よぎ》る車、レクサスに近づいて来る会田……二人のやり取りも、しっかり映っていた。結城が肉眼で見たよりも画面は明るく、藤本が渡した紙袋に何か文字が書かれているのまで見えた。

「もう一度お願いします」すぐに亜紀が切り出す。手帳を広げ、鉛筆をこめかみに当てている。何かに気づいた様子だった。

足利がビデオを巻き戻し、藤本が車から降りて来るところから再生した。紙袋が会田の手に渡りそうになったところで、亜紀が「止めて！」と短く叫ぶ。亜紀は画面の前にまで飛び出て、顔をくっつけるようにして何かを確認した。確か彼女は、視力二・〇を誇っているはずだが。

「すみません」亜紀がゆっくり立ち上がり、申し訳なさそうに言った。「紙袋、京楽庵《けいらくあん》のものでした」

「まさか中身は、高級羊羹《ようかん》じゃないだろうな」

京楽庵は、千葉市に本店がある和菓子の老舗である。長須が皮肉を飛ばし、狭い会議室の中に笑いが走った。亜紀が顔を赤くして、席に戻る。

「いや、よく気づいたよ」結城はフォローした。「しかし藤本も、面白くない男だな。賄賂を高級菓子店の袋に入れて渡すとは……時代劇の見過ぎじゃないか」

　もう一度笑いが上がり、結城は心強さを感じた。適度にリラックスした雰囲気。やはりこのメンバーは、相性がいい。

　ビデオは、それから何度も繰り返し再生された。その都度、見守るメンバーの口から、新しい発見が報告される。

「京楽庵の紙袋の中には、何か四角い物が入っている」

「入っているのは菓子ではない。京楽庵の袋は何種類もあり、全ての菓子箱のサイズに合うようになっている。京楽庵の菓子だったら、あんな風に出っ張らない」

「会田から藤本に渡った紙片は、文庫サイズ」

「最初は二つに畳まれていた」

「紙片を見ながら藤本の唇が動いている。暗記していたのではないか」

　結城は満足げにうなずいた。誰もが、今夜は一つの山だと分かっていて、集中している。夜のビデオ上映会は、大成功だったと言っていい。あの二人を逮捕できたら、今夜のビデオは大きな威力を発揮するだろう。

　続いて、結城が撮影した写真の検討が行われた。プリントアウトしたものをデスクの上に広げ、順番に見ていく。手ぶれこそしていなかったが、拡大しているせいもあって粒子が粗い。こちらからは、ビデオほどの成果は得られなかった。

「よし、これで十分だ」結城は終了を宣告した。十時五十分。花岡がまだ帰って来ないのは気になるが、いつまでも引っ張るわけにもいかない。「明日は念のため、朝から藤本と会田の動向を監視する。日中は、入札の結果を待つことにしよう。忙しくなるぞ……帰れる人間はさっさと帰ってくれ」

何人かが立ち上がったが、結城の携帯電話が鳴り出し、それが合図になったように、再び腰を下ろしてしまった。手短に済ませようと思ったが、液晶表示には、県警のある部署の番号が浮かんでいる。

「はい、結城」

「鑑識の新村《しんむら》です」

「何か分かったか？」

「詳しいことは科捜研の調査を待たないといけないんですが、少なくとも数字は書かれていたようです」

「間違いなく数字なのか？」結城は文字ではないかと思っていたのだが、それほど明るくない所で見ただけであり、自信はなかった。

「ええ。ゼロが三つ、それと桁区切りが見えます。実際に何桁だったかは分からないんですが……十桁か十一桁ではないかと」

十億から百億。これから何年も続く大規模な工事だから、桁が大きくなるのは当然だが、結城は背中を冷や汗が流れたように感じた。

「見えてないのに、それだけの桁だという根拠は？」

「位置ですね」新村が自信たっぷりに説明した。「このメモは、元々二つ折りされていたようです。折り目がかすかに残っていたので……それで、数字はその折り目の上に書かれている感じなんです。つまり、中央付近。メモの元の大きさと、残った数字の大きさを比べれば、それぐらいの桁だと類推できます。数字を二行に分けて書く人はいませんから。こういう時はだいたい一行で、紙の真ん中に書くものでしょう？」

「ああ、そうだろうな」鋭い観察眼に、結城は舌を巻いた。本当は、それぐらい自分でも見抜いていなければならないのだが、新村は鑑識の仕事を給料分以上に果たしたと言っていいだろう。「科捜研の方にも、よろしく伝えてくれ。もう少し何か分かるとありがたい」

「分かりました」

「よくやってくれた」電話が切れる直前、結城は何とか褒め言葉をつけ加えた。これがあるのとないのとでは、相手のやる気がまったく違ってくる。まあ、今夜は管理職として、まずまずの仕事をしたと言っていいだろう。結城は一人満足して、今の結果を伝えた。

「百億単位でしょうね」長須が言った。

「根拠は？」結城は訊ねた。

「土木事務所にちょっと知り合いがいてね。護岸工事のことを聞いてみたんですよ。津波対策で特殊、かつ大規模な物ならどれぐらいの額になるか、大まかに見積もってもらったら、二百億ぐらい、という数字が出てきました」

「なるほど」

「いい線だと思いますよ」長須がにやりと笑った。

二百億の仕事を取るためなら、二百万円程度の賄賂ははした金だろう。それで役人が買収できるなら、安いものだ。

「分かった。科捜研に、さらに詳しい分析を依頼している。何か出てくるかもしれないが、とにかく今日のところは解散にしよう」

今度こそ、刑事たちが一斉に立ち上がる。結城は最後に灯りを消してから会議室を出て、隣の二課の大部屋に戻った。さすがに遅くなったので、刑事たちはそそくさと部屋を出て行く。結城はゆっくりと荷物をまとめた。急いでも仕方がない。どうせ家で待っている人もいないのだと思うと、急に侘《わび》しくなってきた。少しアルコールが欲しいところだったが、今夜は控えておくか……明日は、どんな動きになるか、分からない。

今夜は帰ろう。いつまでも愚図愚図していても何にもならない。体も気持ちも疲れるだけだ。立ち上がってバッグを肩にかけたところで、花岡が部屋に飛びこんできた。走って来たのか、額は汗で光っている。

「すまん、留守電は聞いたんだが、連絡できなくてな。椎名が会いに来たんだって？」

「ええ」結城はまた椅子に腰を下ろした。

「おかしいな」花岡が、音を立てて椅子に腰を下ろした。掌《てのひら》で額の汗を拭う。

「いや……彼の情報は正しかったですよ」結城は簡単に状況を説明した。

「そうか」花岡が顎に手を当て、天井を睨《にら》む。ほどなく視線を結城の顔に戻したが、「あんたは、それで問題ないと思ったか」

二人の視線がぶつかり合った。結城は最初、花岡が自分のネタ元を奪われたように感じているのではないかと懸念していたのだが、彼は純粋に、椎名の行動に疑問を抱いているようだった。

「おかしいと思わないか？　あいつは今まで、何となくあんたを避けてた。それがどうして今回に限って、直接連絡してきたんだろう」

「急ぎだったし、花岡さんの他には、私しか連絡先を知らなかったからじゃないですか」説明しながら、結城は違和感がどんどん膨れ上がるのを感じた。今日の椎名の態度……あたりが柔らかいというより、結城と旧知の仲のように話していた。花岡が指摘した通り、これまでは明らかに自分を避けていたのに。

「まあ、情報が正しかったなら、問題はないんだろうが……ちょっと気になる」

「そうですか？」

「椎名は、相当追い詰められているんだ。俺も、腫れ物にさわるみたいにつき合っている。そういう精神的に不安定な人間のやることだから……貴重なネタ元とはいえ、百パーセント信用しちゃいけない」

「情報の中身だけを見ることにします」

「まあ、それが正しいな」

花岡は納得していない様子だった。そして彼の懸念、不安がどんどん自分の中に流れこんでくるのを、結城ははっきりと意識していた。

4

結城は、早朝の電話で眠りから引きずり出された。寝不足ではなかったが、一瞬状況を把握し損ねる。突発事件に対応する捜査一課と違い、捜査二課の刑事が早朝の電話で叩き起こされることは滅多にないのだ。

「長須だ」

「どうした」左手に携帯電話を握ったまま、右手で枕元の目覚まし時計を引き寄せる。午前六時……勘弁してくれ。普段よりも三十分ほど早い。朝方のこの三十分は、何にも増して貴重なのだ。

「新聞、読んだか」

「いや」

「早く読め」

「お前が説明してくれた方が早い」

「ああ」長須が咳払いした。「入札の件だが、事前に情報が漏れていた、という記事が朝刊に出てる」

「何だって？」結城は跳ね起きた。体は目覚めたものの、頭の中の混乱は続いている。それはまさに、自分たちが追っていた線ではないか。マスコミに対しては徹底したバリアを張り、絶対に情報が漏れないようにしてきたのに、それがどうして……。

「東日《とうにち》だよ」長須が全国紙の名前を挙げた。

「社会面か？」

「いや、地方版のトップだ」

熱くなっていた脳が、少しだけ冷やされる。扱いはそれほど大きくない……いや、地方版のトップでやられたら、県内の関係者は大騒ぎするだろう。ネタ元は誰だ？

「うちの連中じゃないと思うぞ。上層部も含めてな」結城の疑念を察したように、長須が釘を刺した。

「当然だ」

「だったら、誰だと思う？　うちから出たんじゃないとすると、余計な心配をする必要はないが……しかし、まずいことに変わりはない」

結城はこれまで何度も書き直し、今や最後の一筆を加えるばかりになっていたシナリオが、目の前で破り捨てられる様を想像した。一番肝心な部分——会田が漏らした最低制限価格の情報に基づき、房総建設が工事を落札する——が崩壊してしまったのだ。

結城は布団から抜け出し、携帯電話を耳に押し当てたまま、狭い寝室の中を右往左往し始めた。頭は熱く、口が渇いている。ここまで来て……何十時間、いや、延べなら何百時間も費やした捜査が無駄になってしまうかもしれない。一瞬、ひどくマイナス思考に陥った。何とか立ち直ろうと考える。昨夜は現金の授受があったに決まっている。それを贈収賄に結びつけて——駄目だ。具体的に便宜を図った事実がないと、贈収賄を成立させることはできない。

「どうする？」

長須が慎重な口調で訊ねたが、結城は心を紙ヤスリで擦られるようだった。

「分からん」

「全員、早く集めておくか？」

「……いや、必要ない」この状態で話し合っても、何も生まれないだろう。仲間を信じるとすれば……仮に、情報を漏らした人間がいるという疑いがあったら、吊《つ》るし上げる手はある。しかし結城は、仲間を信じたかった。今まで多くの刑事と一緒に仕事をしたが、今のチームは最高レベルである。捜査技術的にも人間的にも、信頼できるメンバーばかりだ。

「普通にいこう。上には俺から報告しておく」

「ああ……なあ、これはうちから漏れた情報じゃないぞ。絶対、ライバル他社だよ」

「だろうな」それしか考えられない。談合の場合、それから外された社が、警察やマスコミに情報を提供することはままある。今回もそういうことだろう。

「俺たちは、責任を気にする必要はないと思うぞ」

「分かってる。しかし、今日の入札は中止になるだろうな」

「おそらく、な」渋い口調で長須が応じた。しかしすぐに、わざとらしい明るい口調で続ける。「落ちこまないでいこうぜ」

「ああ」

「お前が落ちこんでると、他の連中にも伝染する。淡々とやるのがいいよ」

「そうだな」

同期の気遣いはありがたかったが、少しだけ鬱陶しくもあった。分かっていることを、わざわざ教えてもらわなくても……そんなことを考えてしまう自分が嫌だった。結城は携帯電話を布団の上に放り投げると、洗面所へ向かった。いつもより三十分早いスタート。今日は、長い一日になりそうだ。

結城は、捜査二課長の飯島のデスクの前で、「休め」の姿勢を取っていた。朝方、電話で一報は入れておいたのだが——飯島は既に新聞を読んでいた——改めて報告する必要がある。飯島も、捜査の細かい部分までは摑《つか》んでいないのだ。

結城は立ったまま、これまでの捜査状況を細かく報告した。話しながら、かすかな敗北感を味わう。これでこの事件も終わりではないか。

二課の捜査は、同じ課内でも秘密にされていることが多い。全容が分かり、いつでも容疑者を逮捕できるという段階になって、初めて正式な報告になることも珍しくはない。情報漏れを恐れてのことだ。もちろん、刑事がそんなに簡単に、捜査中の事件について外部の人間に話すことはないが、誰がどこで聞いているか分からない。今回の件については、結城はいつもよりは詳しく飯島に報告を上げていたが、課長にすれば初めて聞く話も多かったようだ。メモを取る手を時折止め、質問を挟みこむ。こちらが答えられないような質問はなかったが、次第に居心地が悪くなってきた。飯島の口調は淡々としているが、取り調べを受けているような気分だった。

「——分かりました」飯島が、大判のノートから顔を上げた。「保留にします」

「はい」結城はうなずいた。捜査官というよりも官僚であるこの男から、積極的に攻めていけという命令が出ないであろうことは、十分予想できていた。

「今日の入札は延期ですね」

「朝一番で決まったそうです」

「それはそうでしょう」飯島が両手を組み合わせた。真ん中で、ボールペンがぶらぶらと揺れている。「しかし、中止になるわけではない」

「今後の災害対策の中心になる工事ですから」

「だったらまだ、チャンスがないわけではない。違いますか?」

「仰《おつしや》る通りです」

「土の下に潜った虫どもは、いずれ我慢できなくなって顔を出しますよ」

いきなり強い口調で言われ、結城ははっと顔を上げた。その瞬間、飯島の視線に貫かれる。何が官僚だ――この男も、しっかり刑事の魂を持っているではないか。

「チャンスを待ちます」

「結構です。金が渡っている可能性は、かなり高いんですよ？　当然、藤本も見返りを要求するでしょう。会田も、知らんぷりをしているわけにはいかないはずだ。必ず、次があります」

「分かりました」

「それと、今回の情報漏れについては、調べて下さい。うちの内部で、新聞に漏らした人間がいるとは思えないが……」

「同業他社からの情報である可能性が高いと思います」

「その同業他社が、うちが捜査していることを知っていたかもしれない」

「ええ」

「いずれにせよ、どこから漏れたか知っておくのは大事なことです。それに会田も藤本も、今後ガードを固めてくるでしょう。用心に用心を重ねるだろうから、こちらもやりにくくなりますよ」

「それは承知しています」

「その辺、十分配慮して捜査を進めて下さい」

結城は一礼して、課長室を出た。他の係の刑事たちの視線が突き刺さってくる。ヘマやりやがって、と揶揄《やゆ》されているような気にもなってきた。だが、お前たちは何をやってる？　ちゃんと事件のネタを握っているのか。大股で自席に戻りながら、結城は何とか気持ちを静めようとした。

「どうだった？」例によって、真っ先に寄って来たのは長須である。他の刑事たちに聞こえないよう、顔を近づけて小声で訊ねる。

「経過観察だ。捜査は続行する」

「それならいい。メンバーに説明は？」

「会議室に集めてくれ」

「分かりました」急に敬語になって、長須がうなずいた。

ぞろぞろと隣の会議室に向かう刑事たちの背中を見ながら、課長の対応は満足できるものだったな、と結城は自分を納得させようとした。叱責《しっせき》されたわけではないし、捜査をストップしようとする気配もなかった。経過観察というのは、一番無難である一方、単に事態の先送りになってしまうことも多いのだが、少なくとも課長本人も諦めていないのは分かった。自分の経歴に箔《はく》をつけるため、部下にいい事件をまとめさせたいというのが動機かもしれないが、そんなことはどうでもいい。俺たちだって、表面上は「正義のために」「社会の安定のために」と捜査をするのだが、「手柄が欲しい」という本音を持たない刑事はいない。事件の謎を解き、悪人を追い詰める快感を求めるのは、刑事の本能だ。

後ろ手に会議室のドアを閉め、刑事たちの顔を見回す。昨夜ここでビデオを確認してから、十時間ほどしか経っていない。あの時の興奮はすっかり萎《しぼ》み、全員がうつむいていた。

しかし、これで終わりではない。彼らに向かってというより、自分を鼓舞するために結城は声を張り上げた。

「勝負はこれからだ」

それが合図になったかのように、全員が顔を一斉に上げる。それを確かめてから、結城は部屋の奥へ進んだ。窓を背にして立ち、もう一度刑事たち一人一人の顔を見る。萎んでいるわけではない、と確信した。困惑しているだけだ。特に、まだ経験の浅い足利や亜紀は、何がどうなっているのか、状況を把握しかねているに違いない。

結城はまず、捜査二課長の指示を伝えた。それから真っ先に、花岡に視線を据える。

「花岡さん、情報の出所を探らないといけない」

腕組みしたまま、渋い表情で花岡がうなずく。短い言葉の中に、結城の狙いを読みとったはずだ。そういう厄介な仕事は……と面倒臭く思う反面、この情報を探れるのは、建設業界に強いコネを持つ自分しかいないだろう、と思っているに違いない。

「情報は、同業他社から漏れたとしか考えられない」結城は続けた。

「だろうな」花岡が顎を撫でる。

「予《あらかじ》め入札情報が漏れていたことを、マスコミや県庁に情報提供するのは、違法でも何でもない。ただ、こちらの捜査を妨害されるのは困る」若い足利の顔を見て、噛んで含めるように説明した。「俺たちの仕事は、起きた事件に対応することじゃない。裏で動いている事件を、現在進行形の形で明るみに出すことだ。実際、金の動きはあったはずだから、これを看過することはできない」

全員が一斉にうなずく。それを見て結城は、まだまだやれると確信して続けた。

「花岡さんは、同業他社へ探りを入れて下さい。房総建設と会田部長の癒着が、業界内で有名な話だとしたら、今後の捜査方針を考えなければいけない。向こうも慎重になっているはずだ」

「かなりはっきりした情報を摑んでいるはずだぞ」花岡が言った。

「どこまではっきりした話なのか、それが知りたい。あと、長須は県庁の方を頼む」

「役所として、この件をどこまで調べたのか、ですね」長須が先読みして言った。

「そういうことだ」結城はうなずいた。「マスコミから情報があって、それで入札を延期にしたわけだが、もしかしたら事前に何か知っていたかもしれない」

「マスコミの方はどうしますか?」亜紀が、遠慮がちに手を挙げた。

「どうする、とは?」

「ネタ元を探れば、どういう風に情報が流れていたか、はっきりすると思います」

「それはやめておこう」結城は首を横に振った。「下手に刺激すると、こっちの動きがばれてしまうかもしれない。マスコミに感づかれたら、厄介なことになる。対マスコミの姿勢としては、今まで通り極秘を貫く」

もう一度、全員の顔を順番に見た。頭に浮かんだ台詞《せりふ》は……言わなくてもいいことだ。上司と部下の信頼関係を揺るがしかねない。少し柔らかい言葉でやってみるか。

「マスコミの連中につきまとわれて、困っていた者はいないか？」

刑事たちが互いに顔を見合わせた。結城は一つ咳払いをして、続ける。不信感を抱かせてはいけない。

「連中はしつこいからな。藤本たちを尾行している俺たちを尾行するぐらいのことは、やりかねない」

軽い笑いが漏れた。失言にはならなかったか、とほっとしながら結城は続けた。

「この件は、引き続き極秘扱いで続行する。庁内でも、できるだけ目立たないように。君たちに対しては全幅の信頼を抱いているが、他の連中のことは分からん。口の軽い警備の連中の耳にでも入ったら、喜んでマスコミに流すかもしれないからな。とにかく今まで通り、最高機密として扱う。そこだけは十分、気をつけてくれ」

結城は担当を割り振った。足利は花岡に同行して、建設業界に探りを入れる。長須には亜紀をつけることにした。この件については、県も事件になることを望んではいないはずだ。極めて重要な、絶対にやらなければならない工事にケチがつく、と考えるのが自然だろう。話を聴きにいっても頑なになってしまうだろうが、亜紀は当たりが柔らかいので、多少は相手の警戒心を薄めてくれるかもしれない。

刑事たちを送り出し、結城は一人会議室に残った。これで終わったわけではないが、徳俵《とくだわら》に足がかかっているのは間違いない。ここからどう巻き返すか——ふと、椎名の顔が脳裏に浮かんだ。昨日の夕方の動き……あいつが何か絡んでいるということはないだろうか。

第7章　混沌

1

　釈然としない気持ちで、結城は帰宅した。今日は珍しく早い――まだ午後八時。やるべきことはいくらでもあったのだが、「何もない人間は帰れ」と部下に指示を与えた手前、自分も席を離れることにしたのだ。夜中まで報告を待たなければならない状況ではないし、自分がいつまでも席にいると、若い連中は帰りにくい。

　しかし、食事ぐらい済ませてくればよかった。腹は減っているが、これから何か作って食べる気にはなれない。

　着替え、仏壇の前で少しだけ時間を過ごす。線香はあげない。結城は線香の臭いが大嫌いだった。あんな臭いが家の中に染みついたら、美貴だって喜ばないだろう。

　さて、しかし何も食べないわけにもいかないな……冷蔵庫を漁《あさ》ったが、めぼしい食材は見つからなかった。まったく、しっかりしろよ――全部自分の責任なのだが、つい頭の中で文句を言ってしまう。最後の缶ビールを取り出し、プルタブを引いた。冷たいビールが喉を引っ掻《か》いて滑り落ちると、腹の底から震えがくる。何か温かい物が食べたい……外へ行こうか、とも思った。駅の方へ行けば、何かしら食べ物にはありつけるのだから。しかし、もう一度出て行くのが面倒臭かった。

自分はこんなに面倒臭がりだっただろうか。美貴が死んで、何かが変わってしまったのかもしれない。別人格であるとはいえ、夫婦には二人で一人、という一面もある。自分のだらしない側面は、完全に美貴にカバーしてもらっていたのだ、と悟った。今や、単にだらしないだけの男である。

仕方なく、またインスタントラーメンにした。ついでに、ふと思いついてオムレッ——もどきの卵の炒《いた》め物。変な組み合わせだと苦笑しながら、食事を始める。全体に塩分が強い……ビール一本では足りないのではないかと思ったが、それでも何とか食事は済んだ。

インタフォンが鳴り、結城はぎくりとした。こんな時間に誰かが訪ねて来ることなど、まずない。無視してしまおうかとも思ったが、それではまるで引き籠もりだと思い、慌てて立ち上がり、インタフォンの通話ボタンを押した。

「ああ、いたか」長須だった。

「何だ、どうした」この男が自宅まで訪ねて来るのは珍しい。長須の自宅は京成千葉線のみどり台駅付近。気軽に来るには少しだけ遠い。

「ちょっと顔を見に来ただけだ」

「待ってくれ。今開ける」

玄関ドアのロックを外すと、長須が手に風呂敷包みを持って立っていた。今時風呂敷？

首を捻《ひね》りながら、ドアをさらに大きく開ける。

「何かあったんじゃないのか」

「違うよ」長須が風呂敷包みを高く掲げた。「うちのカアチャンからの差し入れだ」

「何だよ、それ」

「どうせろくな物を食ってないだろうってな。うちのカアチャンは、あんたのファンだから」

結城は思わず苦笑した。長須の妻とも長年の知り合いである。実際、同僚だった時期もあるのだ。長須の妻は、所轄で交通課に勤務していたが、上司から勧められて長須と見合いのような形で知り合って結婚したのだった。

「まあ、上がれよ」

「ああ、邪魔するよ」

勝手知ったる、という感じで、長須が靴を脱いだ。旧知の仲――互いに独身だった頃の記憶が、すぐに蘇《よみがえ》ってきた。明けの日には、よくそれぞれの部屋にしけこんで酒を酌み交わしたものだ。当時は給料も安く、外で呑むよりも金がかからなかったから。

「何だ、飯は食っちまったのか」長須が、ダイニングテーブルに風呂敷包みを置き、開いた。「カアチャンが、いろいろ作ってくれたんだが」

「申し訳ないな……明日、食べるよ。おい、それより、それを肴《さかな》にして一杯やらないか？」

「いいね」長須がにやりと笑う。

この男にも酒が必要だったのだ、と結城は悟った。今日は長い一日だった……リラックスするには、酒が一番いい。

結城は、日本酒の一升瓶とグラスを二つ、持ってきた。音を立てないよう、気をつけてダイニングテーブルに置く。

「このままでいいか？」燗《かん》をつけるのも面倒臭い。

「ああ、もちろん。いい酒、持ってるな」長須が一升瓶を取り上げ、嬉《うれ》しそうに撫《な》で回した。「最近、少し控えてるんだ」

「奥さんに怒られたか？」

「まあな……健康診断、よくないんだ。いろいろ数値が悪い」

「この年になれば、オールクリーンってわけにはいかないよ」

「そうだけど、それであれこれ言われるのはたまらん」

言ってしまってから、長須が急に口をつぐむ。結城には、そんな風に口煩《くちうるさ》く言ってくれる人がいない、と気づいたのだろう。結城はわざと軽い調子で言った。

「俺も、若葉に煩く言われてる」

「ああ、若葉ちゃん、どうしてる？」

「相変わらずだよ」言いながら、放っておいてしまったことを少しだけ悔いた。若葉らしくなかったあの電話……その理由をまだ摑《つか》んでいない。母親が亡くなって、ただ不安になっているだけなら、どうということもないのだが。わざわざ東京まで行ったのに話が聴けなかった自分の弱さを情けなく思う。仕事のことならともかく、家族の問題になると、昔からこうだ。「ま、とにかく吞《の》もうや」

結城は二つのグラスに日本酒を注ぎ入れた。日本酒を吞むのは久しぶりだったが、体に染み入る感じがする。さきほどラーメンで温まった胃が、さらに熱を持ったように感じた。

「ちゃんと自炊してるじゃないか」

長須が空の丼に目を向けたので、結城は思わず赤面した。ラーメンにオムレツでは、料理とは言えないだろう。

「ま、適当だよ、適当」長須が持ってきてくれた二つのタッパーウェアに目を向ける。料理がかすかに透けて見えた。ちょうど腹が一杯になったところだが、少しは食べないと、作ってくれた人に申し訳ない。小皿と割り箸を持ち出し、テーブルに置いた。蓋を開け、卵焼きを一つ、取り上げる。口にした瞬間、先ほど卵を二個分食べたばかりだと気づいた。しかし、反射的に「美味《うま》いな」と口に出してしまう。あまり甘みが勝っていなくて、結城の口に合う味つけだった。

「ちゃんと自炊してるなら、心配する必要もなかったか」

「本気で心配してたのか？」

「今日は、まあ……自棄酒《やけざけ》を呑んでるんじゃないかと思ったんだが」

「さっき帰って来たばかりだ。自棄酒を呑むなら、これからだな。だいたい俺は、自棄酒なんか呑まないが」

「それは知ってる。だけど、今日は特別じゃないか」

結城はうなずいた。捜査が大きな壁にぶつかった日――これで終わりということはないが、今後は様子を見ながら、方針を大きく変更しなければならない。

「二人をパクるか」

「ああ?」長須の突然の申し出に、結城は口に含んだばかりの日本酒を噴き出しそうになった。

「容疑は」

「別件でもいい。奴ら、何度も煙草《たばこ》を道路に捨ててたよな。条例違反で引っ張れるぞ」

「冗談はそれぐらいにしておけ」結城は首を振った。汚職の捜査で別件逮捕というのはあり得ない。盤石の証拠を揃《そろ》えて、容疑者に対峙《たいじ》すべきなのだ。取り敢えず身柄を取って叩《たた》く、というやり方では絶対に成功しない。そのために、これまで入念に準備を進めてきたのだし。

「無理か」

長須が顎を撫でた。不満そうに頬を歪《ゆが》め、グラスの酒を一気に呑み干す。大した量は入っていないが、長須はそれほど酒が強くない。大丈夫だろうか、と心配になった。

「この場合の様子見は、負けじゃないからな」自分に言い聞かせるように結城は言った。

「動きが止まったら、推移を見るのは大事なことだ」

「それぐらい、お前に言われなくても分かってる」長須が顔の前で手を振った。「こっちだって、素人じゃないんだ」

「当然だろうが」

二人は、弱々しい笑みを交わし合った。結城は何となく、敗北感を覚えていた。捜査が頓挫《とんざ》し、どうしようもなくなった時に、ベテランの刑事二人が呑みながら愚痴を零《こぼ》している……美しい図ではない。今は、気合を入れ直さなければならない時期なのに。

「県庁の方なんだがな」

長須が急に話題を変えた。県としては、入札情報が漏れているという話はまったく知らなかった、という。担当課長、それに部長の会田本人にも話を聴いたが、全否定された――それは夕方の捜査会議でも報告されていた。

「会田のことか？」会議で言わなかったことがあるようだと思い、結城は先を促した。

「ああ」

「奴がどうした」

「ちょっと、顔色がな。この状況に戸惑っているのは間違いない」

「それは、土木部門の責任者として、入札を延期せざるを得なかったからじゃないのか」

「違うな」長須が首を横に振った。「何が起きているのか分からない様子だった。奴も、同業他社がマスコミにタレこんだと思ってるんだろうが……どこから漏れたかは分かってないと思うぞ」

「お前は、それが気に食わない」

「ああ。何だかマッチポンプみたいな感じがしないか」

金を受け取って入札金額を漏らした人間が、情報漏れから入札を中止する——確かに、会田にすれば困った状況だろう。マッチポンプという言葉は少し違うが、意味はよく分かる。

「本当に引っ張ってみるか」

「おいおい」結城の提案に、長須が眉をひそめた。「冗談かって言ったのは、お前だろう」

「いや、参考人としてだ。情報漏れに心当たりはないか、入札予定金額はいくらだったか、聴き出す」

「それは……面白いが、危険だな」

長須が煙草をくわえた。結城は、来客用の灰皿をテレビ台の下から持ち出してきて、差し出した。長須は灰皿を手に持ったまま、煙草に火を点《つ》ける。顔を背けて煙を吐き出すと、もう一度「危険だ」とつぶやいた。

彼の考えは、結城には手に取るように分かった。役人から情報を聴くのは、珍しくも何ともない。背景説明を求める時もあるし、もう少し突っこんだ質問になることもある。だが会田は、自分たちの中では容疑者なのだ。いくら参考人として、と言っても、向こうは感づくだろう。俺はマークされている。今回の件は、全て中止にしなくては——それで藤本が納得するかは分からないが。

「まあ、無理しない方がいいだろうな。会田は馬鹿じゃない」長須が自分を納得させるように言った。

「お前、会田との間に何かあったのか?」

「ないよ。気に食わないだけで」

結城はうなずいた。今回の捜査の中で、会田と直接接触したのは長須が初めてである。今まで結城たちは、人の証言を通じて、会田という人間の人となりを見るしかなかった。直接会うと、その百倍も情報が飛びこんでくるものだ。

「何が気に食わなかった」

「偉そうだった」

結城は思わず噴き出した。これでは子どもの感想ではないか。馬鹿にされたと思ったのか、長須が唇を尖《とが》らせる。

「部長だから、偉いに決まってる」結城が指摘した。

「いや、そういう人間なんだ。分からないか?　地位や立場に関係なく、何となく偉そうで、人を馬鹿にした態度を取る人間」

「ああ、いるな」

「それが今や、何百人もの部下を動かしてるわけだし、議会では答弁しなくちゃいけない立場でもある。元々の性格の悪さが、立場で補強されたんだと思う。最悪だな」

「平気で金を受け取りそうなタイプだと思うか」

「というより、おだてられたら、何でも鷹揚《おうよう》にうなずく感じかな。昔の殿様みたいなものだよ。良きに計らえ、ってな。そういう人間、俺は本当に嫌いなんだよな……絶対に身柄を取ってやる」

「ああ」

「それはともかく、もう一つ気になることがある」

「何だ?」

「花岡さんのネタ元の椎名。お前に接触してきたんだよな」

「ああ」

「あれから状況がおかしくなったと思わないか?」

2

長須と二人での宴会は、予想外に長引いた。長須は酒を呑みたいわけではなく、すっきりしない部分を何とかしたい、と思っていただけのようである。その証拠に、グラスに二杯目の酒を舐《な》めるようにして長持ちさせ、煙草をしきりにふかした。苛々《いらいら》していると煙草の量が増えるのは、長いつき合いで分かっている。

話は会田のこと、藤本のことと続いたが、最後は椎名の件に戻ってくる。長須は、あの男をあまり信用していないようだ。これまで持ってきたネタは全て当たっているのだが、それでも納得できないらしい。

「どうしてだ？」少し酔いの回った結城は、思わず訊《たず》ねた。長須は、いいネタ元を摑んできた花岡に嫉妬《しっと》しているだけではないのか？

「奴には何か別の狙いがあるような気がするんだよ。何か、な。それが読めないから困ってるんだが……お前、会った時に変な感じはしなかったか？」

「いや」否定しながらも、態度の変化が気になっていたことを思い出した。最初のよそよそしい態度から、急に親しげな雰囲気に。短い時間に、態度を豹変《ひょうへん》させるような出来事があったのでは、と疑ってしまう。

「そうか……」

長須が、煙草を灰皿に押しつけた。小さなガラス製の灰皿は、既に吸い殻で一杯になっている。結城は立って、灰皿の中身を流し台のビニール袋に捨てた。灰皿は洗うべきか……そこまですることはないだろうと思い、長須の前に置く。彼は軽く一礼して、すぐに新しい煙草に火を点けた。

「花岡さんにもう一度接触してもらうべきだな」一口吸っただけで、長須が煙草を灰皿に置く。「花岡さんなら、どういうことなのか、聞き出してくれるぜ」

「ああ」花岡にとっては少し、負荷がかかり過ぎになるのだが。この件以外でも、いろいろと手を煩わせてしまっている。

「な、そうしろよ。俺はどうも、すっきりしないんだ」

「椎名を信用してないのか?」長須が首を横に振った。「この前の情報も正しかったわけだしな。なあ……せめてガサはかけられないか?」

「それにしたって、容疑がないよ」今度は結城が首を振った。

「分かってるんだが……何だかもどかしい」長須が頭を掻いた。グラスに残った日本酒を一息で呑み干し、「帰るわ」と突然言った。

「ああ。いろいろ悪いな」

「気にするな」恨めしそうに、一升瓶を眺める。「美味い酒を呑みたいんだが、なかなかそういうわけにもいかない」

「この仕事、こんなものだ」

「切ないこと、言うなよ」長須が唇を歪める。「分かっちゃいるけど、辛《つら》いわな」

黙ってうなずく。そう、辛いのは自分も同じだ。この世界は、喜ぶよりも辛いことの方が多い。

長須が帰り、貰《もら》い物の料理を冷蔵庫にしまうと、十時。ほっと一息つき、一升瓶に目をやった。ビールの後に日本酒を呑んだので、少しだけ酔いが回っている。どうするか……どうするもこうするもない。風呂に入って寝るだけだ。いや、その前に明日の朝飯の準備をしておくか。せっかく長須が料理を持ってきてくれたのだから、それをおかずにすればいい。しかし、味噌汁《みそしる》がな……美貴が生きていた頃は、味噌汁だけは抵抗なく作っていた。しかし一人になった今、何故かそれが一番面倒に感じられる。まあ、味噌汁がなければ死ぬ、というわけでもないだろう。とりあえず白米さえあれば、朝食は何とかなる。

丁寧に米を研ぎ、タイマーをセットする。これで一つ、心配がなくなった。

上手くいかない捜査に比べれば、些細《ささい》な問題に過ぎない。

心配と言えば、若葉のこともある。干渉されるのを嫌う娘だが、放っておくわけにもいかない。どうしたものか……携帯電話を手にしたものの、かける気にはなれなかった。しばらく手の中で弄《もてあそ》んでいるうちに、突然呼び出し音が鳴り、びくりとして取り落としそうになった。若葉……こういう偶然もあるものか。慌てて通話ボタンを押し、耳に押し当てる。何だかこの電話を待ち望んでいたようで、一人苦笑してしまった。

「今、電話しようと思ってたんだ」

「何かあったの？」若葉が警戒した口調で言った。

「いや、そういうわけじゃない。ちょうど手が空いたんでな」

「そう……ちゃんと食べてるの？」

本気で心配しているというより、何となく話をつないでいるだけのような気がした。

「今日は、長須が料理を持ってきてくれたんだ」

「ろくに食べてないから、みかねて助けてくれたんじゃないの？」

「裏から物を見るようなことをするな。今日もちゃんと作って食べたんだぞ」

「何を？」若葉は追及の手を緩めない。

「オムレツ」

「オムレツなんか作れるんだ」まだ疑っている。

「あんなもの、冷蔵庫のあまり物を適当に卵に混ぜて焼けばいいんだよ。形にこだわらなければ楽勝だ」

「それならいいけど」

「そんなことより、どうした？　何か用事があったんじゃないのか」

「うん……用事ってほどじゃないけど」

「はっきりしないな。お前にしては珍しい」結城はソファに腰を下ろした。音を消したテレビでは、ニュースが流れている。ぼんやりと眺めながら、若葉の言葉を待った。

「元気かな、と思って」

「元気だよ、俺は。何言ってるんだ」もちろん、元気ではない。ただ、仕事が上手くいかないことなど、珍しくも何ともないのだ。そんなことで一々落ちこんでいては、体も気持ちも持たない。

「それならいいんだけど」

「変な奴だな」

「何よ、それ」若葉の口調が急に冷たくなった。「心配して電話したのに」

「ああ、悪かった」言い争う元気もなく、結城は素直に謝った。「まあ……仕事でいろいろあってな」

「警察の仕事って、やっぱり大変？」

「おいおい、何でそんなことを聞くんだ？」結城はかすかに驚いていた。若葉は、警察の仕事を毛嫌いしていたわけではないが、何となく敬遠していた様子があった。まあ、堅い商売だし、人の生き死にも関係する仕事だから、好きになれないというのも分かる。子どもからすれば、親の仕事としては嬉しくない方のリストに入るだろう。特に自分のように、捜査二課の仕事をしていると、子どもには分かりにくいはずだ。何をしているか、話すわけにもいかないし、話しても理解してもらえるとは思えない。

「別に」

「自分から電話してきておいて、そういう言い方はないんじゃないかな」結城はやんわりと忠告した。

「そうだけど……」

「言いたいことがあるなら、はっきり言えよ。遠慮する必要はないんだぞ」

「うん……でも、もういいや」急に明るさを取り戻して若葉が言った。

「もういいっていうことは、何か言いたいことがあったんだろう？」

「大した話じゃないから」

「そう言われると、ますます気になるんだけどな」

「本当に、大した話じゃないから」

「そうか」電話を左手から右手へ持ち替え、溜息《ためいき》をつく。何となく、話しにくい……今に始まったことではないが、親子二人になって、しかも離れて暮らしているという状況が、どうにももどかしい。「お前、俺にずっと言いたいことがあるんじゃないのか」

「言う必要があると思ったら、言うから」

「今は必要ない？」

「……と思う」自信なげな口調だった。

「いつでも話してくれ。聞くから」

「話せればいいけど」

「そんなに難しい話なのか？」会話が堂々巡りし始めているのを意識し、結城は声を潜めた。「何だったら、こっちへ戻って来ないか？　電話では話せないこともあるだろう」

「うん。でも、千葉は遠いから」

「ここはお前の家だぞ」

「実家だって、遠いものは遠いから」

「そうか」

釈然としない。若葉は本来、こんな風に話すのを躊躇《ためら》う娘ではないのだ。

「お父さんとお母さんって、どこで知り合ったんだっけ？」

「何だ、いきなり」

思わず唾を呑んだ。今まで、こんな質問をされたことはない。母娘の間では、こういう話題が出たこともあったかもしれないが……。

「うん……何か、お母さんが亡くなってから、いろいろ考えちゃって」

「そんなこと、お前が気にする問題じゃないだろう」

「そうかな？　自分のルーツのことって、誰だって気になるんじゃない？」

ルーツ……病気のことを気にしているのか？　最近は遺伝子検査の技術も進んでいるから、遺伝性の病気については昔よりもずっとよく分かるようになっている。だが美貴の死は、そういう遺伝性の病気が原因ではない。生活習慣病もなく、それらしい前兆も一切なかった。医者の「こういうこともある」という言葉は、簡単には納得できるものではなかったが、要するに一種の突然死である。それ故、受け入れるには時間がかかった――実際、まだ受け入れられていないと思う――が、若葉はそんなことを気にしているのだろうか。いくら何でも、病気を心配するには若過ぎる。

「母さんは、本当に突然死みたいなものだぞ。誰にだって起こり得ることだ」

「そういうことじゃなくて……」もどかしげな口調だった。「お父さんみたいに堅い人が、どうしてお母さんと知り合うチャンスがあったのかな、と思って」

「お前、俺のことを何だと思ってるんだ？」

それは百パーセント正しい。それにしてもこの話、美貴から聞いていないのだろうか。普通、娘というのは、それなりの年頃になると、この手の話に興味を持ち、母親と話すものではないのか？

「警察官」

しかし別に、隠すことではない。

「知り合いの紹介だよ。つまらない話で悪いな」

「知り合いって？」

「母さんの学校の同僚が、俺と高校の同級生だった」

「あ、そうなんだ」

拍子抜けしたような言い方。だから喋《しゃべ》るのは嫌だったんだ、と結城は舌打ちした。まさか、劇的な出会いを想像していたわけでもないだろうが……。

「見合いみたいなものだよ。俺たちの頃は、そんな風に知り合って結婚した人間が、結構多かったんだ」

「公務員同士だし、上手くいったんだ？」

「正直、それはあるだろうな」

だが、それだけではない。やはり相性というのはあるもので、初めてあった瞬間、結城は「この女と結婚する」と確信した。何年か経《た》って、美貴も同じように感じていたことを知り――若葉がまだ赤ん坊の頃だ――妙にくすぐったい気持ちになった。

「それでよかったんだ」

「問題は何もなかった」

一つを除いて……美貴の涙を何度見ただろう。今なら「仕方なかった」と達観できるが、あの頃は自分たちも若かった。何もしてやれなかった自分の弱さを恨めしく思う。やがてその悩みは解決した——舞い上がった自分たちが、勝手にそう考えていただけかもしれないが。

「何で急に、そんなことを知りたがるんだ？」

「まあ……いろいろ考えるから」

もしかしたら、男か？　恋愛に手本もクソもないが、一番身近な両親がどうだったのかは気になるだろう。落ち着けよ、と自分に言い聞かせる。若葉も二十歳なんだから、男がいてもおかしくはない。どのみち数年以内には結婚して、子どもだって産まれるのだ。そうしたら俺は「祖父」か。「祖母」がいないのに祖父の役目を果たさなければならないのかと思うと、少しばかり不安になった。

「お父さん、初婚だよね」

「何言ってるんだ、お前」怒るよりも、不安になってしまった。娘がこんなことを訊ねる理由が分からない。「当たり前じゃないか」

「そうか……そうだよね」

「当然だ」

「ごめんね、変なこと聞いて」

「何なんだ？　心配するようなことじゃないだろう」

「心配じゃなくて、興味。じゃあね」

若葉はいきなり電話を切ってしまった。かけ直そうか、と着信履歴ボタンに指を置いたが、思い留《とど》まった。質問の内容は気になるが、あまりしつこくしても嫌われるだろう。それにしても、何か不安を抱えているようなのが気になるのだが……気にしても仕方ない、年頃の娘というのはいろいろなことを考えるものだろう。

そう自分に言い聞かせようとしても、かすかな胸騒ぎは静まらない。

一つだけ思い当たる節があったが……そのことではないと思いたかった。

3

翌日、結城は出勤した途端に、花岡に声をかけられた。彼が結城より先に来ているのも珍しい。鞄《かばん》をデスクに置いた途端に、花岡が廊下に向けて顎をしゃくった。他の刑事たちには聞かせたくない話なのだと分かり、結城は黙って彼の後に従って部屋を出た。

廊下の壁に背中を預けたまま、花岡がいきなり、「昨夜、椎名と会った」と切り出した。

「夜まで仕事してたんですか？」結城は眉をひそめた。昨夜長須と、花岡にもう一度椎名に接触してもらおう、と話したばかりだったのを思い出す。

「しょうがねえだろう。椎名は、夜じゃないと捕まらないんだから。昼間はずっと、一人部屋に幽閉されてるんだぜ」

「そこは同情しますがね」

「だから、夜に呼び出すしかないんだ……一連の流れをちょっと聞いてみた。どういうつもりであんなことをしたのか、な」

「で、どうでした？」結城は声を低くした。

「奴があんたに説明してた通りだ。俺が捕まらなかったから、知り合いのあんたに電話した――それだけの話だった」

「信じられますか？」

「疑う要素がないんだよ」花岡が首を横に振った。「そう言われれば、携帯の電源を切っていたこっちが悪いわけだし。しかし、やっぱり変だと思うぞ」

「何か、ね」

「それほど急ぐ話だったか？　決定的瞬間だったかもしれないが、藤本から会田に金が渡ったという証拠にはならなかった」

　しかし、間接証拠を積み重ねれば、そうとしか思えない。会社の経理からの情報。藤本から会田に渡された紙袋。藤本が燃やして証拠隠滅しようとしたメモ。だが、そういうものをどれだけ積み重ねても、百パーセントにはならない。いずれの情報にも穴があり、少しでも否定する材料があれば、全体像が崩れてしまうだろう。

紙袋の中身が何だったかは分からない。メモの解析はまだ終わっていない。そもそも椎名の情報は信用できるのか？

「花岡さん、房総建設の中はどうなってるんですかね。反社長派が、そんなに多いんですか？」

「いや、どうもそうは思えないんだな」花岡が顎を撫でた。「今の社長は確かに馬鹿だ。忌々しく思っている奴も多いだろう。だけどサラリーマンっていう人種は、表立って批判の声は上げられないんだよ。給料をくれる人間に、わざわざ逆らうには、よほどの事情がないとな。そして椎名以外に、社長を貶《おとし》めるために動くほど、ひどい目に遭っている人間がいるとは思えないんだ」

「確かにねえ」ちょっとしたストレスなら我慢してしまうのが日本人だ。わざわざ訴え出て、あるいは内部告発をして、自分の立場が悪くなるまでの覚悟をするには、よほどのことがなければならない。

「椎名は、本当に社内に情報源を持っているのかね」

「花岡さんがそれを言い出したら、全ての前提が崩れますよ」

「いや、奴の情報は、ほとんど合っているから、そうはならない。藤本と会田の癒着は、間違いなくあるんだし。ただし、社内の人間が椎名に協力するかどうか、疑問なんだ」

「確かに、腫れ物には触りたくないですよね」

「奴と通じているのが分かれば、あっという間に同じ部屋に押しこめられるだろうな……もう一つ、疑問がある」

うなずき、先を促した。花岡の表情が、話している間にもどんどん暗くなっているのが気になる。

「役所を籠絡するのは、会社全体の仕事だよな。社長や役員個人の意思じゃない。社長を嫌う気持ちと、会社を思う気持ちは別じゃないか」

「ああ、確かに」

この事件が立件されれば、房総建設は相当なダメージを受ける。行政処分で入札にも参加できなくなるだろうし、間違いなく仕事が少なくなる。公共事業に多くを負っている地方の建設会社にとって、致命傷にもなりかねない。

「椎名の言う通り、社内に他にもスパイがいるとすれば、そもそも会社自体が危なくないか？」

「確かに」

「そこがちょっと引っかかるんだ。俺はもちろん、房総建設が潰れようがどうしようが、どうでもいいんだが、立件できないとなったら悔しいぞ。地団太《じだんだ》踏んでやる」

結城は思わず笑ってしまった。いい歳なのに、花岡には子どものような純粋さがある。それが彼を動かす原動力でもあるのだが。

「まあ、椎名のことは、ちょっと疑ってかかる必要があるな」

「一パーセントの疑念で」若い頃、先輩からよく言われたことだ。物事には様々な側面がある。正面から見て正しいと思ったことも、裏に回ればまったく違う様相を見せるかもしれない。同様に、どんなに信用できそうな証言にも、嘘があるかもしれない。喋っている人間の勘違いや記憶違いということもあるし、無意識のうちに、自分に都合のいいように証言を捻《ね》じ曲げてしまう可能性もある。だから常に、一パーセントだけは疑っておけ。

「俺は、五パーセント疑ってもいいと思うが」

「花岡さんのネタ元じゃないですか」

「あんたに連絡してきた時点で、俺はあいつに対する評価をかなり変えたよ。別に、あんたを信用してないってわけじゃなくて、椎名の姿勢がな……そんなに軽く考えてもらっちゃ困るんだ」

「分かります」

「ま、他の線からも攻めていくのが大事だな。複数の線でアプローチしていかないと、痛い目に遭う」

「今のところ、いい線もないですが」今までいかに、椎名の情報に頼ってきたかを意識する。もちろん、椎名はそれだけ信頼できる情報源だったのだが。

「とにかく慎重にいこう。昨日の記事は、いいきっかけだったかもしれない。もしも昨日、無事に入札が行われていたら、どうなっていたかな。今日の俺たちは、もっとばたばたしてただろう。強制捜査には早過ぎるタイミングで、な……今朝、ミーティングは？」

結城は無言で首を振った。今朝は、話すべきことなど何もない。今の花岡の話は、自分の胸の中に留めておいていい話だ。

「じゃあ、ちょっと煙草吸ってくるわ」

結城は黙って、花岡の背中を見送った。やはり元気がない。気合を失っている場合ではないのだが、こういう状況で部下に発破をかけるのは大変だ。言葉を選ばないと、気持ちが折れてしまう。「公園でブランコ状態」にもなりかねない——外回りが多い刑事たちは、どこかでサボっていてもばれない。やる気がなければ、それこそ一日中、公園でブランコを揺らしていてもいいのだ。実際刑事たちが、気に食わないことがあった時に、「今日は公園でブランコだ」と自嘲《じちょう》気味に言うのは珍しくない。

椎名か……やはり要注意人物だな。この前じっくり話した時にも、「本音が読めない男だ」という印象を抱いた。自分は距離を置き、花岡に任せるべきだろう。花岡なら、難しい人間の扱いにも慣れている。

しかし、人間関係は一人の思惑だけでは上手くいかない。その日の夜、結城はまた椎名から電話を受けることになった。

今夜は会田と藤本は会わず、二人とも七時過ぎには自宅へ引き上げた。報告を受けて、結城も自席を離れた。何となく、疲れが溜まっている。長須の差し入れの料理がまだあるから、今夜はあれを食べて、ゆっくり風呂に入ろう。本当は、マッサージにでも行きたいぐらいだが……風呂で体が緩めば、肩凝りも少しは解《ほぐ》れるはずだ。

風呂に入るまでは、予定通りにいった。緊急の電話もなし。すっかり体が温まり、ソファでだらしなく横になっているうちに、転寝《うたたね》してしまったようだ。ふとテレビの音が気になって目が覚めると、十一時。こんな風に居眠りすると、後で眠れなくなるんだよな……と思いながら、立ち上がって伸びをする。その瞬間、携帯電話が鳴った。まさか、何か起きたのでは？　今夜は、部下は誰も動いていないはずである。何か緊急の用件があるとも考えにくかったが……。

椎名。

携帯電話に浮かんだ番号を見て、躊躇う。かかってきた電話は絶対に取れ、と長年教えこまれてきたが、今夜ばかりは通話ボタンを押す気にはなれなかった。何となく、危うい。一パーセントの疑念が、急に一〇パーセントまで膨れ上がるのを感じた。

無視するか……しかし習慣というのは恐ろしいもので、結局電話に出てしまった。

「結城さん？　椎名です」

「この前はどうも」つい、ぶっきら棒な口調になってしまう。

「どうでした？」

「ま、それは……」あんたの情報通り。しかしそれを口にするわけにはいかなかった。「一応、捜査上のことなんでね。話せないこともあるんです」

「そうですか……それはそうですよね」やや釈然としない口調ながら、椎名は納得したようだった。「昨日の朝刊には驚きました」

「いったい誰が漏らしたのかね」あんたじゃないのか、という言葉を呑みこんだ。何となく椎名に対する疑いはあるのだが、そうする動機がない。入札が中止になれば、当然立件が難しくなる。そうなったら、社長に復讐《ふくしゅう》したいという彼の計画はぶち壊しだ。

「実は、社内に変な動きがあるんです」

「変な動き?」鸚鵡《おうむ》返ししながら、結城はテレビのリモコンを取り上げ、「消音」ボタンを押した。「具体的には?」

「ちょっと話しにくいんですが……会っていただけませんか?」

「ああー、こういうことを言うのは何なんだけど、あなたの担当は、うちの花岡なんだ。警察にも色々決まりごとがあってね。情報網は広げ過ぎないのが鉄則なんですよ」

「花岡さんとはちょっと……」

結城は、腹の底に冷たいものが生じるのを感じた。この二人は、昨夜会っている。花岡の様子は、特に変わってはいなかったが……「五パーセント」疑ってもいいとは言っていたが、だからと言って、椎名に対する嫌悪感を露《あらわ》にしたわけではない。あくまで冷静に、ネタ元として接していたはずだ。

しかし椎名の方では、別の感情を抱いていたかもしれない。二人の間で激しい言葉の応酬があったとしても、それぞれの感じ方は違う。花岡は何とも思っていなかったかもしれないが、椎名は「侮辱」や「恐怖」だと捉えた可能性もある。

「昨夜会いましたよね？　何かありましたか」

「いや、それはちょっと……言いたくないんですけど。花岡さんにお世話になってるのは間違いないんですし」

しかし今は、会いたくないというわけか。この男を信じていいのか、と結城は自問した。信じるというか、信じるようにしなければ。会いに行こうと決める。実際、これまで椎名の情報が外れたことはないのだから、そこは信じていいと思った。だいたい、一パーセント疑念を抱いているということは、九九パーセントまで信用していいということの裏返しだ。不確実なことが多い時代、九九パーセントというのは、「ほぼ百」と考えていいだろう。

一人で行くしかないな、と思った。この時間から部下を同行させるわけにはいかない。花岡には教えておくか……なに、捜査一課と違って荒事を担当するわけではないのだと、自分を安心させようとする。

その考えが甘かったことを、結城はすぐに思い知らされた。

落ち合う場所は、最初に椎名と会った青葉の森公園にした。他に適当な場所を考えるのも面倒だったし、この時間なら人気もないはずだ。

車を走らせながら、次第に緊張感が募ってくるのを意識する。駐車場は当然閉まっているので、道路に車を置いたまま、公園に入る。冷たい風が森の中を吹き渡り、思わず首をすくめた。駐車場から少し入った、中央博物館の側で待っているという話だったが……暗いせいもあって、様子がよく分からない。懐中電灯は持ってきたのだが、それで照らし出すと、椎名は用心してしまうかもしれない。とにかく気配を感じろ……結城はゆっくりと歩きながら、椎名の姿を探した。

ふいに、枯葉を踏むような音が聞こえる。誰かいる……鼓動が高鳴るのを感じたが、ここにいるのは椎名一人のはずではないか、と自分に言い聞かせる。立ち止まり、周囲を見回した。鬱蒼《うっそう》と茂った森が、街灯の灯《あか》りを完全に遮断してしまい、ほぼ暗闇。自分の手を目の前に持ってきても、見えないかもしれない。覚悟して、結城は懐中電灯のスイッチを入れた。

小さな光の輪を、あちこちに向ける。突然、茂みの中を何かが素早く動いていって、驚いて懐中電灯を取り落としそうになった。しかしあれは……犬か猫だろう。あんなに低く、しかも速く動ける人間はいない。まあ、犬でも猫でもいい。動物よりも、人間の方がよほど怖いのだから。

「椎名さん?」小声で呼びかけてみる。反応はない。結城は、足元に気をつけながら、少しずつ前に進んだ。とにかく前進するぐらいしか、今はできない。やがて博物館の建物に行き当たるはずだ。そこまで行っても見つからなかったら、引き返して少し待つ。腕を上げて時計を見た。針には蛍光塗料が塗られているので、ぼんやりと時間が分かる。既に約束の時間を過ぎてはいたが、五分や十分の遅れで文句を言うべきではない。風呂上がり、しかも寒い中に出てきたので、風邪を引くのではないかと心配になったが、興奮と緊張のせいか、寒さは感じられなかった。

懐中電灯の光の中に、突然人影が浮かび上がる。立っていない。座って……うずくまっている。

「椎名さん？」やはり反応はない。人違いか？　結城は思い切って、懐中電灯の光を直接当ててみた。人影がゆっくりと動く。血塗《ちまみ》れになった椎名の顔が、白い光の中に浮かんだ。

4

「結城……さん？」

椎名の声はしわがれ、弱々しかったが、意識を失いそうなほどのダメージを受けているわけではなかった。額を手で押さえながら、立ち上がろうとする。ふらついて、膝をついてしまいそうになったので、結城は慌てて近寄った。腕を掴み、ゆっくりと座らせる。椎名は尻餅をつくような格好で、両足を伸ばした。結城もひざまずく。むき出しの地面の冷たさが、ズボンを通して伝わってきた。

懐中電灯の光を顔に当てる。髪が血で濡《ぬ》れ、顔の左半分が赤く染まっている。だが、出血量はそれほどではないようだ。それに、既に止まっているようでもある。髪を分けて傷口を確かめた。生え際から一センチほどのところに、醜い傷がある。切られたのではなく、殴打によるものと思われた。

「気分は？　吐き気や目眩《めまい》はしませんか？」

「いや……何とか……痛いですけど」

「ちょっと落ち着くまで待とう。リラックスして」結城は、ズボンのポケットを探ってハンカチを取り出し、彼の手に押しこんだ。「出血は止まってるみたいだけど、これを当てて。できるだけ強く」

椎名が、震える手を上げ、ハンカチを額に押し当てる。それで少しだけほっとしたようだった。大きく溜息をつき、結城の顔を見詰める。

「何があったんですか」結城は訊ねた。

「分かりません」首を横に振ると、痛みのせいか顔をしかめる。「いきなり殴られて」

「前から？」

「暗いから、見えなかったんです」殴られたのが自分の責任であるかのように、情けない口調だった。「誰かいるな、と思ったんですけど、結城さんかもしれないって……声をかけようと思った瞬間、殴られました」

「相手に心当たりは？」社内の人間だ、と結城は確信した。この男の動きが漏れているに違いない。忠告の意味か、本気で殺すつもりだったのかは分からないが、とにかく身内に襲われたのだ。

「分かりません。すみません……」

「あんたが謝る必要はない。病院は？」

「そこまでひどくないと思います。それに、表沙汰になったらまずいんじゃないですか」

「ああ？」

「何となく……会社の連中にやられたとしたら……」

「そうだな」結城は頭の中で、今後起こり得るシナリオを考えた。この件をきっちり捜査する手もある。もしも房総建設の人間の犯行だとしたら、それを突破口に、会社ぐるみの犯罪を暴けるかもしれない。だが、そうでないとしたら……事態はややこしくなるだけだ。それに、会社とはまったく関係ない可能性も捨て切れない。その場合、「椎名が襲われた」という話だけが独り歩きし、彼の会社内での立場がさらにまずくなる可能性もある。「被害届を出すか？　それなら捜査せざるを得ないんだが」

「いいです」椎名が首を振った。「面倒なことになるでしょう？　そんなのにつき合ってる余裕はないですよ」

「分かった。とにかく、後で相談しよう。その前に、傷の手当てだけはしないと」近くの病院を、頭の中で思い浮かべた。救急病院が何軒かあるから、そこへ運べばいいだろう。

「病院へ行くんですか？」椎名が暗い声で言った。

「当たり前だ。頭の怪我《けが》だから、甘く見ない方がいい」

「できたら避けたいんですけど……怪我は本当に、大したことはないんですよ。そんなに痛いわけじゃないし」

「ああ」

「すみませんけど、ここだと、結城さんの家の方が近いですよね？　そこでちょっと手当てさせてもらうわけにはいきませんか？」

　頭の中で素早く計算した。病院へ運びこんだらどうなるか……処置はしてもらえるだろうが、事情は話さねばなるまい。自分が警察官だと明かしても明かさなくても、ややこしいことになる。だいたい、嘘がつけない性格だということは自分でも分かっていた。

「分かった。歩けそうか？」

「何とか」椎名が立ち上がる。少しふらついたが、腕を取って支えてやると、すぐに安定した。「大丈夫です。すみません」

「ちょっと待ってくれ」

　結城は椎名を残したまま、地面を懐中電灯で照らした。何か証拠は残っていないか……殴りつけた凶器とか。だが暗い上に、所々に植え込みがあるので、とても調べ切れない。捜査しない、事件にしないと決めたので、早々に諦めることにした。

「車はどうした？」

「今日はタクシーなんです」

　車に乗りこむと、椎名はしきりに恐縮した。

「すみません、車、汚れますよね」

「もう血は止まってるぞ」

「服、汚れてるんです」

倒れた時に泥まみれになったのか。別に問題ない。もう何年も乗っている車なのだ。

「気にしないでいい。大丈夫だから……とにかく、すぐ着くよ」

夜も遅く、車は少ない。ついアクセルを深く踏みたくなる気持ちを、結城は辛うじて抑えた。隣に怪我人を乗せているから、刺激したくないという気持ちもある。ちらちらと隣を窺《うかが》ったが、椎名は特に苦しそうな様子ではなかった。何度か「目眩はしないか」と確かめてみたが、その都度否定される。しつこいかな、とも思ったが、これは極めて重要な問題なのだ。この程度の出血量だったら、怪我そのものはそれほど気にすることはない。目眩や吐き気さえしなければ、重傷とは言えないのだ。

家に帰り、すぐにリビングルームに通す。明るいところで改めて見てみると、やはり大した怪我ではなかった。鈍器で殴られたようで、傷跡は醜かったが、長さは二センチもない。それほど深くもなく、縫合の必要もないだろう。

「怪我は大したことはないみたいだな。消毒する前に、顔を洗った方がいいけど」

「すみません……洗面所、お借りできますか」

「ああ、どうぞ」

椎名が洗面所を使っている間に、結城は薬箱を用意した。こんな物、普段はまったく使わないのだが……消毒薬やガーゼ、サイズの違う絆創膏《ばんそうこう》がいくつか入っている。取り敢えずの手当てはこれで済むだろう。

椎名が戻って来た。顔についた血は取れており、髪が少し濡れている。ダウンジャケットは脱いで腕に抱えていた。

「服、大丈夫だったか？　血はついてないか？」

「大丈夫だと思います。黒いから、よく見えないんですけど」

「シャツの襟がちょっと汚れてるな」

指摘すると、椎名が襟を引っ張って確かめた。顔をしかめて、首を振る。「血は、取れないんですよね」と文句を言った。

「とにかく、座って。消毒ぐらいしかできないが」

「すみません」椎名が頭を下げ、ソファに浅く腰を下ろした。

結城はピンセットでガーゼをつまみ、消毒薬を染みこませた。灯りを遮らないように体の位置を工夫しながら、ガーゼを傷口に当てる。椎名がびくりと身を震わせたが、一瞬のことだった。傷口とその周囲を綺麗《きれい》にしながら、もう一度傷の様子を確認する。どういう当たり方をしたのか、痣《あざ》やコブなどにはなっていない。凶器は、鈍器ではなかったのだろうか……。

絆創膏を貼り、治療を終わりにする。血は滲《にじ》んでこなかった。軽傷だと判断してもいいだろう。

「本当に、何か心当たりはないのか？」

「ないです」恐る恐るといった感じで、椎名が首を振った。

「あんたは、会社を裏切っているようなものだ。誰か、それに気づいた人間がいたんじゃないのか」

「そうかもしれませんけど、分からないです。気をつけていたつもりだったんですが」

「いきなり襲われたら、どうしようもないだろうな……相手は何か、言ってなかったか？」

「何も。いきなり殴りかかってきたんです」

あの公園で、変質者などがうろついているという情報はない。誰かに偶然出会って、いきなり殴りかかられるとは思えなかった。

「普通に会社へ行けそうか？」

「大丈夫だと思います」

「だったら、できるだけ自然にしていた方がいい。怪我も目立たないようにして」

「会社ではいつも一人だから、大丈夫です。誰にも会いませんよ」椎名が自嘲気味に言った。

「何か聞かれても、適当に誤魔化しておいた方がいい」

「そのつもりです」手を伸ばし、恐る恐る絆創膏に触れた。さほど痛みはなかったようで、ほっと安堵《あんど》の息を漏らす。

「それで、元々の話だけど……話せるか？」

「ああ、すみません。今夜はその話だったんですよね……社内のことなんですけど」

結城はうなずき、向かいの一人がけのソファに腰を下ろした。自宅にいるのに、何となく落ち着かない。目の前にいるのは怪我人、しかも微妙な立場の男である。貴重な情報源ではあるが、実際にはかすかな疑いを持たれている。

椎名は、喋るのを躊躇っている。言っていいかどうか、未《いま》だに判断できていないようだった。結城はさっと助け舟を出した。

「言いにくい話なんだな？」

「ええ……スパイがいるみたいなんです」

結城はうなずいた。スパイはあんたなんだがな、と思いながら次の言葉を待つ。

「俺を見張っているみたいで」

「何か証拠は？」

「尾行されているような感じもするんです。気のせいかもしれませんけど……」

「先に言っておくが、警察は何もしていない。あんたは貴重な情報提供者だから、尾行する必要はない」

「それは分かってます」椎名がうなずく。「家の近くで、誰かが張り込みしているみたいな感じもあるんですよ。確かめたわけじゃないですけど……被害妄想ですかね」

「いや、そんな風に思わない方がいい。昨日、入札情報が漏れているという報道があっただろう？　あれがどこから出たのか、我々は興味を持っているんだ」

「ええ」

「房総建設の社内から、ということはないと思う。自分の首を絞めるような真似《まね》をするとは思えないからな」

「同業他社、ですかね」

「その可能性が高いな。もしかしたら、社内のスパイは、そこにつながっているかもしれない」

「会社の情報を、同業他社に売っているとでも言うんですか？」

椎名の顔が蒼褪《あおざ》めた。とんでもない裏切り行為だとでも思っているかもしれないが、その彼自身、会社にとっては裏切り者である。だが、その事実を指摘するのは気が進まなかった。彼自身、状況の複雑さには頭が痛いところだろう。

「何が起きるかは分からない。今回の工事には、巨額の金が絡む。建設会社の人間なら、誰だって欲しい工事だろう。房総建設を貶《おとし》めて、入札から排除しようと考える奴がいても、おかしくはない」

「入札、どうなるんでしょうね」

「それは分からない。県が決めることだ」しかし、そのキーになるのが会田だというのが気になる。最終的に入札を行うかどうか決断するのは、彼になるだろう。マッチポンプができる立場だ。どう出るか、その動きには注意しておかなくてはならない。

「とにかく、社内の動きが気になるんです」椎名が繰り返す。

「もしかしたら、今日襲われたことも、それと関係があるかもしれないな」

椎名が身を震わせた。唇を噛み、うつむく。結城は黙って、彼の反応を待った。言葉が出てこないので、こちらから声をかける。

「できるだけ用心した方がいい。こっちでできることには限りがあるんだ。あんたが警察と関係あると分かってしまうと、また面倒なことになる」病院へ連れていかなかったのは正解だろう、と結城は自分の判断を評価した。しかし、椎名を襲った人間は、公園から自分の家まで尾行してきたかもしれない……今も、どこかから家を見張っている可能性がある。

結城は窓辺に立ち、カーテンを細く開けた。リビングルームの前は細い道路だが、家を見張るとしたら、そこからになるだろう。街灯に照らし出された道路には、人も車も見えない。

ソファに戻り、今後の方針を確認する。

「今夜のことは、絶対に口外しないように。それと、身辺には十分注意して。こちらでも、調べてみるから」

「お願いします」深く頭を下げると痛みが走るのか、椎名が顔をしかめた。「すみません、家にまで押しかけて……奥さんは？」

「ああ、亡くなってね」さらりと言ったつもりが、胸に小さな痛みが走る。

「そうなんですか？　すみません……じゃ、今はお一人なんですか」

「娘は、東京で大学に行ってるからね。ま、気ままな一人暮らしということだよ」

「申し訳なかったです、お邪魔して」もう一度頭を下げる。

「いやいや、家も綺麗なものだろう？　それより今夜、一人で大丈夫なのか？」椎名は独身である。一人で暮らす家で、急に容態が悪化したら、と考えるとぞっとする。「調子が悪くなったら、すぐに病院へ行くように、な？」

「大丈夫ですよ。もう、ほとんど痛みもないですから」

強がっている様子だったが、今の時点で心配しても仕方がない。まさか、この家に泊めるわけにはいかないのだし。

「家まで送ろう」

「いや、タクシーの方がいいんじゃないですか。尾行されていたら……」

「そこまで心配していたら、きりがない。俺も、あんたがちゃんと家に帰るのを見届けたいんだ。安心したいだけだけどな」

「分かりました。じゃあ、お言葉に甘えます」ダウンジャケットを抱えて、椎名が立ち上がる。照明の真下に立ってそれを検《あらた》め、ほっとしたような表情を浮かべた。「血はついてないみたいです」

「そうか」

うなずきながら、結城はかすかな違和感を抱いていた。何となく、今夜の出来事全体が、仕組まれたものであるような気がしてならない。誰が、何のために仕組んだものかは、想像もできなかったが。

第8章　接触した男

1

椎名の家は、総武線稲毛駅の東口から歩いて五分ほどの場所にあった。こぢんまりとしているが、駅周辺には繁華街もあり、独身の男が暮らすにはいかにも便利そうな街である。

「すみません、遠くまで送ってもらって」車を降りる段になって、椎名が深々と頭を下げた。

「いや、同じ千葉市内だしな」

「でも、結構遠いじゃないですか」

「大したことはない……それより、怪我はどうだ」

椎名がそっと額に触れ、「今のところ、大丈夫です」と小声で言った。

「無理しないように」結城は、コートのポケットから鎮痛剤を取り出した。家を出しなに持ってきたものである。「痛みがひどいようだったら、取り敢えずこいつを使えばいい」

「いいんですか？」

「薬ぐらい、いくらでもあるから」

「すみません」さっと頭を下げ、椎名が薬を受け取った。「また連絡します……俺、神経質になり過ぎですかね」

「こういうことにかかわっていれば、誰でも神経質になるよ」結城は椎名を慰めた。

「ええ……今夜は本当にすみませんでした。ご迷惑おかけして」

「気にしないでくれ」

椎名が車を出て、道路を渡った。マンションの一階にあるコンビニエンスストアにでも寄るかとも思ったが、そのまま玄関ホールに消えて行く。

ギアを「D」に入れる……何故かすぐに発進する気になれず、ブレーキペダルに足をのせたまま、ハンドルを両手で抱えてしばらく待つ。何を？　自分でも分かっていなかったが、ほどなく、どうしても椎名のことが気になるのだと気づいた。既に午前一時を回っている。明日以降に差し障るのだがと思いながら、その場を離れられない。

ついには車を少しバックさせて、張り込みの態勢に入ってしまった。二十メートルほど先に、マンションの出入り口がある。コンビニエンスストアの灯《あか》りに照らし出され、人の動きがあればはっきりと見えそうだった。

それにしても俺は何を期待しているのだろう、と結城は苦笑した。この時間から、椎名が誰かと接触するとか……あり得ない。時間が遅過ぎるし、彼は怪我してもいる。

十分……何も起きない。当たり前だ、いい加減にしようと、結城はまたギアを「D」に入れた。アクセルに足をのせようとした瞬間、コンビニエンスストアの前に、一台の車が乗りつける。真っ赤なツードアのクーペだった。今時、あんな車は流行《はや》らないんだよな、と思いながら見ていると、車から一人の若者が降りて来た。二十代前半というところか。ダウンジャケットの前が開いて、下にスーツを着ているのが見える。こんな時間まで仕事だろうか……何となく怪しい感じがして、結城は手帳を取り出して車のナンバーを控えた。地元のものではなく、足立ナンバー。別に足立ナンバーの車が千葉市内を走っていてもおかしくはないが、やはり気になる。

男は携帯電話を耳に押し当てながら、マンションを見上げた。視線は……さすがに少し距離があるので、どこを見ているかまでは分からない。話していたのはほんの短い時間で、携帯電話をスーツのポケットにしまうと、両手をダウンジャケットのポケットに突っこんだ。店に入るでもなく、その場で足踏みをしながら誰かを待っている。

結城の嫌な予感は、次第に膨れ上がり始めた。それが最高潮に達する前に、マンションから出て来た人影が目に入る。あれは……椎名？　椎名だ。コンビニエンスストアの前まで来ると、灯りで顔が照らし出される。額に貼られた絆創膏はそのままだが、スーツからスウェットの上下に着替えていたので、印象はずいぶん変わっている。実年齢よりも、ずいぶん若く見えた。

椎名は、車から降りて待っていた男の許《もと》に歩み寄り、軽く会釈した。おいおい、あれは何なんだ……結城は思わず身を乗り出して、二人を観察する。知り合いなのだろうが、どこか他人行儀な感じだった。赤いクーペの男も軽く会釈を返したが、親しげな様子には見えない。一度か二度、会っただけという感じではないか。

挨拶が終わると、男と椎名が車に乗りこんだ。そのままどこかへ走り出すかと思ったが、車は動かない。ただし、車内を暖めるためにエンジンはかけたようだ。マフラーから立ち上る白い水蒸気が、寒気の中に漂い出す。

結城のいる位置からは、二人が具体的に何をしているかまでは見えなかった。車の中で話しているのは間違いないのだが、顔がはっきり見えないので、どんな具合なのか、想像もつかない。

結城は次第にじれてくるのを感じたが、こういう感覚には慣れている。焦るな、と自分に言い聞かせた。張り込みはいつでも、孤独や絶望感との闘いである。時には十時間以上に及ぶこともあり、しかも無駄に終わってしまうケースも少なくないのだが、そんなことで一々がっかりしていては、神経がすり減ってしまう。

それにしても、目の前二十メートルほどのところで何かが行われているのに、内容が摑《つか》めないのは悔しい。

結城は定期的に腕時計に視線を落とした。五分……十分……十五分。自分の「五分」の感覚が、実際の時の流れと合致しているのに気づいて満足したが、そんな物は一瞬の慰めに過ぎなかった。

二十分が過ぎた時、ようやく車のドアが開く。助手席から椎名が出て来たが、まだ話し足りないようで、上体を折り曲げるようにして体を車内に突っこんだ。そのままの姿勢で一分ほど。ようやく納得したのか、体を車から引き抜いた。二度、三度と運転席に座る男に向かってうなずきかけると、遠慮がちにドアを閉める。

車が走り去った後も、椎名はしばらくテールランプを見送っていた。ずいぶん名残惜しそうにしているな、と結城は不思議に思った。やはり友人だったのだろうか。しかしそれなら、家に上げないのはおかしい。何もこのクソ寒い中、車の中で話し合いをしなくてもいいではないか。

車を追うべきかどうか、一瞬考える。だが急に自分の車を出したら、椎名に気づかれてしまうかもしれない。赤いクーペのナンバーは控えたから、後で調べればいいだろう。結城はハンドルを両手で抱えたまま、しばらく固まっていた。見ると椎名は、肩をすぼめながらコンビニエンスストアに入って行く。三分もすると、右手に大きなビニール袋を持って出て来た。袋の取っ手はピンと伸び、中に相当重い物が入っているのが分かる。切れていたビールでも補充したのだろうか……椎名が平然とした表情を浮かべているのが気になる。今夜、あんな危険な目に遭ったのが嘘《うそ》のように……どういうことだろう。

今夜はもう、どうしようもない。結城は家に戻ることにした。暖かいベッドが少しだけ恋しかったが、そもそも一人でベッドに潜りこんでも冷たいだけなのだと気づく。

夜中の仕事は、これからますますきつい物になりそうだった。

「そう、足立ナンバーなんだ。足立３００、『さ』の……」結城は交通部にいる知り合いに電話をかけていた。週明け、朝一番から他県ナンバーの車の問い合わせなので、相手は戸惑っている様子だったが、結城は余計な説明も言い訳もせずに、てきぱきと用件だけを告げた。受話器を置き、朝一杯目のコーヒーに口をつける。今朝は慌てて朝食を抜いてしまったので、これが一日で初めて口にするものだ。腹持ちをよくするために、砂糖とミルクを加える。これがきっかけで、ちゃんと朝食を食べなくなってしまうかもしれないが……明日からはちゃんと食べてこよう、と決心した。

「ナンバーの照会ぐらい、私がしますけど」亜紀が不思議そうな表情で話しかけてきた。

「ああ、いいんだ。大したことじゃない」結城は顔の前で手を振った。「これぐらい、俺にもできるから」

「いや、そういう意味じゃなくて……」亜紀が顔を赤くする。

「部下に面倒をかけるわけにはいかないだろう。それに、電話をかけるぐらいで消費するカロリーはたかが知れてる」

「そうですか。何か手伝えることがあったら――」

「大丈夫だ」

電話が鳴り出したので、結城は亜紀の言葉を遮って受話器を取り上げた。先ほどのナンバーの照会結果だった。

「はい……そうか、東京の人じゃないのか。ああ、千葉市稲毛区作草部《さくさべ》町……ああ、分かる。名前は西本秀秋《にしもとひであき》、年齢二十六歳、と。了解。助かった」

地図を広げ、住所を確認する。最寄り駅は、タウンライナーの作草部だろう。千葉医療センターの近くということか……タウンライナーで千葉まで二駅ということを考えると、千葉駅付近の会社に勤めるサラリーマンだろうか。東京から転勤でやってきて、車のナンバーはそのまま、というパターンだろう。

「結城さん？」

亜紀に呼びかけられ、結城は顔を上げた。彼女は、戸惑いの表情を浮かべている。

「今の人、調べてるんですか？」

「ああ、ちょっとな」まだ何とも言えない状況で、詳しい事情は話したくなかった。「何か問題でも？」

「その人、東日の千葉支局の記者ですよ」

事態は大きく変化した。結城は花岡と、成り行きで亜紀を会議室に呼び、状況を検討し始めた。

「簡単に言えば、椎名がブン屋さんと会ってた、ということか」さすがに花岡も渋い表情を浮かべている。

「そうなりますね」確かに、えらく簡単にまとめてくれたものだ。だが、その簡単なまとめの中には、重要な真相が隠されている。

「この人なんです」亜紀が遠慮がちに名刺を差し出した。

「あんた、記者と個人的に接触してるのか？」花岡の目つきが鋭くなった。

「違います」花岡の指摘に、亜紀が慌てて否定した。「所轄にいた頃なんですけど、この人が新人記者で挨拶回りに来てて……刑事課にいた人間全員に名刺を配ってたんです。私は、渡してませんよ」

「その割には、よく覚えてたじゃないか。仕事で関係したわけでもない名前なんて、すぐに忘れちまうもんだぞ」

花岡がやけに厳しく指摘する。この男はマスコミ嫌いで有名だった、と結城は思い出した。以前、着手していた事件について途中で書かれ、捜査が頓挫《とんざ》してしまったことがあるらしい。刑事としては、一番避けたいことだろう。

記者とのつき合いは難しい。究極的には目的は同じ――社会正義の実現――なのだが、その過程はしばしば真っ向からぶつかり合う。捜査を担当している立場としては、「今はまだ書いて欲しくない」ということがままあるのだ。だが記者の方に言わせれば、「書く書かないはこちらの自由」ということになる。時には互いの利害関係が一致して上手《うま》くいくこともあるのだが――刑事は誰でも、自分が手がけた事件は大きなニュースになって欲しいと願っている――多くの場合は喧嘩《けんか》別れになる。マスコミをいかに抑えつけ、現場の人間と一線の記者の接触を断つかが、どこの警察でも長年の大きな課題だった。

今では、所轄の二階から上——刑事課や生活安全課などが入っている——には出入り禁止にし、取材は全て副署長が一括して受ける、というパターンが根づいた。もっともそれは所轄の話で、本部となるとまた事情が違う。

「でも、強引に名刺を配っていった記者がいれば、記憶に残るじゃないですか」亜紀が反論する。

「まあな」花岡が、顎を撫《な》でながら渋々認めた。

「その男、今は何をやってるんだろう?」結城は二人のやり取りに割りこんで質問した。

「サツ回りではないと思いますけど……遊軍っていうやつでしょうか」

亜紀が、新聞のコピーを何枚か、テーブルに広げる。署名記事で西本の名前は確認できた。ネタは……相当多岐にわたっている。どうでもいいような話題モノもあれば、少し皮肉っぽい調子のコラムもある。それらを読んだだけでは、西本というのがどのレベルの記者なのか、結城には判断できなかった。支局では若手ないし中堅どころ、という感じだろうか。

「ふん……」花岡が、手にしていたコピーをわざとらしくテーブルに落とす。「気に食わんね」

「でも、この人がどういう記者かは分かりませんよ」亜紀が言い訳するように言った。

「そうじゃなくて、椎名が接触していたことが、だ。常識的に考えれば、椎名が西本にネタを渡して例の記事を書かせたんじゃないかね」

「そうとも言えないと思います」亜紀が反論した。「会っていたのだって、確認のためかもしれませんよ。東日のネタ元は別の人で、取材の網を広げるために、椎名に接触していたんじゃないですか」

「それにしたって、初めて会った感じじゃないな。係長の観察だと――」花岡が結城に向けて顎をしゃくった。「そういうことでしょう？」

「そうですね」結城は認めた。

「二度、三度と会ってる。しかも結構長話をしていた。そう考えると、椎名が東日のネタ元だと考えるのが自然だな。実に気に食わん」花岡が吐き捨てる。

気に食わないのは結城も同じだった。この先どうするべきか……二人の関係を探り出して、椎名の真意を疑うべきか。疑念が膨らむ一方で、結城の考えはまとまらない。

顎に手を当てた瞬間、ドアが開いた。

2

開いたドアから顔を出したのは、意外な人物だった。刑事総務課長の田部井《たべい》。不安げな表情で、結城に向かってうなずきかける。刑事総務課が何の用事だ……結城は嫌な緊張感を覚えた。刑事総務課は、捜査の第一線に出てくることはない。基本的には犯罪統計の調査や捜査支援が中心の裏方で、普段、結城たちと接触することはあまりない。

「私ですか」結城は立ち上がった。

「ああ、ちょっと来てもらえるかな」

「打ち合わせ中なんですが」

「悪いが、ちょっと」低姿勢だが、譲る気はないようだった。

結城は花岡と亜紀に目配せし、部屋を出た。廊下で話すのかと思ったら、田部井はそのまま歩き出した。

「どこへ行くんですか」

「うちの部屋まで。立ち話も何だから」

「そんなにややこしい話なんですか」

田部井が立ち止まった。ゆっくりと振り向くと、「ああ」と低い声で認める。

冗談じゃないぞ。結城は鼓動が高鳴るのを意識した。刑事総務課に呼ばれるような覚えはない。どう考えても、悪い話のようだし……だが田部井は、廊下で話をする気はまったくないようだった。仕方なく、一定の距離を置いて背中を追いかける。

刑事総務課内にある、狭い打ち合わせスペースに通された。パーティションで区切っただけで、すりガラスからは他の課員の姿が見える。すぐに、監視されているような気分になってきた。

打ち合わせスペースには、先客がいた。この男は確か……。

「広報の大江《おおえ》です」

結城が思い出す前に大江が答えた。無言でうなずき返し、彼の向かいに座る。田部井は大江の横に陣取った。大江は三十歳ぐらいの若い男で、結城が一睨《ひとにら》みするとすぐに目を逸《そ》らしてしまった。一方の田部井は、結城よりも何歳か年上。ずっと捜査三課畑を歩いてきた男で、「上がり」のポジションとして刑事総務課長の椅子を与えられたのだろう。海千山千で、少々のことには動じそうにない——いわゆる面の皮が厚いタイプだ——ように見えるが、今はただ面倒臭そうだった。

この二人が揃うとなると、何が想定される？　様々な想像が頭を駆け巡ったが、結城は自分からは口を開かないことにした。いきなり先制攻撃をしかける方が有利なこともあるし、相手に言わせるだけ言わせてから反撃した方が効果的なこともある。この件は、後者のような気がしていた。とにかく、自分から口を開いて言質《げんち》を取られるのはマイナスにしかならない。

「あなた、椎名という男を知っているね？　房総建設の椎名」

田部井がいきなり切り出したので、結城は答えに窮《きゆう》した。彼の口から椎名の名前が出てくる理由が分からない。思わず口を引き結び、腕組みをしてしまう。この動きの裏側にある心情を、田部井が読み取らないといいのだが、と願った。捜査三課出身者は、実は非常に危険な存在だ。盗犯専門の刑事は記憶力がいい上に、人の心を読む術《すべ》に長《た》けている。窃盗犯には、他の犯罪者に比べると「プロ」が多く、そういう連中と丁々発止のやり取りをしているうちに、相手の気持ちを読む能力が鍛えられるのだ。

「どう？」田部井が一転して、気楽な調子で続けた。

「どうと言われても」

「知ってるよね？」

「捜査上の秘密なので、何とも言えません」

「ああ、情報源か何か？　それにしちゃ、ずいぶん若いような気がするけど」

「情報源に年齢は関係ないと思いますよ」

際どい一歩は踏みこんでいないはずだ、と結城は考えた。今のはあくまで一般論、自分からは何も認めていない。

「彼に会った？」

「何の話ですか」まさか、自分が尾行されていた？　刑事総務課の人間に？　意味が分からない。それに、広報の人間がここにいる意味はさらに分からなかった。大江の目をじっと見ると、また目を逸らしてしまう。結城は両手を組み合わせてテーブルに置き、なおも大江を凝視し続けた。「広報が、刑事部に何の用ですか」

「まあまあ、結城係長」

田部井が割って入る。その目を見て、結城はまた訳が分からなくなった。この男は明らかに、「事態をややこしくしてくれるなよ」と懇願している。既に十分ややこしくなっているが……少なくとも結城にとっては。

「どういうことなのか説明して下さい。前提が分からないと、こちらも話しようがない」

「ええ……」

大江が顔を上げる。弱気な口調だったが、彼の口から出た言葉は、結城を驚かせた。

「椎名が、今朝、あなたに殴られたと言って訴え出てきたんです」

大江の説明によると、椎名は今朝十時過ぎに県警本部へやってきたのだという。頭には大袈裟《おおげさ》な包帯。「警官の暴行事件を訴えたい」というので広報が対応したのだが、理路整然と、青葉の森公園で結城に殴打されたと説明した。同時に今朝一番で医者の治療を受けたと言い、「全治二週間」の診断書を持ってきていた。

何が全治二週間だ。その傷が、長さわずか二センチほどだと知っている結城は、途端に白けた気分になった。あの男、何を考えている？

広報では話を引き取り、一旦椎名を帰らせた。椎名は終始冷静な態度で、声を荒らげるようなことはなかったが、この件については絶対に問題にする、という態度は一貫していたという。被害届も出すつもりだし、警察が対応しないなら検察に、あるいはマスコミに話を持っていく、と。

それで広報は慌てて刑事総務課に相談し、課長自ら結城を引っ張って来た、という状況だった。

結城はすぐに、自分が厄介な立場に追いこまれたと気づいた。椎名を殴っていないのは当然だが、それを証明するのは難しい。椎名が何らかの動機を持って、結城を陥れようとしたのは間違いないだろう。自分はあっさり、その罠《わな》にかかってしまったのだ。そもそもあの件は、今考えると最初から怪しかった。誰かに襲われたというなら、普通は警察に行く。それを椎名は拒絶した。つまり、あの男が誰かに襲われて怪我したのを知っているのは、椎名と結城、二人だけなのである。これでは、事態は藪《やぶ》の中だ。やった、やっていないと証明できないことの押しつけ合いになってしまう。

それでも、「やっていない」と断言しておかなくては……結城は事情を説明した。我ながら骨のない話だとは思う。目撃者、ゼロ。一方で椎名の手には医者の診断書がある。結城としては、椎名と自分の言い分、どちらを信じるのかと二人を脅したい気分だった。田部井は相槌《あいづち》も打たず、淡々と結城の話を聞いていた。話し終えると、急にラフな口調になる。

「しかし何だね。一人で行ったのは、やっぱりまずかったんじゃないか？　こういうことがないように、刑事は二人一組で動くのが原則になってるんだし」

「一課や三課はそうかもしれませんが、二課は事情が違うんですよ」そんなことは自明の理だろうと思ったが、強調せざるを得なかった。「ネタ元の中には、自分の属する組織を裏切っている人間もいる。正義感からくることですから、こっちは歓迎しますけど、本人は心穏やかではいられないでしょう。だから、こちらが会う時もできるだけ一対一にするんですよ。二対一になっただけで、圧迫感を覚えるような人もいるんですから」

「まあ、そういうのは分からないでもないけど……」

田部井が渋い表情で言って顎を撫でた。見ると、剃《そ》り残しの髭《ひげ》が白い。この男も苦労して年を重ねてきたのだな、と結城は同情した。しかし、それと自分の身を守るのは別問題である。

「それに、向こうが会いたいと言えば、すぐに会いに行くのが礼儀でしょう。刑事には、時間も場所も関係ありません」結城は携帯電話をズボンのポケットから抜いて、テーブルに置いた。「調べて下さい。椎名の方から電話がかかってきたんです。俺は呼び出されたんですよ」

「ああ、そのことは別に問題じゃないから」田部井が面倒臭そうに言った。「問題は、あんたが本当に椎名を殴ったかどうかだ」

「俺は何もしてませんよ」結城は怒りを抑えつけながら低い声で言った。言うだけ無駄かもしれないと思いつつ、こういう時は自棄《やけ》になったら負けだとも知っている。ひたすら冷静に否定を繰り返すしかないのだ。「俺が見つけた時に、もう椎名は誰かに殴られて、倒れていたんです」

「何でその時点で病院に運びこまなかったの？　強盗だか傷害だか……いずれにせよ、捜査を始めて然《しか》るべき事件でしょう」

結城は唇を引き結んだ。言葉を選んで慎重に答えた。言わないなら言わないで、相手の疑いを増幅させてしまう。

「本人が希望しなかったのが、一番大きな原因ですね」

「ちょっと妙だけど」田部井が首を傾《かし》げる。「怪我するほどの暴行を受けていて、それで警察に行かないっていうのは、どうなのかね」

「その辺の事情は、本人に聴いてもらうしかないですね」結城は開き直った。「私は、本人の希望に添っただけなので」

「あんたが殴ったわけじゃない？」

「まさか。殴る理由がないですよ」結城は鼻を鳴らした。

「ネタ元とトラブルになって……というのもあり得ない話じゃないでしょう」

「そんなのは、単なる想像ですよ。三課はどうか知りませんけど、二課のネタ元にはトラブルを起こすような人間はいない」

「なるほど。分かりました」そうは言ったものの、田部井は結城と目を合わせようとしなかった。

「納得していないようですね」

「まあ、何というか……やったやらないの話になりますから」

「俺を信じるか向こうを信じるか、二つに一つです」

「あんたは、ネタ元が嘘《うそ》をついていると言うんですか」

結城は言葉に詰まった。確かに……この時点で、椎名は敵なのだろうか、味方なのだろうか。嘘をついたとしたら——明らかに嘘なのだが、動機は何なのだろう。まったく想像が及ばないことだった。

「これでいいですか」結城はわざと乱暴に椅子を後ろに蹴るようにして立ち上がった。

「これでも一応、忙しいもので」

「あー、申し上げにくいけどね、少し大人しくしていてもらうことになる」本当に遠慮がちに田部井が言った。

「どういうことですか」結城は、覆い被《かぶ》さるようにして田部井に迫った。

「一応、警察官による暴行事件があったと訴えてきた人間がいるんだから、無視はできない。この一件は、今後は監察官室が取り扱うことになる」

「まさか。俺を調べるつもりですか？」結城は顔から血の気が引くのを感じた。

「市民の声は無視できないでしょう」

「誰が市民――」結城は慌てて口をつぐんだ。間違いなく椎名は市民だし、ここであの男に対する罵詈《ばり》雑言《ぞうごん》を吐いたら、「やはり何かあるのでは」と勘ぐられてしまう。最近、警察の不祥事に対する世間の視線は取り分け厳しいから、監察官室も適当に話を聴いて誤魔化すわけにはいかなくなっている。それなりに厳しい調査を覚悟しなければならないだろう。

田部井はまったく動じていなかった。平然とした表情で結城を見上げ、「とにかく大人しくしていて下さい」と淡々と言った。

「仕事をするな、という意味ですか」

「そうは言ってない」

われた時には、よくこういう適当な措置がなされる。こちらは何も言わない、自分で考えて行動を決めろ。自粛するなり、謹慎するなり、どうしようが勝手だ——そしてその後に何か問題が起きたら、「こちらは何も指示していない」と白を切る。監察官室に正式に呼び出されるまでは、好きにしていい、と言われたも同然だと判断する。

結城は唇を舐《な》めた。ある意味俺に丸投げか……警察に限らないだろうが、不祥事が疑いいだろう。今まで通りに仕事をすればいい。

「それで、あなたはどう思うんですか？」結城は田部井に迫った。

「俺は単なる伝達役でね。個人的な感想を言うわけにはいかないんだ」

「……そうですか」

一礼して、結城は刑事総務課を辞した。

ふざけた話だ。廊下に出た瞬間、壁を殴りつけてやろうかと思ったが、何とか思いとどまる。そんなところを見られたら、「あいつならやりかねない」という評判が立つ。あるいは「奥さんを亡くしてからおかしくなったのか」と。それだけは許せない。そんなことを言われたら、間違いなく相手を殴りつけるだろう。

落ち着け、と自分に言い聞かせる。チームの人間には話さなければならない。仮に自分が外されることになっても、遅滞なく捜査を進められるように、入念に準備をしておかなくてはならない。

ある事実に気づいて、はっとして立ち止まる。まずい……内部監査も問題だが、それ以前に俺は破滅させられるかもしれない。

椎名は、東日の記者と接触していた。

もしも話の内容がこの件だったら、東日は食いつくだろう。現段階だと、県警サイドは明確には否定できないわけで、「このように訴える人がいる」と記事にするのも可能だ。

そして書かれた事実は残る。

冗談じゃない。椎名は何故、俺を破滅させようとしているのだ？

3

捜査二課に戻った結城は、課長席の方に目をやった。いない。会議か何かだろう。その会議は、自分を破滅させるためのものかもしれないが……チームの面々はまだ事情を知らない様子で、普通に仕事をしている。打ち合わせを途中で抜け出した場面を見た花岡と亜紀だけが、不安そうな視線を向けてきた。結城は二人にうなずきかけて自席についたが、思い直してまた立ち上がった。亜紀に、先ほどまで使っていた会議室が空いているかどうか、確かめてもらう。

空いていた。

「手が空いている人は、ちょっと集まってくれ」結城はメンバーに声をかけて、先に席を離れた。どうやって切り出すか……正直に全部話すしかない、と決める。

外回りをしている人間以外は、全員が集まった。遠慮のない好奇の視線を感じる。警察というのはとかく噂《うわさ》話が好きな組織で、突然集められれば、「何事か」とアンテナを刺激されるものだ。もしかしたら、結城が突然呼び出された話は、もう広まっているかもしれない。先ほど痛いほどの視線を感じなかったのは、彼らが礼儀正しいからだ。しかしきちんとした説明をすれば、今度は思い切り突っこんでくるかもしれない。

結城は、一つ深呼吸してから立ち上がった。刑事総務課に呼ばれた事情を、一気に話してしまう。できるだけメンバーの顔を見ないようにしようと、壁に視線を注いでいたが、たまたま亜紀と目が合ってしまった。彼女の顔面は蒼白《そうはく》だった。

「結論だけ言っておく。俺は何もしていない」

かすかな溜息《ためいき》の合唱。結城は意識して肩の力を抜き、椅子に腰を下ろした。急にだるさが襲ってくる——怒りと焦りに支配された後、よくこんな風になるのだと思い至る。

「つまり、椎名が係長をはめようとしたのか？」花岡が目を細めたまま言った。

「理由は分かりませんけど、そうとしか考えられない」

「しかし、椎名が……どうしてだろう」花岡がゆっくりと首を横に振った。「そういう奴じゃないと思っていた」

「それは私も同じです」結城は花岡にうなずきかけた。

「こういうことは言いたくないが、全部が悪い冗談みたいだな」腕を組んだ長須が、吐き出すように言った。「もしかしたら、椎名の持って来た情報も怪しいんじゃないか」

「それはない」結城は即座に否定した。「彼の情報は全部正確だった。それに基づいて捜査してきたんだから、我々もよく分かっていると思うが」

「ああ、まあ……」長須が困ったような表情を浮かべ、耳の後ろを擦《こす》った。「とにかく動機が分からん。何だか愉快犯みたいじゃないですか」

「この行動だけを見れば、な」

「要するに係長は、椎名が社内の誰かに襲われたと思ってたんですよね？」長須が念押しする。

「少なくともあの段階では」結城は認めた。

「現場は調べてないんでしょう？」

長須の指摘に、結城は顔をしかめたままうなずいた。彼がそれを聞きたがるのは当然だが、自分の落ち度を認めることになってしまう。やはりトラブルがあった段階で、まず所轄に連絡を入れるべきだったのだ。それで現場を調べれば、何か分かったかもしれない。

「この後、ちょいと現場を覗《のぞ》いてきますよ」長須が軽い口調で言った。

「たぶん、一課の連中が現場に出て調べている」

「邪魔しない程度にね。現場に行けば、話を聴けるかもしれない」

「立場が悪くなるようなことは言わなくていい」

結城はぴしりと言ったが、長須は平然と受け流した。誰が担当していようが、気になるなら自分で調べるタイプの男である。止めても無駄だろう、と結城は判断した。それに長須は、状況が危なくなっても自分で自分を守れる男である。

「しばらくはこのまま捜査を進めるが、俺はいつ外されるか分からない」

「謹慎、ですか」亜紀が恐る恐る訊ねる。

「それは何とも言えない。とにかくそうなった時でも、捜査に遅滞を来すわけにはいかないから、万が一の場合の進め方も決めておきたい」

「そんなのは後回しでいいよ、係長」花岡が乱暴に結城の言葉を遮った。「まずやるべきなのは、椎名の真意を調べることだ。それが分からないと、また変な真似《まね》をされるかもしれない」

花岡が携帯電話を取り出した。「ちょっと待て」と言いかけた結城に向かって右手を突き出し、言葉を封じる。眉をひそめて険しい表情を浮かべ、電話に意識を集中した。やがて「電源を切ってるな」とぽつりと言って電話をテーブルに置く。すぐに思い直して、もう一度電話をかけた。結果は同じだったようで、溜息をついて電話を切る。右手で左肩を乱暴に叩《たた》いた。このわずかな作業の間に、ひどい肩凝りになってしまったようだ。

「出ませんか」結城は確かめた。

「ああ、電源を切ってるようだ……まあ、それはおかしくないが」花岡が腕時計を見た。

「この時間なら、会社の例の部屋にいるだろう。携帯もつながらないはずだ」

「でしょうね」同意しながらも、一抹の不安がある。椎名は自分たちを無視しているのだろうか……。

「係長、椎名と何かあったのか?」花岡が訊ねる。

「特に思い当たる節はないんですよ。いきなり呼び出されただけで……意味が分からない」

「あとは、東日の件も心配です」亜紀が指摘した。「この件も伝わっているんでしょうか」

「そう考えた方がいいだろうな」結城はうなずいて同意したが、胸が痛んだ。新聞だから下手なことは書かないはずだと自分に言い聞かせたが、あることないこと書かれたらたまらない。

「どうします? ちょっと探りを入れてみましょうか」亜紀が申し出た。

「いや、無理はするな。君たちに迷惑はかけたくない」

亜紀が黙りこむ。視線をテーブルに落としてしまい、周囲の雰囲気を遮断しようとしているようだった。これはまずい——思い詰めている。こちらの指示を無視して、勝手に捜査を始めかねない。後でもう一度、きちんと釘《くぎ》を刺しておかないと。

「とにかく、淡々と進めよう。万が一の場合は、長須、後を頼む」

「すんなり俺が引き継げればいいんだが」長須が結城の目を正面から見詰めた。「課長が直接手を突っこんでくるかもしれない。そうでなくても、誰かに指示して、俺たちから取り上げる可能性もあるな」

結城は顔から血がすっと引くのを感じた。「取り上げる」すなわち、結城だけではなく、自分が率いるチームも信用していないということになる。そんなことになったら、この連中には一生かかっても償い切れない。

自分が窮地に追いこまれていることを、結城は強く意識した。

打ち合わせを終えて廊下に出ると、長須が「ちょっと」と声をかけてきた。逆らう気にもなれず、結城は彼の後に続いて歩いた。長須は、他人の目を気にもしていないようだった。いきなり振り返ると、「お前、椎名と何か因縁でもあったんじゃないか?」と質問をぶつけてくる。

「いや」反射的に答える。この事件の捜査を始めてから、初めて会った人間なのは間違いない。「それはない」

「しかし、おかしいじゃないか。動機は分からないが、奴は間違いなくお前を罠にかけようとしている」

「罠にしては杜撰《ずさん》だがな」

「そうであることを祈るがね」長須が真顔でうなずいた。「しかしこういうことは、どっちに転がるか分からない。それに、事実に関係なく、お前の悪い評判が独り歩きする可能性もあるんだぞ」

「自分の評判なんか、気にしていないよ」

「お前が気にしなくても、周りが気にする。俺たちのリーダーなんだから」

結城はうなずいた。それは事実だ……そして、上司や同僚が何を思うか、世間がどう感じるかは、結城本人には絶対にコントロールできない。

「まったくおかしい」長須が首を横に振った。「奴は、私怨が原因にしても、警察に協力してくれているのは間違いない。どうしてお前だけを敵視するんだろうか」

「直接会ってる時は、敵意は感じないけどな」

「だから性質《たち》が悪いんじゃないか。にっこり笑って、お前が背中を向けたところでいきなり斬りつけたみたいなものだろう」

「ああ」

「とにかく、少し大人しくしてろ。お前が表に出ることはない。俺たちが何とかする」

「お前が無理することはないよ」

「そうしないと、うちの係を守れないだろうが」長須が真顔で言った。「俺は、こんなことでつまずきたくないからな。自分の身を守るためにも、真相を探り出さないといけないんだ」

やはりこの男を止めることはできないな、と結城は諦めた。あとは、上にいる誰かを怒らせないよう、慎重に動いてくれるのを祈るだけだ。

誰も何も言ってこないのが不気味だった。直接の上司である管理官たちも、基本的に結城を無視している。特に話し合うべき用件もないのだから当然だが、普段は自然に交わされる雑談の類すらないのが心配でならない。奴とは話すな——とでも指令が回っているのか。二課長も、結局退庁時間になっても姿を見せなかった。特に急ぎの決裁もなかったし、わざわざ誰かに居場所を聞くのもどうかと思ったので、不安を抱えたまま結城は一日の仕事を終わりにした。

いつもと同じように、藤本と会田の監視は続行。入札が延期になった後で二人が会うとは思えなかったが、万が一ということもある。その手配を終え、監視は部下に任せて、結城は早々に庁舎を後にした。普段はなるべく家にいたくないと思うのだが、今日は庁舎にもいづらいし、監視の仕事をする気にもならない。自分の居場所を失った感じだった。

ペデストリアンデッキで駅とつながったショッピングセンターに立ち寄り、一階の食料品売り場で食料をあれこれ買いこむ。ごった返すレジでしばらく待たされた後、ようやくショッピングセンターを出て、複数の建物をつなぐデッキを歩いて行くことにした。下の道路を通っても時間に変わりはないのだが、このデッキの方が道幅が細いので、誰かに尾行されていたら気づきやすい。

しばらく歩いてデッキを降りたところで、尾行はないと判断した。もちろん、安心はできない。千葉県警は一万人を超える大所帯で、結城が知らない顔の方が多いのだ。

家に帰って、ようやく一段落する。帰宅するまでの間に、携帯電話への着信もなし。

結城は取り敢えず、食事の準備に取りかかった。ジャガイモ、人参、玉ねぎ。これらの野菜の組み合わせだとカレーだが、肉を買っていない。野菜カレーか？　それでは味気ない。しかもカレーのルーがなかった。ホワイトシチューのルーはある……白米には合わない気もしたが、口に入ってしまえば同じだろう。

満腹になって壁の時計を見ると、午後七時半。ふと、退職後の生活に思いを馳《は》せてしまう。一人で食事を作って、一人で食べて……午後七時半にはやることがなくなってしまう生活。何か趣味でも持たないとな、と考えるとうんざりする。まさか、暇潰しを考えるような人生になるとは。

しかし今夜は、暇にさせてはもらえないようだった。後片づけをしていると、携帯電話が鳴る。ディスプレイには、長須の名前が浮かんでいた。

4

これ幸いと、結城は喜んで通話ボタンを押した。無聊《ぶりよう》をかこち、不安だらけの夜。同期からの電話は何よりもありがたい。何だったら、これから二人で呑《の》みに出てもいいな、と思った。

しかし長須は、夜遊びの誘いをしてきたわけではなかった。

「これから出て来られるか？」

「大丈夫だけど、どうかしたか？」

「公園を調べるんだよ。一課と鑑識の連中がもうやったそうだけど、俺たちも見てみないか？」

「それは構わないが……」結城は言い淀《よど》んだ。結城は、鑑識の連中を「掃除機」と呼んでいる。とにかく現場にある物は何でも吸い上げ、後には塵《ちり》一つたりとも残さない。何が証拠になるか、仕分けは後ですればいいのだ。

「どうせ家で蟄居《ちっきょ》謹慎してるんだろう？　馬鹿馬鹿しいぜ。正式に処分されたわけじゃないんだから、こっちで先に防御しちまおうよ」

「余計なことをすると、お前も目をつけられるぞ」

「知ったことか」長須が吐き捨てた。「早く来いよ。今夜は寒くてかなわん」

長須がいきなり電話を切ってしまった。強引な奴め……苦笑しながら、結城は気合が入り直すのを感じた。そう、長須の言う通りだ。防御——真相を探り出すのが、自分の身を守るための一番手っ取り早い方法である。

結城は脱いだままソファの上に放り投げてあったコートを再び着こんだ。

確かに今夜は冷える。夕方帰宅した時はあまり感じなかったが、午後八時を過ぎた公園は、体の動きが鈍くなるぐらいの寒さだった。風が強いせいもある。結城はコートのボタンを全部留め、襟を立てた。それでも寒さからは逃れられず、マフラーをしてこなかったことを早くも後悔し始めた。

前回この公園に入ってから、数日も経っていないのだと気づく。短い時間で、自分を取り巻く環境はずいぶん変わってしまったものだ……鬱屈した思いを胸に、長須と待ち合わせた場所へ急ぐ。まさに先日、椎名が倒れていた場所だ。

長須は、現場から少し離れた場所で煙草《たばこ》を吸っていた。

「公園の中は禁煙だぞ」

注意すると、長須が暗闇の中でにやりと笑う。携帯灰皿に煙草を押しこむと、「最近はどこへ行っても煩《うるさ》くてかなわん」と愚痴を零《こぼ》した。すぐに真顔になり、「案内してくれ」と頼んだ。

結城は記憶を元に、椎名が倒れていた正確な場所に長須を導いた。昼間は鑑識活動が行われていたはずだが、今はその名残はまったくない。現場が封鎖されているわけでもなかった。しかし結城は、あの時の光景をありありと思い出すことができた。打ちのめされてうずくまっていた椎名。その顔を赤く染めていた血……意識ははっきりしていたものの、ショックが大きく、どうしていいか分からない様子だった。

結城は、当時の状況を詳細に説明した。長須は黙って聞いていたが、結城が話し終えると、コートのポケットから懐中電灯を取り出し、周囲を照らし始めた。しばらく無言で、あちこちに光を当て続ける。こんな状況で現場を見ても、何も分からないだろうが……と結城は少しだけ苛立った。自分は現場をまったく調べていないが、長須が今さら何かに気づくとも思えない。

「椎名は向こうを向いていた？」

長須の言う「向こう」は公園内の公衆トイレだった。

「そうだな」

「彼はどこからここへ入って来たんだろう」長須が首を捻《ひね》った。基本的に、ここまで来るのには自分と同じルートを辿《たど》るはずだ。本来の待ち合わせ場所は、ここを抜けた先にある彫刻の前だった。

「待ち伏せされてたのかね」

「そうかもしれない」

考えてみればおかしなことだ。ここは一種の「裏道」である。公園内の照明の光もほとんど届かないし、歩きにくいことこの上ない。用心していた椎名がこんな暗い場所を通るだろうか。明るく照らし出された場所を辿って歩いていても、それほど時間をロスするわけではない。

「この辺の茂みとか、トイレの陰とか、そういうところに隠れて待ち伏せしていたのかね」

「だろうな。隠れる場所ならいくらでもある」

「相手は、椎名を尾行していたんだろう？」

指摘され、結城はうなずいた。長須の言う通りだ。椎名がここへ来ることは自分しか知らなかったわけだから……しかし、尾行した上に先回りして隠れるのは不可能である。公園内のどこへ行くかは分からないのだから、後をつけるぐらいしかできない。待ち伏せというのは、相手の行き先が分かって初めて可能になるものだ。

「おかしいな」

「だろう？」長須が勢いこんで言った。「奴の傷、どれぐらいだった？」

「大したことはない」結城は右手の親指と人差し指の間を少し開いた。「二センチぐらいだった」

「額だから、大袈裟《おおげさ》に出血してるように見えたんじゃないか」

「それはあるな」

「自作自演じゃないのか」

長須が言った。結城はさすがに凍りついたが、自分もずっと同じ可能性を考えていたのだと悟り、愕然《がくぜん》とする。今朝の椎名の行動……結城を陥れようとしたことを考えれば、作戦はあの夜から始まっていたのだと考えてもおかしくない。

「ちょっと考えたんだが」長須がまた懐中電灯をつけた。近くの植えこみに光を向け、足を突っこんでがさがさと乱暴に探り始める。「椎名が、房総建設の社長を恨んで、警察にタレこみしてきたのは分かる。それと、お前を引っかけようとしたのは別の話なんじゃないか」

「ああ。房総建設に関する情報は確かだったからな」

「だから、もう一回よく考えてみてくれよ。お前、本当に椎名を知らないのか？」

「知らない」

「面識はまったくない？」

「ない」昼間の会話を繰り返すことになった。知らない物は知らないのだから、答えようがない。

「困ったな」長須が植えこみから足を引き抜いた。今度はしゃがみこむようにして、懐中電灯の光を当てる。やがて立ち上がり、肩をすくめた。

「自作自演したとして、凶器をどうしたのか、だな」結城は言った。

「おおかた、石か何かだろう」長須が答えた。「その辺に捨てれば、簡単には見つからない」

「いや、鑑識は、血痕のついた石を見逃すはずがない」

「奴はその時、何か荷物を持ってたか？」

結城は目を閉じ、当時の光景を思い出そうとした。荷物は……小さなショルダーバッグを持っていた。だがそれでも、直径十センチぐらいまでの石を隠すには十分だろう。荷物をチェックするわけにもいかなかったが、基本的に何もしなかった自分の間抜けさを呪う。誰かに殴られたのか、自分で自分を傷つけたのかぐらいは、見抜いてしかるべきだったのに。

「自作自演だろう」長須が断言した。「やり方は稚拙だ。しかし、警察に届け出たり、マスコミまで巻きこんでいたとすると、洒落《しゃれ》にならない」

「そうだな」認めたものの、上手い対策は浮かばない。何といっても自分のことなのだ。

「奴をパクるか？」

長須がいきなり提案したので、結城は動転した。そう、警察には逮捕権がある。人の自由を奪い、何もできなくしてしまう力が……長須の言うそれは、しかし権力の悪用である。今のところ、椎名を逮捕するような材料は何もないのだ。警察に嘘の申告をした？公務執行妨害か。だがそれは、椎名の言い分が完全に「嘘だ」と断定された上での話である。今は、誰もそれを証明できない。

「今は無理だ」

「弱気になるな」長須が結城を励ました。「容疑なんか、何とでもなる」

「奴の狙いが読めない限り、余計なことはしない方がいい。弁護士も絡んでいるかもしれないし」

「まあ……そうか」渋い口調で長須が言った。「しかし、こっちからも何か攻撃をしかけておくべきだぞ。このまま放っておいたら、ろくなことにならない」

「それは分かってる」

「まず、椎名の周辺を調べてみるべきだな。奴がどういう人間なのか、本当は分かっていないんじゃないかね」

確かに。結城たちが知っている椎名は、「房総建設」の椎名である。あの会社の社員としての椎名のことなら、隅から隅まで知っていると言っていいだろう。だが、それ以外の部分では？　私生活について明かしたがらない人間だ、と花岡も言っていたはずである。家族構成など、基本的なことすら分からない。

「しかし、本来の事件の捜査に加えて、そこまでやっている時間はないぞ」

「こっちの方が緊急だ。だいたい――」

結城の携帯電話が鳴り出して、長須は口を閉ざした。こんな時間に誰だと思いながら引っ張り出すと、花岡である。何かあったのかと、緊張しながら電話に出た。

「結城です」

「椎名がいない」

「どういうことですか？」結城は目を細めた。だいたい彼は、何をやっているのだろう。今夜は監視業務からも外れているのに……。「花岡さん、今どこにいるんですか」

「椎名の家の前だよ。奴の車がない」

「この時間だったら、どこかへ出かけていてもおかしくないでしょう」

「いや、今日は会社にも行ってないようだ。朝、県警に来てからの動きが分からない」

「それだけじゃ、まだ何とも言えませんよ」結城からすれば、花岡は焦り過ぎている。若い男が一日や二日家に帰らなくても、案ずることなどないのだ。

「いや、どうも気になるんだ」

「勘ですか」

「勘は勘だけど、状況がよくない。これだけいろいろなことがあって、本人が姿を隠したとなると、何かあると考えるのが妥当だ」

「しかし……余計なことはしない方がいい」自分たちも「余計なこと」をしているのを棚に上げ、結城は忠告した。「何も花岡さんが、危ない目に遭うことはありませんよ」

「何が危ないもんか」花岡が笑い飛ばした。「年は取っても、こっちはその分経験を積んでいるんだから。心配することはない。とにかく、ちょっと調べてみるから」

「花岡さん――」

花岡は既に電話を切ってしまっていた。心配そうな表情を浮かべた長須が、「花岡さん、どうかしたか?」と訊ねる。事情を説明すると、長須の眉間の皺《しわ》が深くなった。

「これは一時、本筋の捜査を棚上げした方がいいな」

「それはできない」

「異常事態なんだから、こっち優先で調べるべきだ。実は、お前に無断で動いている奴は他にもいるけどな」

「誰だ」

「誰でもいいじゃないか。もう一つの問題――東日の件で探りを入れている」

亜紀だな、と分かり、結城はすぐに「やめさせろ」と忠告した。

「相手はマスコミだぞ。こっちが下手に動き始めたら、それを記事にするかもしれない」

「探ってるだけだから。どうこうしようって気はない」

「いや、駄目だ。これは命令だ」

「自発的にやってることを止められるかね」挑むように長須が言った。「これはボランティアなんだ。お前と、俺たち自身を守るために——」

長須の言葉は、またも結城の携帯電話の着信音に邪魔された。結城は右手を挙げて、無言で「申し訳ない」と謝ってから電話に出た。

予想もしていない相手だった。若葉。

「どうした？」

「あの、ちょっと……」

若葉にしては珍しく不安げな声に、結城も不安になってくる。「どうした」と口調を強めて繰り返す。

「誰か、家の外にいるの」部屋の中にいて、声が外に漏れるわけもないのに、若葉はかすれるような小声を出した。

「どういうことだ」結城は思わず携帯電話をきつく握り締めていた。「ストーカーか？」

長須が眉をひそめる。電話の相手、内容について、漏れ出た断片から推測したのだろう。

「分からない。誰かにつけられてる感じがして、慌てて部屋に入ったんだけど、外で誰か、こっちを見てるの……電柱の陰に隠れて」

「どんな奴か、分かるか？」

「よく見えない。男の人だけど」

「そいつはただ部屋を見てるだけなのか？」

「今のところは」

結城はすっと息を呑んだ。言葉を吐き出すように一気に喋《しゃべ》る。

「今からすぐにそっちへ行く。一時間半ぐらいで着くから……心配だったら、警察に電話しろ。俺の名前を出してもいい」それがどれぐらい効果的かは分からなかったが。「とにかく戸締まりをしっかりして、カーテンも引いておけ。これ以上外は見るな。お前が気づいていることを、相手に気づかれない方がいい」

「何なの、いったい？」若葉の声に、パニックの気配が漂う。

「分からない。俺が行って調べるから、とにかく気をつけるんだ」

電話を切り、走り出す。長須に事情を説明する余裕もなかった。

「おい！」

呼びかけられ、一瞬足を止めて振り向く。長須が、「若葉ちゃんか？」と訊ねた。答える余裕もなく、結城はうなずくことしかできなかった。

「何かあったら電話しろ。俺も手伝う」

同期とはありがたいものだ。だが結城には、感謝の念を噛《か》み締めている余裕さえなかった。

第9章　監視

1

若葉はカーテンを引き、部屋の灯《あか》りも落とした。頼りになるのはキッチンの照明だけ。それも消してしまおうかと思ったが、そうしたら部屋は真っ暗になる——今は暗闇に耐えられそうになかった。

ベッドに背中を預け、床に足を伸ばす。自分の鼓動が聞こえるようだった。手にはスマートフォン……父に電話をかけてしまったのは、自分でも意外な行動だったが、悔いてはいない。しかし、父がここへ来るまでに、一時間半はかかるわけで、それまでまともな精神状態を保てるかどうか、自信はなかった。誰かを呼ぼうか……でも、誰？

立ち上がらず、膝立ちのまま窓辺に向かう。カーテンを一センチほど開けて、電柱の陰に隠れた男の姿を確認しようとしたが、角度が悪いのか、問題の電柱は視界に入らない。体の向きを変えてみても無理だった。カーテンをもう少し開ければいいのだが、そうすると相手に自分の存在を印象づけてしまうことになる。何度もカーテンが開いたり閉まったりするのは、いかにも不自然だ。

ストーカーとは、考えられない。電話の男だ、と直感的に分かっていた。「あんたは結城の娘じゃない」と、こちらの気持ちをかき乱す電話をかけてきた男。どういう理由か分からないが、誰かが私を破滅させようとしている、と若葉は確信した。自分でも精神的にはタフな方だと思っているが、いつまで耐えられるか分からない。こういう大した手間のかからないやり方でも、人の精神を崩壊させることはできるのだ。

どうしよう……ベッドのところに戻り、スマートフォンに視線を落とした。父が来るまで、誰かに一緒にいてもらうのが、魅力的な考えに思えてくる。春奈か……駄目だ。あの子、今日は遅くなるって言ってたし。宏太？　それも違う。頼りないし、やっぱり彼を家に入れるのには抵抗がある。こんなことなら、もっとちゃんと恋人としての関係を築いておくべきだったかもしれないけど……本末転倒よね、と考えると、空《むな》しい笑いがこみ上げる。ボディガードにするために恋人を作るわけじゃないし。

あの二人じゃなくても、取り敢えず誰かと話してみようか。気晴らしにはなるかもしれないし……連絡先の一覧をスクロールし、気軽に話せる相手がいないか、探す。そうしているうちに、いきなりドアを静かにノックする音が響いた。

鼓動が跳ね上がる。父？　それはない。電話してから、まだ十分も経っていないのだ。それに、父ならまず、オートロックの外のインタフォンから呼びかけるだろう。誰かが、オートロックを突破して部屋の前まで来た……若葉はその場を動けなくなってしまった。

どうしよう。ドアの方を見ると、チェーンをかけ忘れていたのに気づく。急に涙が溢《あふ》れてきた。何で今日に限ってかけ忘れたの？　いつも、鍵を締めるのと同時にチェーンをかけるのに。チェーンが最後の砦《とりで》というわけではないけど、かかっているのといないのとでは安心感がまったく違う。

若葉はゆっくりと立ち上がった。ただじっとして、何かが起きるのを待っているのは耐えられない。床がクッションフロアなので、時々みしりと音がするのが恐怖だったが、確かめずにはいられなかった。

何とか音を立てずにドアに近づき――五分もかかったような気がした――ドアスコープに目を押しつける。視界は広角に広がっているのだが……誰かの背中が見えた。男、黒い服……体格までは判断できない。だが、部屋の前を去って行くのだと気づき、ひとまず胸を撫《な》で下ろした。しかし、まだ完全には安心できない。

また慎重に歩いて、窓辺に寄った。見られるのは承知で、カーテンを五センチほど開けてみる。男が立っていたはずの電柱のところ……誰もいない。若葉は、背中に冷水を流しこまれたような不快感を味わった。あの男は、何らかの方法でマンションのオートロックを突破して、私の部屋の前まで来た。まさか、鍵を手に入れているとか……違う。オートロックの玄関に入る方法など、いくらでもある。誰かが出入りするのを待ち構えて、ドアが閉まらないうちに入るのが一番簡単だ。

カーテンを閉め、またベッドに背中を預けてスマートフォンを両手で握り締める。今はこれだけが頼りという感じだった。本当に、誰かに電話しないと……思い切って春奈にかけてみたが、反応はない。そうか、遅くなるのは、勉強会だからだ。そういう時、春奈は必ずスマートフォンの電源を切っている。「集中」「やる時はやる」が彼女の口癖だ。

春奈に通じないとなると、本当に誰かと話したくなってくる。宏太に電話をかけたが、こちらも出なかった。もしかしたら、バンドの練習中かもしれない。

諦めてスマートフォンを床に置く。バックライトの光が、薄暗い部屋の中で、いつもより明るく見えた。もう一度取り上げ、通話履歴を確認する。父に電話してから、既に十五分が経っていた。もう一度電話して……でも、運転中だったら出ないだろう。それでさらにやきもきするのは嫌だった。

大丈夫だから。この部屋に閉じこもっている限り、何も起きないから。そう自分に言い聞かせ、立ち上がってもう一度玄関に向かう。驚いた。先ほどせっかくドアまで行ったのに、またチェーンをかけ忘れている。ドアスコープから外を覗《のぞ》いてみた。誰もいない……照明に照らし出された廊下に人の気配はなかった。思い切ってドアを開けて確かめようかと思ったが、次の瞬間にはその考えの恐ろしさに身震いしてしまう。自ら危険に身を晒《さら》すことになるではないか。

震える手でチェーンをかけると、少しだけ気持ちが落ち着いた。ゆっくりと息を吐き、キッチンに引き返す。せめてお茶でも、と思ったが、お湯を沸かすのも面倒臭い。仕方なく、冷蔵庫からボルヴィックを取り出し、ペットボトルから直《じか》に一口飲んだ。胃が冷たく凍りつく。

ふと思い直し、玄関から靴を一足取ってきた。何かあっても、これなら裸足《はだし》で逃げ出さなくてもいいし……それと、靴べらも。長さが五十センチほどある靴べらはアルミ製で、万が一の時には武器として使えそうだ。他に武器になりそうなのは包丁ぐらいだけど、そんなことになったら本当に大変だ。包丁はなしにしよう。

ペットボトルと靴べら、それにヒールの低いパンプス。それらを窓辺に置き、またカーテンを細く開ける。

いた。また、あの電柱の陰。いったいいつまであそこにいるつもりだろう。何をするつもりなんだろう。相手の意図が読めない分、若葉のパニックはいつまで経っても収まらなかった。

相手がすっと上を見上げる。カーテンを閉める間もなく、若葉は慌てて窓から身を引いた。わずか三センチほどの隙間からこちらの顔が見えるわけもないが、もしかしたらと考えると怖い。窓から少し離れて床に座りこみ、何とか落ち着こうと深呼吸を繰り返した。それから水を長々と飲む。喉を伝う冷たい感触のお陰で、気分が落ち着いてきた。大丈夫、ここにいる限り、絶対大丈夫だから。

スマートフォンが震え出し、電話の着信を告げた。振動が床から自分の体にまで伝わってくるようで、飛び上がりそうになったが、宏太からだと気づいて胸を撫《な》で下ろす。鼓動はなかなか収まらなかったが、慌てて電話に出た。

「あ、ごめん。電話くれた？」

宏太ののんびりした声が、日常に引き戻してくれた。

「うん、ちょっと」

「どうかした」

「何でもないんだけど……」いざ電話がかかってくると、話していいのかどうか分からなくなってしまう。それに、どうしても声を抑えざるを得ず、不自然な話し方しかできなかった。

「何でもなくないみたいだけど」宏太が心配そうに言った。

「うん、まあ、いろいろ」こんな風に曖昧に話すのは、自分らしくない。でも、「誰かに跡をつけられている」「部屋を見張られている」と泣きついて、弱い自分を見せるのも嫌だった。「今、どこにいるの？」

「ああ、今日、土浦に来てるんだ」

「土浦？　茨城の？」

「そう。こっちでライブがあって、遠征してきたんだ。もう終わったから、これから打ち上げなんだけど……何か用事があったんじゃないの？」

「そういうわけじゃないけど」土浦か……よく知らない街だが、多分相当遠い。車なのか電車なのか分からないけど、一時間ぐらいではここまで来られないだろう。それにもしも家に来たら、父と鉢合わせになる。冗談じゃないわ、と若葉は胸の中で言った。今でも大変なのに、またややこしいことになったら……。

「用事じゃないんだ」

「うん。ちょっと、どうしてるかなと思って」

「ええ？　今日こっちでライブって、言ってなかったっけ？」

「聞いてないよ」

「あ、そうだっけ。ごめんね」

「私、あなたのマネージャーじゃないから」

「そりゃそうだ」

宏太が声を上げて笑った。少しばかり子どもっぽく、何の邪気も感じさせないのが、若葉を安心させる。このまま父が来るまで、電話で話し続けようか……時間潰しにもなるし、とにかく安心できる。

「あ、悪い……ちょっと呼ばれてるから。何かあるなら、また電話するけど」

「何もないわよ」希望が一気に萎《しぼ》む。「ごめんね、邪魔して」

「いや、いいけどさ」宏太が息を呑《の》む気配が感じられた。急に真面目な声になり、「何かあったらまた電話してくれていいから」とつけ加える。

若葉としては、素直に「ありがとう」と言うしかなかった。

電話を切ると、少しだけ気持ちが落ち着いているのを意識する。やっぱり、一人であれこれ考えていると、追いこまれるわよね……とにかく今は、待とう。父が来れば何とかしてくれる。依存心の強さに自分でも驚いたが、今は仕方ないと思う。

でも、ただやられっ放しっていうのは気に食わない。ふと思いついて、デスクの上に乗ったカメラを手にした。本格的なデジタル一眼レフ。大学へ入ったばかりの頃、思い切って手に入れたのだ。あの頃はまだ東京が珍しく、暇な時にぶらぶらと街歩きをする相棒としてカメラが欲しかったのだが……結局、スマートフォンのカメラ機能で十分だった。

バッテリーは……大丈夫。カーテンの隙間からレンズを突き出し、ぐっとズームしてみる。まだいる。しかし、ずっとうつむいたままだった。男の真意が読めなくなり、若葉は混乱した。うちを監視しているなら、ずっと部屋を見上げていそうなものなのに。

もう少しズームできれば……あくまで街の風景を写すためのカメラなので、少し広角のレンズをつけているのだ。男の姿が見えているとはいっても、ファインダー一杯にはならない。

「何してるのよ、まったく……」

シャッターに指をかけず、あくまで双眼鏡代わりに使う。しかし、途中からふと思いつき、シャッターに人差し指をのせた。そうすると、カメラの重みがはっきりと感じられ、落ち着かなさも相まって手が震え始めたが……相手が上を向いた瞬間を見計らってシャッターを押そう、と決める。

しかし男は、こちらを観察している様子ではなかった。途中で煙草《たばこ》を吸い始め、その煙が周囲の空気と混じり合う。あそこ、路上喫煙禁止区域なんだけど……と無駄な憤りを感じた。こういうルールは、ちゃんと守らないと駄目だよね。

男が唐突に上を向いた。一瞬だが顔が見える。眼鏡をかけているのは分かったが、顔全体の雰囲気は……遠いのと暗いのとで、はっきりしない。シャッターは押してみたものの、確認すると完全にぶれていた。だいたい、画面はほとんど真っ黒である。相手が街灯の下にいるとはいえ、やはり夜中の写真は無理か。

しかし若葉は諦めなかった。ＩＳＯ感度を上げ、シャッタースピードを下げて、再度挑戦する。

男はひどく落ち着いた様子だった。この部屋を監視しているというより、誰かを待っている感じ。しかし特に腕時計を確かめることもなく、悠々と煙草を吸っている。なかなかこちらを見ようとしない。若葉は、腕がだるくなってくるのを感じた。三脚があれば固定できるのだが、そんなもの、ないし……時々ファインダーから目を離し、カメラを床に置く。

誰かが近くを通り過ぎる時、男は露骨に顔を背けた。ああいうの見て、誰もおかしいと思わないのかしら。皆早く家に帰りたいのかもしれないけど、無関心過ぎる。「おかしな人がいる」と一一〇番通報してくれてもいいのに。

「心配だったら警察に電話しろ」という父の言葉が、脳裏に蘇《よみがえ》る。でも、それはやっぱり避けたい。これがどれほど大変なことか、自分でも分からないのだ。警察に連絡していいことなのかどうか……そう考えると、自分は父の仕事を何も知らないのだ、と悟る。もっといろいろ話を聞いておけば、本当に危ないというのがどういうことか、分かっていたかもしれないのに。

悲劇は勘違いから始まることが多い。自分は事態を軽視していないだろうか、と若葉は自問した。もっと深刻に考え、さっさと一一〇番通報した方がいいのでは？　日本の警察は優秀だ。たぶん五分もしないうちに、自転車に乗った交番の警官が駆けつけてくる。その後パトカーも……でも、実害がないのに、やっぱり電話はできない。

その時インタフォンが鳴り、若葉の鼓動はまた跳ね上がった。

2

若葉は反射的に腕時計を見た。まさか、父がもう来た？　電話してから一時間も経っていない。いくら何でも、こんなに早く千葉からここまで来られるわけがないのに。

立ち上がれない。父のはずがないからだ。どうしよう……無視するか、インタフォンに応じるか。判断がつかない。そうだ、電話して……運転中かもしれないけど、今はそんなことは言っていられない。

スマートフォンを取り上げ、父の番号を呼び出した。すぐに反応がある。

「どうした」父の低い声。

「ごめん、今、どこ？」

「いや、もうマンションの入り口だけど」

「今、鳴らしたよね？」

「ああ。どうした？」

「ごめん、すぐ開けるから」

ほっとして、若葉は立ち上がった。インタフォンで父の顔を確認し、ロックを解除する。父の怪訝《けげん》そうな表情が、やけにくっきり頭に染みついた。

そのまま玄関に立って、ずっとドアスコープに目を押し当て続ける。早く……いつまでもこんなことしてると、首がおかしくなるから……おそらく、父が下からここまで来るのに、三十秒もかからなかっただろう。しかし若葉の感覚では、三十分にも感じられた。ようやく右手——エレベーターがある方から誰かが歩いて来るのが見えた。見覚えのある濃紺のコート。間違いない、父だ。ほっとして、父がインタフォンを鳴らす前にドアを開けてしまう。

「無用心だぞ」開口一番、父が非難した。

「ずっと見てたから」

「そうか」父は無表情だった。無愛想にうなずくと、まずドアをしっかりロックしてから靴を脱ぎにかかる。

「そいつはまだいるのか？」

「たぶん……分からなかった？」

「どこにいる？」

若葉は黙って窓を指差した。父がうなずき、「俺は裏の方から来たからな」と告げる。口調は平然としているが、近くにいると体が熱を持ち、呼吸が速いのを感じる。やはり、相当焦っていたのだ。

父は窓辺に寄り、カーテンを細く開けて外を観察した。しばらくそうしていたが、やがて外を覗《のぞ》いたまま、「誰もいないぞ」と言った。

「いたの。電柱のところに」若葉は慌てて反論した。「本当にいたの」

「嘘《うそ》だとは言ってない」

若葉も慌てて窓辺に駆け寄り、カーテンを少し広く開けた。いない。わずかに目を離している隙に、逃げてしまったのか……もしかしたら父の気配に気づいたとか。

「嘘じゃないから」若葉はもう一度、少し声のトーンを上げて言った。

「分かってる」

思いついて、先ほど何枚か撮影した写真を見せる。

「写りが悪いな」ぶっきら棒に言ったものの、父の口調が少しだけ強張《こわば》っているのに若葉は気づいた。

「夜だから、しょうがないでしょう」

「こういう時は、ＩＳＯ感度を上げて……」

「やったけど、上手《うま》く撮れなかったの」

「そうか。後で防犯カメラの映像を確認してみよう」

父がカーテンを閉めた。正面から若葉と向き合うと、唇をぎゅっと引き締める。

「お前らしくないな、最近」

「何が？」

「お前は、これぐらいで怖がるタイプじゃない」

「女の子の一人暮らしなんだよ？　こういう反応は普通でしょう」本当は、心の底にずっと根づいている恐怖があるからだ。しかし今になってもまだ、最初の電話のことを打ち明けられない。でも……内容はともかく、電話があったことぐらいは言ってもいいだろう。そうでないと、父に信用されない気がした。「変な電話があったの」

「内容は？」

「無言」

「猥褻《わいせつ》電話じゃないのか」

若葉は無言で首を横に振り、「そういうのじゃないから」と小声でつけ加える。

「分かった」

うなずいた父の体から殺気が消えるのが分かった。

「ごめん……でも、そういう電話があったから、今日のことも気になって」

「何もしないでひどい目に遭わされるよりはましだ」

「うん……お茶でも飲む？」自分は飲みたくなかったが、日常を取り戻すためには必要だった。

「そうだな」

父がひどく疲れているのに気づいた。部屋もまだ、ほぼ暗いままである。

「電気点《つ》けて大丈夫かな」

「それは心配いらないだろう」

「じゃ、座って」

部屋の灯りを点ける。久しぶりに明るくなったことで、今までどれだけ長い間暗闇の中にいたのか、改めて気づいた。あんな風に、暗い中に長時間座っていることなど、まずない。一つ吐息をついて、薬缶をガス台にかけた。お湯が沸くのを待つ間にお茶の用意をする。その手順に、一々時間をかけた。急須と湯飲みを出し、お茶をきちんと量って急須に入れ……薬缶から湯気が立ち始めたところで、湯飲みにお湯を少し入れて温める。続いて急須にお湯を注ぎ、茶葉が開くのを待った。かすかなお茶の香りが、ささくれ立っていた気持ちを落ち着かせてくれる。

ちらりと父の方を見ると、窓際に立ったまま、外を警戒している。普段家では見せない殺気に、何とも嫌な気分になった。仕事場ではいつも、こんな感じなんだろうか……。

「どうぞ」

ベッド脇のローテーブルに茶を運ぶ。それでようやく、父も腰を下ろした。胡坐《あぐら》をかき、茶を一口啜《すす》ってから、ほっと溜息《ためいき》を漏らした。

「生き返るな」

「あの……ずいぶん早かったわね」

「家じゃなくて外にいたんだ。たまたま京葉道路の松ヶ丘インターのすぐ近くでね……道路も空《す》いてたから、一時間かからなかった」

「ずいぶん飛ばしたんじゃないの？」

「サイレンを鳴らした」

「パトカー？」

若葉の顔を凝視した父が、「冗談だ」とぼそりと言ったので、若葉は驚いた。普段、冗談など言う人ではないのだが。

「こんなことは初めてか？」

「たぶん……気づいてないこともあったかもしれないけど」

「心当たりはない？」

「分からない」

「ストーカーは、顔見知りとは限らないんだ。一方的に相手を知って、つけ回す人間もいる。大学やバイト先で、変な奴はいないのか？」

「特にいないけど……電話番号が分かってるのも嫌な感じ」若葉はクッションを引き寄

せ、膝にのせた。柔らかい感触が、少しだけ気持ちを落ち着かせてくれる。「電話番号なんて、簡単に漏れるの？」

「最近はいろいろな手があるからな。気づかないうちに、個人情報が抜かれているのも珍しくない。念のために電話番号は変えた方がいいかもしれないな」

「変えるだけでも、お金がかかるんじゃない？」

「千円か二千円だ。それぐらいの金なら俺が出す……それより、どうするつもりだ」

「どうするって」若葉はお茶を一口飲んだ。胃が温まり、あれだけ不安になっていたのが馬鹿馬鹿しく思えてくる。

「この件、警察沙汰にするのかしないのか」

「まさか」若葉は即座に否定した。「だって、こんなこと相談しても、警察は相手にしてくれないんじゃない？　実害はないわけだし。警察だって忙しいんでしょう」

「同じ警察の仲間だ。警視庁には、俺から一言頼んでもいい」

「そういうコネを使うのって……」

「家族を守るためなら、コネでも何でも使う」父はきっぱりと言い切った。

「そう……」そこまで言われると反論できない。よくないことだとは思うが、万が一何かあってからでは遅いのだ。

「取り敢えず、これから千葉へ戻らないか？」

「今から？」若葉は反射的に壁の時計を見た。既に午後十時を回っている。

「明日、大学は休めるか」

「それは大丈夫……」

「バイトは？」

「明日はないけど」

「だったら戻ろう。向こうで何か、上手い手を考える」

「分かった」若葉は簡単に同意してしまった。普段の自分だったら、「そんな必要はない」と反発していたかもしれない。しかし今夜は、やはり弱気になっているのだと悟る。

「ちょっと荷物まとめるけど、いい？」

「ああ」

お茶を飲み干し、父がまた立ち上がった。カーテンを細く開け、外の様子を確認する。

「やっぱりいないようだな。気づかれたかもしれない」

「お父さんが？」

「ああ」結城がカーテンを引いた。「だとしたら厄介だ。相手は、俺のことも知っているかもしれない」


父の車で揺られながら、若葉は先ほどの言葉の意味を考えた。

父は、マンションの脇に車を停《と》めていた。あそこから走ってマンションの正面まで回って来たとしても、張り込みしていた男は何とも思わなかっただろう。東京では、血相変えて走っている人など、珍しくないからだ。ただし、顔を知っていたとしたら話は別である。父親が応援に来たと思って、慌てて逃げ出したとは考えられないだろうか。つまり私たち親子は、一緒に狙われている？　意味が分からない。父は……どうだろう。警察官という仕事をしていれば、人に恨みを買うことがあるかもしれない。でも、私は違う。ごく普通の大学生で、人に恨まれることなど想像もできなかった。

高速道路を走っている間に、父の携帯が何度か鳴った。しかし父は無視して運転に専念している。

「電話、いいの？」

「運転中は駄目だ」

若葉は思わず苦笑した。これだから、堅い感じが抜けないのよね……でも、今さら変えようがないか。

東京から千葉方面へ向かう京葉道路は混んでいて、結局自宅へ戻った時には日付が変わっていた。自分で運転したわけでもないのに、妙に疲れている。車を降りると冷たい空気に体を刺されたが、伸びをすると、その冷たさは心地《ここち》好《よ》く感じられた。

「今日は、とにかく休もう」

「うん」父に続いて家に入る。何だかずいぶん久しぶりのような気がした。この匂い……母がいなくなっても、家の匂いは基本的に変わらないようだ。

リビングルームに入って少し驚いた。掃除などしたことのない父のことだから、滅茶苦茶になっているのではないかと思ったが、それなりに片づいている。床の隅の方に綿《わた》埃《ぼこり》が落ちているのはご愛嬌《あいきょう》だ。明日、掃除ぐらいしようかな、とも思う。

「先に風呂へ入れ」

「シャワーでいいけど」

「ああ、好きなように……部屋には入ってないからな」

変に気を遣ってるんだと考え、若葉は苦笑してしまった。ということは、埃っぽくなっているかもしれない。ちょっと部屋を片づけてからシャワーを浴びたかったが、この時間からそんなことをしていると、遅くなってしまう。しかし、部屋には予想していたような埃っぽさがなかったのでほっとした。窓を開け放して空気を入れ替え、その間にシャワーを浴びてしまおう——と考えたが、結局窓は閉めたままにした。まさか、ここまで追って来るとは思わないが、用心に越したことはない。

シャワーを浴び、バスタオルで髪を拭きながらリビングに戻ると、父は一人でビールを呑んでいた。背中が丸まり、どことなく侘《わび》しげである。水が欲しいな……冷蔵庫を開けてペットボトルのミネラルウォーターを探し出す。キャップを捻《ひね》り開けようとして、ふと「飲んでいい？」と訊《たず》ねる。

「自分の家じゃないか。遠慮することはない」

「……そうだね」

水を一口飲み、一息つく。ガス台に鍋が置いたままになっているのに気づき、蓋を開ている。ホワイトシチューだった。表面に皺《しわ》が寄り、所々に赤茶色の物が突き出ているのは……ソーセージか。肉の代わりに入れたのだ、と分かった。

「シチュー、冷蔵庫にしまうよ」

「ああ」父が生返事をした。

鍋を触って完全に冷えているのを確認してから、冷蔵庫に入れた。これでよし……明日、二人で食べる分ぐらいはありそうだったが、いったい何人分作ったのだろう。

「さっきの電話——車に乗ってる時にかかってきた電話、大丈夫？」

「あ？　ああ。お前が風呂に入ってる間に済んだ」

「仕事のことじゃなかったの」

「大丈夫だ」

何となく、答えに気持ちが入っていない。大事な用件だったのではないだろうか。昔から仕事一筋の人で、家に帰って来てもまた出かけたり、長い時間電話で話しこんだりしていたし……そういうのは、母が死んでも変わらないだろう、と思っていた。いや、むしろ以前よりも仕事に打ちこんでいるのではないだろうか。男一人で長い時間を家で過ごしていたら、気持ちも滅入《めい》ってしまうだろうし。今日だって、仕事を抜け出して東京まで来てくれたのかもしれない。

「今日、仕事、大丈夫だったの？」

「ああ、問題ない」

「明日、忙しい？」

「分からないけど、たぶん大丈夫だろう」

「だったら明日、買い出しに行かない？　冷蔵庫の中、何も入ってないじゃない」

「今日、結構買い物してきたんだが」

「それでも」若葉は言い張った。家にこもりきりでいたくはないのだ。それでは何となく「負け」のような気がする。胸を張って普通に生活しなければ、自分を見張っている男に勝てないのではないか。

3

緊張して疲れていたのか、目覚めるともう昼前だった。まったく、だらしない……自分に呆《あき》れて、しばらくベッドの上でぼうっと座っていた。髪をかき上げ、残った半日をどう過ごそうかと考える。

何も浮かばない。一人で家にいるのは怖かったが、それでも東京のマンションよりはましだった。このままずっと、ぐだぐだしていようか。あ、でも、買い物に行くんだよね……それは、夕方か。それまで暇だから、冷蔵庫にある材料で、何か料理でも作っておこうか。でもすぐに、自分にはそれほどレパートリーが多くないのだと気づいた。

ようやくベッドを抜け出して、スマートフォンを確認する。春奈からメールが来ていた。少しだけほっとして内容を確認する。

「昨夜電話した？　何回かかけ直したけど、出なかったよね」

短い、素っ気無い文章。着信履歴を確かめると、十一時過ぎから日付が変わる頃にかけて、何回か電話がかかってきていた。車でこちらに向かっていた頃か……全然気づかなかった。家に戻っても着信を確認しなかったのだから、昨夜はよほど、自分を見失っていたのだろう。普段はメールのチェックは頻繁で、「返信が早過ぎる」と春奈たちにからかわれるぐらいなのに。

どうしようか……まだ半分寝ぼけた頭で電話しても、まともに会話が交わせるか、分からない。だいたい一晩寝たら、昨夜のことが急に馬鹿馬鹿しく思えてくるのだった。あれは、私が神経質になり過ぎていただけじゃないかしら。びくびくするのもいい加減にしないと。

結局、ひとまずメールだけ返しておくことにした。後でゆっくり話せばいい。

「ちょっと相談があったから。後で電話するね」

春奈以上に素っ気無いなと苦笑しながら、メールを送信する。それで一仕事終えた気になって、階下へ下りた。しんとしている。急に、一人なのだと意識した。朝ご飯はどうしよう。シチューは重い……他に食べられるものなどあっただろうか。昨夜冷蔵庫を漁った記憶を引っ張り出したが、定かではない。食パンでもあれば、トーストを一枚齧《かじ》って終わりにしてもいい。

パンは冷凍庫にあった。ずいぶん古かったが、パンは冷凍耐性があるから大丈夫だろう。母はよく、「消費期限を過ぎても、一か月ぐらいは平気だから」と言っていた。後は紅茶でも飲んで……パンをトースターに放りこみ、顔を洗いに行った。

最初温かいお湯で顔を洗い、それから無理に冷水で顔を引き締める。春奈はいつも、「この方が美顔効果があるから」と言っていたが、今の若葉は、ただ意識をしっかりさせるために冷たい水を顔に叩《たた》きつける必要があった。

着替えて――持って来た着替えではなく、家にあった高校時代の服を選んだ――また階下に下りると、パンは既に焼きあがっていた。ポットのお湯で紅茶を淹《い》れ、一人の簡単な朝食にした。

ダイニングテーブルについて、トーストにバターを塗り、意識してゆっくりと食べた。空腹が満たされていくと同時に、気持ちが落ち着く。食べ終えた食器を片づけ、余った紅茶を手にリビングルームに移動した。父が丁寧に畳んでいった新聞にちらりと目をやってから、テレビのスイッチを入れる。音を絞り、ぼんやりと画面を眺めた。こうやっているうちに、二日ぐらいはあっという間に過ぎてしまうだろう。それでいいのかな。隠れているのは、弱さの表れだ……たっぷり寝て朝食も摂《と》り、若葉は本来の元気さが蘇ってくるのを感じた。それに向こうは、実家も知っているかもしれない。安全な場所などないとしたら、こちらから攻撃に出るべきではないか。

スマートフォンを手に取り、父に電話をかける。仕事中なのは分かっていたが、どうしてもこちらから攻めていきたかった。

「電話の通話記録、調べられるわよね」

「ああ」父が短く答える。

「無言電話をかけたのが誰か、それで分かるかな」

「公衆電話だったらどうしようもないが」

「でも、調べてみる意味はあると思わない？」

「日付が分かればやりやすい」

若葉はうなずき、一度電話を切った。スマートフォンの通話履歴を確かめ、「非通知」の二件について、日付を書きつける。もう一度電話をかけ、父にその情報を告げた。

「少し時間がかかる」

若葉は一人うなずいた。他に何か、手はないか？ ふざけたことをした人間を追い詰める方法を考えているうちに、一度調べようとして結局諦めたことが脳裏に蘇ってくる。

私、養子なの？

聞けなかった。実は無言電話ではなく、それを指摘する内容の電話だったのだから。

非常に重要な話なのだが、それでもまだ聞くのが怖い。

「どうした」沈黙が気になったのか、父が訊ねる。

「何でもない」若葉は一人、首を振った。警察官であるせいか、父はやけに勘が鋭い。場の空気を読むのも得意だ。しかし今は……やはり何も言えない。自分の弱さを恨めしく思うと同時に、「しょうがない」と何とか納得しようとする。人生の一大事なのだから、簡単に口にはできないのだ。

それでもいつか——近いうちに直接確かめることになるのではないか。

それは問題の相手が誰か、分かった時だ。直接対決することになるかどうかは分からないが、より詳しく事情を話さなければならなくなったら、無視しているわけにはいかないだろう。でも、まあ、その時でいいか……自分の弱気を意識しながら、若葉は一人納得した。

「夕方、買い物、行く?」いつまでも家にこもっているのが嫌で、結局切り出してしまった。本当は、勉強でもしていればいいのだが、こんな集中できない状態で参考書を開いても、単なる時間潰しである。勉強のための勉強はしたくなかった。

「そうだな」父が答えた。

「買い出しついでに、夕飯でも食べようか」

「外食は気が進まないな」父の声が曇る。

「何か、作る気がしなくて」

「俺が作るぞ」

「それじゃ悪いから」

「外食は健康にもよくない。普段から外食が多いのか？」

何だか、小言さえ懐かしい感じがする。それだけ今の自分が追いこまれているわけかと考えると、ぞっとした。

駅前のショッピングセンターに来るのも久しぶりだった。一人でうろついていて大丈夫なのか……仕事から帰って来る父の姿を見つけた時にはほっとした。

何だか懐かしい……ここができたのはいつ頃だっただろう。高校の時は、学校帰りによく寄り道して、コーヒーや甘い物を楽しんだ。とにかく巨大なショッピングセンターで、買い物だけではなく、食べる場所も豊富なのだ。コーヒー、アイスクリーム、ドーナツ……その一つ一つが、自分の高校時代の記憶と結びついている。悪いものではない。あの頃に戻れたら、とさえ思った。心配なのは受験のことぐらいだった。今は、急に身辺が騒がしくなっている。身の危険を感じたことなど、生まれてから一度もなかった。自分はいったい、何に巻きこまれているのだろう。

一階の食品売り場をうろついていると、バッグの中でスマートフォンが震え出した。春奈かな、と思って引っ張り出すと、メールが届いていた。

嫌な予感がする。見てはいけない。しかし若葉は、誘われるようにメールを開いてしまった。

メッセージは簡潔だが、意味が分からなかった——いや、意味を考えることから逃げたくなった。

「俺から逃げるな。逃げても無駄だ」

「どうした」父は目ざとく、若葉の異変に気づいたようだった。

「メールが……」

スマートフォンを見せる。眉間に皺を寄せながらメールを読んだ父が、ゆっくりと顔を上げた。

「今まで、こういうメールは？」

「初めて」力なく首を横に振る。

「メールなら調べられる……こいつは本気じゃないな」

「どうして？」

「メールを使えば足がつく。そんなことは、今の若い連中は誰でも知ってるだろう」

父の言葉はありがたかった。安堵《あんど》の息を吐きながら、スマートフォンを取り戻す。

「これは、あれじゃないかな……お前、ボーイフレンドはいないのか」

「いないけど」宏太の顔が一瞬浮かんだが、すぐに否定してしまった。彼に頼ったこともあるけど、まだ「つき合っている」とは言えない関係だ。

「誰かに告白されたりしたことは？」

「ない」混み合うフードコートで交わす会話じゃないと思い、若葉は即座に否定した。

「そうか……」父が顎を撫でる。「振られた腹いせにこういうことをする人間はよくいるんだ。大抵は、大したことにならないで終わるけどな」

「でも時々、事件になるでしょう」

「用心はすべきだけど、あまり大袈裟《おおげさ》に考えるのもよくない。相手の狙いが、お前を精神的に追いこむことだったら、まんまと罠にはまってしまうぞ」

実際、はまりかけているかも、と若葉は思った。考え始めると、不安が止まらない。自分で自分の体を抱きしめても、魂が抜けてどこかへ飛んで行ってしまいそうだった。

「明日からどうするかだな」

父がまた顎を撫でる。夕方なので、もう髭が伸びている。

「大学へ行くよ、普通に」怖気《おじけ》づいて実家にこもっていたら、それこそ負けだと思う。

「安全策を取らないと……大学で一緒にいられる友だちはいるな？」

「何人か」

「昼は、そういう人たちと一緒にいればいい。問題は夜だ……」

「どこかへ泊まりに行くとか」

「それが一番安全だな。あるいは、誰かに泊まりに来てもらうか。誰かと一緒だったら、向こうも簡単に手出しはできない」

「手出しするような相手だと思う？　別に何もされてないけど……」

「こういうのは、エスカレートするものだから」表情を引き締め、父がうなずく。「油断したら絶対に駄目だ」

「分かった。友だちに頼んでみる」結局、春奈に面倒をかけることになる。もしも、彼女にまで危害が及んだらと考えると、胸が苦しくなった。そんなことはあり得ないと自分を納得させようとしたが、冷静な自分は、「何の根拠もない」とすぐに否定するのだった。


大量の買い物を終えて自宅へ戻り、若葉は自室に引っこんだ。春奈に連絡しないと……。「後で電話する」と言っておいて、そのままにしてしまっている。

電話をかけると、春奈はすぐに反応した。

「電話こないから、こっちからかけようかと思ってたんだけど」少し怒ったような口調だった。

「ごめん」即座に謝る。「今、千葉なんだ」

「実家？」

「そう」若葉は昨夜からの事情を話した。

「それで昨夜、連絡くれたんだ」春奈が沈んだ声で言った。「ごめんね、出られなくて」

「うん、でも、いい。考えてみたら、春奈に相談しても何ができるわけじゃなかったし」

「まあ、ね」春奈が渋い声で言った。「そういうことだと、私じゃ力になれそうにないし。で、お父さんに相談したわけね」

「みっともなかったけど」

「そんなことない」春奈が否定した。「こういう時は、お父さんが一番頼りになるじゃない。警察官なんだし」

「そうなんだけど、ちょっと考え過ぎっていうか……甘え過ぎかもしれない」

「そんな風に考えちゃ駄目よ」春奈がきつい口調で釘を刺した。「一年前の件……覚えてるでしょう」

「分かってる」

最初に妙な電話のことを話した時から、頭の隅にあった事件だ。あまりにも怖くて口にできなかったが、ああいうことが自分の身に降りかかってもおかしくはない。何があるか分からない世の中なのだ。

同じ大学の四年生がストーカー被害に遭い、結局殺されてしまった事件。犯人はすぐに捕まったが、被害者からすれば、ちょっとした顔見知りという程度だった。それなのに犯人は一方的に思いを募らせ、ついには家に上がりこんで乱暴しようとし、抵抗されて殺してしまった。被害者は自分と同じように一人暮らしで、就職も決まっていて……犯人も同じ大学の学生だったということで、しばらく嫌な空気が漂っていたものだ。何となく、自分たちも汚されてしまったような。

「今は変な人が多い時代だから、十分気をつけないと。本当は、昨日も警察に電話してもよかったんじゃない？」

「でも、警察が相手にしてくれるかどうか分からないし」

「最近の警察はいい加減だからね」春奈が同意した。

その言葉もまた、若葉を暗い気分にさせる。あの事件で、被害者は何度か警察に相談に行っていたはずだ。しかし「実害がない」ということで警察は真面目に取り合わず、結局事件が起きてしまった……。

若葉が黙りこんでしまったせいか、春奈が慌てて言った。

「でも若葉は、お父さんが警察官なんだから。普通とは違うわよ」

「でも、そんなに迷惑もかけられないし。昨日だって、夜まで仕事してたのに、それから東京まで来てくれたんだから」

「それだけ心配してるってことじゃない。こんな時ぐらい、甘えればいいのよ」

「そうかな」

沈黙。何も言わずとも、二人の間で「養子」という言葉が重苦しく漂った。何か言われる前にと思い、若葉は自分から切り出した。

「あのこと、言ってないんだ」

「そうか」春奈は淡々としていた。「それを決めるのは若葉だから、私は何も言わない。

相談する気があったらいつでも聞くけど」

「それはちょっと、いい友だち過ぎない？」

春奈が声を上げて笑ったので、若葉は緊張が少しだけ解《ほぐ》れるのを感じた。この子の笑い声には、今までもずいぶん助けてもらったと思う。大人は分からないかもしれないけど、今は学生だってストレスが溜まりまくっている時代なのだ。

「別にいいじゃない。打算なしでつき合えるなんて、学生時代だけなんだから」

「そうだね」

毎度助けられる——甘えついでに、若葉は取り敢えず明日の夜、泊まらせてもらえないかと切り出した。

「私はいいけど、早く何とかしないとね」

「そうだね」

「いつまでも、あちこち泊まり歩いてるわけにはいかないでしょう。あなたが悪いわけじゃないんだから……でも、お父さんが何とかしてくれるか」

「たぶん」

自分は甘えてばかりだと思う。何とか自力で反撃する手はないものか。そんなことをする力はないと分かっているのに、何もできない自分が情けなくてならなかった。

第10章　危機

1

まずいな。結城ははっきりと焦りを感じていた。若葉が神経質になっているだけとは言えない。監視していた男は間違いなくいたのだし、脅迫メールも気になる。大した内容ではないが、誰かが若葉をつけ回しているのは事実なのだ。

結城は朝、若葉と途中まで電車で一緒だった。外房線の本千葉駅で別れた瞬間、急に不安になる。朝の満員電車の中で何かが起きるはずがない——そう自分に言い聞かせてみても、一度高鳴った鼓動はなかなか静まらなかった。

いつまでも、自分一人で抱えこんでいられない。面倒だが、警視庁の知り合いに相談しよう。若葉を実家に閉じこめておくわけにはいかないし、普段生活の場がある東京の警察に任せるのが筋だ。

しかしまさか、自分が——家族が被害者の立場になるとは、想像もしていなかった。

席に着くと、相変わらず嫌な空気が流れている。仕事は自粛——上からはまだ何も言ってきていないが、動きにくい。目下の捜査についても指示を出せず、全て部下に任せておくしかなかった。現在、捜査は頓挫してしまっているのだが……相変わらず椎名の行方が分からないのも気になった。出勤もせずに、姿を消してしまっている。何か裏があるのは間違いないのだが、完全にお手上げだった。椎名の追跡は花岡に任せてあるが、今のところ、手がかりはない。

亜紀がお茶を淹《い》れてくれた。湯飲みをデスクに置いた瞬間、「どうかしましたか」と訊《たず》ねる。

「いや、何でもない」結城は慌てて顔を擦《こす》った。すぐに見抜かれてしまうとは……相当焦っているのだと自覚する。

「そうですか？」亜紀は引かなかった。

「少し寝不足なんだ。そのせいだろう」

「そうですか……」亜紀の声は心配そうだった。椎名の一件で神経をすり減らしている、とでも想像しているのだろう。

無言を貫き通していると、亜紀の追及は終わった。ほっとして茶を一口飲み、昨日のメールの件で調査を始める。相手はフリーメールを使っていたので正体は分からないかもしれないが、取り敢えずサービスを提供している会社に情報の提供を求める。調べる時間が必要だというので、いったん電話を切った。

部下たちは忙しく出入りしている。他の係は暇なようで、デスクは埋まっていた。何となく視線が気になる……失敗した男に対して、そういう視線を向けるのか？　人のことを気にするぐらいだったら、自分の仕事をしろ、と怒鳴りたくなっていた。

ほどなく、二課長の飯島が近づいて来る。気配で気づいた結城は立ち上がり、軽く一礼した。飯島が目くばせしたので、後に続いて課長室に入る。後ろ手にドアを閉めると、飯島がソファに座るよう、うながした。何となく居心地が悪く、結城はソファの端に尻をひっかけるようにして浅く座った。あの一件が問題になって以来、何度かこうやって飯島と二人で話している。飯島はこの件について、ニュートラルな態度を保つよう、決めているようだった——いや、違う。少なくとも自分のことを気に留めてくれてはいるのだ、と結城には分かっていた。放っておいてもいいのに、話をするのだから。

「監察の方の調査は、簡単には進まないようですよ」

「そうでしょうね」

「あまり焦らないことです」

「特に焦ってはいませんが——」

「捜査もおかしなことになっている」

「……そうですね」それは認めざるを得ない。

「椎名の行方も分かりませんか」

「今のところは」

「あの男に裏があるのは間違いないんでしょうが、事情は分かっているんですか」少しだけ非難するような口調だった。

「いや、申し訳ないんですが、それはまだ……どうにも読めません。とにかく、あの男が持ってきた情報は間違いなかったんですから、いたずらではなかったわけですし」

「結城係長、椎名とは顔見知りではないんですか？」

「いや、まったく」何度も自問したことだ。「今回初めて会いました。恨みを抱かれるようなことはないはずです」

「そうですか」飯島が顎を撫《な》でる。得心していないのは明らかだった。

「椎名のことに関しては、花岡部長が調べていますので。何か分かると思います」

「仮に分かっても、無用な手出しは禁物ですよ」飯島が釘《くぎ》を刺した。「あなたは今、調べられている立場なんだから」

「しかし、訴え出てきた人間が行方不明というのは、監察もおかしいと判断すべきですよ」

「そうであっても、あなたが自分で動いたら、おかしなことになります」

「承知してます」部下が勝手に動く分には関係ないが。汚職の捜査だということなら、どこからも文句を言われる筋合いはない。

「くれぐれも自重して下さい。下手をすると、二課全体にかかわる事態になります」

むっとしながら、結城は頭を下げた。あんたのキャリアを傷つけるようなことはしませんよ……と思わず口に出しかける。だが、この男にそんなことを言っても仕方ないのだ。キャリアは旅人。地方にいるのはあくまで一時の腰かけであり、時が経《た》てば必ずどこかへ異動する。

苛立《いらだ》ちを何とか宥《なだ》めながら自席に戻る。問い合わせをしていたメールの件で回答がきていたので、もう一度電話で確認した。どうやら適当な名前でメールアドレスを取ったらしい。契約者を特定するのは困難である。別のフリーメールを連絡先にして取得。そのフリーメールを確認すると、また別のフリーメールのアドレスが出てきて……きりがない。結城は追跡を諦めた。相手は馬鹿ではない。少なくとも、人に嫌がらせをするために苦労は厭《いと》わないタイプのようだ。

「どうしました」声をかけられ、はっとして顔を上げる。長須がデスクの脇に立っている。

「ああ、いや……」結城は両手で顔を擦った。

「飯でもどうですか。ちょっと遅いけど」

言われて壁の時計を見ると、既に午後一時近い。いつの間に時間が経ってしまっていたのかと驚く。空腹も感じないほど集中していたのか。

「行こうか」結城は立ち上がった。腰が重い。遠くへは行きたくないが、長須は県警本部を出て、ぐんぐん歩き始めた。最初に横断歩道を渡ると、県庁南庁舎の前を通り過ぎ、住宅地の中を足早に歩いて行く。どこの県でも、県庁所在地では県庁を中心に官庁街が広がっているものだが、千葉市の場合、それは川を挟んで県庁の北側に集中し、裁判所、検察庁や弁護士会館などが並んで睨《にら》みを利かせている。県警本部は、これらの官庁街の南の外れという感じで、千葉城を中心にした亥鼻《いのはな》公園や住宅街が近くにあるせいで、官庁街特有の冷たく効率的な雰囲気は薄い。そもそも千葉市は、碁盤の目のような作りになっていないせいで、古い街の気配が強いのだ。整然とした街もいいが、歴史を感じさせる千葉の方が結城の好みではあった。

「何だ、ここか」結城は呆《あき》れたように言った。店頭には紺ののれんに染め抜かれた白い「やきとり」の文字と赤い提灯《ちようちん》。店の前には自動販売機も置かれた、気安い雰囲気である。県警本部からは歩いて五分ほど、昼の定食が安いので、若い刑事たちが贔屓《ひいき》にしている。

「何だ、はないだろう」長須が反論した。「こういう店の方が、バランスよく栄養が取れるんじゃないか。お前の健康のことも考えてるんだぞ」

「ああ……そうか。そうだな」だったら嫌がる理由もない。結城も何度も通ってよく知っている店である。年齢を重ねるとともにあまり来なくなったのは、若い連中が多いので居心地が悪いのと、料理の盛りがよすぎるせいである。今日は、雰囲気は悪くない。既に一時を回っているので、客は少なかった。

「本日の定食」はバリエーションに富んでいる。六百円で、ミックスフライ、生姜《しようが》焼き、さば味噌煮《みそに》と様々だった。何となく食欲がわかず、結城はミックスフライを頼んだ。

「ハムエッグなんか、腹の足しにもならないだろうが」長須はミックスフライを頼んだ。

「お前こそ、いい加減に食べ物のことを考えろよ。いい年して、揚げ物はどうなんだ」

「たまには体に油を入れてやらないと、関節が痛むんだよ」

「何だい、その理屈は」

あまり食欲がない身としては、ハムエッグ定食はありがたかった。卵二個、ハム二枚に千切りのキャベツ。厚揚げやコンニャクの煮物ときゅうりの漬物がつき、味噌汁が油揚げと青菜で具だくさんなのが嬉《うれ》しい。

会話も少なく、黙々と食事が続いた。食べているうちに、何となく食欲が回復してきた感じがする。

「何を心配してるんだ」あらかた食事を終えた時、長須が切り出してきた。「監察の件が気になるのか」

「まあな……」言っていいかどうか分からない。これはあくまでプライベートな問題であり、仲間を心配させるわけにはいかないのだ。

「何かあるなら言え。そうでなくても、今はやりにくくて仕方ないんだから」

「すまん」

「お前が悪いわけじゃないんだから、謝るな」

「いや、迷惑かけてることは悪いと思ってる」

結城は残った漬物をつまんだ。急にまた、食欲が失《う》せてしまっている。話すべきかどうか……もちろん、椎名の問題は喫緊《きっきん》の課題だが、若葉のことも大変だ。危険という意味では、若葉の方が重大かもしれない。

「気になることがあるんだろう」

「まあ、な」

「監察のこと以外なんだろう？」

「どうして分かる？」

「何年のつき合いだと思ってるんだよ」長須が声を上げて笑った。「見え見えだ」

「そうか……」長須に話しても何にもならないだろう。心配させるだけだ。しかし結城は、つい喋《しゃべ》ってしまった。

長須の顔が見る間に険しくなる。箸を置き、結城の顔を凝視した。

「そこまでひどいのか」

「相手もしつこい」

「事件になってからじゃ遅いぞ」

「それは分かってるが、何とかする」

「どうやって」長須の追及は止まらなかった。仕事の時よりも真剣な表情をしている。

結城が答えられないままでいると、すかさず突っこんでくる。「こういう件は厄介だぞ。一人で何とかできることでもない」

「分かってる」

「誰かに任せろ」

「しかしな……娘は東京なんだぞ」

「だったら、警視庁に頼め。遠慮することじゃない」

「そこまで大変な話じゃないよ」

「ふざけるな」長須の顔がいっそう真剣になった。「こうやって呑気《のんき》に飯を食ってる場合じゃない」

「誘ったのはそっちだぞ」

「ああ、まあ……」長須が咳払《せきばら》いをした。「とにかく、警視庁に話をした方がいい」

「立場を利用するのは好きじゃないんだ」

「お前がそういう性格なのは知ってるけど、そんなこと言ってる場合じゃない。利用できるものは利用しろよ。とにかく、事件が起きてからじゃ遅いんだから」

「しかし、な……」

「ああ、分かった、分かった」長須が面倒臭そうに顔の前で手を振った。「だったら俺がやる。知り合いがいるから頼んでみるよ。向こうで何ができるか、調べてもらおう」

「それじゃ申し訳ない」

「いい加減にしろよ」長須が凄《すご》んだ。「家族のことなんだぞ」

「それはそうだが――」

「家族二人きりじゃないか。何かあったらどうするんだ」

結城は思わず口をつぐんだ。二人きり――それは間違いない。普段は一人で暮らしているが、それ故、娘の存在を強く感じることがある。いつかは結婚して離れていくのだが、それ以外のことで自分から引き離されるようなことがあったら……考えただけで、心臓を鷲攫《わしづか》みにされるような衝撃だった。

「……分かった」

「よし」長須が真剣な表情でうなずく。「俺の方から、まず知り合いに話してみる。その後、お前と若葉ちゃんも会った方がいいかもしれんな。警察に届けることは、若葉ちゃんは了解してるのか？」

「いや、話してない」

「だったらさっさと話せ。今日の午後、お前の仕事はそれだな。俺は根回ししておくから、午後は他の仕事はしないぞ」

「すまん」

「謝ることじゃない」長須がようやく相好を崩した。「こういうのはお互い様だからさ。俺に何かあれば、お前も助けてくれよ。嫁にぼこぼこにされるかもしれないし」

「何かあるのか？」

「いや、そういうわけじゃないが」

ぼこぼこにしてくれる女房がいるのは幸せなんだぞ、と結城は思った。

2

長須は手際よく根回しを終え、その日の夜、結城は警視庁の刑事たちと所轄で面会することになった。本庁捜査一課の根岸《ねぎし》と、若葉が住む街を管轄する署の刑事、宇野《うの》。二人とも自分と同年代、さらに階級も同じ警部補なので、さほど緊張せずに済んだ。一番緊張していたのは若葉かもしれない。友だちの家に泊まることにしてほっとしていたところを、いきなり警察署に呼び出されたのだから。刑事の娘とはいえ、若葉は警察署に縁のある生活を送ってきたわけではない。取り調べ室ではなく会議室を借りて話をしたのだが、それでも独特の重苦しい雰囲気は、圧力になっているようだった。若葉の立場だったら、自分も同じように感じるかもしれない、と結城は同情した。

根岸は捜査一課畑をずっと歩いてきたベテランで、そういう刑事に特有の少しくたびれた風貌だった。髪は半ば白くなり、目の下はたるんでいる。シャツの袖から覗《のぞ》く手の甲にも染みが目立った。一方の宇野はまだ若々しく、スーツを着ていても体に贅肉《ぜいにく》がないのが分かる。手首には巨大な腕時計。その重みがトレーニングになるのでは、と結城は一瞬妄想した。

「今日は、まことに申し訳ありません」席に着く前、結城は深々と頭を下げた。横に並んだ若葉も、慌てて一礼する。

「まあまあ……こういうことですから。大事になる前に何とかしないと」根岸がこの場をリードすることになっているようで、気楽な調子で答える。「ま、どうぞ。お座り下さい」

続いて宇野が、事実関係を聴き始める。長須が事前に詳しい情報を入れてくれていたようで、質問はシンプルだった。それで結城は少しだけほっとする。こういう場合、ある程度分かっていても、最初から根掘り葉掘り自分で確かめるのが刑事の習性なのだ。

若葉が自分で答えていく。言葉に淀《よど》みはなかったが、結城は一瞬娘が話に詰まった質問を見逃さなかった。いつからこんなことに？　二秒か三秒ほど間が空く。我が娘ながら、若葉は記憶力もいいし、はきはきしている。こんな重要な問題で、そもそものきっかけがいつだったか、覚えていないはずがない。正確を期そうとしているのだろうと考えたが、少しだけ釈然としなかった。

「――なるほど。まったく心当たりがないと」宇野が手帳から顔を上げた。

「ないです」若葉が即座に答えた。

「一方的に知っている人をつけ回す、ということもありますからね」宇野の口調はあくまで丁寧だった。「それは、どれだけ気をつけていても、どうしようもないことですよ」

「はい」若葉が暗い声で応じる。

宇野が、若葉をリラックスさせようとして言っているのは間違いなかった。日本人特有のメンタリティなのか、被害に遭っても「自分が悪い」と考えてしまう人は少なくない。若葉は元々強気だから、そういう考えには流れないだろうが……結城は宇野の気遣いに感謝した。

「では、取り敢えず通常の手段での捜査を進めます」

「相手を炙《あぶ》り出すわけですね」結城は宇野に訊ねた。

「ええ。通信記録の詳細な分析と、張り込みですね。自宅近くまで来ているとしたら、そこで捕まえられるかもしれない。防犯カメラもチェックしてみます」宇野は冷静だった。

「お手数をおかけして……」結城は再度頭を下げた。今のところ、やるべき手はこれぐらいしかない。後は長引かないことを祈るだけだ。長引く、イコール捜査が行き詰まることで、動きが止まった状態の時に、犯人は往々にして大胆な動きに出る。警察を監視しているはずもないのだが、何となく勘で分かるのかもしれない。

「どうせなら、警護をつけたらどうか」長須が根岸に向かって言った。この二人は、数年前に研修で一緒になったことがあるようだ。馬の合う相手ということか、今でも年に何回かは酒を酌み交わす仲だという。そもそも根岸の自宅が船橋で、千葉県民だという事情もあるかもしれない。警視庁の職員は、全員が東京都に住んでいるわけではなく、千葉県在住者は非常に多い。常磐線《じようばん》は直通で霞ケ関《かすみがせき》まで行けるので、特に松戸や柏《かしわ》には多く住んでいる。

「それは……」根岸が苦笑した。

「あの、すみません、そういう大袈裟《おおげさ》なことは……」若葉が遠慮がちに切り出した。

「若葉ちゃん、こういう時は警察をうんと利用した方がいいんだ」長須が切り出す。「そのために俺たちは給料をもらってるんだから」

「長須、警視庁さんにお願いしていることなんだから……」結城は釘《くぎ》を刺した。

「まあな」長須が渋い表情で顔を擦る。

「とにかく、周辺を捜査することで、実質的に警護していることにもなりますよ」宇野が言った。「犯人側が気づけば、それで手出ししなくなる可能性もあります」

「見える警護、ですかね」長須が言った。「だったら、全員赤いネクタイをつけていかないと」

長須の冗談に、若葉を除く全員が軽く笑った。SPが赤いネクタイを締めているのは有名な話だが、それは「警護している」ことをアピールするためなのだ。SPが盾になっているのが分かれば、襲撃者も躊躇《ちゅうちょ》する。

「今後、予定があれば教えてもらえますか」笑いを引っこめて宇野が確認する。「旅行や遠出とか」

「それはないです」若葉が答える。「少し、友だちの家にでも泊めてもらおうかと思っていますけど」

「用心するのはいいことです」宇野がうなずいた。「予定が分かっているなら、どこに泊まるか教えて下さい」

「今夜は友人のところへ……明日以降の予定はまだ決めていません。家には帰らない方がいいでしょうか」

「いや、そこまで気にすることはないでしょう」宇野がはっきりした口調で否定する。

「でも、マンションの中にまで入って来たんですよ。どこかで鍵を手に入れたんじゃないですか？」若葉が心配そうに言った。

「それはないでしょう」宇野が即座に否定した。「もしも鍵を持っていたら、部屋に侵入したはずです。そういうチャンスがあれば、使うものですからね……部屋の前まで来た話は、おそらく住民の誰かがオートロックを解除した時に、中に入ったんだと思いますよ」

「そう、ですか」納得していない様子で若葉が唇を嚙《か》んだ。

「まあ、心配するな」結城はすかさず娘を宥《なだ》めた。「こういうことはプロに任せておけ」

「……分かった」

若葉が何を心配しているかは、だいたい想像できた。最近、ストーカー被害を相談しても警察に無視され、その結果惨事に至ってしまう、という事件が相次いでいたのだ。だがそれは、警察が怠慢だった場合であり、本気で捜査に乗り出せば解決は難しくない。ストーカーはしょせん素人犯罪であり、必ずどこかに尻尾を残しているのだ。犯人の追跡は、他の犯罪と比べても簡単だろう。

「とにかく、後は警視庁さんに任せろ。心配しないで、普通に生活していればいい」

「すみません。よろしくお願いします」

若葉が頭を下げたが、不機嫌なのは口調からはっきり分かった。そういう態度はよくないのだが……娘の気持ちは、結城には簡単に理解できた。こういう時、「申し訳ない」と恐縮する人間が多いのだが、一方で、自分の自由を侵されるように感じる人間もいる。生活に警察が介入してくると、自分が見張られているように思えてくるのだ。

何より若葉は、自分の「弱さ」を実感しているのではないだろうか。いつも強気な人間が、「自分は被害者だ」と意識することで、弱みをさらけ出してしまったように感じる……しかしこれは、誰にでも起こり得ることなのだ。今の世の中、どこにトラップがあるか、分かったものではない。

所轄を出て、午後八時。結城は唐突に空腹を覚えた。そう言えば昼はハムエッグ定食……食べた直後は腹が一杯になったが、実際の量はそれほどでもなかったのだ。

「何か食べていくか」

「うん……」若葉の言葉は歯切れが悪かった。

「嫌な気分なのは分かるが、飯は食べないと駄目だぞ。腹一杯になってないと、元気も出ないからな。それとも、今日泊まる友だちと約束してるのか？」

「そういうわけじゃないけど、食欲、ないよ」そう言う若葉は、いつもと違ってひどく弱々しく見えた。母親の葬儀の時も、こんな弱みは見せなかったのに。

「無理してでも食べておいた方がいい」

「……分かった」

結城は、少し遅れて歩く長須に声をかけた。

「お前も一緒にどうだ？」

「いや、俺はいい。家に帰って食わないと、女房に怒られるからな」

気を遣っているのだと分かった。長須は若葉とも顔見知りだが、それでもこういう状況なので、一緒に食事をすると若葉の緊張感が増す、と判断したのだろう。

「じゃあ、駅まで出ようや」

「そうだな」

「若葉、今夜泊まる友だちの家はどこだ？」

「上井草《かみいぐさ》」

若葉がぽつりと答える。娘のマンションより一つ都心寄りか……いずれにせよ、ここから歩いて行ける距離ではない。食事を終えたら、タクシーを奢って送るか。

「じゃあ、俺はここで」駅前まで来ると、長須が軽く手を上げた。

「すみませんでした、ご迷惑をおかけして」

若葉が丁寧に言って頭を下げる。まだ礼儀は失っていないのだと思い、結城はほっとした。

「いやいや、何てことないよ」長須が笑みを浮かべて言った。「これは内輪の話だから。

一生懸命やるのは当然なんだ……じゃあ、気をつけて」

駅のロータリーの方へ消える長須を見送ってから、二人は同時に溜息《ためいき》をついた。娘とシンクロしても仕方ないんだがな……と苦笑し、結城は「何を食べようか」と切り出した。

「この辺、よく知らないんだ。普段は全然来ないから」

「ああ、そうだろうな。出たとこ勝負で探してみるか」

石神井《しゃくじい》公園の駅前はごちゃごちゃしていた。どこか下町の雰囲気が濃く、商店街は夜になっても活気づいている。カラオケボックスの赤い看板やチェーンの飲食店が目立ったが、いかにも長く地元で営業しているような店も賑《にぎ》わっている。こういう雰囲気は嫌いじゃないな、と結城は顔を綻ばせた。

歩きながらも、周囲に視線を配る。勤め帰りのサラリーマン、既にアルコールが入っている大学生……活気ある雰囲気はいいのだが、これは自分たちにはマイナスだ。人出が多いが故に、尾行は楽である。もしも誰かが自分たちの跡をつけていても、気づくのは難しい。

片側一車線の狭い道路をバスが走っていく。こんなところを危ないな……と思いながら、結城は道路の端に避《よ》けた。いつの間にか、若葉は遅れがちになっている。何か考えるようにうつむき、ほとんど立ち止まりそうになっていた。

「若葉」

声をかけるとはっと顔を上げ、歩調を速める。かなり無理しているのは間違いないようだった。ストーカーに対する恐怖を乗り越えようとしているからかどうかは分からなかったが。

いつまでもうろついていても仕方がない。結城は、目についたうどん屋ののれんをくぐった。若葉がついて来ない。ドアに手をかけたまま振り返り、「うどんは嫌いか」と訊ねる。好きなことは分かっていたが。

「あ、ごめん」若葉が目を伏せる。一瞬のことですぐに顔を上げたが、目に力はなかった。「大丈夫。うどんでいい」

閉店時間が近いのか、店内はがらがらだった。所轄から歩いて来てすっかり体が冷えてしまったので、熱いうどんにしようと決める。今夜は長くなるかもしれないから、しっかり食べないと……かけうどんに天ぷら、いなり寿司《ずし》のセットにしよう。手軽さが売りのさぬきうどんにしては高い感じがするが、四国から東京へ出てくる間には、値段も上がってしまうのだろう。

「お前、どうする」

「……きつねうどん」

「そんなものでいいのか？　後で腹が減るぞ」

「いつもそんなに食べないから」

そんなことはないはずだが……ここで説教しても何も変わらないと思い、結城は言葉を呑《の》みこんだ。

しかし、若葉の判断が正解だったかもしれない。運ばれてきたセットを見た瞬間、結城は失敗を悟った。うどんの丼は巨大。天ぷらは五つもついている。それに加えていなり寿司二個は、どう考えても食べ過ぎだ。もちろん、腰の強いうどんは美味《うま》いのだが、その分必死で嚙《か》むせいか、腹が早く膨れてくる……。

それでも結城は、何とか全部平らげた。若葉は苦労している。そう言えば少し痩せたようだ。心配のあまり、食欲を失っているのかもしれない。

それにしても父親というのは、つくづく情けない存在だと思う。警察官として、被害者と話し、慰めることは何度もあった。しかし相手が自分の娘だと、どうにも上手《うま》くいかない。娘を慰められなくてどうする……ふいに美貴の顔が脳裏に浮かんでしまった。妻が生きていたら、若葉をすぐに安心させられただろう。

気を取り直し、気になっていた質問を頭の中でこねくり回した。これを聞いていいのかどうか……しかし聞かなければ疑問は永遠に解けない。結城は思い切って、若葉に質問をぶつけた。

「お前、本当は俺に何か隠してないか？」

3

「隠すって、何を?」若葉が不機嫌そうに答える。箸を揃《そろ》えてお盆に置き、結城をじっと見詰めた。先ほどまでのうつろな表情は消え、強い怒りが感じられる。

「さっき、警察で全部話したか」

「話したわよ」

「最初から?」

「そのつもりだけど」若葉は引かなかった。

「そうか」それなら……これ以上追及できない。何かおかしいと感じたのはあくまで結城の「勘」であり、根拠はないのだ。余計なことを言わなければよかった、と後悔する。これでは、気持ちが不安定になっている若葉をさらに動揺させてしまう。

「何でそんなこと聞くの?」

若葉がぶっきらぼうに訊ねる。結城はふと、娘の高校時代を思い出してしまった。最近の子どもは反抗期がないと言うが、高校時代の三年間、若葉とはどれぐらい言葉を交わしただろう。いつも不機嫌で、むっとして……母親とは普通に話していたのだが。

「いや、何でもない」結城は首を振った。

自分が何を気にしているのかは意識している。この騒ぎが起きる前、若葉は妙な電話をかけてきたではないか。あの一件はずっと棚上げにしたままで、解決していない。若葉も何も話そうとしない。実際には、ずっと前から誰かにつきまとわれていたのではないかと推測している。

しかし、それを確かめるタイミングがない。今、若葉の気持ちはささくれ立ち、こちらの質問を受けつける余裕などないだろう。まあ……心配し過ぎかもしれない。この事件については警視庁に任せたのだ。連中はプロである。ほどなく犯人を割り出し、若葉から遠ざける手段を見つけ出すはずだ。警視庁の方で「警告」以上のことができなくても、その時は俺が何とかする。

「出ようか」結城は財布を尻ポケットから抜いた。「友だちのところへ行くなら、遅くならない方がいい」

「今日は、どうするの？」

「家へ帰るよ。明日も仕事だし」

「そう……」若葉が目を背ける。

「不安か？」

「そうじゃないけど」

「不安なら、いつでも電話してこい。警視庁に話が通じたんだから、何とかなる」

「こういうことで迷惑をかけるの、嫌なんだけど……今日だって、急に話がくるから
……」

「それは悪かった。でも、長須が気を遣ってくれたんだぞ」

「うん……でも、警察官の娘だからって、無理に話を聞いてもらうのは……」

「気にするな。コネと言われようが何だろうが、俺はお前を守らなくちゃいけないんだ」

「そういうの、嫌いなの」

予想以上の娘の潔癖さに、結城は動転した。気持ちは分からないではないが、まずは自分の身を守るのが先決ではないか。

「嫌いでも何でも、何かあってからじゃ遅いんだ」

「じゃあお父さんは、全然警察に関係ない人からこういう相談を受けたら、ちゃんと対応するの？」

「もちろん」

「そうじゃない人も多いみたいだけど」

「そういう人間がクズなだけだ。俺は違う。俺の周りにいる人間もちゃんとしている」

「そう……」

怒ったようにまくしたてた若葉だが、あっさり引いてしまった。結局気持ちが揺れているのだろう、と結城は判断した。こんな状況で、冷静でいられる人はいない。警察官の娘だからと言って、本人は普通の人間なのだし。

「とにかく心配するな。それと、連絡は密にしてくれ」

「お父さんが心配しないように？」若葉が言葉に皮肉をまぶした。

「そうだ。何も分からないと心配になるのは当然だろう」

「……分かった」反発するかと思ったが、若葉は素直に納得した。やはり非常時なのだ。

駅前に戻ってタクシーを拾い、若葉を友人の家まで送り届ける。挨拶に出て来た春奈を見て、結城は一安心した。若葉と同い年にしてはしっかりしている。お茶でも、と勧められたが断った。若葉はまだぴりぴりしているし、娘の友だちの家に上がりこむのも気が引ける。結局、入念に若葉のことをお願いして、そのまま辞すことにした。

何となくほっとする……冷たい冬の風に吹かれながら、結城は気持ちが軽くなるのを意識していた。こういうことではいけないと思っても、どうしても娘の存在はプレッシャーになるのだ。心を開いて話し合っているとも言えないし。

結局、美貴が亡くなった時から、俺の運は下降線を辿《たど》っているのかもしれない。汚職事件の捜査は上手くいかず、嘘《うそ》の暴力事件の疑いをかけられ、娘にはストーカーがつきまとい……妻が健在だったら、こんなことにはならなかったのではないか。そう考えると、自分の人生は完全に妻に支えられていたのだと実感する。

運も含めて。

西武線の沿線というのはどこも同じような感じなのだろうか、と結城は訝《いぶか》った。細々と入り組んだ駅前商店街、それが途切れるところから始まる住宅街も、どの駅でも似た顔をしている。上井草の駅周辺も、上石神井や石神井公園の駅周辺とひどく似通っていた。

ホームに出て、時刻表を確認する。ここから千葉までは遠い……西武線と地下鉄、JRを乗り継いで一時間半。家についたら十一時ぐらいになってしまうだろう。明日も仕事なのだが……思わず溜息をついた。ホームを吹き渡る風は冷たく、思わずコートの前をかき合わせる。

携帯が鳴った。まさか、若葉に何か……慌ててワイシャツの胸ポケットから引っ張り出すと、長須だった。ほっとして電話に出る。

「まだ若葉ちゃんと一緒か?」

「いや、友だちの家まで送って来た」

「そうか……その子は大丈夫そうか?」

「しっかりした子だから、何かあっても若葉を守ってくれるだろう」

「いっそのこと、ボーイフレンドでもいればいいのにな。どんなに情けない男でも、女の子よりは頼りになるだろう」

「冗談じゃない、男なんて……」

長須が大声で笑った。

「それこそ冗談だよ。そんなことがあったら、お前だって困るだろう」

「別に困りはしない」結城は反発した。「どうせいつかは嫁に行くんだ。遅かれ早かれ

……」

「嫁に行くにしても、遅い方がいいと思ってるだろう」

「いや、別に……」

「それに、相手の男にも、何だかんだで因縁をつける。違うか？」

「そんなこと、分からない」結城もつい苦笑してしまった。「それより、どう思う？

警視庁はちゃんとやってくれると思うか？」

「普通の場合よりは、な。身内の事件だから」

「警視庁は身内じゃない」

「全国二十五万警察一家は、全部身内だよ。二人ともしっかりしてるから、ちゃんと捜査してくれるだろう。安心して任せろ。それに、相手が特定できればそれで終わりだよ」

「どうして」

「今までのことを考えてみろ。相手はそれほど無茶なことはしていない。たぶん、気の弱い男なんだよ。強引なことはできないだろう」

「そうかな……」その割には大胆な行動に出ている。相手の部屋の前まで来るのは、非常に危険だ。

「お前、気にし過ぎなんだ」長須がまた笑った。「自分の娘のことだから心配になるのは分かるけど、ストーカーが実際にやばい事件に発展することは滅多にないんだぞ。大きい事件があるから目立つだけで」

娘が「大きい事件」に巻きこまれないとは限らない。むしろ「何もない」と安心した瞬間に、事態は悪い方へ向かい始めるものだ。結城は経験から、そういうことをよく知っている。決して気を緩めてはいけない、と結城は携帯電話をきつく握りしめた。

同時に、警視庁に委ねてしまってよかったのか、と不安を抱く。委ねた以上、向こうに任せるのが筋である。自分が手を出したら向こうは気を悪くするだろうし、捜査指揮上も厄介なことになる。だから警視庁が捜査してくれている間、自分はやきもきしながら見守っているしかないのだ。仮に没頭できる仕事があれば、それに取り組んでいる時間は何も考えずに済むが、今の自分には仕事がない。せいぜい部下たちの動きに目を配り、上にばれない程度にアドバイスを与えるぐらいしか、やることはなかった。じれるだけの時間を想像すると、それだけで心がささくれ立つ。

長須との会話を終えて電話を切った瞬間、電車が近づいて来た。各停か……冗談じゃない。ゆっくり各停に乗っているような余裕はないが、この駅には、各停しか停まらない。

目の前で閉まりかけたドアの隙間から、慌てて飛びこむ。鼓動が少しだけ跳ね上がっていた。

警察官になって、これほど落ち着かない時間を過ごしたことはない。

これまでも、他県警に仕事を依頼したことはある。回答がくるまでにそれなりに時間がかかるのは当然だ。まず、自分たちが抱えている仕事優先なのだし……そういう場合、待つのは特に苦にならない。逆に仕事を頼まれた場合も、最速でやるとは限らないからだ。要は、お互い様ということである。依頼された仕事を最優先するのは、拳銃を持った犯人が逃亡している時ぐらいだろうか。

警視庁に相談に行ってから二日間、結城は誰にも連絡を取らなかった。いくら何でも二日で結果が出るとは思えなかったし、相手を急《せ》かすようで申し訳なかったから。若葉は昨日の夜電話してきたが、特に異常はないようだった。春奈のところが居心地がいいので、しばらくそこにいることにする、と気楽な調子で言った。多少は、精神状態が上向きになっているようである。

「迷惑かけるんじゃないぞ」

「春奈は親友だから」若葉があっさり言い切った。

親友か……結城はふと気になった。親友なら、自分が知らないことも知っているだろう。若葉が言い出していないだけで、つけ回している男、関係が悪化しているボーイフレンドの存在などを知っているのではないだろうか。もしかしたら手がかりになるかもしれない。

一日迷った末、夕方退庁した直後に、結城は教えてもらっていた春奈の携帯に電話をかけた。春奈はこちらを覚えていて、しっかりした礼儀正しい声で電話に出た。

「どうも、いろいろとご迷惑をおかけして……」

「全然大丈夫ですよ。若葉とは、一緒にいて楽ですから」

「そう言ってもらえると助かります……一つ、聞きたいことがあるんですが」

「何でしょう」春奈の声が緊張した。

「あー、聞きにくい話なんですが、若葉にはボーイフレンドとかいるだろうか」

「何ですか、急に」春奈の声が強張《こわば》る。

こういう捜査の基本の基本なのだから遠慮するな、と自分に言い聞かせ、一つ深呼吸して続けた。

「ストーカー事件の場合、ありがちなことなんです。普段つき合っている人間が、裏ではまったく別のことを考えている時も――」

「彼はそんな人じゃないです」

引っかかったな、と結城は確信した。そんな風に考えてはいけないのだが、こういう「ずるい」やり取りは刑事が最も得意とすることなのだ。

「そんな人じゃないというのは、若葉のボーイフレンドは、急にストーカーに転じるようなタイプではないんだね」

「あの、でも……」

「はい」結城は丁寧に言って彼女の説明を待った。春奈は元々はきはきした女性のようで、一度話すと決めたら言葉に迷いはなかった。

「ボーイフレンドまでいかないけど、仲のいい友だちはいますよ。大学の同じグループの仲間で」

「なるほど」

「でも、ストーカーはできないと思います」

「理由は？」いつの間にか詰問口調になっているのに気づいたが、一度口にしてしまった台詞《せりふ》は訂正できない。

「彼、バンドをやってるんです。結構本気のバンドなんですよ」

バンドマンか……派手に破れた服に逆立てた髪——そんなファッションを想像すると頭に血が上ってしまう。

「あ、バンドっていってもジャズですから」結城の想像に気づいたのか、春奈がさっと訂正した。「見た目も普通ですよ」

「いや、それは……」図星だった、と苦笑してしまう。

「まさか、疑ってるんですか」

「こういう場合、周辺の交友関係をはっきりさせるのが基本だからね」

「無理だと思いますよ。彼、結構ライブをやってますから。遠征もするから、そんな、ストーカーみたいなことなんかできないと思います」

「彼のバンドは、ホームページを持ってないかな」

「あー、分かりませんけど……検索すれば分かるんじゃないですか」

「バンドの名前は？」

春奈はまだ渋っていたが、結局は教えてくれた。よし、これを手がかりにして少し調べてみよう。結城は、この件は若葉に言わないようにと念押しして、春奈との会話を終えた。家へ帰るか、本部に戻って調べるか……家にしよう。本部でパソコンを使っていると、何を検索していたのか、全てシステム担当者に筒抜けになると考えた方がいい。余計なことをして、と上に突っこまれるわけにはいかなかった。

それにしても若葉は、どうしてこの事実を隠していたのだろう。

4

久しぶりに自宅のパソコンを立ち上げる。元々結城は、自宅でパソコンを使うことはほとんどなかった。美貴が、授業の資料を作るのに使っていたぐらいである。

若葉のボーイフレンド、横森《よこもり》宏太が所属するバンドは「FFJ」と名乗っていた。フリー・フォーム・ジャズの略らしい。音楽関係に疎《うと》い結城には、どういう意味なのかまったく分からなかった。しかし、無事にバンドのホームページを見つけてほっとする。

こいつか……「メンバー」のコーナーに、横森宏太の写真が載っている。他のメンバーは全員三十代だが、一人だけ二十代。ギターを抱えてほほ笑む顔は、線が細いというか、どことなく頼りなかった。まあ、今の若い連中は皆こんな感じかもしれないが……。

ライブのスケジュールを確認すると、四日前の夜は間違いなく土浦にいた。いや、もしかしたら本人は欠席していたかもしれない……一抹の疑いは、メンバーのブログを検索していて払拭された。その日のライブの様子を撮影した写真が掲載されていて、そこには確かに横森も写っていたのだ。

この線も無意味だったか……ブログのページを放置したまま、結城は立ち上がった。急に疲労を感じる。この件を警視庁の連中に伝えておいた方がいいのかどうか。情報としては弱いかもしれないが、若葉が隠していたことが気になる。ボーイフレンドができて照れていたのかもしれないが、こういう非常時に隠し事をしていたのは気にいらない。本当に危ない存在かどうかは、本人ではなく警察が決めるのだ。

——連絡しないことにしよう。雑音のような情報であり、聞かされても警視庁も迷惑なだけだろう。お節介だと思われるのも困る。

この件はひとまず忘れて、まず飯だ、飯……冷蔵庫を覗く。若葉が来ていた時に結構買いだめをしたので食材はあるのだが、何をどうしていいか分からない。しばらく冷蔵庫の前でしゃがみこみ、食材の組み合わせをあれこれ考えていた。おっと、その前に米を炊かないとどうしようもない。慌てて米を研ぎ終えたところで、携帯電話が鳴った。濡《ぬ》れた手をズボンの前で拭きながら確認すると、若葉だった。何かあったのか、とにわかに緊張が高まる。

「どうした」

電話に出ると、若葉の冷たい声が耳に響いた。

「春奈に変なこと聞かないで」

「捜査に必要なことなんだ」

「彼は何も関係ないから」

「それを自分で判断しちゃいけない。そういう軽い判断が、後で大変なことになるんだ」

「あのね……」若葉が溜息をついた。「あの日、私は彼と電話で話してるから。土浦にいたのよ、茨城の」

「それは知ってる」

「もう調べたんだ」若葉がまた溜息をついた。「やっぱり、警察官なんだね」

「そうだ。分からないことがあれば調べる。警察官としては当然だろう」

「そうかもしれないけど……」若葉は明らかに不満そうだった。

「この件は、警視庁には言わない」

「容疑は晴れたっていうことね」

「別に疑ってたわけじゃない」話がこじれつつあるな、と思いながら結城は答えた。

「それならいいけど……あの、別に彼とは何でもないから。友だちです」若葉が少し慌てた口調でまくしたてる。

「別にボーイフレンドだろうが恋人だろうが構わないよ。いてもおかしくない年頃なんだから」

「気にならない？」

「ならないでもないけど、俺はそんなに頭の固い人間じゃない」美貴がいてくれたら、とつくづく思う。娘とこういう話をするのは本当に苦手だ。もしかしたら亡き妻は、若葉のボーイフレンドのことをとっくに知っていたかもしれない。

「こういうことはあまり……」

「分かってる。お前のプライバシーは尊重するけど、これは捜査なんだ。そこは分かってくれ」

「被害者のプライバシーもなくなるのね」

「それが事件なんだ」

「そういうことにずっとつき合ってきて、どういう感じ?」

「そんなに簡単に答えられることじゃない」

「……そう」素っ気なく言って、若葉は電話を切ってしまった。

失敗だったな、と悟ったが、これればかりはどうしようもない。調べなければならないことだったし……春奈がすぐに若葉に話してしまうだろうということは、予想しておいて然《しか》るべきだった。自分が釘を刺したぐらいでは、親友を裏切ることはできなかったのだろう。

まあ、仕方ない。全てがぴたりと上手く嚙《か》み合う捜査など、まずないのだから。

それにしても最近の自分は、ずれてばかりではないか。あらゆる捜査が上手くいかない。そう考えると、美貴は自分にとってバランサーのような存在だったのではないかと思えてくる。気持ちを平常に保ち、常に同じように仕事をするためには、彼女の存在は絶対に必要だったのだ。

夕食の後、ソファで転寝《うたたね》してしまった。最近、心配事が多過ぎて眠れない夜もあったから……結城を眠りから現実に引き戻したのは、一本の電話だった。花岡。

「お休みのところ、悪いね」

「いえいえ」結城は何とか普通の声を出そうと努めた。眠っていたと知れたら、今も動き回っている花岡に申し訳ない。壁の時計を見ると、既に十時である。「まだ仕事してたんですか」

「今、椎名の家の前にいるんだが……あいつ、やっぱり姿を消したと考えた方がいいだろうな。周りにも話を聞いてみたんだが、ここ何日か、姿が見えないそうだ」

「そうですか」

「だからあんたも、あまり心配しない方がいい。訴え出たのにいきなりいなくなるなんて、怪し過ぎるだろう。普通は、いつでも結果が聞けるように待ち構えているはずだ。むしろ何回も電話を突っこんでくるとか」

「でしょうね」

「危険は承知で、明日、あいつの弁護士に会ってみようと思う」

「それはちょっと……どうですか」監察官に知られたら面倒なことになる。

「なに、大丈夫だ。あんたが何を心配しているかは分かるけど、ばれないように上手く

やるから。こっちは、そういうことに関してはベテランだからな。気づかれないように
やる手はいくらでもある」
「気をつけて下さいよ」
「分かってる……とにかく俺は、気に食わないんだ。裏切られたような気分なんだよ」
「分かってますが、無理はしないで下さいよ。俺のことは……」
「あんたとは関係ないよ。裏切られたのは俺なんだ。きちんとけじめをつけないと気が
済まん」
乱暴に言って、花岡が電話を切ってしまった。結城は溜息をつき、携帯電話をそっと
テーブルに戻した。脂の浮いた顔を両手で擦り、ふらふらと立ち上がる。風呂でも入る
か……椎名の真意が読めないのが気になるが、今は手出しできない。自分は審判を待つ
身であり、積極的には動けないのだ。
そういえば、監察官が何も言ってこないのも妙である。だいたい、警察の内部調査と
いうのはゆっくり進むものだが、これは一般市民からの訴えである。のろのろしている
と、今度は監察官が批判を受けることになるわけで、短い時間である程度は結果を出す
――少なくとも「ここまで進んでいる」ことを相手に示すはずだ。
何故そうしない？
監察も、この事態を怪しく思っているからだ。
何しろ、訴え出た椎名本人が行方不明になっている。経過について問い合わせもしな

いまま連絡が取れなくなっているのだから、怪しいと思わないわけがない。もしこのまま椎名と連絡が取れなければ、訴えそのものをなかったことにするのではないか……そう考えると、花岡の行動は極めて重要だ。もう少しそこに人手を割いて、椎名の行方を捜す方法もあるのではないか。

駄目だ。自分の指示でそんなことを始めたら、また厄介なことになる。とにかく動かないこと。監察官の方から何か言ってこない限り、努めて意識の中から追い出すこと。表面上は、ただ静かに暮らすだけだ。

そうしなければ、と自分に言い聞かせた瞬間、また携帯が鳴った。今度は長須だった。そういえば一緒に東京へ行って以来、あの件についてはまったく話していなかった。

「おう、大丈夫か」

「大丈夫って、何が」結城は苦笑してしまった。長須は少し気を回し過ぎるきらいがある。

「いろいろ、だ。今日、根岸から連絡があった……今のところ、いい線はないらしいが」

「そうか……」過度な期待はしていなかったのだが、やはりがっくりする。

「監視をしているんだが、若葉ちゃんの自宅の方には誰も現れない。メールの方も、線を辿れないみたいだな」

「ああ」

「まあ、気長に待てよ」長須が呑気な口調で言った。「そんなに簡単にはいかないからさ」

「それぐらいは分かってるよ」例のボーイフレンドの件は話すべきかどうか……一瞬迷ったが、結局口にしなかった。

「とにかく、向こうはちゃんとやってくれてるから」

「警視庁が手抜きしないのは分かってる」

「そうだよ。だから、あまり焦らないで……ちょっと待て。キャッチが入った」

「切ろうか？」

「そのまま待ってくれ」

声が途切れ、結城は沈黙の中に一人残された。リモコンでテレビをつけ、音を絞って画面を眺める。ちょうどニュースの時間だが、今日は世の中は平穏なようだ……中央政界のどたばたは、結城の日常には何の関係もない。

長いな……ニュースが一つ終わり、次のニュースに移ったが、長須は電話に戻らなかった。もしかしたら切れてしまったのかと思ったが、そんな様子もない。

突然、長須の声が耳に飛びこんできた。

「いいか、落ち着けよ！」

甲高い彼の声は、結城の鼓動を一気に撥《は》ね上げた。「落ち着いてるよ」と言いながら、既に最悪の事態を予想してしまった。

「若葉に何かあったのか」訊ねる自分の声が震えるのを意識する。

「拉致された。警視庁の捜査員の目の前で、だ」

結城は電話を耳に押し当てたまま、家を飛び出した。東京まで一時間以上……千葉に住んでいることを、今ほど恨めしく思ったことはない。

結城は自分の判断を褒めることにした。千葉から車で東京二十三区の西部まで行くには、どうしても都心環状線を利用することになるのだが、この時間でも混み合うことは容易に予想できた。湾岸線から中央環状線に入り、思い切って外環自動車道の大泉ジャンクションまで走ってしまう。途中渋滞は、四十五分で走り切った。練馬インターチェンジで降りれば、そこから所轄までは二キロほどしかない。カーナビの指示に従い、細い裏道を走って、所轄の前の富士街道沿いに車を停めた。ドアをロックするのも忘れ、庁舎に飛びこむ。

何事もないように静まり返っている。拉致事件ぐらいでは、騒がないということか……途中、長須から何度か電話があり、状況を伝えてくれたのだが、現場は若葉のマンション近くである。捜査員はそちらへ行っているのだろう。だったら署が静かなのも理解できる。

自分もマンションの方へ向かうべきか……迷っていると、根岸が階段を下りて来た。結城に気づくとはっと顔を上げ、足を止めて頭を下げる。結城は階段を途中まで駆け上がって、根岸に詰め寄った。

「どういうことなんですか！」

「申し訳ない」

根岸がまた頭を下げる。それを見ると、結城は何も言えなくなってしまった。同じ警察官なのだから……向こうが一生懸命やってくれていたことは、説明を聞かなくとも分かる。

「とにかく、説明させて下さい」根岸が落ち着いた声で言った。

「現場は、娘のマンションの近くと聞いていますが」

「そうです。一瞬のことでした」

「だったら、現場で話を聞かせてくれませんか。その方が分かりやすいと思います。それに、家の鍵を預かっていますから……中を調べる必要があるかもしれない」

「分かりました」根岸がうなずく。「では、すぐ行きましょう。私も先ほど着いたところで……」

「お手数おかけします」本当はこの程度の案件だったら、本庁の捜査一課が出て来るまでもない。所轄に任せて、根岸は報告を受けながら指示を出していただけだろう。

「うちの車を使いますか？」先を行く根岸が、振り返って訊ねた。

「いや、車で来ていますから。自分の車が必要になるかもしれない」結城は根岸に追いついた。

「分かりました……長須さんもこちらに向かっているそうです」

「あいつは関係ない」結城は思わず声を荒らげた。千葉県警の刑事が二人、ここにいても、何の手助けもできないのだ。他人の捜査に首を突っこむのは、警察ではタブーである。

しかし今夜は、そうも言っていられないだろう。やるべきことはやる——それが何なのかは、結城にも分かっていなかったのだが。

第11章　闇の中で

1

何も聞こえない。

いや、何か聞こえる……正確なリズム。すぐにそれが自分の鼓動だと気づいた。何で鼓動が聞こえるんだろう。目を閉じてじっくり考えるか……閉じる必要はない。視界は既に暗いのだ。目を閉じていないのに。いや、閉じている？　それさえ分からない。

若葉は必死に、自分が置かれた状況を把握しようと努めた。すぐに分かったのは、動けないということ。手足の自由が利かない。何だか痺《しび》れているようだ。どこかに座っているのは間違いない。尻の下には硬い感触……床に直《じか》に腰を下ろしているようだ。背中にも硬い感触があるが、これは壁だろう。

つまり、壁を背にして床に腰を下ろしている。

当たり前じゃない。何でこんなこと、一々確認しなければならないのか。いや、確認したわけではない。肌に伝わる感触からそれと分かるだけで、他の感覚は役に立たない。

とにかく目が見えないのが致命的だった。

急に不安が高まり、震えがくる。どうして見えない？　目は……どうかしてしまったのだろうか。まさか、失明？　震えが次第に大きくなり、抑えきれなくなった。両腕で自分の体を抱きしめたいのだが、肝心の腕も自由にならない。そこで初めて、後ろ手に縛られていると気づいた。

よし、落ち着かないと。とにかく生きているんだから、何ということはない。自分が置かれた状況を確認し、これからどうするか決めればいい。若葉はゆっくりと深呼吸した。次第に鼓動が落ち着き、耳を打つリズムがゆったりとしてきた。

一つ、分かった。目隠しされている。タオルか何かだろうか……それが耳をも覆い、音を遮断しているようだ。この程度の縛《いまし》めなら何とか逃れられるのではないか、と思った。目隠しさえ外れれば、外の世界ともう一度つながることができる。

しかし実際には、それほど簡単ではなさそうだ。両手両足が縛られている。特に足は二か所……足首と膝の自由が奪われていた。手は背中に回され、手首のところで縛られている。肩が引き攣《つ》って、動くとかすかな痛みが走るほどだった。足の方は大丈夫だが、腕は……いつまで我慢できるか分からない。手首の縛めはかなりきつく、指先が冷たくなっている。急に心配になった。このままずっと縛られていたら、手首から先が壊死《えし》してしまうのではないか。怖くなって、上半身を揺するように動かすと、また肩に痛みが走る。こんなに体が硬かったかな、と驚いた。普段からストレッチはやっておかないと、と場違いなことを考えてしまう。

静寂と暗闇。

今やらなければならないのは、視界を確保することだ。それは理解できていても、どうすればいいか分からない。顔を激しく振り続ければ目隠しは外れるかもしれないが、そんな動きを続けると、引き攣った肩を痛めてしまうかもしれない。これからどうなるか分からないのだから、体にはできるだけ負担をかけないようにしないと。

横になっている方がいいのだろうか。今のところ、硬い床に座っているのが辛《つら》いわけではなかったが、ずっとこんな姿勢を続けていると、そのうちおかしくなってしまうかもしれない。思い切って横になった方が、体力を消耗しなくて済むのではないか。

でも、両手が後ろに回された状態では、横になるのも大変だ……それに、いざという時に起き上がれないかもしれない。結局、このままの姿勢でいるのが一番安全だ、と自分に言い聞かせる。

とにかく自分の置かれた状況は簡単だ——縛られ、どことも分からない場所に放置されている。

それにしても、ここはどこなのだろう。

空気はひんやりしている。耳が聞こえないのでよく分からないが、体に風が当たる感じがするから、エアコンは入っているようだ。むき出しの手は冷たいが、これはあくまで手首の血流が悪くなっているせいだろう。じっと息を殺し、部屋の様子を何とか把握しようと努める。

駄目だ。何も分からない。

臭いはどうだろう。何か特徴的な臭いは——ここが普通の部屋なら、きっと生活の臭いがあるはずだ。料理の名残とか、洗濯物の香りとか。しかし、これはというはっきりした臭いは感じられない。

自分が拉致・監禁されているのは間違いない。犯人の見当もついている——もちろんあのストーカーだ。でも、どうしてこんなことになったのか、さっぱり分からない。警察は何をしていたのだろう。いや……二十四時間警戒してくれていたわけではないのだから、文句は言えない。でもどうして、こんなに簡単に拉致されてしまったのだろう。

恐怖を押しのけ、あの瞬間の記憶を何とか呼び覚まそうとした。マンションへ向かう最後の角を曲がり終えた瞬間、誰かに腕を摑《つか》まれた。予想外の強い力で、抗《あらが》うどころか、腕を走る痛みに身がすくんでしまった。そのまま車へ——別に薬物を使われたわけではない。意識ははっきりしていたし、その気になれば叫べたかもしれない。しかし恐怖が、抵抗しようとする気持ちを上回る。こんなはずじゃなかったのに……若葉は、最悪の場面をずっと想定していた。もしも襲われたらどうするか。徹底して抵抗するつもりだった。どんなに体格差があっても、むきになって暴れたら、簡単に制圧されることはないはずだ——と思っていた。

実際にそうなってみると、とても無理だった。抵抗などできなかったし、声さえ上げられなかった。

どこで意識を失ったかも覚えていない。車に乗せられた時に、殴られたかもしれない……しかし体には、はっきりした痛みは残っていなかった。もしかしたら、いつの間にか薬を飲まされたのか。

ゆっくりと深呼吸する。鼓動は落ち着いていたが、いろいろ考えると不安になり、また速くなってくる。今、何時だろう……襲われたのは、そんなに遅い時間帯ではない。警察はもう、自分が拉致されたことに気づいているはずだ。今日は春奈が泊まりに来ることになっていたから、約束の時間に家にいなければ不審に思い、然《しか》るべきところに連絡してくれるだろう。たぶん、父もすぐ知ることになる。たくさんの人が動き回っているのは間違いなく、絶対に救出されるはずだ、と若葉は自分に言い聞かせた。

でも……今、何時だろう。拉致されてから何時間経《た》った？　どれぐらい気を失っていたか――言い換えれば、ここへ来るまでにどれだけ長い時間がかかったのか。

不安を紛らすために、若葉は怒りを燃え上がらせようとした。まず、犯人をどんな罪に問えるか考える。逮捕・監禁罪は、刑法二百二十条で規定されている。内容は確か――。

不法に人を逮捕し、又は監禁した者は、三月以上七年以下の懲役に処する。

案外軽い。これで自分が怪我《けが》でもしていれば、もっと長い間ぶちこんでおくことができるのだが。確か「致傷」になると、「三月以上十五年以下の懲役」だ。

法律に頼らず、相手を痛めつける手はないだろうかと考える。監禁は継続犯であり、この状態が続く限り、犯罪は続いていると解釈される。したがって、ここで自分が反撃に出て相手を傷つけても——あるいは殺しても、正当防衛になり得る。しかしこの状況では、どうしようもない。反撃するどころか、まったく体が自由になれないのだから。

ふいに風が流れた。また、聴覚はほとんど失われているのに、かすかに何かが軋《きし》むような音が聞こえた気がする。ドアが開いたのだ、と分かった。しかし、視界は依然として真っ暗。目隠しがよほど分厚いのか、ドアの向こうから漏れてくる光が弱いのか。

若葉はにわかに緊張感を高め、身を硬くした。膝を引きつけて体を丸くする。何が起きるか分からないから、一番衝撃を和らげられるような体勢で——何も起きなかった。

だが、かすかな床の軋みが感じられる。誰かが歩いている——自分に近づいているのだ。若葉は顎を胸に引きつけ、さらに体を丸めるようにした。

いきなり、音が蘇《よみがえ》る。自分の鼓動しか聞こえていなかったのが、様々な音が急に耳に飛びこんできた。エアコンが暖気を吐き出す音、床が軋む音、そして目の前にいる相手の息遣い。相手は中腰になっているのだろう、息遣いはひどく近く感じられた。耳を覆っていた何かが外されたのだと分かったが、目はまだ見えない。

「心配いらない」

この声は――若葉は思わず顔を上げた。もちろん姿は見えないが、声は忘れようもない。自分を脅したあの電話――聞き違えようもない。しかし声は同じでも、あの時の口調とは明らかに違っていた。電話では、猥褻《わいせつ》ささえ感じさせるねっとりとした口調だったが、今はさらりとしている。本当に若葉を安心させようとしているようだった。おかしい。油断してはいけないと気持ちを引き締めた。この男は、私を油断させようとしているだけかもしれない。油断させておいて、もっとひどい目に遭わせる――若葉はゆっくりと唾《の》を呑み下し、次の言葉に備えた。

「怪我させるつもりはないから」

喋《しゃべ》れる、と分かっている。口は塞がれていないのだから。だが、下手な一言が相手を怒らせてしまうのを恐れた。

「俺が誰か、分かってる？」

知るわけないでしょ。吐き捨てたかったが、我慢して言葉を呑みこんだ。不用意な言葉がどんな局面を生み出すか、想像できないのだ。

「知らないのか……」知らないことにがっかりしている様子だった。男がゆっくりと立ち上がる気配がする。続いて、軽い音――冷蔵庫を開けたのだと気づいた。さらに、ペットボトルのキャップを開ける小さな音が聞こえる。普段なら聞き逃してしまうかもしれないが、視力が奪われているせいか、聴覚は普段よりずっと敏感になっていた。

若葉は意識を体の中心に置いた。そこに向かって、ぎゅっと体重を集中させていく感じ。やがて自分は一つの小さな球になり……駄目だ、こんなことじゃ。相手の術中にはまってしまう。

不意に、顎に冷たく硬い物が触れ、びくりとした。まさか、銃やナイフでは……体が震え出す。

「心配するな、水だ」男の声は依然として冷静だった。「水分を取らないと、体に悪い」

本気で心配しているような口調だった。こんなことをしておいて、私を心配している？ 怒りよりも、戸惑いが心を占める。ふいに、口元に何か押しつけられる感触があった。たぶん、ペットボトル。でも、中身が本当に水かどうかは分からない。

若葉は反射的に顔を背けた。ちょっとした動きが強張《こわば》った体に衝撃を与え、体のどこかでみしみしという音が聞こえる。

「ボルヴィック。君、いつも飲んでるだろう」

背筋を冷たい物が這《は》い上がった。どうしてそんなことを知っている？ 私の跡をつけて買い物を見張っていたのか、あるいは家に忍びこんで冷蔵庫の中を確認したのか。

「飲みたくない？」

この男は……気楽な口調で話しかけてくるのが信じられない。電話で自分を脅した相手と同一人物とは思えなかった。しかし声そのものは、間違いなく同じである。いったい、どちらの口調が本物なのか。

若葉はゆっくりと首を横に振った。本当に水かどうか……ペットボトルの中身がお茶やコーヒーだったら、香りで分かったかもしれない。嗅覚も敏感になっているから、かすかな臭いの違いも嗅ぎ取れるはずだ。若葉は、ゆっくりと鼻で呼吸した。特徴的な臭いは嗅ぎ取れない、か。男も近くにいるはずで……しかし、体臭は分からない。そういえば、そもそもこの部屋には何の臭いもなかった。誰かが生活している場所ではないような……しかし、冷蔵庫はある。もっとも、冷蔵庫があるから誰かの部屋、とは限らないわけだが。……でも、もしかしたらホテル……ホテルだったら、気を失った私を運びこむのは無理か……でも、ラブホテルならどうだろう。車で乗りつけて……若葉は、ラブホテルを利用した経験がないのを呪った。

「飲みたくなったら言ってくれ。いつでも飲ませるから。腹は減ってない？」

何言ってるんだろう、この人……若葉は混乱が激しくなってくるのを意識した。ここでの話し振りを聞いた限りでは、「親切な人」と言えないこともない。しかし、絶対にそんなことはないのだ。この男がやっているのは間違いなく犯罪である。

「逮捕・監禁罪のこと、知ってる？」若葉は思わず口に出してしまった。「捕まったら、絶対刑務所行きだから」

言ってから、しまったと思った。余計なことは言わない方がいいのに……下手に刺激したら、どんなレスポンスがあるか、分からない。それが暴力なら、この状態ではとても対抗しきれない。

「分かってる」男の声は冷静だった。

「だったら、馬鹿なこと、やめなさいよ」

「もっと馬鹿なことをするつもりなんだ」

若葉は唾を呑んだ。今のは、自分に対する何かの「宣告」なのか？　聞きたい。しかし余計なことを聞けば、何が起きるか分からない。

「大人しくしていてくれれば、いずれ自由にする。ここからは出さないけど」

「何なの？　何がしたいの？」

「俺の狙いは君じゃない」

男の声が、若葉の耳に突き刺さった。だったら誰？　誰を狙ってるの？

2

一瞬の隙、とはこのことだろう。若葉の家の近くで警戒していた所轄の制服警官は、若葉がマンションに近づいて来たのを確かめて、無線を摑んだ。マンションに背中を向けて「異常なし、帰宅」の一報を入れてから顔を上げてみると、マンションの前に黒いワンボックスカーが停《と》まっているのが見えた。

一目で怪しいと分かる。ナンバーが隠されているのだ。若い制服警官は、腰にさしたままの警棒を握り締め、車に近づいた。そういえば、警戒対象者はどうした？　もうマンションに入ってしまったのだろうか。いや、そんなはずはない。あのマンションは、キー操作してからオートロックが解除されるまでに、少しタイムラグがあるのだ。それにそもそも、彼女がマンションのホールに到達するまでには、もう少し時間がかかるはずだ。もちろん、ほんの数秒から十秒程度の差なのだが……車が怪しい。まさか、あれがストーカーの車なのか？　堂々と家の前に乗りつけて拉致……考えられない。あれ考えられないことが起こった。呻《うめ》くような悲鳴。車が大きく揺れる。警官は慌てて車の背後に回りこんだ——結果的にそれが失敗だったことを、すぐに悟る。

車の横を通り過ぎる時に、エンジンがかかった。そのままタイヤを軋らせ、急発進する。クソ、前に回りこんでいれば止められたかもしれないのに……車を追いかけ始めたが、当然走って追いつけるわけもない。後ろのナンバープレートも隠されており、辛うじて車種と色が分かっただけだった。

慌てて無線を掴んだが、一報を入れる前に周囲を見回してみる。トートバッグがマンションの前に落ち、中身が路上に散乱していた。財布、スマートフォン、カード入れ……カード入れを取り上げ、中身を確認すると、学生証が入っている。間違いない。警戒対象の結城若葉だった。

とんでもないヘマをした……顔面から血の気が引き、かすかに目眩《めまい》がしてくる。まさか、自分の目の前でマル対が拉致されてしまうとは。これは滅多に起きないことだ。だが、今はそんなことを考えている場合ではない。一刻も早く手を打たなければ。震える手で無線を掴み、口元へ持っていく。声も震えているのが分かったが、とにかく落ち着け、と自分に言い聞かせる。

——という拉致当時の状況を、結城は現場で知った。一番大事なところでヘマした若い制服警官は、既に現場にはいない。いなくてよかった、と結城はほっとした。もしもここで顔を合わせたら、殴り倒していたかもしれない。自分の部下だったら、間違いなくきつく叱責《しっせき》した上で、できるだけ遠くの所轄へ飛ばしただろう。だが、ここは警視庁管内である。そして「任せていた」という意識があるが故に、激しい怒りは押し潰すしかなかった。

「残念ながら、緊配には引っかかってこないですね。防犯カメラも、死角になっていたようで、何も映っていません」

根岸の説明にもうなずくしかなかった。拉致されてから既に一時間半以上……どれだけ早く緊配の準備を整えたとしても、犯人の方がはるかに有利である。今頃は東京を離れ、相当遠くまで行ってしまっているかもしれない。この辺だと、関越道で新潟や長野方面へ逃げるのが妥当かもしれない。

しかし、犯人の目的は何なのだ？　やはりストーカーで、乱暴目的で拉致した？　それを考えるとぞっとしたが、ここで動揺してはいけない、と自分に言い聞かせる。とにかく冷静にならないと。まずは車を捜し出すのが先決だが、ナンバーが分からない状態では手のつけようがない……。

マンションの前に停まった覆面パトカーの一台から、春奈が降りて来るのが見えた。

顔面は蒼白《そうはく》で、泣いた跡がある。彼女にも申し訳ないことをしてしまった……結城は春奈に近寄り、声をかけた。

「大丈夫ですか?」

春奈がはっと顔を上げる。すぐに結城だと認識したようで、深々と頭を下げた。

「ごめんなさい……私が一緒にいれば、こんなことには……」

「あなたのせいじゃない」結城は首を横に振った。「あなたまで危ない目に遭ったんじゃ、本末転倒だ」

「でも、私がいれば……」

「あまり自分を責めないで下さい。あなたは本当によく、娘を助けてくれた」

「友だちですから……だから……」春奈が唇を嚙《か》み締めた。

初めて会った時は、ずいぶんしっかりした娘だ、という印象を抱いた。若葉も相当しっかりしているが、娘以上ではないか、と。しかし今は、ひどく弱々しく、傷ついている。

「大丈夫。必ず見つけ出すから」

「でも……」

「心配なのは分かるけど、ここで我々が心配していても、何にもならないんです」結城は、自分が父親として喋っているのか、警察官として彼女を慰めているのか、分からなくなっていた。警察官の立場を貫くべきでは、と思う。父親の意識が強くなったら、あっという間に自分が崩壊してしまいそうだった。警察官なら客観性を保ち、冷静でいられる——無理だ。父親としての自分と警察官としての自分を分けるなど、できるはずもない。警察官にして若葉の父親、それが自分なのだから。

それでも結城は、この場では警察官に徹することにした。

「何か、私に話していないことはないですか」

「はい？」春奈が不審そうに目を細める。

「話し忘れていることとか」

「いえ、別に——」

春奈がふっと目を逸《そ》らす。それを見て、結城は彼女が重要な秘密を隠していると確信した。若葉の男関係か、それとも……結城は春奈の腕を摑んだ。乱暴なことはしたくないが、この際仕方がない。それにこうなったら、警視庁の連中に任せきりにするわけにもいかなかった。春奈は既に簡単な事情聴取は受けているが、顔見知りの自分に対しての方が、喋りやすいだろう。

結城は、春奈を自分の車のところまで連れて行った。若葉のマンションからは数十メートル離れ、ざわついた雰囲気は多少薄れる。それでも春奈は、不安そうにしていた。車の中だとかえって話しにくいか……結城は、寒そうに震えている春奈に突っこんだ。

「若葉は、私に事情を全部話していないと思う」

「何がですか」春奈がちらりと顔を上げた。が、目を合わせようとはしない。

「何か隠していると思うんだ。あなたは何か、聞いていませんか」

「……いえ」

言葉に躊躇《ためら》いが感じられる。間違いなく何か知っている。しかし結城に対しては話せない――話しにくいことなのだと簡単に想像がついた。だが、往々にしてそういうことが重要な手がかりにつながるのだ。

「これは事件なんだ」結城は力説した。「娘を守れなかったのは私の責任だ。だから絶対に、無事に連れ戻さないといけない。そのためには手がかりが必要なんだ」

春奈はまだ顔を背けたままである。その肩を摑んで思い切り揺さぶりたい、という衝動に結城は駆られた。だが、少しでも無理なことをしたら、春奈の心も体も壊れてしまうかもしれない。

「最初から、少し様子がおかしかったと思う……こんなことが始まる前だ。若葉は、ちょっとしたことで私を頼ったりしない。何か不安があっても、自分で解決する娘だ。それが急に電話してきて、それなのにはっきりしたことを言わなかった……あれは、ストーカー問題に関してだったんだろうか」

春奈がちらりと顔を上げる。髪が目にかかり、表情が曖昧になっていた。

「それ……いつ頃ですか」

「あの娘の母親……私の妻が亡くなった直後だ」

「ああ……」

春奈がゆっくりとうなずく。唇を引き結び、何かを考えるようにぎゅっと目を閉じたが、すぐに目を開いて、結城の顔を正面から見詰めた。何か思いついたな、と結城は確信した。あるいは話す気になったのか……どちらでもいい。今はとにかく多くの情報が欲しかった。

「私が言ったことは、若葉には知られたくないんです」

「今は、そんなことを言ってる場合じゃない！」

結城は思わず声を荒らげた。こうしている間にも、若葉は生命の危機に晒《さら》されているかもしれないのだ。

「若葉が無事に帰って来るって信じてます」

「それは私も同じだ」

「無事に帰って来たら、また友だちでいたいんです」

結城は無言でうなずいた。こんな友人を持った若葉は幸せだと思う——だが、春奈の本音は読めなかった。いったい何を、そんなに躊躇っているのか。

「この秘密……秘密かどうか分かりませんけど、本当は、私が知るべきじゃなかったと思います。でも、相談を受けたから」

「いったい何のことですか」さすがに結城もじれてきた。「何でも構わない。あなたが疑問に思うことがあったら、教えて下さい。それが捜査の突破口になるかもしれない」

「若葉、養子なんですか？」

まさか。

春奈の言葉を聞いてから、「まさか」を十回ぐらい頭の中で繰り返している。もしかしたら若葉は何かを疑って、調べていたのか？

若葉を養子にする時に、周りからは慎重に忠告された。養子であることは、早いうちに本人に告知した方がいい。小学生ぐらいになれば理解できるのだから、早く教えて自分の中で納得させないと。だが結城たちは、若葉に教えるのを恐れた。たった一人の子ども。どんな反応が返ってくるか、それを考えると本当のことを言えなかった。そして時が流れた。

この事実は、ごく近い人間しか知らない。だが誰かが漏らせば、翌日には五人が知ることになる。人間関係を考え直せ……どこかに必ずヒントがあるはずだ。一人車の中に座り、結城は必死で線をたどった。

やがてそれが、あるポイントにたどり着く。まさか……人はどれだけ長い間、恨みを抱き続けられるのだろう。そもそも、恨みを抱くような問題なのか。いや、簡単に否定すべきではない。ある問題に対してどんな風に感じるかは、人によってそれぞれだ。自分の基準だけに照らして考えていると、必ず勘違いする。

いきなり車のウィンドウをノックされ、結城の鼓動は一気に跳ね上がった。慌てて外を見ると、長須が心配そうな顔で覗きこんでいる。長須だけではない。足利と亜紀の顔も見えた。三人揃《そろ》って何をしているのか……結城はドアを押し開け、アスファルトの上に立った。冷気が体を包みこみ、思わず身震いしてしまう。

「どうした」

「どうしたもこうしたもない」長須が青い顔で言った。「非常時だろうが」

「いや、何で三人揃ってるんだ?」

「一緒に呑《の》んでたんだよ」

「ああ、俺に電話くれた時か……」

結城は思わず鼻をひくつかせた。それを見て、長須が「呑んでない奴が運転してきたから、大丈夫だ」と足利を指差す。亜紀が一歩前に進み出て、頭を下げた。

「すみません。係長のプライベートなことで申し訳ないと思ったんですが、長須さんから事情を聞きました」

「おいおい――」

「しょうがないだろう」長須が唇を歪《ゆが》め、結城の非難を受け流した。「もう、事態は俺だけの手に負えないよ。プレッシャーに負けた……勘弁してくれ」

結城は無言でうなずいた。確かに、単なる懸案事項だったのが、今は事件になってしまったのだ。いずれ係のメンバーにも知れることだし、長須が自分の胸だけに事情をしまいこんでいるのに耐えられなくなったのも理解できる。

「心配して来てくれたのはありがたいが、捜査は警視庁さんがきちんとやってくれている。俺たちにできることはない」

「いや、手伝いぐらいは――」

長須が反論する。結城は首を横に振った。自分は父親だから、ここにいなくてはならない。しかしこの三人は別だ。捜査はあくまで警視庁が担当する。千葉県警が首を突っこむ問題ではない。

「警視庁の邪魔をしたら駄目だ」

「邪魔なんかしません」普段は大人しい足利が、いきなりむきになって言った。「自分たちだって仕事はできます」

「駄目だ」結城は繰り返したが、ふいにまったく別の思いにとらわれた。直接若葉の行方を捜すような捜査をしてはいけないが、長須たちにしかできないことがある。

「長須、椎名のことをもっと調べてくれないか」

「何で」長須が不審げに目を細めた。

「花岡さんが調べてくれているんだが、協力してくれ」

「どうして」長須は納得できない様子だった。

「とにかく調べてくれ。椎名の生い立ちを知りたいんだ」

「意味が分からない」

「若葉に関係しているかもしれない」

瞬時に長須の顔が蒼褪《あおざ》めた。長いつき合いの長須は当然、若葉の事情を知っている。彼はゆっくりと口を開いたが、足利や亜紀の前で事情を話すのは相応《ふさわ》しくないと思ったらしい。その口は、ほどなく一本の線になった。

3

寒い……エアコンの音は聞こえるが、利きが悪いようだ。多分、明け方なのだろう。若葉は何とか眠ろうと努力していた。少しでも体力を温存しておかないと。しかし寒さと緊張、座り辛い硬い床のせいで、一向に眠くならない。とにかく目を閉じて――いや、最初から閉じて目隠しされている状態なので、そんなことを意識しても意味はない。そして、目隠しの圧迫感がまた、睡眠の妨げになるのだった。

何故かパニックにはならなかった。男が、一応は紳士的な態度を保っているせいかもしれない。何かされていたら、とっくに精神的に崩壊していただろう。大丈夫だと自分に言い聞かせても、不気味な雰囲気は拭えなかった。体が汚され、いくらシャワーを浴びても消えないような……。

一瞬、意識が途切れる。しかし、誰かが自分を抱き抱えているのに気づき、すぐに目が覚めた。思わず悲鳴を上げてしまったが、相手は気にする様子もない。すぐに、何か柔らかい物の上に移動させられた、と気づく。これは多分……ソファだ。柔らかな感触で、かえって今までどれだけ硬い床に座っていたかを意識する。間違いなくソファだ。革製ではなく、布――素材なんかどうでもいい。少なくとも、これで苦痛はだいぶ軽減されたのだから。

「横になってるといい」男の声だった。「ソファの上なら眠れるだろう」

そう言われると反発して、眠る気がすっかり失《う》せてしまう。寝なくたって、あんたになんか負けないから。こんなことで、私は泣かないから。

だが、喉の渇きはどうしようもない。しばらくは水分を取らなくても死にはしないだろうけど……本当に？　急に不安になってきた。どれぐらい長い間、水を飲んでいないのか、喉がひりつくような感触が気になる。この部屋も、相当乾燥しているし……ここで水を一口だけでも飲めば、どれだけ楽になるだろう。しかし、この男に助けを請うのだけは避けたい。そんなことをしたら、プライドがずたずたになってしまうだろう。一杯の水がきっかけで、人はあっという間に相手の奴隷になる。

自分を強く持つこと。

でも、命と引き換えにしてまで？　死んでしまったら何にもならない。面従腹背ということもあるのではないか。取り敢えず頭を下げておいて、相手の顎が自分の頭の上にきたら思い切り突き上げてやればいい……。

まさか。そんなこと、夢見がちな中学生の男子でも考えない。自分は今、圧倒的に不利な立場にあるのだ。

ふいに男の気配が消える。だが次の瞬間には、背後に回られた、と気づいた。まずい。後ろから襲われる——思わず前屈《まえかが》みになって身を守ろうとしたが、そうすると背中が完全に無防備になってしまうと気づいた。しかも後ろ手に縛られているので、両肩が引き攣るように痛む。

「ちょっと大人しくしててくれるかな」

言われなくたって、大人しくしているしかないわよ。文句を言おうとしたが、喉が乾燥していて声が出なかった。

ほどなく、両手の縛めが解かれる。肩も楽になった。両腕に一気に血が流れ出したようで、むず痒《がゆ》ささえ感じる。まったく予想もしていなかった事態に、若葉は何もできなかった。両手が自由になったのだから、反撃に出てもいいのに……人は、予想を上回る事態が起きた時、唖然《あぜん》として動けなくなるのだろう。自分だって特別な人間じゃない。こんな風に呆然《ぼうぜん》とするのは当たり前だ。

しかし若葉は、自分の中に残った判断力に賭けた。とにかく急いで動かなければ。目隠しを外して状況を把握する、それとも足の縛めを解いて自由に動けるようにする、どっちが先——と考えながら、顔の横に手を伸ばそうとした。

「動くな」

急に男の声が低く、冷静になる。若葉の動きを止めるのに十分な迫力を持っていた。まさか、声に負けるなんて……そんなことがあってはいけないと思いながらも、若葉は両手を体の脇に垂らした。下ろした手の先が、ソファの座面に触れる。安っぽい布製だった。

「今、目の前のテーブルに水がある。手を伸ばしてみろ」

言うことなんか聞けるかと思ったが、渇きを癒す水の誘惑には勝てない。恐る恐る右手を伸ばすと、すぐに冷たいペットボトルの感触が指先に触れた。だが、このまま飲むわけにはいかない。まだ信じられない……ゆっくりと手を引っこめる。

男はまだ自分の後ろにいるようで、声は後頭部の上の方から降り注いできた。油断はできない。相手の方が圧倒的に有利な位置にいるのは間違いないのだ。迂闊《うかつ》に反撃しても、こちらが怪我でもして終わるだけだろう。若葉はひたすら動かないように気をつけて、相手の言葉に耳を傾けた。

「キャップは開けていない。中には何も入ってないから、安心していい。そんな細工をしている暇はなかったから」

「あなた、誰」

沈黙。今の質問が、二人の間に緊張感を引き起こしてしまった、と気づく。若葉はゆっくりと唾を呑み、同じ質問を繰り返した。

「あなた、誰」

「君が知る必要はない」

「電話かけてきた人でしょう？　何でこんなこと、するの？」

「ずいぶん落ち着いてるんだね」

男の声も落ち着いている。罪を犯しているという意識はまったくないようだった。

「抵抗しなければ、君は傷つけない」その言葉に嘘《うそ》はないように思えた。

「十分傷ついてるわよ」

「そう思ってるなら、謝る」

何なの、こいつ……若葉は混乱した。「謝る」という言葉には、誠実ささえ感じられる。少なくとも、電話で自分を脅した不気味な雰囲気は完全に消えていた。声は同じだが、本当に同一人物なのだろうか。

「君にはしばらく、ここにいてもらわなくてはいけない」

「どうして」

「それは言えない」

「何なの？　自分が何してるか、分かってるの？」

「もちろん。十分計画を立ててやってることだから」

「何の計画？」

無言。この男は何を狙っているのだろう――突然、嫌な予感が閃《ひらめ》く。

「まさか、父のこと？」

またも無言。それを肯定の印だと受け取り、若葉はまくしたてた。

「私をだしに使って、父に何かしようとしてるの？　分かってると思うけど、父は刑事よ。そんなに簡単に引っかからないから」

相手が何も言わないので、若葉は次第に不安になってきた。この男は、自分を不安に陥れるのに成功した。入念な準備、簡単に尻尾を摑ませない用心深さ。舐《な》めてはいけない、と気持ちを引き締める。

「これから、この部屋を出る。ドアが閉まったら、目隠しを外してもいい。足も。自由に動き回っていいけど、この部屋からは出られないから」

「何よ、それ」

「そうじゃないと、監禁している意味はないから。冷蔵庫には飲み物と食べ物が入っている。トイレも使える。自由にしてもらっていい。でも、出ようなんて考えないことだ。どうせそんなことはできないんだから、無駄な努力はしない方がいい」

「ちょっと――」

男の気配が消えた。若葉は慌てて目隠しに手を伸ばしたが、簡単には外れない。どうやらタオルか何かで縛った上に、ガムテープまで張りつけているようだ。冗談じゃないわ。こんなことして、髪の毛が抜けたらどうするのよ……急いで、しかし慎重にガムテープを引き剝がそうとしたが、視界が確保できる前にドアは閉まってしまった。

再び、完全な沈黙。若葉は溜息《ためいき》をついてから、ゆっくりとガムテープを剝がした。ようやく取れると、忌々しいタオルも引き剝がす。突然光が溢《あふ》れて、目が潰れるかもしれないと思い、すぐには目を開けなかった。しかし、瞼《まぶた》を通して光は感じられない。おそらく真っ暗……ゆっくりと目を開けると、想像していた通りだった。暗闇、淀《よど》んだ空気。それでも、部屋の中は薄《うっす》らと見える。どうやら八畳ほどの広さのようだ。自分が座っているソファ、目の前の木製のテーブルの上にはボルヴィックのペットボトル。恐る恐る手を伸ばして確認すると、確かにキャップは閉まっていた。もしかしたら、注射器か何かで毒を入れたかも……慎重にボトルを撫《な》で回し、さらに逆さにして思い切り力を入れて握ってみた。どこからも水は漏れてこない。たぶん大丈夫だろう。今はとにかく、水分だけでも補給しておかないと。

若葉は震える手でキャップを捻《ひね》り取り、水を一口含んだ。口の中でゆっくり回し、妙な味や臭いがしないか確かめる。いつもの、飲み慣れた味だ。ほっとして、少し生温《なまぬる》くなった水を飲み下す。胃に届く前に、食道から吸収されてしまったようだった。慌ててもう一口。今度は冷たいまま胃に届き、水の存在感をしっかり味わうことができた。思わず震えがくる。水があっという間に体中に行き届き、細胞に染み渡るようだった。

ボトルをテーブルに戻し、ソファに背中を預けて目を閉じる。急にはっきりした疲労を感じたが、今は寝てはいけない。とにかく、この場所がどういうところなのか、確認しないと。それでも五分だけ、ソファでじっとしていることを自分に強《し》いる。もしもあの水に、毒でも入っていたら……じっとしていれば毒が回らないわけでもないだろうが、動き回っているよりはましな気がした。

ちらりと腕時計を見る。これは無事だったんだ……針と数字がかすかに発光するので、「五時」だと分かった。午前なのか午後なのか――たぶんまだ明け方だろう。拉致されてから、十時間も経っていない。それにしても警察の救助が遅い気がするけど……私一人を捜すのが、そんなに大変なのだろうか。

ひたすら秒針の動きに視線を向ける。ようやく五分が経ったが、取り敢えず体に異常はなかった。ほっとして、膝と足首を縛ったロープを解きにかかる。異常にきつく締めてあり、解こうとして爪を痛めてしまった。こういう小さな怪我が、後で大きく響くようなことは……大丈夫、と自分に言い聞かせる。大した痛みじゃないし、指が動かないわけでもない。

しばらく、足をマッサージした。手ほどではなかったが、相当長い間血流が悪くなっていたのは間違いなく、力が入らない。立ち上がろうとしたが、ふらふらとよろけてまたソファに座りこんでしまう。本当はどこかを怪我しているのではないかと顔が蒼褪めたが、実は痺れているだけだとすぐに気づく。長く正座した後のようだ。とにかく、焦らないで動こう。しばらくソファの上で足を曲げ伸ばししたり、ふくらはぎをマッサージしたりして、感覚を取り戻すことに努めた。ようやく痺れが取れ、むず痒《がゆ》い感覚も消えて、立てるようになる。

それでもなお慎重に、一歩一歩を確かめるように歩いた。何しろ部屋の中は薄暗く、目が慣れてもはっきりとは見えない。

まず、ドアの位置を確認した。先ほど男がドアを閉めた方向——ソファの後ろに回りこんで確認してみる。確かにドアはあったが、試しにドアノブに手をかけて動かそうとしても、びくともしない。肩を当て、体重をかけて押してみても、開く気配がなかった。

ドアノブごと壊せる道具でもあれば……後で探してみよう。

しかし、部屋には何もなかった。いや、ないわけではない……少なくともソファと冷蔵庫はある。

ここはいったいどういう部屋なのだろう。普通の家やマンションの部屋のようにも思える……大きな窓があり、カーテンが引かれているのだから。何が「この部屋からは出られないから」だ。あれは単に、自分を騙《だま》そうとしただけではないか。ドアは開かないかもしれないが、窓から外に出れば何とかなるはずだ。

カーテンを引き開け、窓の外に目をやる。まだ薄暗いので、外の様子ははっきりとは分からないが、急に嫌な予感に襲われた。暗い空しか見えないのは何故だ？　慌てて窓を開けようとしたが、外からロックされているのかびくともしない。これじゃ駄目だ……どこにロックがあるのかと探してみたが、どこにも見つからなかった。窓を破るしかないのか……しかしこの部屋に、そのために使える道具があるだろうか。

そう言えば荷物は……ない。拉致された時に落としてしまったのか、あるいは奪われたのか。スマートフォンはバッグの中だったから、外と連絡を取る手段は今のところない。しかし靴は履いているのが、何となく間抜けな感じだった。自分を拉致したあの男は、乱暴なような丁寧なような――要するによく分からない。

冷蔵庫を確認する。中にはミネラルウォーターや紙パック入りのジュース、スナック類やサンドウィッチなどが入っていた。少しずつ食べれば、何日かは食いつないでいける……冷蔵庫の前で屈みこんだまま、若葉は首を横に振った。相手は、自分を殺そうとはしないかもしれない。しかし、決して歓待しているわけではないのだと実感する。

もう一つのドアを確認すると、トイレだった。この部屋にしばらく籠もっていても不便がないことは分かったが……何だか妙に腹が立ってきて、若葉は冷蔵庫からチョコレートバーを取り出し、齧《かじ》った。歯が溶けそうな甘さのせいもあって、急に胃が膨れてくる。水を飲んで一息つき、もう一度窓辺に寄る。空が明るくなってきていた。

若葉は、この部屋から脱出するのは至難の業だと気づいた。スカイツリーがごく近くに見えている。

そこから高さを考えた場合……この部屋は、おそらくマンションのかなり高い階にある。

4

夜が明けた。

結城はそれを、車の窓から射《さ》しこむ弱々しい朝日によって意識した。結局、若葉のマンションの前で一夜を明かしてしまったわけか……まったく無駄な時間だったと思う。何かしなければならないと焦りながら、結局何もできなかった。若葉の部屋を簡単に調べただけで、後は時折、根岸から報告——中身のない報告を受けるだけだった。それも最後は三時間前で、夜中からずっと動きがないことになる。その時に根岸からは、署の方で休んだ方がいいとやんわり勧められたのだが、何故か頑《かたく》なに断ってしまった。結果、夜明けとともに体のあちこちに痛みを抱えこむ羽目になっている。ドアを押し開け、道路に降り立ってまず感じたのは、腰の強張りだ。背中から肩にかけても、痺れたような痛みがある。もう、運転席で夜明かしするような年ではないのだ、とつくづく意識させられた。喉の奥がいがらっぽく、何となく全身にだるさを感じる。風邪を引いてしまったかもしれない。こんな大事な時に……と情けなくなる。

若葉のマンションの前ではパトカーが一台待機し、ホールには規制線が張られていた。昨夜も鑑識が一通り調べたのだが、もう一度、明るくなってからきっちり調べ直すことになっている。若葉のバッグはマンションの前で見つかっていたが、犯人の遺留品が何もないのが痛い。車のナンバーが分かっていたら解決はぐっと近づいたのだが、これぱかりは仕方がない。犯人は相当入念に準備してきたのだろう。

体を内側から温めないと……結城はコートの前をかき合わせ、近くにある自動販売機に向かった。缶コーヒーを買い、ゆっくりと飲みながら、街が本格的に目覚めるのを待つ。熱い缶を持っていても手がかじかみ、体はまったく温まらなかった。携帯を取り出して握り締め、それで何とか安心しようとする。若葉の番号を呼び出し……無駄だ。拉致現場に落ちていたスマートフォンは、今所轄で保管している。一つ溜息をついたところでいきなり電話が鳴り出したので、一気に鼓動が跳ね上がった。液晶表示には花岡の名前。こんな早くに何だろう、と不安がいや増す。

「起きてたかい？」花岡の呼びかけは気さくだった。

「しばらく前に起きましたよ」

「大変だな。何か手がかりは——」

「まだ見つかっていません」結城は花岡の言葉を遮った。心配して電話してきてくれるのはありがたいが、こんな時間に話をされても困る。

「昨夜遅く、長須と話した」

「ええ」再び緊張感が高まってくる。

「長須には、調べる必要はないと言っておいた」

「それは——」

「言っただろう、俺が椎名のことを調べてみるって」

「ああ、確かに」椎名の裏切りが許せなかった花岡は、憤りながらそう宣言したのだ。

「調べたら、ある事実に行き着いた」

「ええ」

「あんたが疑っている件は、これじゃないかと思う」

「……そうですか」やはりそうか。偶然——椎名にすれば偶然ではないかもしれないが——こんなことがあるのかと、結城は啞然《あぜん》とした。そう、あの時点で事情は分かっていた。分かっていての判断である。後々トラブルになるとは、考えてもいなかった。

花岡の説明を聞き、結城の疑念は裏づけられた。衝撃ではあったが、花岡の調査能力に舌を巻くことにもなった。こういう問題は非常に微妙で、調べにくい。しかし花岡は、短い時間で相当詳しく調べていた。

「この件は、実は昨日の昼間の段階でほぼ分かっていた」

「ええ」

「言っていいものかどうか分からないので、黙ってたんだけどな。あんた、ずっと秘密にしていたんじゃないのか」

「そういうわけではないです。言う必要がなかっただけで……長須は事情を知ってましたけどね」

「同期だから」

「ええ。ただし、椎名のことに関しては、あいつは知りません」

「意味が分からんのだが……これは何かの嫌がらせなのか？」

「そうかもしれませんが、理由が分からない」結城は空いた右手で顔を擦った。脂っぽい感触が鬱陶しい。

「そうだな……で、あんた、どうするんだ」花岡の言葉は、刃物の切っ先のように結城の喉元に迫ってきた。

「分かりません。椎名の犯行だとも断言できないんですから」

「ああ。そりゃそうだ。しかし、あいつがやったとなると、何となく筋が通る気はする」

「もう少し調べてみないと、何とも言えませんよ」

「それは俺らに任せろ」

「花岡さん――」

「あんたは、言ってみれば被害者だ。勝手に動くといろいろ都合が悪いことが起きる……だけど俺らが動く分には、問題ないだろう。何か情報が分かれば、警視庁に伝えればいいんだし」

「うちの仕事じゃない」

「ああ、何とかするから」面倒臭そうに花岡が言った。「こういうのは一課が専門かもしれないし、助けが必要なら泣きつくよ。内輪の話なんだから、面子《メンツ》もクソもない」

「申し訳ない」花岡にこんなことをさせたらいけないと思いながら、結城は思わず謝罪してしまった。

「まあ、気にしないでくれ……しかし、汚職の件はどう判断すればいいのかね。間違いなく癒着はあると思うんだが」

「それは、椎名を捕まえて聴いてみないと分かりませんね」あの男の真意が読めない。まるで警察を騙そうとしたようではないか。しかし役人と建設会社の癒着が事実だとすれば――どう考えればいいか、まったく分からなかった。

「とにかく、こっちの方は任せてくれ。係長は、くれぐれも無理しないように」

「無理もなにも……何もしてませんよ」

「あんたがしっかりしてないと、事態が動いた時に対応できなくなるからな」

「ご忠告、どうも」

電話を切って、溜息をつく。両手で顔を擦ったが、疲労を自ら塗りこめてしまったようだった。しかし、怒りが疲れを上回る。アドレナリンが体内を駆け巡り、頭の中が熱くなってきた。冷静になれ、と自分に言い聞かせてもコントロールが利かない。結城は無意識のうちに、ハンドルに両の拳を叩《たた》きつけていた。クラクションが甲高い音を立て、静かな街の空気を切り裂く。こんなことをしても何にもならないと思いながら、それでも怒りは消えなかった。

ハンドルに突っ伏し、額をのせる。

あれは――すべて、良かれと思ってやったことだ。もちろん自分たちのためでもあったが、絶対に悪いことではなかったと自信を持っている。できるだけ多くの人間が幸せになれるような判断……それが間違っていたというのか？　あの判断は、結局自分たちを利するためだけだったのか。

亡き妻の顔を思い浮かべる。提案したのは自分だが、最後は夫婦二人で決めたことだ。何より妻のためだと思っていたのに……その妻は今は亡く、自分は窮地に追いこまれている。いや、追いこまれているのは若葉なのだ。自分にできることは何もないのか……不安が体の芯を揺らす。

車のドアを開け、外に降り立つ。冷たい外気が体を引き締め、意識が鮮明になった。

体を震わせ、自分に何ができるか、もう一度考えてみる。このまま被害者の家族面して、何もしないわけにはいかない。自分は刑事なのだから。自分だからこそできることがあるはずだ。

「結城さん」

呼ばれて振り返ると、根岸が立っていた。コートを着こんでいるのだが、ネクタイは緩み、ワイシャツの襟元がよれている。目は充血し、無精髭《ぶしょうひげ》が顔の下半分を汚く染めていた。自分以上に疲労の色が濃い。昨夜はまったく寝ていないのだろう。

「どうも」申し訳ないと思いながら、ついぶっきらぼうな口調になってしまう。

「申し訳ないですが、まだ手がかりはありません」

「仕方ないですね」結城は大きく息を吸いこんだ。相変わらずどこかに怒りをぶつけたくて仕方ないのだが、その相手が根岸であってはいけないと思う。動きがないのには苛《いら》立《だ》つが、とにかく我慢して、彼にある程度は委ねなければならない。

「緊配に引っかからなかったのが痛かった」根岸の表情は、まるで虫歯を我慢しているようだった。

「しかし、ナンバーも分かってないわけですから、どうしようもないでしょう」

「うちの巡査には、後で厳しく言っておきます」

「やめて下さい。あの状況で責めるのは可哀想《かわいそう》だ」

「しかし、甘えは許されない」

「申し訳ない、今は誰かの責任にする気にはなれないんです」

結城はさっと頭を下げた。それを見た根岸が、ますます渋い表情になる。

「当面、どうしますか？　私の方で手伝えることがあれば……」

「いや、通常で」あっさり言って、根岸が訂正した。「こういうことは言いたくないんですが、待機でお願いするしかありません。あくまでご家族として」

「動いてないと、どうにも落ち着かないんですがね」

「お気持ちは分かりますが、指揮命令系統が混乱しますから」

結城はうなずいたが、同時にあの事実を告げるべきかどうか、悩んだ。結局、胸の中にしまったままにする。話せば、根岸は当然突っこんでくるだろう。そうすると、家族の秘密が広まってしまう。この情報が、自分以外の人間の口から若葉の耳に入るのには耐えられない。しかしこの状況では、親の意向など無視されてしまう恐れもある。若葉は強い娘だ。だが今はどうだろう……どこかに監禁され、心が折れているかもしれない。仮に救出されても、いきなりそんな秘密を聞かされたら、精神状態をまともに保つのは難しいだろう。そこから娘を救い出す自信は、今の結城にはない。

「何か、気になることでも？」根岸も馬鹿ではない。ベテランらしい勘の鋭さで、結城の顔色の変化に気づいたようだ。

「いや……何でもありません」結城は力なく首を横に振った。

「何かあるなら、言ってもらった方がいいんですが……小さなことでも、捜査の手がかりにはなります」

そう、今はとにかく突破口が必要だ。変な意地や心配で、捜査を滞らせてはいけない。結城は途中の事情を飛ばし、椎名の名前を挙げた。いかにも今まで散々考え、朝になってようやく結論を出したかのように。

「その男が容疑者だと？」根岸が目を細めた。

「いや、そうだと断言できる証拠はありません。ただ、今までの行動を考えると……」

そもそも、自分をはめようとしたのがいい例ではないか。あの男は自分を恨んでいる。逆恨みなのだが、この際動機はどうでもいい。

「しかし、ネタ元が……」

「そもそもそのネタも、自分たちに近づくための手段だったかもしれない」そうであって欲しくないが、と願いながら結城は説明した。

「とんでもない野郎だな」根岸の怒りは本物に見えた。

「容疑者というわけではないですが、とにかく一番怪しい人間だと考えていい」

「所在は？」

「しばらく前から行方不明です」

「手配しましょう。理由は何とでもなる。とにかく、何でもいいから手がかりが欲しい」

根岸は、結城から事細かに情報を聴いて言った。さすが警視庁捜査一課、そのしつこさには辟易《へきえき》させられる。彼が去った時には、結城は思わず深々と溜息をついていた。重要なことは明かさなかったが、丸裸にされたような気分である。

ふいに、何か食べておかなければ、と思った。捜査は急を要するものだが、この先どんな動きがあるか分からない。食べられる時に食べておかないと、いざという時に動けなくなってしまう。こういうのは刑事の基本である。この年になって、そんな基本を改めて意識することになるとは思わなかった。

駅前まで出れば、コンビニエンスストアがあったはずだ。あそこで何か食べる物を仕入れよう……のろのろと車に向かって歩き始めた瞬間、携帯電話が鳴る。長須が心配してかけてきたのだろう——いや、もしかしたら若葉か？　こちらの助けなしで脱出して、まず父親に電話してきた？

着信表示に「公衆電話」とあるのを見て、結城の鼓動は一気に高鳴った。今時公衆電話からかけてくるとは……若葉は今、スマートフォンを持っていない。これは間違いなく、若葉だ。

震える手で通話ボタンを押す。

「もしもし？」返事を待つのももどかしい。「若葉か？」

返ってきた声は、若葉とは似ても似つかない男のものだった。

「娘を返して欲しいか？」

第12章　過去の蹉跌

1

結城は携帯電話を握り潰す勢いできつく握りしめた。この声は……。

「椎名だな」

「どういうことか、分かってるだろう」

椎名の声は嘲《あざけ》るでもなく挑発するでもなく、静かで落ち着いていた。結城が知っている椎名の声ではない。何度か会った限りでは、誠実で義憤に駆られた不運な男、という印象を抱いていたから。今は静か――いや、その背後に冷血な素顔が覗《のぞ》いている。

「お前が娘を拉致したのか」

「ああ」

「無事なんだろうな？」低い声で脅しをかけたが、椎名には通用しなかった。

「それを言ったら、俺の目的は果たせない」

「お前の目的は何なんだ」怒ってはいけない。そう思いながら、結城は腹の底から湧き上がる怒りを抑え切れなかった。

「それは、あんたが自分で考えればいい」

「ふざけるな！」

思わず怒鳴ってしまった。立ち去りかけた根岸が、驚きの表情を浮かべて振り返る。まずいと思ったが、こちらへ向かって来る根岸を止めることはできなかった。鋭い男である。この電話が尋常ならざる内容だということは分かったはずだ。

結城は送話口を掌《てのひら》できつく塞ぎ、「犯人。逆探知を」と頼んだ。それだけで根岸は事情を把握し、駆け出す。椎名は公衆電話からかけてきているから、場所が割り出せても身柄を押さえるのは難しいだろうが。

「じっくり考えてくれ」椎名の声に、嘲笑《ちようしよう》するようなニュアンスが混じった。「考えて考え抜いて——分かるよな？　どうして俺がこんなことをするのか」

「いや、分からない」

「分からない？　どうして」椎名の声がわずかに高くなる。

結城はなおも、椎名を挑発し続けることにした。怒らせ、言葉を迸《ほとばし》らせる——通話が長引けば長引くほど、逆探知しやすくなるはずだ。今切られたら、根岸が電話会社に事情を説明する余裕もなくなる。

「分からないものは分からない。何でこんなことをしてるんだ？　だいたい、例の贈賄事件のネタは——」

「それは本当だ」

「動きがないようだが」

「いずれ動く」

「どういうことだ」

「――また電話する」

椎名が突然電話を切ってしまった。結城は「クソ」と吐き捨て、耳から離した電話を見詰めた。終話ボタンにのせる親指が震えている。

結城はすぐに、根岸を探して歩き始めた。マンションの前に停《と》めたパトカーの助手席から首を突っこみ、無線に向かって何か喋《しゃべ》っている。敏感な男らしく、結城が近づいて来るのに気づいて、体をパトカーから出した。結城が電話を振って見せると、残念そうな表情を浮かべて首を横に振る。

「切れました」そう告げる結城の声はかすれていた。みっともない……咳払《せきばら》いして「逆探知はどうでしたか」と訊《たず》ねる。

「間に合いませんでした」

「そうですか……」仕方ないことだ。携帯電話との通話、しかも話し始めてから逆探知を頼んだのでは、無理がある。いずれにせよ、公衆電話の場所を摑《つか》んでも、椎名を捕まえることはできないだろう。

「椎名でした」

「問題のあの男ですね」

「ええ……娘を拉致したことは認めました」

根岸が深呼吸する。すぐに唇を引き結び、結城に向かってうなずきかける。

「犯人は確定でいいでしょう。すぐに手配します」

「分かりました……かなり入念に準備してきたようですね」脅迫電話やストーカー行為だけではなく、房総建設と県庁の癒着問題をタレこんできたのも計算のうちだったとしたら。

あまりにも手がこみ過ぎている。動機は……ぼんやりと頭に浮かぶものはあるが、今は考えたくなかった。

「そこまであなたが恨まれる理由は何なんですか」根岸が疑わしげに言った。

「それが分からないから困っているんです」結城は誤魔化した。「それより、一つお願いしていいですか」

「どうぞ」根岸がうなずく。

「椎名の件に関していろいろ問題があったのは、先ほど説明した通りです。この件については、千葉県警……うちのスタッフがずっと取り組んでいました。一緒に捜査させてもらえませんか」

「結城さん、それは駄目だ」根岸が急に頑《かたく》なになった。「あなたは被害者なんですよ。冷静に捜査できるわけがない。かえって危険でしょう」

「椎名は、また私に電話してくると思います。それに、私が冷静でなくても、私の部下は冷静ですから」

「……正式に、ということですか？」

それだと厄介なことになる。捜査共助課を通すと時間もかかるし、手続きも面倒だ。

「そんなことを決めている暇はないと思います。とにかく、情報を共有するところから始めませんか。今から、うちの部下をこっちに呼びます」

「千葉県警さんは、それで大丈夫なんですか」

「これは犯罪です」自分に言い聞かせるように結城は言った。「それに被害者も犯人も千葉の人間ですよ。東京という場所を借りているだけで、捜査の主体はうちであるべきだと思います」

「……分かりました」根岸がうなずく。「とはいっても、あくまで非公式にいきましょう。事態は動いているし、急を要します」

「ありがとうございます」結城は深々と頭を下げた。

そうと決まれば、躊躇《ちゅうちょ》することはない。もはや恥も外聞もない。結城は携帯を取り出し、長須に連絡を入れた。

午前九時、足利と亜紀がやって来た。昨夜も現場に来て、朝一番で呼び出されて……申し訳ないとは思ったが、結城は謝罪を最小限にした。長須と花岡は千葉に残り、椎名の過去をさらに調べている。

「まず、椎名を捜し出すのが最優先だ」自分の携帯を弄《いじ》りながら、結城は二人に指示した。「また電話する」と言いながら、椎名からの二度目の電話はまだない。次の電話が重要なポイントになるのは分かっているが、できればそれまでに、椎名の居場所を突き止めてしまいたい。

「どこから始めますか」亜紀が訊ねる。

「基本は、警視庁さんの指示に従ってくれ。人手は多い方がいいから」

「分かりました」

「何か分かったら、俺にもすぐに教えて欲しい」

「最優先で」亜紀がうなずく。表情があまりにも真剣で、顔が蒼褪《あおざ》めているほどだった。

夜が明けてから、事態は急速に動き始めていた。まず、椎名の車が墨田区で発見された。乗り捨てられていたのを所轄の交通課員が発見、照会の結果、すぐに椎名の車だと判明した。現在、所轄で車内を調査中。椎名の性格――執拗《しつよう》な性格から考えると、車内に何か証拠を残しているとは思えなかったが。

続いて、車が見つかったマンション付近で目撃証言が出た。

昨夜午後十一時過ぎ、ワンボックスカーから女性を抱えるようにして出て来る男の姿が目撃されている。しかも椎名の車が乗り捨てられていたすぐ近くだ。時間が時間なので、目撃者は誰かが酔っ払いを家まで送って来たのではないかと思ったらしい。しかし聞き込みをされて、「どうもおかしい」と思い直したようだ。捜査一課の刑事たちが慌てて現場に走ったが、ワンボックスカーは見つからなかった。

しかし、場所が怪しい。

スカイツリーをすぐ近くに望めるマンションの前。すぐに郵便受けを調べたが、全四十戸のうち、四戸は名前の表記がない。空き家なのか、単に郵便受けに名前を入れていないだけなのか。

賃貸マンションということで、まだ早いこの時間には、不動産屋に確認は取れていない。しかし結城は、怪しい気配をはっきりと感じていた。気密性の高いマンションは、監禁場所としていかにも適している。

すぐにでもそちらに移動したいという欲望と闘いながら、結城はじっと待った。二十三区の西の外れと東の外れぐらい離れているので、もしも違っていたら大変な無駄足を踏むことになる。もう少し……完全な証拠が見つかった瞬間に動き出すようにしないと。

根岸が厳しい表情で近づいて来た。嫌な出来事を予感させる顔つきだったが……すぐに「当たりですよ」と告げる。

「マンションですか」

「椎名が契約した部屋があります」

結城は顎に力を入れてうなずいた。根岸は不審げな表情を浮かべている。

「ちょっとおかしくないですか」

「というと？」

「椎名は、相当入念にいろいろな準備をしてきましたよね？　私は、例の入札問題も、怪しいんじゃないかと思う」

「どういう意味ですか？」

「警察に食いこむための手段だったんじゃないだろうか」

「つまり、嘘《うそ》だと？」頭に血が上ったが、結城はすぐに「それはない」と否定した。「金の受け渡しまでは確認できていませんが、建設会社と県の役人が、不適切なつき合いをしている場面は直接見ています」

「その情報が本当だとしても……本当だからこそ、あなたたちは食いつくんでしょう」

「それはもちろん……それが仕事ですから」

「椎名は本当に、贈収賄の事実を摑んでいたかもしれない。それを正そうという気持ちは持っていたかもしれない。同時に、この手の情報が警察を引きつけることぐらいは、当然分かっているはずですよね」

「……でしょうね」

「贈収賄の情報を入手したのが先か、警察に食いこもうと考えたのが先か、それは本人に聴いてみないと分かりませんが、密接に結びついていると考えた方がいいでしょう」

「どうして警察に食いこもうとしたのか……」

「ターゲットはあなたでしょう」真顔で指摘して根岸がうなずく。「実際、娘さんが拉致されているんだから」

「ええ」

「本当に何か、心当たりはないんですか？　尋常ではないですよ」

「いや……」

「都合の悪いことがあれば……隠しておくことはできます。そのための努力はしますよ。同じ警察一家ですからね」

「いや、そんなことに力を割くのは、筋違いでしょう」

根岸が真顔でうなずく。結城もうなずき返した。警察一家の結びつきはありがたい限りである。他県警の人間である自分にまで気を遣ってもらうのは、申し訳なくもあった。しかし今は……秘密厳守は最優先でなくてもいい。まずは若葉を見つけ出すことだ。面倒なことは、それから考えよう。

「マンションに移動しましょう」根岸が現実的な話を持ち出した。

「そこにいると思いますか？」

「可能性は高いですね」

「奴は、連絡すると言っていた……しかし、まだ電話がないですよ」

「待つ必要はないでしょう。椎名の部屋は分かっている。特殊班に出動を要請して、突入しましょう」

結城は唾を呑《の》んだ。特殊班の仕事に詳しいわけではないが、現場がマンションなので、作戦行動が難しそうなのはすぐに分かる。突入できるポイントは、おそらく玄関だけ。上階からベランダに降りようとしても、すぐに気づかれてしまうはずだ。しかし、相手は素人だ。大勢の警察官を目の前にした時、自分の無力さを思い知るだろう。一方で、自棄《やけ》になってとんでもないことをしでかす可能性もある。

「現場に椎名がいたら、私が話した方がいいでしょうね」根岸の横に並びながら結城は言った。

「それはやめた方がいい」歩みを止めないまま、根岸が即座に言った。「相手の狙いは、多分あなただ。あなたが交渉役になったら、椎名の思うつぼでしょう」

「しかし、狙いが分からない以上は――」

「駄目です」根岸の口調が頑なになる。「今一番大事なことは何ですか？ 娘さんを無事に救出することですよ。うちには、こういう事案のプロもいる。彼らに任せるのが一番安全です」

「それでも、私が――」

「あなたが出て行くと、ウィークポイントになってしまう恐れがある」根岸が立ち止まった。体の向きを変え、結城と正面から向き合う。「奴の狙いがあなただとしたら、我々はみすみす椎名にチャンスを与えてしまうことになるんですよ」

それは……筋は通っている。椎名が最終的にどんな要求を突きつけてくるかは分からないが、自分が正面から受け止めても、何の解決にもならないだろう。交渉、あるいは突入という強硬策を取るにしても、警視庁の専門家に任せるのが正しい。冷静な判断としては。

しかし、娘が拉致されている状態で、冷静でいられる親はいない。

結城は深く一礼し、根岸から離れた。

2

「そろそろ準備してもらう」

「準備？」

男はもう、顔を隠そうともしなかった。分厚いカーテンは閉まり、照明も消されているのではっきりとは見えないが、顔立ちは分かる。神経質そうな細面で、いつも苛立《いらだ》っているように目を細めている。中肉中背、年齢は三十歳ぐらいだろうと若葉は見て取った。まったく知らない男なのだが、妙に親しげな態度を取ることもあり、それが奇妙な感じだった。

そしてあまり恐怖は感じない。

その理由が分からないのだが……初めて会ったのに、何故かそんな感じがしないのだ。しかし世の中には、自然と親しげな雰囲気を発する人間もいるから、油断してはいけない。とにかくこの男は、自分を拉致して監禁しているのだ。単なる犯罪者。迂闊《うかつ》に気を許したら、次は何をされるか分からない。

「ベランダに出てくれ」

若葉はソファから立とうとしなかった。せめてもの抵抗……外と直接つながるベランダに出たら、危険だ。助けを求めて叫ぶにしても、この部屋は相当高い場所にあるから、誰かの耳に届くかどうか……隣人でさえ、気づくか分からない。マンションは密閉性が高く、隣の部屋で何が起きているか分からないのを、若葉は自分の経験で知っている。

「立って」

男の声は静かだったが、若葉は凍りついた。左手に光る物――やけに刃渡りの長いナイフ。まったく冷静で表情も変わっていないのに、人を簡単に殺せる凶器を持っているのがかえって恐ろしい。涼しい顔をしたまま、人を殺せるタイプなのだろうか。

若葉は立ち上がった。足が震えてしまう。しっかりしろ、と自分に言い聞かせたが、体が言うことを聞かない。情けなくて涙が零《こぼ》れそうになったが、泣いたら終わりだと分かっている。

「これをちょっと身につけてくれないか。自分でやってもらった方がいい」

男が床から取り上げたのは、奇妙な道具だった。大きな輪一つと小さな輪二つからできている。戸惑っていると、男が淡々と説明する。

「小さい輪の方に足を通して、大きい方を胴で固定する」

「……何なの、これ」

「フリークライミング用のハーネス。安全ベルトみたいなものだ。これにロープを通して、身の安全を確保する」

「何でこんなものを？」

「落ちないようにするために」

落ちる……マンションのこの高さから落ちたら、ひとたまりもないだろう。しかし逆らったらナイフが待っている。長い時間——自分ではそう思えた——迷った末、若葉はハーネスを装着した。クライミングではまさにこれが命綱になるのだろうが、今は自分の命を締めつける存在にしか思えない。

「それでいい」

男がカーテン、次いで窓を開けた。自分がやった時にはどうしても開かなかったのに……どこかに別の鍵があったのだろうか。冷たい風が吹きこみ、思わず体が固まってしまう。さらに間近に見えるスカイツリーが、この部屋の高さを意識させ、足がすくんだ。男が若葉の背後に回りこみ、肩を押す。抵抗した——足が動かなかったので、バランスを崩して倒れそうになる。

「出て」

結局言われるままに歩みを進め、ベランダに出るしかなかった。靴を履いているので、ひんやりしたコンクリートの感触が伝わることはなかったが、それでも嫌な感じに変わりはない。男がいきなり若葉の肩を摑み、腕を捻《ひね》る。悲鳴を上げてしまったが、男は動じる様子もなく、背後に回した左手に手錠をはめた。次いで右手……中肉中背ではあるが、力があるのは間違いない。若葉はまったく抵抗できなかった。

そのまま男が乱暴に若葉の背中を押し、ベランダの手すりに体を押しつける。手すりの高さは胸のところまでしかないので、下が丸見えになった。風が吹き抜け、髪を揺らす。若葉は冷や汗が一筋、こめかみを伝うのを意識した。呼吸が止まってしまい、すぐに苦しくなる。

「分かるか？」男が耳元で囁《ささや》く。「ここから落ちたらどうなるか、考えるまでもないよな」

男は若葉の答えを待たなかった。手錠を摑んで乱暴に若葉の体を引き戻す。しゃがみこませると、ハーネスに何かしていた。自分の後ろでかちゃかちゃと金属的な音がするのが、ひどく不安になる。

「どうするの」

「これからお前の父親を呼ぶ」

「何で？　何がしたいの？」

「恐怖を味わってもらう」

「どうして」喉から絞り出すようにしか声が出なかったが、不思議ともう、恐怖は感じなかった。この男が考える「恐怖」は、自分の頭の中にある恐怖とは別物なのだろうか。

「そうなる理由があるからだ」

「それを私に話してくれないの？　親子なのよ」

「違うだろう」

「養子だから？」未《いま》だはっきりしていない——自分に度胸がなくてはっきりさせられなかった謎を口にする。

「知らないのか？」

「知らない」

「だったら、知らないままでもいいだろう」

「知りたい」

相手の真の顔が見えないまま話していると、言葉が伝わらない気がする。しかしそもそも、男は若葉の言葉を真面目に聞こうとしていないようだった。ひたすら淡々と、事務的に作業を進めている。ナイフを見せた時も、つい先ほど真下の地面を見せた時も、単なる作業の一環としてやっているようにしか思えなかった。少なくとも若葉に対する憎しみは感じられない。

この男が憎んでいるのは父……しかし、こんなことをするほど大きな憎しみが何なのか、若葉にはまったく想像もできなかった。

「言えないことなの？」

「言わない」

「言えないいんじゃなくて？」

「言う必要がないから。あんたは……単なる駒だ」

猛烈な怒りがこみ上げてきた。人を単なるパーツ扱い……しかし実際のところ、今の自分は父親をおびき寄せる道具に過ぎない。

「父をどうしたいの」

「恐怖を味わってもらう」同じ答え。

「どうやって」

「肉親を失うのは、一番の恐怖だろうな」

やはり殺すつもりか。顔から血の気が引き、頭がくらくらしてきた。気持ちをしっかり持たないとと思っても、これだけ自由を奪われた状態だとどうしようもない。

いきなり目隠しをされた。頭を振って逃れようとしたが、間に合わない。あっという間に視界が塞がれた。まだ両足の自由は利く……しかし足をばたつかせて抵抗しようにも、男は若葉の背後に回っているのだ。どうしようもない。

「悪いね、こんな風にして」

若葉は何とか立ち上がり、逃れようとした。どこへ？　いっそ、ベランダから身を投げてしまおうと思ったが、自滅したら相手を喜ばせるだけかもしれない。いや、父親をおびき寄せる材料はなくなるから、この男を悔しがらせることはできるかもしれないが……そんなことのために自分の命を投げ出すのは馬鹿馬鹿しい。

横へ逃げようか。隣のベランダとの仕切りがあるはずで、そこに体当たりして壊せば、いくら何でも隣人は気づくだろう。だが、走り出そうと思った瞬間、体が引っ張られ、無様に転んでしまった。何？　訳が分からず、しかも転んだ時に腰を強打してしまい、その痛みに涙が零れてきた。

「君はつながれた。変な抵抗はしない方がいい」

つながれた……ロープで、なのだろう。ハーネスはこのためだったのか。しかし嫌な感じだ。ロープでつなぎとめるだけなら、ハーネスなど使わず、手錠につなげばいいのに。何故、こんな手のこんだことをするのか。

「ちょっと待っててくれないか。ゆっくり座っててくれ」

言われなくても、座ってるしかないじゃない……まだ腰はじんじん痛み、立てそうにない。身を丸めるようにして、ひたすら痛みに耐えた。そうすることの利点は、低い場所にいるせいで寒風が直接身を叩《たた》かないことである。

男は窓を閉めもせず、電話で話し始めた。

「ああ……名前？　いや、それは言わない。言う必要もないだろう。それよりあんたたちは、今どこにいるのかな？　そろそろここを割り出すんじゃないかと思ったんだけど」

言葉を切り、相手の声に耳を傾けているようだ。声には熱がなく、相変わらず淡々と作業を続けているようにしか思えない。

「まあ……それで合ってる。部屋番号も分かってるんだろう？　ノックしてみればいいよ。それで、何が起きるか分かるはずだから」

父を脅迫している？　若葉は背筋が凍る思いを味わった。この男は、父親が警察官だということは知っているだろう。その背後に、警察という巨大組織があることも分かっているはずだ。それなのに、こんな事件を起こして……只《ただ》で済むと思っているのだろうか。

「十分だけ待つ。どうせ、すぐ近くまで来てるんだろう？　五分でご対面できると思うけど、十分待つよ。ああ……ノックしてくればいい。別に、トラップをしかけてるわけじゃないから」

電話を切る、軽い電子音が聞こえた。それが若葉には、終幕のベルのようにも思えた。最後通告のようなものだったのではないか……考えていると、男の手が肩に触れた。洋服越しなのに、猥褻《わいせつ》な気配が感じられる。いや、これは猥褻さとは違う。悪意だ。明確な悪意。あるいは殺意……父に対する殺意かもしれない。

「ちょっと実験させてもらうよ」

男が言うなり、若葉は体が一瞬宙に浮くのを感じた。股間と腿《もも》が締めつけられるような痛みが走り、思わず悲鳴を上げてしまう。くぐもった自分の声は、絶望の叫びに聞こえた。

「……よし。さすがに、こういう道具はしっかりしているね」

男の声には、今まで聞いたことのない力がこもっていた。多分、何らかの方法で私を持ち上げた……ハーネスとロープを使って。おそらく、滑車などを利用して、簡単な装置を作ったのだろう。ということは、この男は自分を自由に持ち上げられる。一度持ち上げて吊《つ》るしてしまえば、足下には……はるか下に道路があるだけ。

まさか、落とすことはできないだろうと考えた。一瞬見た限り、下は普通の道路である。上から人間が降ってきたら、他の人間に当たるかもしれない。犠牲者が一人ではなく二人になったら間違いなく死刑だ……しかし、一見冷静に見えながら、実は正気を失っているであろうこの男に、そんな当たり前の判断ができるとは思えない。

体がベランダについた。しっかりした感触に、思わず吐息を漏らす。安心できたと思ったのは一瞬のことで、実際には足ががくがく震えているのが分かる。

「申し訳ないんだけど、君にも恐怖を味わってもらう必要がある」

どうして、と聞きたかったが、言葉は実を結ばない。こちらの考えを読んだように、男が先を続けた。

「君が恐怖を感じるのが、君の父親にとって一番の恐怖だから」

それで、どうするの？　たっぷり恐怖を味わわせた後は、公開処刑？　皆が見ている前で、私を道路に叩き落とす？　そんなことしたらどうなるか、分かっているのかしら。

分かっているだろう。覚悟もあるはずだ。何故かこの男は、破滅を覚悟している感じがしてならない。己の破滅と引き換えに手に入れたいものが、私たち親子の恐怖……意味が分からない。いや、考える材料がないわけではないのだ。「養子」という言葉。今となれば、あれが全ての始まりのキーワードである。そこから想像を広げて、この男が何者なのか、どうしてこんなことをしようとしているのか、推理できないだろうか……

無理だ。今の私は、冷静さにはほど遠い。

「……分かった」結城は電話を切り、一瞬だけヘッドレストに後頭部を預けた。運転中の電話、そして気が抜けたような態度。警察官としてあるまじきことだと分かっているが、どうしようもない。

花岡は、何度も結城に謝罪した。もっと早く、もっと詳しく調べておくべきだったと。そうすれば、あいつが持ってきた情報の真偽はともかく、「罠《わな》」だということは推測できたはずだ。

普段の結城なら、「気にすることはない」と言っていただろう。刑事は万能ではない。いかに強制捜査権があっても、実際には見落としてしまうことの方が多い。それをチーム全員でカバーし合って捜査を進めるのが常道だが、今回の件はあまりにも変則的だった。

花岡と長須も、これから東京へ向かうという。援軍が増えるのはありがたい限りだったが、人が増えても何ができるかは分からない。もちろん、頼りになる二人が側《そば》にいてくれれば、心強いのは間違いないのだが。

結城はハンドルを握り締めた。サイレンを鳴らし、緊急走行する覆面パトカーの後についで運転するのは気を遣うものだが、今は神経が張っているから何とも思わない。

とにかく、謎は解けたのだ。椎名……もうすぐ、お前に直接質問をぶつけてやる。

3

捜査一課特殊班の動きは早かった。結城たちが現場に到着した時には、既にマンションの前で打ち合わせをしていた。根岸が結城を特殊班の刑事たちに引き合わせ、結城は移動する途中、椎名から電話がかかってきたことを説明した。

「つまり向こうは、あなたを待っているということですか」特殊班の係長、峰内《みねうち》が目を細める。機嫌は最悪だった。「挑発に乗ったら駄目ですよ」

「いや、行かせて下さい」

「危険だ。向こうは何をしてくるか分からない」

「娘が人質に取られているんですよ。このまま黙って見ているわけにはいきません」

「しかし……」峰内は煮え切らなかった。自分たちの捜査手腕に自信はあるのだろうが、犯人が結城と話したいと言っている以上、無視はできない――とでも考えているのだろう。

結城は峰内の心の内を読み、申し出た。

「最初にドアを開けるのはお任せします。あなたたちが顔を出しても、いきなり娘に手を出すようなことはしないはずだ。その時点で、向こうが私と会うことを要求したら、会わせて下さい」

「危険だ……」峰内が繰り返す。

「向こうはもう、私がここへ向かっていることを知っています。いない方が不自然かと思いますが」

「それを明かしたのは迂闊《うかつ》でしたね」

「こんな状態で、冷静でいられるわけがないでしょう」実際には、峰内が言う通りである。椎名を騙《だま》し、混乱させるぐらいは簡単だったのに、自分は判断力を失っていた。

「係長！」若い刑事が全力疾走してきた。「血相を変えて」という表現がぴったりで、顔面は蒼白《そうはく》である。

「どうした」

「裏に……ベランダの方に……」息が上がっていて、言葉が実を結ばない。

「ベランダがどうした！」

峰内が怒鳴りつけたが、結城は若い刑事の返事を待たずに走り出した。建物をずっと迂回して、裏側に回りこむ。そちらに出た瞬間、思わず凍りついた。膝が笑い、吐き気がこみ上げる。まさか、こんなことが……。

「結城さん、あれは？」追いついてきた峰内が訊ねる。

「……娘です」自分の声は、どこか遠くで響くようだった。鼓動は激しく、心臓が胸郭を破って飛び出しそうだ。

「クソ！　ふざけた真似《まね》しやがって」峰内が吐き捨てる。

結城は無言で、宙づりにされた若葉を見詰めるしかなかった。

峰内は、強行突入も検討したようだ。一気に押し入り、人数で圧倒して制圧する。しかし、若葉がどんな状態で吊るされているか分からない以上、手荒な真似はできない。

特殊班は向かいの高層マンションに偵察を送り、若葉の様子を確認した。どうやらハーネスをつけられ、ベランダからロープで吊るされているらしい。ちょうど下の階の天井部分に届くか届かないかという位置で、そちらからの救出は難しそうだ。

若葉は目隠しされているが状況は分かっているようで、無暗《むやみ》に動こうとはしていない。まだ冷静さを保っているのが、結城には救いだった。しかしいつまでも持つまい。できるだけ早く救出しないと、最悪の事態が待っている。

「やはり、私が直接行った方がいいと思う」結城は進言した。「他の人間が顔を出したら、椎名がどんな反応を示すか分からない」

「しかし、あなたがどうなるか、分からないでしょう。向こうの狙いはあなたの命かもしれない」

「このままだと、娘の命が危ないんです！」結城は叫んでしまった。「とにかく、行きましょう。時間の猶予はない」

「五分待って下さい。五分だけ」峰内が腕時計を見ながら言った。

「そんな猶予はありませんよ」結城は必死で訴えた。

「それで準備が整うんです」峰内が上空を見上げた。若葉がぶら下げられているのは、五階。あそこから落ちたら、まず助からない。下は硬い道路なのだ。

「いや、今すぐ——」

「五分だけです」峰内がぴしゃりと言った。「椎名は長い時間、この機会を待っていたはずだ。あと五分待たせるぐらいは大丈夫でしょう」

「そんな呑気《のんき》なことを言っている場合じゃない！」

「結城さん」峰内がことさら低い声で言った。「動機は分かりませんが、椎名があなたをどうしたいか、分かりましたよ」

「何ですって？」

「恐怖を植えつけることだ。娘さんを人質に取って、死ぬほど怖い思いをさせる。あなたにとって娘さんは、一番大事な人でしょう」

「それは——」

「あなたは今、自分を見失っている。それは恐怖のせいじゃないんですか？」

　我を忘れるのも当然だ。娘を人質に取られて、正気でいられるわけがない。だが一つだけ、結城が辛うじて正常な精神状態を保っていられる理由があった。何故椎名がこんなことをしたか、想像がついているからだ。本人に確認しないと断定はできないが、一種の逆恨みではないだろうか。

だからこそ、自分は悪くないと確信できていた。自分に非があったら、もっとひどく動揺していたと思うが、この件に関して自分に責任はない。それ故、椎名を「絶対的な悪」として意識することができる。

椎名の部屋のドアの前に立ち、結城は腕組みをしていた。そうやって怒りを自分の中に押しこめ、冷静さを保つために。峰内はあくまで自分たちが先に入り、制圧を試みる作戦を主張した。結城は一歩引いてそれを許したが、話が少しでも膠着《こうちゃく》状態に陥ったら自分も部屋に入ると宣言した。峰内もそれを止めることはできなかった。何しろ人質は宙に浮いた状態である。椎名の出方次第では、目の前で人が死んでしまうかもしれない。一課の精鋭部隊である特殊班としては、そういう失敗は絶対に避けたいだろう。人質救出、生きた犯人の確保——日本の警察の基本だ。一人も犠牲者を出さない。たとえ犯人であっても。

「行きます」峰内が小声で告げる。隣に控えた根岸も固唾《かたず》を呑んで状況を見守っていた。亜紀と足利もいる。頼りになる部下がいるだけで、気持ちはずいぶん楽になった。

「係長……」足利が情けない声を出す。

「大丈夫だ」結城は静かに告げた。「ここはプロに任せよう」

峰内がドアに手をかける。鍵はかかっていなかった。ゆっくりと引き開け、周りの刑事たちに目配せした瞬間——結城は走り出していた。ドアに手をかけて大きく開け、室内に飛びこむ。自分でも想定していなかった行動だったが、考えるよりも先に体が動いてしまった。

「結城さん！」峰内の悲鳴が聞こえたが、無視して室内に突進する。

マンションのこの部屋の造りは、不動産会社に確認して分かっていた。玄関から続く短い廊下の奥がリビング。右側のドアが八畳の寝室だ。若葉は、リビングのベランダから吊るされているのが確認されている。まずそこへ突入し、若葉を救い出すのが先決だ。

正面のドアを開けた瞬間、強い風が吹きこんで体を叩く。一瞬目を開けていられなくなるほどの強風で、結城は思わず立ち止まってしまった。

「若葉！」

叫んだが、返事はない。自分の声は届いているはずだが……ドアの正面、開いた窓のところに椎名が立っていた。これがあの椎名なのか……少し頼りなくも思えた男が、今は狂気を感じさせる佇《たたず》まいである。両足を肩の幅に広げ、左手でロープを握っている。右手にはナイフ。どういう仕組みになっているか分からないが、あのロープが若葉を吊るしているのは間違いない。軽く握っているだけなのを見ると、直接若葉を支えているわけではないようだ。

「椎名！」

牽制《けんせい》しようと結城は叫んだが、椎名は微動だにしなかった。薄笑いを浮かべたまま、結城を凝視している。結城は一瞬口を引き結び、激しい動揺を抑えた。背後から特殊班の刑事たちが突入し、室内に散開するのが分かった。十数人の刑事が拳銃をつきつけ、一斉に狙いを定めている状況なのに、椎名は平然としている。それが嫌だった。まるで死を恐れていないような……結城は、ゆっくりと椎名に語りかけた。

「どうしてこんなことをする」

「その理由は、あんたには分かってるだろう。言えよ。もしかしたら、外にいる娘にも聞こえるかもしれないから」

結城は唾を呑んだ。そう……外で吊るされているとはいえ、若葉との距離はそれほどない。自分の口から真実を聞いたら、娘はどう思うだろう。今まで隠していたのは何故だと、自分を詰《なじ》るかもしれない。一緒に非難を受け止める妻の存在がないのが、今ほど悲しく感じられたことはなかった。妻を失った上に、娘にまでそっぽを向かれたら……必死で築き上げてきた家庭は、ここで消滅する。

「椎名、馬鹿なことをするな！」峰内が叫ぶ。

それを聞いて、結城は腹を固めた。場慣れした特殊班の人間にしても、こういう状況ではろくな説得の言葉を持ち出せないだろう。やはり自分が話して、椎名を納得させるしかない。しかし……苦しい。娘には知られたくない。いや、いつかは知る権利があるし、知るべきだとも思ったが、何もこんなタイミングでなくてもいいではないか。他人に強要されて、隠してきた事実を告げる——考えただけで胸が張り裂けそうだ。

これこそが椎名の狙いだったのだろう。峰内が指摘したように、俺は自分を見失っている。娘を失うのではないか、仮に生きて連れ戻せても、信頼を失うのではないか——

その恐怖に襲われ、正常な判断ができなくなっている。ここしばらく、自分を襲った疑念——それが精神に揺さぶりをかけ、貪り、仕事すらおぼつかなくなっている。

すぐには言えない。あの事実は——結城は周囲の状況から攻めることにした。

「房総建設の贈収賄事件に関してはどうなんだ？　あれは嘘なのか？」

「本当だ。あんたらが上手《うま》く尻尾を摑めないのが悪い」

「その情報で、お前は俺たちに近づこうとした。内側に入りこもうとした」

「警察は、情報提供者は大事にしてくれるんだよな？」椎名の頰が皮肉に歪《ゆが》む。

「お前は最初から、俺を引っかけようとしていた。贈収賄の件も、偽の情報かと思っていたが……まさか、俺から暴行を受けたと訴え出るとは思わなかったよ」

「驚いたか？」

「自分の身にあんなことが起きるとは思ってなかったよ。それに、娘にも嫌がらせをしていた」

「家族持ちは、そこが弱点だよな」椎名がうなずく。ロープを握る左手に少しだけ力が入ったようだった。「家族が迷惑を受けていると、自分のことのように心配してしまう。正常な判断力がなくなる」

「ああ」

「苦しんだか？」

「当たり前だ！」汚い手で心臓を鷲摑《わしづか》みにされたような不快感……俺の気持ちを不安定

にさせようとしていたなら、椎名の思惑は見事に成功したことになる。「目の前で娘

「でも、これでは終わらない」椎名がナイフを顔の前に翳《かざ》した。「目の前で娘が死ぬのが死ぬのを見てもらわないと」

「それでいいのか？　人を殺すのは大変なことだぞ。お前にできるのか？」

「あんたを苦しめるためなら――あんたを壊したいから。殺すよりも残酷に」

「お前は、妹を殺せるのか？」

「俺には家族なんかいない！」

椎名が突然、それまでの冷静さをかなぐり捨てて叫ぶ。その叫びは、断末魔の獣の咆《ほう》哮《こう》のように聞こえた――傷ついた獣が、誰かを道連れに死を選ぼうとしているように。

「それは分かっている。可哀想なことをしたと思ってる」

「どうしてあいつだったんだ？」椎名がベランダにちらりと視線を向けた。「どうして俺じゃなかったんだ？」

「一人で取り残されたと思ったのか？」

「どうして俺だけが放り出されたんだ？」

「君は十歳だった。若葉は生まれたばかりだった。生まれたばかりの赤ん坊は、誰かが面倒を見なければならないだろう」

「俺だって十歳だったんだ！　十歳のガキに何ができる？」

「十分な行政の支援が――」

「施設がどんなものか、あんたは知ってるのか？　俺にとっては地獄だったし、俺がどういう立場でいたか、想像ぐらいできるだろう？　人殺しの子どもなんだよ。学校でいじめられ、施設でいじめられ、居場所がなかった。房総建設の社長に拾ってもらって、やっとまともな生活ができるようになったんだよ。あの人は恩人なんだ」

「ところが阿呆《あほう》な跡継ぎが会社を滅茶苦茶《めちゃくちゃ》にし始めて、あんたは窓際に追いやられた。精神的には追いつめられるよな」

「ああ」

「だけど、俺を——俺の家族を狙うのは筋違いだ」

「違う！」椎名の顔面が蒼白になった。

「何が違う？　要するに、妹が養子になって、自分だけが施設に入れられたのが気に食わなかったんだろう？　自分の不運は、そこから始まっていると思ったから、俺を恨んだ。違うか？」追いこみ過ぎると危険だと思いながら、結城は言わざるを得なかった。ここで全部吐き出してしまわないと、事態は沈静化しない。

今までこの問題に向き合ってこなかったのが、自分の間違いだったと思う。せめて若葉にはきちんと話しておけば……どこかに見知らぬ兄がいることも分かったはずだし、それを意識していれば、こんなトラブルに巻きこまれなかったかもしれない。

「どうするつもりなんだ？」

「最後に地獄を味わってもらうんだよ」

何の躊躇もなく、椎名がロープにナイフを当てた。左から右へすっと引くと、ロープが宙でとぐろを巻くように躍った直後、ベランダの向こうへ消えて行く。

特殊班の刑事たちが、雄叫《おたけ》びを上げて椎名に襲いかかった。

4

あ、生きてる。

何が起きたのか思い出す前に若葉が思ったのはそれだった。

どうして生きているのか……考えても分からない。地上十数メートルのベランダから吊るされていて、いきなり下半身にかかっていた強い力が消えて――落ちて行く感覚――ジェットコースターが急降下する時のような感覚はあった。思い出すだけで吐き気がしたが、途中で気を失ってしまったのは間違いない。その直前には、間違いなく自分は死ぬと思った。覚悟さえした。気絶したのは、死の恐怖を乗り越えるための人間の本能的なものだったかもしれない。

しかし今……突然、右足に激しい痛みを感じた。足首。ずきずきと、鼓動に合わせて痛みが襲ってくる。それが一分間に数十回。堪え切れずに悲鳴を上げて目を開ける。

目の前に、白い天井があった。かすかに漂う消毒薬の臭いで、病院だとすぐに分かった。それはそうだろう。生きているにしても、大怪我を負ったのは間違いない。この足首の痛みは……もう自分の足では歩けないかもしれないと覚悟した。

だから、医師や看護師の態度があまりにも呑気に思えて腹がたってきた。まだ若い――多分三十代の医師は若葉好みのイケメンだったが、それ故に余計に腹がたつ。人がこんなに苦しんでいるのに、何でそんな嬉しそうな顔をしてるの？

「ちょっと痛いですよね」

医師のゆったりした口調が、また怒りに拍車をかける。文句を――怒鳴りつけてやろうかと思ったが、大声を出せるほどの元気もない。

「はい、少しちくっとしますよ」

そう言われた直後、左腕に鋭い痛みを感じた。何が「ちくっと」よ。治療でこんな痛みが走るわけがない……注射だと気づいた直後、若葉は意識を失っていた。


次に目が覚めた時、足首の痛みはずいぶん軽くなっていた。そう簡単に治るわけがないから、痛みとの折り合いがついたということだろうか。

体を起こすのはまだ難しそうなので、寝たまま周囲を見回してみる。サイドテーブルに自分のバッグがのっていた。拉致された時、現場に置き去りにされたはずなのに……誰かが拾って持ってきてくれたのだろうか。若葉は手を伸ばし、中からスマートフォンを取り出した。大丈夫。ちゃんと電源も入っている。バッテリーはだいぶ減っていたが……時刻を確認すると、午後三時。日付は……拉致された翌日だ。つまり、落ちてから数時間が経《た》った、ということだろう。

何だか、いろいろなことの実感がない。現実を認識する能力が欠落してしまったようだった。それはそうだろう。拉致されるという非日常的な体験をしたうえに、地上十数メートルから落ちたのだ。現実を取り戻すには時間がかかって当然である。もう少し寝ていようか……スマートフォンを胸のところで抱えたまま、若葉は目を閉じた。

「起きたか」

聞き慣れた声に、慌てて目を開ける。横を見ると、父が椅子に腰を下ろしたところだった。ふいに涙が一粒零れ、頰を濡《ぬ》らす。号泣してもおかしくない場面だと思ったが、涙はそれきりだった。感情が死んでしまったのかもしれない、とぼんやりと考える。

「私……どうなったの？」

「吊るされていたところから落ちた」

「何で生きてるの」

「消防が、下にエアマットを用意していた。ただし、体の自由が利かない状態で落ちたから、右足首は骨折している。しばらく松葉杖だが……治る。心配はいらないそうだ」

「そう……」若葉は安堵《あんど》の吐息をついた。まだ頭の芯が痺《しび》れた感じがしているのは、薬のせいだろうか。父から聞いている話も、夢の中のことなのでは……しかし次第に、頭の中はクリアになってきた。

「お前には、ずっと話していなかったことがある」

「聞こえなかったのか」

「何が？」頭が混乱してきた。聞こえるも何も、いったいいつのことを言っているんだろう。

「お前に対してストーカー行為をしていた男――椎名は、お前の兄なんだ」

「え？」兄……養子……数少ない要素が頭の中で瞬時に結びついた。「私……養子なんだよね」

「そうだ。複雑な事情がある」

どうして黙ってたの、と叫ぶのが普通かもしれない。だがベッドに縛りつけられたも同然の状態なので、そんな元気は出なかった。だいたいそのことを疑っていて、最後まで確かめられなかったのは、自分が弱かったからなのだから。ここで父に文句を言うのは間違っていると思う。

「……聞かせて」

「残念だが、お前の本当の両親は、心中した」

「心中」その言葉の意味が頭に染みこむまで、少し時間がかかった。

「正確に言えば、心中ではない。父親が母親を殺して逮捕されたんだが、父親は留置場で自殺した。それは警察のミスだ」

思わず息を呑む。殺された者と殺した者――自分に卑《いや》しい遺伝子が伝わっていることを考えると、ぞっとした。どうしても消せない穢《けが》れが自分の過去にある。それを知ってしまった今、これからは何をやっても駄目になるような気がした。

「動機は……今は詳しくは話さない。ただ、父親の方に暴力的な性向があった、ということだけは言っておく」

「家庭内暴力？」

「そういうことだ。それがエスカレートして、ついに自分の妻を手にかけてしまった、ということだと聞いている。俺はその事件を担当したわけじゃないから、無責任なことは言えないが」

「それで？」

「当時、椎名は十歳だった。お前は生まれたばかりだ。椎名は施設に入ったが、俺は……事件のこと、家族のことを知って、お前を引き取ることにした」

「どうして？」

「母さんがな……子どもができない体質だったんだ。不妊治療を受けても駄目で、子どもは諦めかけていたんだが……そこに、助けを必要としている赤ん坊がいた。可愛《かわい》い、いかにも賢そうな赤ん坊がな」

若葉は、背筋をくすぐられるような感触を味わった。二十歳にもなって、そんな風に褒められても別に嬉しくないよ……。

「計算がなかったわけじゃない。お前を施設に預けるのは忍びなかったし、俺たちは子どもが欲しかった。でも、結果的にはすぐに家族になれたと思う。お前がどう考えるかはともかく、俺と母さんにとって、お前は本当の娘だった」

また涙が……しかし目は潤んだものの、涙が零れるまではいかなかった。想像もしていなかった話のせいか、今の自分の脳の働きでは、理解するだけで精一杯だ。それに関して感想も浮かばない。何も考えられない。

父は淡々と語り続けた。

「お前の兄──椎名は施設に入って、だいぶ辛い思いをしたらしい。その後、就職して社長に可愛がってもらって、人生を立て直したんだが、その後やはり、会社できつい目に遭ってな……その原因を、俺に押しつけようとした。どうして妹を養子にしたのに、自分を見捨てたのかと、ずっと恨みに思っていたようだ」

「逆恨みじゃない」若葉は絞り出すように言った。自分は幸運だったかもしれないが、兄──あの男の考えは甘い。自分で選べない道を歩まざるを得なくなっても、自力で何とかするのが、人間の正しい姿ではないかと思う。それができずに道を踏み外してしまうのは、人間として基本的な能力が足りないから──そんなことを言う権利は自分にはない。両親──今も両親と考えたい──とも公務員という家庭で穏やかに育てられた自分は、道を踏み外す機会も考えもなかった。

「逆恨みだが、これが事実だ」

「あの人は……」

「逮捕した。無傷だ」

「そう」

どんな気持ちでこの事実に接していいのか分からない。自分を悩ませていた男が逮捕されたことに対してはほっとすべきだろうが、これで完全に安心というわけにはいかない。実刑判決を受けるのは間違いないが、刑期はそれほど長くならないだろう。いつかは刑務所を出て、また私に絡んでくるかもしれない。

あの男の人生が、自分ではコントロールできない不運に揺られていたのは間違いない。両親の不仲、そして事件は、彼にはまったく関係のないことだった。その後、施設に預けられたことも……もしも自分の両親のように、善意の第三者がいたら、こんな風にはなっていなかったかもしれない。真っ当に育って、もしかしたら自然な形で、長年生き別れになっていた妹──自分と再会するチャンスもあったかもしれないのに。

様々な考えが頭の中で渦巻いたが、どれもはっきりした形を取らない。むしろ入り交じって、元の色が見えなくなってしまったようだった。

「今まで黙っていて悪かった」

「どうして言わなかったの？」

「言うべきだったと思う。特別養子縁組では、早いうちに子どもに告知するように、とアドバイスされた。でも俺たちは、必要がないと思った。俺と母さんにとっては、お前は本当の娘だったから」

「でも、いつか分かったかもしれないわよ」

「そうだな」

「そうしたら、どうしていたの？」

「分からない」

首を横に振る父親の姿を見ながら、若葉はさらに頭が混乱するのを意識した。

「言ってくれてもよかったのに」

「言ったらどうしていた？」

「ごめん、今、分からない」自分で言い出しておいて無責任だと思う。しかしこれは、紛れもない本音だった。

「そうだよな」

若葉はゆっくり目を閉じた。不安だ……いきなり襲いかかってきた過去。何より自分が犯罪者の娘だという事実からは、逃れられない。その事実は一生自分につきまとい、悩ませるだろう。法的には何の問題もないにしても、気持ちは変えられない。納得し、乗り越えていく自信もなかった。様々な夢が転がっていた自分の未来に、突然暗幕がかかってしまった感じがする。

「とにかく今は、怪我を治すことに専念しろ。もう何も心配しなくていい」

父親は、この程度のことしか言えないのよね……それはそうか。母が健在だったら、どうしただろう。この事実を隠していたことを悔やみ、涙を流しただろうか。母となら、本音をぶつけ合って話ができたのに。怒りだって悲しみだって、お互いに吐き出せたはずなのに。

そうか。

そうできると思っているのは、母親が母親だからだ。つまり、本当の母親。遺伝子なんか関係ない。人は環境で育つものだと思う。さらに自分で意識していれば、道を踏み外すことはない。

絶対にない。

「この事実は、世間に明らかになるかもしれない」父が暗い表情で告げた。

「裁判で？」

「ああ。動機面を明らかにするために、この話は出ると思う」

「仕方ないわね」

「それでいいのか？」

「いいも悪いもないでしょう。それが裁判だから」

「そうか……」

父の方がよほど動揺しているのではないかと思った。この事実が世間に公表されて、一番ダメージを受けるのは父かもしれない。でも、裁判で出る話なんて、必ずしも「公表」されるわけじゃないけど。ニュースでは伝えられるかもしれないけど、内容は省略されるものだし。だいたい、世間にばれて何がまずいの？

「別にいいじゃない」

「気にならないのか」父が目を見開く。

「なる」

「だったら……」

「裁判のためにその情報が必要なら、遠慮することはないと思う。私は受け止める」

「ずいぶん強いな、お前は」

「……そういう風に育てられたから」

「そうか」

「だから、やるべきことをやってもらっていいです」

「やるのは警視庁だ。俺たちじゃない」

「あ、そうか」

「いずれにしても、先の話だ」

「分かってる」

若葉は掛け布団を首のところまで引っ張り上げた。空調はきちんと利いているのだが、何となく寒い。そしてずっとまとわりつく消毒薬の臭い……病院は、病気や怪我を治す場所だが、同時に自分がどこか故障しているのを意識させられる場所でもある。いつまでもこんなところにいる訳にはいかない。自分にはやることがあるのだ。

過去は変えられない。だけど未来は、自分の手中にある。どんなに暗い幕がかかっていても、払いのけて明るみに出せるはずだ。

自分が何ともないのに、父親の落ちこみ具合は……親の方がショックが大きいかもしれない。

「ねえ」

「ああ」

「……ごめん、何でもない」ゆっくり首を横に振る。

いくら何でも、今言う話ではないだろう。今は……自分にも父親にも休息が必要だ。あれだけの事件の後だし、自分たちの人生は引っ掻《か》き回された。

父親を見送った後、若葉は椎名という男――自分の兄についてどう思っているのか、自問した。

答えを見つけて少しだけほっとする。

哀れみしかなかった。

5

汚職事件の捜査と並行して、結城は椎名を逮捕した警視庁とも連絡を取り合い、彼の身辺を徹底的に調べた。

知れば知るほど、鬱々《うつうつ》たる気分になる。

十歳で両親を亡くした椎名は、引き取る親類もなく、茨城県内の施設に入れられた。どうして千葉ではなく隣県だったかは分からないが、それが悪い影響を与えたらしい。学校でいじめを受けて、それから逃げるように悪い仲間とつるみ始めた。小学校六年生の時には、近所の文房具店で万引きをしようとして見つかった。警察に突き出されることはなかったが、それが転落の始まりだったらしい。警察の世話になる事は一度もなかったが、同じようなものである——いや、もっとひどかったかもしれない。中学生になると喧嘩《けんか》に明け暮れ、近隣の中学校に殴りこみまでかけている。教師を脅すのも日常茶飯事だった。その結果、預かっていた施設も「お手上げ」を宣言し、東京都内の施設に移された。

裏は取れなかったが、椎名にとってここはかなり抑圧的に感じられたようだ。反発した椎名は高校に入った直後に施設を飛び出し、以降、福祉の世界から忘れられた存在になっている。

生まれ故郷の千葉に戻ったものの、金もない。小学校時代の同級生と再会したのが幸運だったのかどうか……この同級生はほとんど中学にも通わず、卒業後は暴力団とのつながりができていた。親にも見捨てられ、本人もさっさと家を出て一人暮らしをしていたのだが、たまたま夜の街で千葉に戻ったばかりの椎名と再会した。住む家もない椎名を自分のアパートに住まわせてやったのだが……後にこの男は、覚せい剤の売買で逮捕されている。椎名の名前は一言も出さなかったが、同居していた時期であり、椎名が何も知らなかった——関係していなかったとは考えにくい。同級生が逮捕された後、逃げるようにその家を飛び出して、しばらくホテルを転々としていたからだ。この時期、特に働いていた様子はないのに……何らかの方法で蓄えた金があったとしか考えられない。

房総建設の先代社長に拾われたのはこの直後だ。先代社長は、一人で会社を大きく育て上げた人間で、若者の面倒を見るのが大好きな男だった。実際彼の家には、常に若い社員が何人か下宿していたぐらいである。栄町をぶらぶらしていた椎名を見つけた前社長は、気になって声をかけ、反抗的だった椎名を怒鳴りつけて、自宅まで連れていった。自分の会社で引き取り、現場できつい仕事をさせてから本社での仕事に就《つ》けて、何かと面倒を見ていた——椎名にとっては、久しぶりの心安らぐ時間だっただろうが、それも長くは続かなかった。先代社長の死による、会社の大きな変化。現社長との確執と、閑職へ飛ばされたことによる会社への恨み。そして椎名は、全ての始まりは、妹だけが養子にいき、自分が施設に入れられたせいだと決めつけた。もちろん、謂《いわ》れなきことだが、恨みの感情を理性的に説明することはできない。

閑職に飛ばされて時間だけは持つようになった椎名は、復讐《ふくしゅう》を決心した。自分ではなく妹を引き取ったのは誰か——まずそこから割り出すために、最初に預けられた施設を訪ねた。素行不良で叩き出した施設側は椎名を警戒したが、「房総建設」の名刺ときちんとしたスーツ姿は、相手を信用させる大きな武器になったようだ。そして、幾ばくかの寄付。職員の気が緩んだところで、椎名は必要な情報を聞き出した。結城夫婦、そして若葉。

結城に近づく方法として、椎名はたまたま摑んでいた会社の不祥事を利用することにした。同時に、結城のアキレス腱になりそうな娘の情報を収集する。そういう活動を始めてから、結城の妻が急死してしまったのは予想外だったが、それで恨みが消えたわけではない。

地元にいる若葉の高校時代の友人たちに接触し、電話番号を聞き出し……ついでに様々な情報を引き出した。ボーイフレンドはいるのか、好みの食べ物は何か。ミネラルウォーターはいつもボルヴィックだった、ということまで聞き出していた。椎名はほくそ笑んだという。こういう細かい情報を出すと、「家に忍びこまれたのでは」と相手は疑心暗鬼になるのだ。

そうやって椎名は、結城に揺さぶりをかけ始めた。上げて落とす――部下の刑事に接触して贈収賄の情報を流し、捜査をさせる。しかし、入札のタイミングで新聞にリークし、一時捜査を頓挫させる。さらに「結城に殴られた」と訴え出ることで、気持ちをかき乱した。その上娘への嫌がらせ。そうやって結城を精神的に追いこみ、最後には娘の命の危機を演出して――失敗した。

椎名は個人的な恨みだけで動いていた許し難い男だが、それでも一つだけ正しいことをした、と結城は思った。

彼がもたらした情報——房総建設と会田の癒着は、結局正しいと証明されたのだ。その一度「談合」情報が出て流れた入札はその後行われ、結局房総建設が落札した。その前日に、会田と房総建設の藤本が会っていたのを、結城の部下たちは掴んでいた。しかも今回は、金の受け渡し場面をきっちり目撃している。

二人は何度か通った栄町のクラブ「杏」で会ったのだが、スパイに使っていた女性が、銀行の名前が入った封筒が藤本から会田に渡るのをはっきりと見た。その場面は、同時に近くのボックス席にいた足利と井上もしっかり目にした。しかも、入札が延期されたことで、自分を疑う人間がいなくなったと思ったのか、会田は封筒を開き、中の札束をちらりと覗いたという。暗いクラブの中での出来事であり、写真で現場を押さえることはできなかったが、刑事二人が同時に目撃していれば、証拠としては十分である。

翌日、入札が行われている最中に、封筒に名前があった「房総中央銀行」に問い合わせた結果、藤本が会社名義の口座から五十万円を引き出していたことが判明した。こんな金ぐらい、銀行から引き出さずに会社にあるキャッシュで処理しろよ、と結城は呆《あき》れたが、結果的にこれが、賄賂が渡った証拠の一つになったのは間違いない。

その日の夕方、県警は強制捜査に着手した。房総建設と県庁に家宅捜索《ガサ》が入り、藤本と会田を同時に逮捕。現金授受の事実を突きつけられ、これまで藤本と会った場所、日時のデータを詳細に示された会田は、今にも倒れそうなほど顔を白くしながら、あっさり自供した。現金の他にも様々な利益供与を受け、入札情報を漏らしていたことをすぐに喋《しゃべ》ったのである。

後日談だが、会田は留置場にいる間に、妻から離婚届けを突きつけられた。どうやら、妻とフレンチのシェフの不貞は本物だったようだ。その話を聞いた亜紀は憤慨した。「旦那が貰《もら》った賄賂で遊んでたんじゃないですか」。だが、そこまで細かく金の流れは追えない。

藤本の方はもう少し肝が据わっていて、否認を続けているが、何とかなると結城は楽観的に見ていた。贈収賄の片方が喋ってしまえば、もう片方はいつまでも否認していられなくなるものだ。それに、これまでの二人の接触を記録した詳細なデータの存在が大きい。足を棒にし、寒さに耐えてきた日々が無駄にならなかったと思うと、結城は興奮するよりもほっとした。

仕事は深夜まで続いた。家宅捜索を行っていた部隊が最終的に引き上げてきたのは午前零時過ぎ。結城は労《ねぎら》いの言葉をかけながら、少しまずいことになった、と思っていた。東京の病院に入院している若葉の面倒を見なければならないのだが、しばらくは捜査に忙殺されるだろう。

部下を帰し、捜査二課の部屋で一人になって考えていると、帰ったはずの長須がふらりと部屋に戻って来た。会田を逮捕したのは長須で、この日はまさに鼻高々だった。

「これから忙しくなるな」煙草《たばこ》は吸えないのは承知のようだが、一本振り出して掌の上で転がす。

「ああ」

「若葉ちゃん、大丈夫なのか」

「怪我は順調に――」

「怪我なんか、すぐ治るさ。若いんだから。俺たちとは違う」

「そうだな」長須が言いたいことは分かっていたが、敢えてはぐらかした。

「とぼけるなよ」長須が鼻で笑う。

「分かってる」結城は座ったまま、長須にうなずきかけた。「若葉は大丈夫だと思う」

「お前は」

「そうだな……」結城は目を閉じ、椅子に体重を預けた。

分からない、というのが本当のところだ。自分のことではなく、若葉のことで。若葉は既に、一連の事件を乗り越えたように見えた。少なくとも、パニックになるようなことはなかった。だが、人の心の動きは誰にも――本人にも分からない。落ち着いたと思っていたのが、ある日突然恐怖が蘇《よみがえ》り、体にも変調を来すことがある。それがＰＴＳＤ《心的外傷後ストレス障害》の恐ろしさだ。若葉は強い娘だ。そういう風に育ててきて、時々気の強さに辟易《へきえき》させられることもあったが、これからの時代、女性にも強さが必要なのだから、これでいいのだと思っていた。しかし一枚めくれば、柔らかく弱い本音が隠れているかもしれない。それは親でも――あるいは本人でも分からないことだ。

若葉がこの先恐怖に囚《とら》われ、挫折するようなことになったら……それが怖い。そして結局、全ては自分に戻ってくるだろう。若葉に嫌われるのが怖かった。残った、たった二人の家族。どんな形で暮らしていくのが理想なのか分からないが、憎しみや気持ちのすれ違いを隠したままでは上手くいくはずもない。

俺は結局、娘のことではなく自分のことを心配している。

人間は何と勝手な存在なのか。

「若葉ちゃんは大丈夫だと思う。お前はちゃんと育てたよ」

「俺じゃなくて女房が、だ」

「そうかもしれないけど、お前は父親だ……お前、結婚した後で悩んでたよな」

「ああ」子どもが持てないことが分かった時……しかし、より悲しんでいたのは自分ではなく美貴だった。何しろ子どもが好きで教員になったぐらいなのだから。

自分たちの我がままと、ひとりぼっちになった赤子の存在……たまたま両者の利益が合致したのだが、そんな思いはすぐに消えてなくなった。可愛がり、喧嘩し……早く話しておくべきだったとも思う。遅くとも高校を卒業した時か、二十歳になった時には。若葉のことだ、一瞬は混乱して悲しんだかもしれないが、事実を受け止め、自分なりに消化してくれたとも思う。

今は全てが手遅れだ。

これから若葉にどう向き合っていけばいいか分からない。

「今は悩んでないだろう？」

「いや……どうかな」

「娘は娘だ。お前が育てた子だよ。それに若葉ちゃんは、こういうことで人を恨むような子じゃないぞ」

「お前に何が分かる？」ついひどい言葉を吐いてしまった。

「他人だから見えることもある。若葉ちゃんは強い。お前より強いかもしれないな。子どもが親を超えることだってあるんだよ」

「……そうかもしれないな」気の強さは、美貴譲りという感じもするが。

「だから、気にするな。仮に若葉ちゃんが悩んでいても、いずれ克服できる。いや、お前が克服させてやらなくちゃいけないな。それがお前の、親としての最後の役目かもしれない」

「もう親の仕事から降りなくちゃいけないのか？」

「何言ってる。若葉ちゃんはもう二十歳だろうが」長須が笑い飛ばした。「もうすぐ、親なんか必要なくなるんだよ。これからは、お前が面倒見てもらうことを考えろ」

「まさか」結城はつぶやいた。しかし……これから十年後、二十年後に自分たち親子の関係がどうなっているかは想像もできない。体が動かなくなって娘の介護に頼るようなことは避けたいが、これればかりは自分ではコントロールできないことだ。

娘とどう向き合うか。

もしもあの男があんなことをしなかったら、自分は若葉と向き合うタイミングをどんどん先送りにしていたかもしれない。

風は冷たく、結城は「外へ出たい」という若葉の願いを却下しようと、必死に説得を続けた。

しかし、二十歳の娘の方が、考え方が論理的で、言葉にも説得力があると分かっただけだった。いわく——医者も少し動いた方がいいと言っている、春奈がダウンジャケットを持ってきてくれたから寒くない。何より、たまには外の空気を吸いたい。

病室は、安全だが退屈な繭《まゆ》のようなものだ。テレビも本も、暇な時間を短くしてはくれない。ほんの三十分でも外に出れば、最高の気分転換になるだろう。

それにしても……松葉杖は危なっかしい。見ているだけで、結城の方が汗をかくようだった。お陰で寒さを意識せずに済んだが。

病院の敷地は広く、病棟と駐車場の間は、さながら公園のようになっている。街路樹のように整然と木が立ち並んでいるが、この季節だとさすがに丸裸で寒々とした感じだ。

それでも松葉杖を頼って歩いている若葉は、顔を真っ赤にして額に汗まで滲《にじ》ませている。松葉杖を自由に使えるようになる前に、足首は完治してしまうかもしれない。

「いつ頃退院できそうなんだ?」

「近いうちに追い出されると思う。松葉杖がちゃんと使えるようになったら、もう病院にいる必要はないから」

「一人で大丈夫なのか？　しばらく千葉へ戻ってくるか？」

「実家にいても、昼間は一人じゃない」

「まあ、そうだが……」

会話が途切れがちになる。結城は必死に言葉を探したが、この場に適切な台詞《せりふ》が思い浮かばなかった。

「ちょっと座る？」さすがに若葉が音を上げた。

「そうだな」

二人は塗装のはがれかけたベンチに並んで座り、無言の時間を共有した。冷たい風が吹き抜け、結城は思わず首をすくめてしまう。

「あの人……どうなるの？」

「拉致、監禁、傷害、殺人未遂。それだけくっつけて起訴される」

「実刑ね」

「だろうな。悪質だ」

「でも、いつかは出てくる。出てきたらどうするの？」

「どうもしないさ」結城は肩をすくめた。「どうしようもない」

「私、自分の身は自分で守ろうと思う」

「どうやって」

「いろいろ考えてる」若葉が肩をすくめる。「ああいうタイプは簡単に反省しないし、同じことを繰り返す可能性も高いでしょう」

「何でそんなことが分かる？」

「犯罪心理学の講義、取ってるから」

「大学で教えることとは思えないな」

「法学部だから、法律や犯罪にまつわることは、何でも勉強の対象になるの」

「そうか」

結城は、前屈《まえかが》みになって、枯葉を一枚拾った。指先でしばらくくるくる回していたが、すぐに飽きて弾《はじ》くように捨てる。

「何とも思わないか？」

「何が？」

「ああいう人間が自分の血縁だということ」

「血縁は関係ないから。人間は環境だと思う……そう思うようにしている」

「そうだな」

「いろいろ考えたけど、自我が芽生える前のことなんて、考えるだけ無駄でしょう」

「ああ」

「自分が知らないことを後から教えられても困るだけよ」

「そうだな」一々もっともで、同意の言葉を言い続けるしかない。若葉は元々理屈っぽいタイプだが、入院してからその傾向に拍車がかかった気がする。「それより、お前、自分の身は自分で守るって、どうするつもりなんだ?」

「あのね……私、千葉に戻らなくても大丈夫かな」

「どういうことだ?」

「一人で大丈夫?」

「今でも一人でやってる。だけど、どういう意味だ? 東京で就職するのか?」

「分からない」

「分からないって……どこに就職するのか決めてないのか?」

「決めてるわよ」

「意味が分からないな」

「警察官になろうと思う」

「ああ?」結城は、頭のてっぺんから抜けるような声を出してしまった。「警察官って、お前……」

「国家公務員試験を受けようと思うの。要するに、キャリア」

「それは……」

「無理だと思う? しばらく前から、そのための勉強は始めてるんだ。お母さんには相談してた」

「俺は聞いてない」

「何か、言いにくいじゃない」

「そうか」

言葉に詰まってしまう。何と言っていいのか……まさか、娘が自分と同じ職業を選ぶとは思ってもいなかった。いや、同じではない。警察庁のキャリアと自分たちでは、行く道が全く違うのだ。並行して走ってはいるが。

「何でそんなこと、考えたんだ」

「何となく」若葉が肩をすくめる。

「まさか、俺を見てたからじゃないだろうな」

「どうかな。分からない」

「そうか……」

何となくくすぐったい気分になる。子どもは親の背中を見て育つというが、娘がこんなことを考えているとは思ってもいなかった。そもそも、それほど真面目に将来について話したこともない。

「一人で大丈夫?」若葉が同じ質問を繰り返した。

「やれるさ」

「もしかしたら、お父さんの上司になって千葉へ行くかもしれないけど」

「そんなことを言う前に、まず試験に合格することを考えろよ」

「そこは頑張るしかないけど」

そうか……何と声をかけていいか分からない。頑張れ、も違うような気がする。親が千葉県警、娘がキャリアとなれば、いろいろ問題もありそうな気がするし。祝福はしない。それは合格してからにしよう。それまでに、自分がどう対応すべきか決めればいい。

俺には——俺たちにはまだ時間がある。

解説
〈時代〉と〈世代〉を超えて、愛され続けるための秘訣

あわいゆき

普遍的な小説、とは一体なんでしょう? たとえば国語の教科書に長く載り続けているような古典や近代文学は、読んだことがある、というひとも多いかもしれません。太宰治『人間失格』などは特に、中高生を対象にした読書調査アンケートでもここ数年、読んでいる本の上位に居続けています。あるいは老若男女楽しめるように書かれている軽快なエンターテインメント小説も、世代にかかわらず親しまれているでしょう。

一方で、どんなひとが読んでも面白いと思える小説を執筆するのは、決して容易ではありません。思春期の渦中でもがいている若者と、人生経験を積み重ねて成熟した大人のあいだでは、自意識の在り方も少なからず異なるはずです。それだけではなく、時代の変化を経ることで、社会の在り方や価値観や常識も少しずつ移ろっています。最近成人を迎えたひとが生きている「二十歳」と、最近還暦を迎えたひとが生きていた「二十歳」のあいだには、同じ「二十歳」では括《くく》れない隔たりがあります。〈世代〉の壁と〈時代〉の壁、両方をよじ登ることで、長く広く読まれる作品となるのです。

だとすれば、〈世代〉と〈時代〉を超えて普遍へと辿《たど》り着くにはどうすればいいのか

——堂場瞬一さんはなんと、〈世代〉と〈時代〉が密接に関わってくるはずの親子関係をテーマにしながら、聳《そび》え立つ二つの壁を巧みに乗り越えようとします。それが『内通者』です。元々は二〇一四年に単行本として刊行されたこの作品は、二〇一七年に一度文庫化されました。そしていまあなたが手に取っている一冊は、二〇二四年に再刊行された新装版です。すでに本作を読まれた方は、初めて世に出てから十年以上経っている事実に驚くかもしれません。なんせ描かれている内容が、時を経てもまったく色あせていないのですから。

それはなぜか？『内通者』の主人公、結城《ゆうき》孝道《たかみち》は千葉県警捜査二課に勤めながら、妻の美貴《みき》と二人で暮らしていました。キャリア的にも十分にベテランと言える五十歳を迎え、二十歳を迎えた娘の若葉《わかば》も大学進学に伴って東京で一人暮らしをしています。そして彼がいま追っているのは、千葉県土木局と建設会社のあいだで起きている大規模な汚職事件でした。捜査は順調に進んでいると思われたものの、情報提供者の椎名《しいな》が胡散《うさん》臭《くさ》い言動を見せたり、娘の若葉に正体不明の不審な電話がかかってきたりと、どこか不穏な空気を漂わせます。実際、捜査中だった情報がなぜか新聞社に漏洩してしまい、一筋縄ではいきません。さらに事件と並行して、妻の美貴が急性の脳幹出血で亡くなってしまい、孝道は妻のいない新しい生活と向き合う必要に差し迫られます。その際、最大の懸念となるのが、一人暮らしをしている若葉の存在でした。

孝道と若葉の関係性は、孝道が「あの年齢の娘と父の典型的な関係」と自認するように、積極的に会話を交わす間柄ではありません。娘を大切に思っていながらも、若葉が抱いている将来の夢や大学の進学理由を、なにも知らないままでいました。そんななか美貴は夫と過ごしながら娘の相談にも乗り、没交渉気味な孝道と若葉のあいだを繋《つな》いでいたのです。しかし美貴が亡くなってしまい、二人のあいだにあった距離が可視化されてしまいます。決して不仲ではなく、むしろ大切に想い合っているはずなのに、どう接していいのかわからない——家族にもかかわらず腹を割って話せず、遠慮してしまう二人の感情は、不器用なコミュニケーションとして作中に立ち現れます。

孝道が若葉を誘って食事にいく場面は、終始ぎこちなさが演出されている名場面です。

「おいおい、そんなに昔の話じゃないぞ。しっかりしろよ」

「月曜日でしょう？　ごめん、ちょっと酔ってたし」

二十歳になったばかりの娘の口から「酔って」などという言葉は聞きたくなかった。法的には問題ないにせよ、何となくだらしがない。

「酔っぱらって電話してきたのか？」

「友だちが気を遣って、誘ってくれたのよ」

「友だちって？」

「友だちは友だち」若葉の口調が急に頑《かたく》なになった。「そんな、深い意味はないから」

馬鹿な父親になりかけている、と結城は口を引き締めた。娘の言う通りだ。友だちは友だち……それが男だろうが女だろうが関係ない。大学生ともなれば、いろいろつき合いがあって当然だろう。

「あまり呑み過ぎるなよ」

「分かってる」若葉が不機嫌に言った。


この短い会話のなかには、馬鹿な父親だとわかっていても若葉を心配してしまう孝道の親心と、その親心を理解していても鬱陶しさを感じてしまう若葉の心情が、巧みに表現されています。子どもがいる読者からすれば孝道の過剰な心配には、共感できるところも多いでしょう。逆に若い読者からすれば、若葉が質問攻めを鬱陶しく思うのも頷《うなず》けるはずです。この会話に限らず、どの世代の人間が読んでも共感できるポイントが、本作にはちりばめられていました。そして、世代を隔てた親子のあいだにある遠慮が、捜査を阻んでいくことになるのです。

また、本作が「普遍」へと辿り着くための鍵は、それだけではありません。より多くの読者が共感できるよう、とある工夫が凝らされています。

その工夫とは、作中の年月を推理させる基にもなる、「時事性」を薄くすることです。たとえば、汚職事件の背景になっている「津波対策となる護岸補強工事の入札」は、東日本大震災の影響を受けたものだと匂わされています。ですが、作中で「東日本大震災」という単語は意図的に用いられていません。また、若葉の回想から二〇一〇年代だとは窺《うかが》わせるものの、孝道がいわゆるガラケー（携帯電話）を、若葉がスマートフォンを利用している程度で、時代を色濃く感じさせる描写はほとんど省かれています。作中がはたして何年なのか、確定させる文章は一切ありません。

もし親子のあいだにある繊細な距離を描こうとするならば、その遠さを抱かせるためには「時代の隔たりを感じさせる描写」を挟むのがいちばん手っ取り早いでしょう。しかし本作では時事性の強い固有名詞やエピソードに頼るのではなく、会話や語りを駆使した感情の機微から、ジェネレーションギャップを表現しているのです。これによって本作で描かれている「親子のあいだにある隔たり」は、いつの時代にだれが読んでも、共感しやすいものとなっています。親と子どもの双方が共感できる視点を取り入れることで〈世代〉を超え、さらに時事性を極力排除することで〈時代〉を超えているのが、普遍へと辿り着くための秘訣《ひけつ》です。

だからこそ、単行本から十年の時を経て新装版が刊行されても、本作で描かれている内容は色あせません。孝通や若葉の葛藤を通して、多くの家族が抱えているであろう普遍的な悩みを、時代を跨《また》いでも提示するのです。

この瞬間だけでなく、一年後や十年後、あるいはその先、ふとしたタイミングでぜひもう一度、本作を手に取ってみてください。時代が移ろっても年齢を重ねても、あなたに寄り添う一冊となってくれるはずです。

（あわい　ゆき／書評家）

この作品はフィクションであり、実在の人物、事件、団体とは
一切関係ありません。

内通者《ないつうしや》　新装版《しんそうばん》

朝日文庫

2024年4月30日　第1刷発行
2024年5月10日　第2刷発行

著　者　堂《どう》場《ば》瞬《しゆん》一《いち》

発行者　宇都宮健太朗
発行所　朝日新聞出版
〒104-8011　東京都中央区築地5-3-2
電話　03-5541-8832（編集）
03-5540-7793（販売）
印刷製本　大日本印刷株式会社

Published in Japan by Asahi Shimbun Publications Inc.
定価はカバーに表示してあります

ISBN978-4-02-265142-6